빈손일기

빈손일기

초판 1쇄 발행 2024년 7월 16일

지은이 우형식

펴낸곳 컨텐츠조우 **펴낸이** 최재용
전화 02)310-9775 **팩스** 02)310-9772 **전자우편** jowoocnc@gmail.com
주소 경상북도 김천시 어모면 산업단지 4로 113-5
출판등록 2018년 3월 29일 제 25100-2018-000025호

© Woo hyeongsik 2024, Printed in Korea
ISBN 979-11-91173-07-9 03800

빈손일기

글 우형식

책 머리에

두메 시골 농부의 둘째 아들로 태어나 79년을 살아온 내가 부와 권세와 명예 어느 것 하나 성공한 사람이 되지 못하고, 흘러가는 세월 속에서 바람같이 구름같이 갈지자 운명을 그려가면서 곰탱이 같이 살아 활력이 넘쳐야 할 중장년 시절 뜻하지 않은 거듭된 역경으로 가혹한 운명의 늪에 빠져 허우적대다가 빈손 마주 잡고 서산 고갯마루에 서 있는 사람으로, 남에게 해를 끼친다거나 불편을 주진 않았지만, 이웃을 위한다든가 그 무엇을 위해 어떤 좋은 일이나 자랑스러운 일을 해본 적 없지만 오직 정직하게 열심히 나를 배반하지 않고 어떠한 상황에서도 좌절하지 않고 사람으로서의 감성과 인성은 놓지 않고 양심의 말을 따르며 나를 지켰었던 지난날들이기에

79회 생일을 맞아 그동안 블로그에 저장했던 글들을 세상에 드러내고자 한 권의 책으로 완성, 그나마 내가 살았었다는 흔적을 남기면서 비록 큰 뜻, 큰 울림은 담지 못하여 호소력이나 전파력은 미미해, 큰 깨달음은 아니어도 잠시 잠시의 토막시간이나 휴식시간에 가볍게

한 단원, 한 제목의 글을 읽으면서 인생사를 투영해 보면서 주워 담고 싶은 미세 진동이라도 느끼는 감성 있어 삶의 길에 활력이나 보탬을 얻는 사람 있다면

오늘 비록 빈손이지만 내가 살아왔던 지난날들과 세상을 향한 나의 시선들을 모아 흔적으로 남기게 된 것이 내 삶의 가치이고 보람이라고 생각하는 것이다.

글 순서

1장

한 사람

훈訓

사랑하는 아들, 딸들아

· 가족은 삶의 근원으로 나와 일체임을 명심하여라.

· 형제자매는 천륜으로 맺어진 연이기에 우의를 다하여라.

· 친구는 널리 사귀되 진심을 다하여라.

· 하고자 하는, 하여야 하는 일은 용기 있게 행동하고 실패가 두려워 주저해서는 안 될 것이다.

· 더 좋은 삶을 위한 노력을 게을리해서는 안 되겠지만, 더 큰 꿈을 위한다고 함부로 가던 길을 일탈해서도 안 된다.

· 건강은 인생을 아름답게 사는 근본이기에 술은 줄이고 담배는 끊도

록 하여라.

· 만인의 모습이 다 다르듯 생각이나 행동이 같지 아니하니 나와 뜻이 다르다고 적대시하거나 미워해서는 안 될 것이다.

· 흙수저로 태어났으나 건강한 것을 고마워하며 열심히 사는 모습에서 보람을 찾도록 하여라.

· 삼천리 방방곡곡이 수려하고, 지리적으로 각종 자연재난에 비교적 안전하고, 사계절이 뚜렷하여 뇌의 활성화가 활발해 스포츠, 연예, 음식 등 문화적으로, 건설, 철강, IT 등 기술적으로 세계를 선도하고, 배우기 쉽고 쓰기 쉬우면서도 그 구조가 독창적이고 예술적인 아름다움을 갖추고 있는 우리만의 고유문자 '한글'을 가지고 있는 대한민국에서 태어난 것을 자부심으로 자랑스럽게 여기며 열심히 살도록 하여라.

빈손일기

1. 빈손

모든 생명체는 본능적으로 번식을 일으키고 종족 보존을 위해 치열한 약육강식의 원리에 의해 먹이사슬을 이루며 생존영역을 지켜 나간다. 각각의 생명체의 적응력이 다 다르기에 그 적응력과 본능적 보호 본능으로 균형을 이루면서 생명력을 이어 나가지만 사람은 균형을 이룬 자연의 법칙에 순응하면서도 자연의 자원을 이용하고 지배하면서 생명력을 유지하고 스스로의 의지와 합리적 사고에 의해 후대로 자손을 이어가는 것이다.

아시아 동쪽 끝자락 반도에 터 잡은 백의민족인 우리가 피압박 수난사를 끝내는 해방 이후 혼란과 대립으로 격변하는 사회 속에서도 성장을 거듭하면서 가난과 헐벗음의 세월을 이겨내고 배고픔의 아픔도 추억으로 승화시키며 이제 부와 권세와 명예를 거머쥐기 위해 치열하게 경쟁하는 사회 속에 서서 나의 성과물을 후대로 이어가고자 하는 오늘을 사는 우리는 태어나면서 길들여지고 자라면서 경쟁 속에 뛰어들게 되는 것이다.

발랄한 끼가 있어 연예계에 진출하여 일약 스타가 되거나 스포츠에 남다른 재질이 있어 세계적 스타가 된다든가 하면 부와 명성을 단숨에 움켜쥐기도 하지만 대부분의 사람은 부와 권세와 명예를 거머쥐려고 부단히 노력한다. 그러나 요즘은 노력만으로 모든 것을 이루는 시대는 아니다. 부는 부를 낳고 권세는 권세를 낳기에 그 둘은 서로 경쟁하면서도 동반자가 되어 더욱 앞서 내달린다.

나는 두메시골 농부의 아들로 태어나 자랄 때만 해도 굶주리지 않고 하루 세 끼 배불리 먹는 것이 큰 행복이었고 남들처럼 학교에 다닐 수 있는 것이 행복이었으나, 일제의 피압박 세월을 살아오면서 배우지 못한 한이 있어 자식들만은 충분히 가르치겠다는 굳은 결심으로 태생인 농부의 길을 버리고 생소한 도시의 생활 속으로 뛰어든 부모님의 뜻이 있었고,

나도 궤도이탈을 되풀이하면서 그 부와 권세와 명예를 잡으려고 부단히 노력해 보았지만 능력의 한계가 있어 도전에 실패하고 오히려 퇴보를 거듭하였고, 모진 운명의 연속으로 고통의 세월이 길어지면서 좌절의 아픔이 컸지만 이제 돌이켜 보면 정직하게 그리고 열심히 살아온 지난날이 아니었는가 생각해 본다. 비록 손안에 움켜쥔 것은 아무것도 없어도...

2. 해방둥이

이른 아침 이글거리는 새빨간 불덩이가 월출산 꼭짓점 봉우리 위로 불끈 솟아 찬란한 햇살을 퍼뜨리는 모습을 광활한 들녘 너머로 바라

보면서 아침 공기를 깊게 들이마시면 오장육부가 시리도록 시원하고 상쾌한 아침을 느낀다. 마을 앞에는 널따란 들판이 펼쳐지고 들판 사이로는 내(개천)가 흘러 흘러 우리마을의 농토를 비옥하게 지켜주면서 멀리멀리 돌아 영산강으로 흐르고, 여름날 밤이면 횃불 들고 이른 새벽 호박잎에 떨어진 물방울처럼 맑디맑은 개울 속의 물고기들이 혹시나 도망칠까 까치발 들고 조심조심 자갈 위를 걸으며 물속을 뒤지는 동네 형들 따라 밤을 지새우던 기억들이 새롭다.

마을이 들어선 둔덕 오른쪽으로는 아름드리 소나무 우거진 동산이 있어 아이들은 일요일만 되면 소나무에 기대 목마타기 놀이에 해지는 줄 모르고, 들판 너머로 흐르는 개천을 가로지르는 시멘트로 된 건널목 다리는 물이 많을 때는 넘쳐 흐르지만 우기가 아닐 때는 작은 수문으로 물이 빠지게 되어 있고 그 아래는 물길이 회돌이 치는 깊은 곳이 있어 장마가 끝났을 때 흐르는 물살에 몸을 맡겨 수영을 터득한 곳이며, 날씨가 풀리는 봄부터 가을까지 겨우내 찌든 때를 씻어내는 목욕조로 물장구치며 멱감던 곳이고, 마을 뒷동산에는 방학이면 온 마을 아이들이 뛰놀던 곳이기도 하다.

동산 너머에는 커다란 방죽이 새로 건설되기 시작했고 둑을 이루고 있는 야산들의 보리밭에 보리가 쑥쑥 자랄 때면 숨어 있을지도 모르는 나환자(한센인)들이 무서워 삼삼오오 떼를 지어 학교에 다녀야 했고 겨울이면 눈 쌓인 들판이 바라보이는 양지바른 곳에 모여 구슬치기, 자치기, 제기차기, 팽이 돌리기, 연날리기 등을 하면서 한겨울을 나던 기억들이 새로운 곳이다.

동남쪽을 향해 부챗살처럼 둥그스름하고 길게 늘어진 오른쪽으로는 남쪽 편 마을을 이루고, 왼편으로는 서북 측 마을을 이루는 그 중앙에 동쪽의 월출산을 바라보고 자리한 우리 집은 세 가구가 붙어있는 가운데에 위치하고 마당 끝에는 전나무 울타리가 울창하고 전나무 아래로는 탱자나무 울타리가 겹으로 우거졌다. 집 앞으로는 철 따라 파릇한 밭작물이 넘실거리고 마을 앞길 아래로는 광활한 논이 펼쳐져 있다. 나는 이글거리는 태양이 한낮의 들녘을 뜨겁게 달구는 한여름 대낮에 거대한 망둥이 모양을 한 마을의 몸통 중간 둔덕에 있는 초가에서 둘째 아들로 태어났다.

마을 앞 너른 들녘에서는 뙤약볕 아래에서도 농부들의 김매는 일손이 한창이고, 한 달 후에 찾아올 해방의 기쁨을 누가 알랴마는 농부들의 농부가 들녘에 그득하다. 내가 태어난 지 한 달쯤 삼천리 방방곡곡에서 울려 퍼지는 만세삼창은 8월의 폭염보다도 더 뜨겁게 울려 퍼지고, 이제 막 고봉으로 넘쳐나는 점심 한 그릇 뚝딱 해치운 아버지는 평상마루에 가부좌 틀고 앉아 3단으로 접혀 있는 쌈지를 풀고 찢어진 노트장에 봉초를 터질 듯이 싸서 침을 발라가며 단단히 말아 붙인다.

담배 한 모금 길게 빨아 '후-'연기 다슬기를 만들어 내뿜으니 허공으로 흩어져 사라진다. "앗따, 이놈의 날씨 되게도 찌네, 이봐! 물---" 길게 빼는 소리에 냉큼 가져온 물 한 사발 벌컥벌컥 들이켜고 논으로 향한다. 김매기도 해야 하고 태풍철이 다가오니 물꼬도 단단히 봐 두어야 한다.

부모님이 그 마을로 들어가게 된 것은 일제의 횡포 탓이있다. 2차 세계대전이 발발했을 때 꽃다운 열여섯이던 어머니는 정신대등 일제의 공출이 무서워 열여섯이나 많은 이웃 동네 노총각에게 시집을 가게되었고, 징용, 징집이 무서운 아버지는 결혼을 하면서 숟가락 둘, 젓가락 두 모, 밥그릇 두 개만을 가지고 지리산 자락 고향마을을 떠나 홀로된 어머니가 살고 있던 외가 근처인 멀리 객지인 이 마을로 들어섰기에 어머니는 태어난 지 삼칠일이 되기도 전인 나를 둘러업고 이 집 저

집 동네 밭일을 다녔고,

소나무 그늘아래 재워 놓은 아기가 혹시나 깨지 않을까 풀밭 벌레들이 아기를 물지나 않을까 모내기를 할 때도 김매기를 할 때도 엄마의 조마조마한 마음은 늘 아기 곁이다. 혹 물 잠긴 논일을 나갈 때는 둘러업은 아기가 어깨너머로 빠져나와 물속으로 떨어지지나 않을까 걱정이 태산이면서도, 한바탕 일손이 바삐 돌아간 뒤 새참 때가 되면 먹는 것은 뒷전이고 엄마는 안쓰러운 마음으로 얼른 아기를 안고 돌아 앉아 젖을 물리고 아기가 배불리 먹은 뒤에야 엄마는 일꾼들과 어울려 새참을 먹는다.

하루도 빠지지 않고 열심히 하였기에 우리가 도시로 가기 전 내가 열두 살쯤에는 논 열댓 마지기(3천 평), 밭 7~8백 평을 소유한 넉넉한 시골 농가가 될 수 있었다.

3. 어린시절

6.25전쟁이 소강상태로 접어든 일곱 살 때 국민학교에 입학했는데 3학년때까지의 기억은 남아있는 게 없고 오직 전쟁의 기억들은 단편적으로 뚜렷하다.

아침나절 가을걷이를 마친 들녘 너머 지류천 둑 위로 건너편 산 아래 동네 사람들이 하얗게 떼를 지어 내달아 둑 아래로 숨는다. 닥칠지 모를 화를 피하느라고 다들 들녘의 볏짚단이나 둑 아래로 숨는데 만삭이던 어머니는 방안에 꼼짝도 못하고 누워있고 아버지는 멀리 피난하는 사람들을 바라보며 안절부절이다가 이웃집에 무슨 기척을 느꼈던 지 얼른 뒤안 예비해 둔 장독대 뒤로 숨는다.

바로 그때 이웃집과의 경계로 쳐진 쓰러진 싸리 울타리가 있는 쪽으로 긴총을 어깨에 둘러멘 장정들이 성큼성큼 넘어온다. 사색이 되어 벌벌 떠는 만삭인 어머니를 살피더니 시원한 물 한 사발 달라며 저너머 둑 위로 하얗게(당시에는 옷이 하얀 무명옷이었음) 몰려가는 피난하는 사람들을 가리키며 무고한 사람을 죽일 이유가 없으니 피하지 않아도 된다고 안심시키고 물 한 사발 벌컥벌컥 들이켜고 다른 이웃으로 통하는 싸리문으로 사라진다.

가을걷이 전에는 잘 자란 벼가 노랗게 물들인 황금벌판 속으로 때로는 뒷간 뒤엄 뒤로 때로는 뒤안 대나무숲을 빠져나가 우거진 콩밭 사이에 납작 엎드려 몸을 피하기를 몇 번씩 하고서야 조용해지는가 싶더니 어느 날엔가는 마을로 들어서는 저 멀리 초입에 위세도 당당하던 지서(파출소)가 불에 타 없어지고,

격전지에서는 멀리 떨어져 있어 조용할 것만 같던 마을에도 해방 이후 거세게 밀어닥친 이념의 대립은 이념이 무엇인지도 모르는 촌부들에게도 편 가르기를 강요해 몇몇 열혈 분자들이 서로 죽이기를 반복하는 중에 한 편을 위해 돼지를 잡았다는 이유로 하마터면 죽임을 당할 뻔한 아버지는 경찰이 지배하는 세상이 되면서 겨우 죽임을 면하기도 하였고, 장성한 아들 둘이 있는 중농의 한 집안에서는 큰아들은 경찰관으로 둘째 아들은 명석한 두뇌를 가진 좌익의 중견으로 집안을 지키는 버팀목이었기에 무사히 그 세월을 뛰어넘은 이웃도 있었다. 둘째(L씨)는 후일 마을에서 가장 출세한 사람이 되었다.

*

초등학교 저학년 시절의 기억은 없다. 오전반 오후반으로 나뉘어 책보

를 오른쪽 어깨 위에서 왼쪽 겨드랑이 아래 대각선으로 묶어 메고 추운 겨울이면 난로에 넣을 장작 한두 개비를 들고 오리(2킬로미터)정도 가야 하는 학교까지 힘들게 다녀야 하였기에 결석도 자주 하였던 기억이 희미하다.

상급 학년이 되면서는 도시락이 추가되면서 책보자기는 허리춤에 내려와 메어지고 보리밭길을 지나거나 산등성이를 넘을 때면 혹시 나타날지도 모르는 나환자(한센인)가 두려워 숨이 턱에 닿도록 냅다 달리면 빈 도시락과 반찬통 쇠젓가락, 숟가락들이 어우러져 부딪는 소리가 요란하다.

학교가 끝나고 집에 오자마자 땅에 닿을듯한 꼴망태를 어깨에 메고 형을 따라나선다. 마을 뒤 둔덕에 있는 밭들 사이에 자리하고 있는 밭두렁에서 소먹이 풀을 뜯어 꼴망태에 채우고는 때로 보리가 여물어갈 때는 보리를 따서 구워 먹고, 뽕나무에 탐스럽게 오디가 열릴 때면 혀와 입술이 보랏빛이다 못해 새까맣도록 오디를 따먹고, 목화나무 열매가 열리면 잡초 솎아내듯 듬성듬성 열매를 따 먹고 해가 뉘엿뉘엿 서산에 기울면 꼴망태 둘러메고 집으로 향한다. 일 나간 어머니가 일찍 일을 마치고 집에 오는 날에는 따뜻한 밥을 지어 놓고 아이들이 돌아오기를 기다리다가 그을리거나 새까매진 아이들의 입을 보고는 '이놈들이--' 하면서도 목울대로 넘겨버린다.

일요일 점심 후에는 나는 송아지를 형은 어미 소의 고삐를 잡고 마을 뒷편 제방공사가 한창인 너른 들판으로 향한다. 제방 내 들판은 농사를 짓지 않아 풀이 우거져 소먹이 풀이 그득하다. 쇠꼬챙이 말뚝을 땅에 박고 어미 소를 매어두고 형과 나는 꼴을 벤다. '지지배배' 하늘 높은 곳에서 종다리가 노래 부르고 서쪽하늘 저 멀리 지평선 위에 빨간 노을이 휘황찬란할 때면 꼴망태 둘러메고 어미소를 앞세워 집으로 향한다.

방학이면 소를 몰고 나가는 날이 아니고는 오전 중에 소풀 한 망태 얼른 뜯어놓고 동네 또래들과 딱지치기가 일상이다. 몇 장 남은 딱지를 가지고 또래들을 만나지만 언제나 초반에 잃어버리고 집으로 돌아와 여기저기 형이 숨길만한 곳을 뒤진다. 뒤져도 나오지 않으면 공책 뒷장이나 헌책을 뒤져 몇 장 찢어 딱지를 만든다. 그러다 형한테 들키기라도 하면 형은 엄니한테 이르고 꾸지람을 들으면 나는 형한테 화풀이다. 사정을 두고 싸우는 형과 대드는 나의 싸움은 언제나 무승부다.

방학 중 오후의 시간은 늘 자유로워 늦은 점심 한 그릇 뚝딱 해치우고 마을 앞 아름드리 소나무 우거진 동산으로 가면 언제나 먼저 와 있는 또래의 아이들이 있다. 대여섯명이 모이면 목마타기를 한다. 목마타기가 시들해지면 술래잡기 등 이것저것하고 놀다가 해가 서산에 뉘엿 기울면 집으로 향한다. 마을 앞동산은 내가 가장 자주 가는 놀이터다.

여름날 장마가 그치거나 큰비가 온 다음이면 아이들은 지류천 상류의 읍에서 마을로 들어오는 연결다리인 보가 있는 곳으로 내달린다. 보 아래쪽 보가 끝나는 곳에는 꽤나 깊은 작은 소용돌이가 있고 그 소용돌이만 피하면 수영하고 놀기에 그만이다. 형들은 소용돌이 근처를 오가며 수영 실력을 뽐내지만 나는 보위 다리를 타고 넘는 얕은 곳에서 물놀이다. 어쩌다가 순간 실수로 발이 미끄러지면 소용돌이 쪽으로 빨려 들어가지 않으려고 발버둥 친다. 죽을힘을 다하고 기진맥진한 순간 발바닥에 모래가 밟힌다. 20~30미터나 떠내려와 있었다. 다음날부터는 내 몸도 물 위에 떠오르고 서투나마 나도 수영을 즐길 수 있었다.

일 년에 한두 차례 지붕 위에도 장독대에도 하얀 눈이 수북이 쌓이거나 마을 앞 들판이 얼어붙은 날에는 또래들과 눈싸움도 하고 미끄럼타기 썰매 타기도 하지만 햇볕 따사로운 처마 밑이나 담장 밑에 옹기종기 모여 딱지치기 구슬치기로 시간 가는 줄 모른다. 딱지도 구슬도 다 잃어버리고 나면 방구석 한 켠에 버려져 있는 팽이를 들고 나가지만 모양새 없이 제멋대로 깎인 팽이가 잘 돌아갈 리도 없을뿐더러 치는 솜씨 또한 서툴러 팽이는 곧 쓰러져 버린다. 팽이치는 것도 별 재미가 없어지고 제기차기 자치기 등 다양한 놀이를 즐기는 다른 형들 노는 곳에서 구경만 한다.

아버지는 쉬지 않고 이른 아침부터 저녁 늦게까지 일터에 있었기 때문에 균형 잡힌 팽이 하나 깎아줄 여유는 물론 썰매 하나 연 하나 만들어 줄 여유가 없다. 단단한 나무를 깎아 팽이를 만드는 것은 나에겐 어려운 일이었으나 연을 만들고 있는 형 옆에서 대나무살을 깎고 구부리면서 밤새 연을 만드는 일은 재미도 있고 하늘 높이 날아오를 연을 보고 의기양양할 내일의 기대로 한껏 부푼다.

다음날 살랑바람에 흔들리는 나뭇잎을 보고 밤새 만든 가재미연을 들고 나가 달리고 또 힘껏 달려보지만 연은 곧바로 곤두박질친다. 내일은 방패연을 만들어야지! 실패를 감아 들고 집으로 향한다.

방학이 끝날 때 즈음에는 밀린 일기쓰랴 방학숙제하랴 정신이 없다. 허둥대는 모습에 안쓰러워하면서도 '평소에 좀 해두지' 어머니의 핀잔에도 아랑곳하지 않는다.

*

국회의원 선거 때만 되면 나는 유명인이 된다. 별명이 전도가 유망하던 그 지역 국회의원 이름이었기 때문이다. 생김새도 목소리도 너무나 닮았기 때문에 나에게 붙여진 별명이었고 그는 후일 꽤나 유명한 야당의 지도자 반열에 올랐고 나도 그 사람처럼 되리라 큰 꿈을 꾸게 되었다.

학교에서는 제법 공부를 잘하였고 선생님도 귀엽게 봐주었기에 4학년부터는 결석이나 지각을 하지 않았고 언제나 개근이었다. 4학년 어느 날 선생님이 대여섯 명을 호명하더니 남으란다. 선생님은 우리를 교무실 앞에 모이게 하더니 사진을 찍는다. 그때 찍은 사진이 생에 최초의 사진으로 지금도 앨범 맨 앞장에 꽂혀있다.

공부는 잘하였지만 운동에는 소질이 없었다. 학교 운동회만 되면 달리기를 해 상품으로 노트나 연필을 준다. 나는 늘 꼴찌 쪽이라 상품과는 거리가 멀었으나 어느 때인가 알이 밤송이만 한 주판과 계산해야할 문제지를 중간쯤 놓아두고 답을 맞혀야 하는 달리기였다. 나는 주판이 있는 곳까지는 꼴찌였으나 계산해야 할 문제지를 집어 들고 달리면서 암산으로 계산해 1등을 한 적이 있다.

달리기도 못했지만 싸움도 못했다. 언젠가 학교에서 돌아오는 길에 이웃에 사는 한 학년 아래 아이와 말싸움을 하다 마을에 도착하자 책보는 내팽개친 채로 싸움이 붙었다. 붙들고 뒹굴면서 한참을 엎치락뒤치락 하다가 끝내 아래 깔리고 말았다. 나보다 키도 작고 한 학년 아래 아이한테 지고 난 후로는 싸움을 회피하게 되었고, 어느 날 숨바꼭질을 하다가 실수로 대문 사이에 손가락이 끼어 새끼손가락이 잘려나갈 뻔한 아픔을 겪은 후로는 위험한 장난도 하지 않게 되었다.

방안에서는 아랫목은 어른 자리니 앉지 마라, 숟가락은 어른이 든 후에 들어라, 밥상에서는 침이 튈 수 있으니 말을 삼가고 소리가 나지 않도록 조심스럽게 숟가락을 들어라, 방에 들고 날 때는 문지방을 밟아서는 안되고 식사 후에는 어른이 일어설 때 까지는 일어서지 마라 등등의 주의를 듣고 자란 탓에 매사에 조심스럽게 행동하였고 본래 겁이 많은 탓에 하지 말라는 것은 하지 않았지만 혹 학교에 오가다 다른 아이들과 휩쓸려 오이나 참외서리를 하다 붙들리기라도 하면 두려움에 떨며 손이 발이 되도록 싹싹 빌곤 했다.

초등학교 시절 차를 타고 멀리 도시에 나들이하는 것은 아이들에게는 큰 자랑이었다. 언젠가는 어머니를 따라 목포에 다녀온 적이 있고 결혼을 하면서 떠나온 고향을 13년 만에 찾아가는 어머니를 따라 지리산자락 고향마을에 간 것은 4학년 때였다. 새벽밥을 먹고 30리를 걸어 읍에 도착, 버스로 보성까지 가서 다시 벌교 쪽으로 가야 하는데 공비 출몰인지 파업이었던 것인지 기억이 희미하지만 보성에서 벌교 방향 교통이 올스톱이란다. 하는 수 없이 같은 방향으로 걷는 다른 사람들과 어울려 함께 걷는데 시골 비포장길인 데다 보따리짐까지 이고지고 80여 리를 걸어 지칠 대로 지쳐 어스름에 벌교에 도착, 하룻밤을 새우고서야 다음날 고향마을에 도착할 수 있었다.

힘든 고향길이었지만 오랜만에 간 고향이라 모두 반겨 주었다. 이 마을 저 마을 친척집들을 찾아 인사 다니는데 멀고 가까운 친척들이 반기고 예뻐해 준다. 그중에서도 마침 결혼식을 올린 외가 쪽 친척집에서 동네 청년들이 신랑의 무릎에 신부를 앉게 하고 칭칭 묶는 것을 보고 아이가 저렇게 태어나는구나 멍청한 깨달음을 얻기도 했다.

5학년 가을 끝무렵에는 초등학교를 마감하는 수학여행을 해남 대흥사로 갔었는데 트럭에 가득 탄 아이들의 모습이 위태롭기도 하였지만 우거진 가로수 사이를 달리는 상쾌함이 마냥 즐거웠다. 대흥사에 도착하여 여기저기 구경하던 중에 무수히 많은 항아리가 진열되어 있는데 그 수를 정확히 셀 수 없을 정도로 많은 것을 보고는 이것을 다 무엇에 쓰는 것인고 삼난할 뿐이었다.

두메 시골 처방전

여름철에는 유난히 아픈치레도 잦고 어머니가 잔칫집 일 거드는 날 밤에는 으레 체하기 일쑤다. 한 번에 많이 먹는 탓도 있지만 자칫 상하기 쉬운 음식인 데다 오랜만에 먹는 잔치 음식이라 허겁지겁 먹는 탓이다. 한번 체하면 그날 밤은 반죽음이다. 목에 쓴 물이 넘어오고 뱃속이 텅 비고 울렁거림이 잦아들어야 기진맥진한 채로 잠이 든다.

목덜미와 등에는 땀띠가 가실 날이 없고 뒤안 장독대 주변 듬성듬성 자라 있는 옻나무로 인해 어쩌다 옻이라도 오르는 날엔 가려움에 참지 못하고 긁어대 진물이 흐르면서 순식간에 온몸으로 번진다. 아버지는 이른 새벽에 논으로 나가 물꼬 낸 자리의 황톳빛 짙은 거품을 곱게 떠와 온몸에 바른다. 그래도 얼른 낫지 않으면 칼과 낫을 간 회색빛 짙은 숫돌물을 온몸에 덧개덧개 바른다.

시골 아이들의 처방전은 오랜 경험을 통한 민간요법이다. 싸우다 코피가 나면 반대편 목덜미를 수도로 가격하고, 가시나무에 긁히거나 칼에 베여 피가 나면 고운 흙을 발라 피를 멎게 하고, 각목에 박힌 못을 밟으면 연기를 피워 소독하고, 급채로 사경을 헤맬 땐 지금도 이해는 안되지만 지붕 위에 물을 뿌려 썩은 짚물을 받아 마시게 하고, 분뇨를 비료로 하여 기른 채소를 먹은 아이들은 일 년에 한두 차례는 회충약을 먹어야 하는데 약을 먹은 후 변을 보면 지렁이보다도 더 큰 회충들이 변속에서 스멀거릴 때면 기겁을 하면서도 또 먹어야 하고 일제히 쥐잡기를 할 때는 잡은 쥐꼬리를 잘라 학교에 제출하기도 한다.

시골풍경

농사일이 비교적 한가한 여름 한 철에도 어머니 아버지는 늘 바쁘다. 품앗이 일이 없으면 아버지는 논에 피 뽑는 일로 어머니는 밭작물 김 매기로 하루도 쉴 날이 없다. 비 오는 날에도 우장(짚으로 만든 비옷)을 쓰고 논두렁 풀베기 등 할 일은 한이 없다. 방학이 끝나고 2학기가 시작되면서 농부들의 농사일은 더욱 바빠진다. 너른 들녘의 피도 뽑아야 하지만 초가을에 유독 잦은 태풍이라도 불어오면 하루 종일 물꼬 보느라 정신이 없다.

어느덧 너른 들녘은 하얀 무명옷 입은 짚으로 만든 허수아비가 논 여기저기 구석구석 세워지고 군데군데 잔돌 몇 개씩 넣은 빈 깡통들을 매단 기다란 줄이 논을 가로질러 매어진다. 학교가 끝나자마자 논으로 달려가 긴 줄 끝을 잡고 흔들어대면 여기저기서 새들이 파드득거리며 하늘로 날아오른다. 새들은 다시 누런 낟알을 향해 돌진하지만 흔들어대는 깡통 소리와 군데군데 세워진 허수아비가 무서워 떼를 지어 저쪽 편 들녘으로 날아간다.

새 쫓는 일이 멈칫한 사이 준비해 온 빈 병 들고 메뚜기 잡기에 나선다. 다가서면 파드득 날아 도망가지만 워낙 많아 금세 병에 가득 찬다. 새들은 다시 몰려오고 아버지가 긴 줄 하나 들고 나타난다. 물에 적셔 잘 다듬은 짚으로 댕기머리 땋듯 길게 딴 줄로 사물놀이패 상고 돌리듯 머리 위에서 빙빙 몇 바퀴 돌리다 순간 갑자기 반대 방향으로 꺾어 내리치면 '딱' 하는 소리가 총소리처럼 날카로워 순간 새들이 '파드득' 날아올라 멀리 날아간다. 나도 줄을 돌려보지만 맥없이 돌아가는 줄에서 힘찬 소리가 날 턱이 없어 몇 번 돌려보다 그만두고 잡은 메뚜기 볶아먹을 생각에 부랴부랴 집으로 향한다.

파랗던 들녘이 노랗게 물들어 황금빛으로 변하고 벼 낟알이 영글어 고개 숙여 겸손해지면 농부들의 가슴에는 뿌듯함이 가득하고 추석이 다가오면 어머니의 손길은 더욱 바빠진다. 오일장이 서는 장날에는 과일이며 마른 생선들을 광주리에 바리바리 채우고 오랜만에 비과나 알사탕들을 듬뿍 사서 아이들이 기뻐 날뛸 모습을 상상하며 발걸음을 재촉한다. 과자를 한 줌씩 받아 쥔 아이들은 뛰쳐나가고 어머니는 차례상 준비에 여념이 없다.

아직 덜 여문 햅쌀을 쪄 말리고 지난 설에 닦았던 놋그릇들을 꺼내어 반짝반짝 빛나도록 깨끗이 닦아낸다. 추석이 지나고 가을이 깊어지면 고개 숙인 벼는 살랑살랑 부는 바람에도 금방 쓰러질 듯 휘청거리고 지붕을 타고 늘어져 있는 박넝쿨에는 박들이, 울타리 밑으로 기어가는 호박넝쿨에는 아름드리 호박들이 주렁주렁이다.

푸른 전나무 짙게 우거지고 전나무 밑에는 가시 돋친 탱자나무 울타리가 있고 그 밑의 텃밭에는 주렁주렁 매달린 고추며 가지들이 탐스럽다. 그 옆에는 한입 듬뿍 쌈을 해서 고추 찍어 먹고 싶은 싱싱한 상추가 파릇하다. 텃밭 경계에는 울타리 쪽으로 해바라기가 마당 쪽으로는 수숫대가 쭉쭉 뻗어 있고, 부엌 앞 처마 밑에는 토끼장이, 마당 한 켠에는 돼지우리가, 그 옆에는 닭장이, 뒷간에는 뒤엄이 가득하고 소는 뒷간 옆 말뚝에 메여 있다.

마당 가운데에서는 거둬들인 벼를 탈곡하는 소리가 요란하고 잘익은 콩을 터는 도리깨 소리가 장단을 맞춘 후에는 너른 덕석 위에 하루는 덜 익은 벼가 또 하루는 새빨간 고추가 깊은 가을의 따가운 햇살을 받기 위해 널린다. 안방 옆 곡간 방 항아리 하나에는 감이 가득 채워지고 다른 항아리에는 고구마가, 다른 항아리에는 쌀이 가득가득 채워지면 가을걷이는 끝이 나고 곡간 방은 풍요로워진다.

밤이 되면 마당 가운데 평상에 둘러앉아 모깃불 피워놓고 푹 삶은 고구마 한 바가지 가득 담아 가운데 놓고 먹으며 총총히 빛나는 무수한 밤하늘의 별을 세노라면 밤이 깊은 줄 모른다. 날이 추워지고 긴긴 겨울밤이 지난 새벽에는 지난밤 푹 삶아 얹어둔 선반 위의 물(호박)고구마나 꼬리를 물고 질질 흐르는 꿀처럼 흐물거리는 시리도록 차가운 감의 감칠맛은 그대로 꿀맛이다.

*

가을걷이가 끝나도 어머니 아버지는 쉴 날이 없다. 어머니는 동네 아낙들과 베틀 위에서 베를 짜고 베틀 옆 방바닥이며 시렁이며 할 것 없이 여기저기에는 뽕잎 갉아 먹는 누에들이 스멀스멀하다. 어느덧 누에는 고추 속으로 몸을 감추어 버리고 긴 실을 뽑아낸다. 나는 막대기에 긴 줄을 매달고 마당 가운데 망태기를 세우고 그 아래 벼 한 줌 뿌린 후 줄 한쪽 끝을 잡고 부엌으로 숨는다. 참새 몇 마리 날아와 모이를 쪼면 줄을 힘껏 당겨보지만 참새는 어느덧 날아가고 없다.

아버지는 볏짚으로 낮에는 이엉을 엮고 밤에는 가마니 짜기에 바쁘다. 이엉 엮기를 마치면 한 해 동안 지붕을 덮고 있던 낡은 것을 걷어내고 새것으로 덮고 용마루를 얹으면 지붕 갈기는 마감한다. 아버지는 동네에서 알아주는 일꾼이라 이집 저집서 지붕 갈기 위해 아버지의 일손이 허락하기를 기다린다.

음력 1월은 언제나 즐겁다. 연중 가장 큰 명절인 설이 있고 며칠 지나면 아버지의 생신이고 또 며칠 후면 오곡밥과 갖가지 나물들이 밥상에 그득하다. 보름 동안 연중 먹을 고기며 생선이며 과일들을 다 먹어 치울 듯 배가 터지도록 먹는다. 한 번쯤은 배탈이 나 호된 뒤탈을 겪으면서도 매년 되풀이된다.

정월 대보름이면 동네마다 쥐불놀이로 법석이고 동네 청년들은 이웃마을 논 가운데 숨어들어 추수탈곡 후 쌓아둔 볏짚단에 불을 놓고 줄행랑이고 이웃 동네 청년들이 몰려오면 마치 전쟁이라도 터질 듯이 대치하고 으르렁 대지만 날이 새면 또다시 평온해지고

날이 풀리면서 농부들은 논두렁의 마른 풀에 불을 놓아 새로운 한 해의 농사를 준비한다. 청년들은 논과 논 사이를 흐르는 개울이나, 개울에서 먼 곳의 논 사이 작은 방죽의 물을 커다란 두레로 퍼 올려 논에 물을 대고 방죽 바닥에 파드득거리는 붕어를 건져 탕을 끓여 막걸리 한 사발 시원하게 들이켜고, 밤이면 횃불 들고 보로 나가 돌 틈새의 장어를 잡기도 하고 밤새 지류천 하류의 얕은 자갈밭 틈에 숨어있는 피라미떼인 운주리를 잡기도 한다. 나도 졸졸 따라나서지만 피라미 광주리만 들고 다닌다.

겨울이 가고 봄이 오면 아버지는 이른 아침에 지게에 쟁기를 얹어 짊어지고 소를 몰고 나간다. 하루 종일 논을 갈고 밭을 갈고 한 해의 농사일이 다시 시작된다. 어둑해서야 논밭 갈기에 지쳐 돌아오는 아버지에게 시원한 등목을 해주는 어머니의 손길이 따사롭고 밥상머리에 앉은 아버지 앞에 이불 속 깊숙한 곳에서 아직도 김이 모락모락 피어오르는 고봉으로 넘쳐나는 따스한 밥그릇을 꺼내 올린다.

4. 도시로 가다

6학년이 되면서 나는 모든 집안일에서 면제되고 오직 중학교 진학을 위한 공부에만 매진할 수 있었다. 어느 날인가 공부에 몰두하고 있을 때 밖엔 비가 '후드득' 내리고 있었고 아침에 널어놓은 빨래며 덕석 위의 곡식들이 비에 젖는데도 나는 책만 보고 있었다. 비가 오자 들일을 나간 어머니가 부리나케 달려와 거둘 때까지 나는 모르고 있었다. 어머니는 그런 나를 나무라지 않고 오히려 자랑스러워했다.

형은 이웃면의 한 중학교에 다니고 있었고 도시로 진학시키려는 부모님의 뜻에 따라 나는 도내 제2의 도시에 있는 '목중'을 목표로 하고 열심히 공부하고 있었다. 봄 농사 준비를 대충 마무리한 부모님은 어린 아들을 혼자 도시로 내보낼 수 없어 저녁이면 고심을 거듭하다 가족 모두가 광주로 가기로 결심하고 집이며 논이며 밭들을 정리하기 시작하였다.

일제 피압박 시절 공부를 하지 못한 것이 한이 되어 자식들은 남 못지않게 키우겠다고 다짐하고 생소한 도시로의 진출을 결심하였으나 모든 것이 생각대로 만만한 것이 아니었다. 여름방학이 되면서 더이상 늦출 수 없어 집은 옆방에 세 들어 살던 젊은 신혼부부에게 맡기고 미쳐 정리 안된 전답은 잘 아는 착실한 이웃에게 팔아 돈을 보내 달라고 부탁하고 방학 중에 부랴부랴 도시의 학교로 전학했다.

우리가 살 집은 건너편에는 주조장(막걸리 공장)이 있고 옆으로는 마을 안쪽으로 들어가는 긴 골목이 있는 코너의 잡화점이 있는 꽤 괜찮은 집이었다. 집주인은 안채에 살고 우리는 가게를 운영하며 도로변 별채에 살았다.

짐을 풀자마자 어머니의 손을 잡고 근처 학교에 찾아갔으나 5학년 말쯤이면 몰라도 6학년도 한 학기가 지나버린 지금은 너무 늦어 전학을 받을 수 없다는 것이었다. 이유는 중학교 입학시험까지는 시간이 없이 목표하는 중학교에 입학시키기에는 늦었다. 하는 수 없이 막막한 심정으로 좀 먼 다른 학교를 찾아갔으나 비슷한 반응이어서 통사정을 해 겨우 전학할 수 있었다.

어느 비오는 날 학교가 끝나고 2층의 교실을 나와 건물 외부에 있는 계단으로 우르르 몰리는 사이 뒤에서 밀치는 바람에 미끄러운 계단에서 곤두박질쳐 팔꿈치를 크게 다친 적도 있으나 반 아이들은 나에게 친절하였고 갓 전학 온 내가 친구들을 사귀기에도 실력을 엄청 향상하기에도 3~4개월은 너무나 짧은 시간이었다.

전학을 위한 평가에서는 반의 하위 그룹 실력을 받았고 시험을 볼 때마다 놀라운 향상을 보여 60명 중 10위권까지 올랐으나 원하는 학교에는 못 미친다고 판단해 후기를 넣으란다. 어머니의 끈질긴 사정으로 원서를 받아 응시는 하였으나 실패, 후기인 가톨릭 계통의 학교에 입학하게 되었고 장사는 썩 잘돼 도시로의 이사는 성공적이었다.

중고시절

중학교에 입학해서 처음 배운 것은 영어 알파벳 노래로 외우기와 대, 소문자별 100번씩 쓰기로 밤을 지새우면서도 중학생이 된 기분에 즐겁기만 했다. 가톨릭 계통의 학교였기에 교리문답집을 처음 대하고 성경 말씀에도 접하였으며 일요일이면 빠지지 않고 성당에 나가 미사에 참석하면서 진행하는 아저씨의 낭랑한 목소리에 매료되기도 했다.

학교는 시내를 관통하여 멀리 논 가운데 새로 세워졌기에 꽤 먼 거리였으나 시내 변두리를 지나는 철길을 걸을 때는 선로 위를 걸으며 누가 균형을 잘 잡는지 시합을 하기도 하고, 혹 비가 많이 오는 날에는 논과 논 사이를 흐르는 시내(좁은 물길)를 건너뛰고 때로는 비가 많이 와 물길이 셀 때는 멀리 돌아가기도 해 시간에 쫓겨 냅다 달리기도 하고, 눈이 많이 내리는 겨울엔 휘몰아치는 눈보라에 뒤로 밀리는듯 겨우겨우 나아가면서도 철길 둑까지 쌓여 있는 눈길 둑 아래 깊은 곳으로 빠지지 않으려고 조심하면서도 한 번도 지각함이 없이 열심이었다.

학교 다니는 것이 마냥 즐겁기만 하던 때 한 학기도 채 가기 전 우리집에는 시련의 먹구름이 드리우고 있었다. 가게가 썩 잘되어 하루하루가 희망으로 가득할 때 어느 날부터인가 주인집에서 가게를 군에서 곧 제대할 아들에게 맡기겠다고 비워 달라는 것이었다. 가게가 잘되면서 낌새로 느끼기만 하던 일이 현실이 되자 부모님은 걱정을 태산같이 하며 짬을 내어 이곳저곳 다녀보지만 마땅한 곳을 찾지 못한다. 아들이 제대하자 주인집 내외의 성화가 불 같아서 하는 수 없이 임시 거처를 정하고 이사 후 겨울방학이 되기를 기다렸다.

방학이 되자 우리 4남매만 남겨두고 이제 갓 돌 지난 막내(다섯째) 아들을 둘러업고 어머니 아버지는 우리가 살던 시골로 향했다. 1년만에 찾아간 시골에는 청천벽력의 절망스러운 소식이 기다리고 있었다. 이사할 때 팔아 달라고 맡겨 놓은 전답을 팔아 손에 돈을 쥐게 된 대리인은 도박에 빠져들었고 돈을 잃게 되자 회복하려는 마음에 규모는 눈덩이처럼 부풀어 가진 돈을 다 잃고는 결국 죽음을 택하고 말았단다.

망연자실! 할 말을 잃은 어머니 아버지는 수소문 끝에 죽은 자의 아내와 아이들이 숨어 사는 곳을 찾아냈지만 추위에 헐벗고 찌든 가족의 모습에 지니고 있던 돈 몇 푼 쥐여 주고 돌아서야만 했다. 동네로 돌아오자마자 맡겨 놓은 집을 헐값에 팔아 치우고 그곳을 떠나온 이후론 다시 찾지 않았다.

시골집을 팔아 가져온 돈을 더해 새로 구한 집은 방 둘에 조그마한 가게가 딸린 곳이었다. 이사한 곳이 나무숲이 울창한 광주 사직공원의 서북쪽인데 높은 지대여서 집에서 조금만 올라가면 공원의 정상이고 그 서쪽으로는 활터가 있어 공부하다 싫증 나면 공원에 올라 활쏘는 장면을 구경하기도 하고 때로는 동쪽을 향해 똬리 틀듯 내려가는 산복도로의 숲길을 한풀이하듯 지칠 때까지 냅다 달려보기도 하고 내리막 끝에 기둥 하나가 한아름이 넘는 조선시대 대궐 같은 고가 4~5채가 폐가가 되어 즐비하게 늘어 서 있는 곳에서는 귀신이 나올 것 같은 오싹함을 느껴보기도 하는데 어느 때인가 공원 공중화장실에 들렀다가 너덜거리는 문짝이고 벽면마다 온갖 낙서들이 가득히 있어 호기심이 번득이는 중학생의 눈에 반짝 띄는 문구들을 보고 청소년들의 성놀이를 알게 되었던 곳이기도 하다.

새로 이사한 가게는 생각 외로 장사가 되지 않아 고심 끝에 아버지는 리어카를 구입하여 새벽 일찍 도매시장에 나가 고구마며 야채들을 사서 시내 골목골목을 다니면서 파는 일을 하였고 어머니는 시내에 있는 시장에 작은 자리 하나를 차지하고 앉았다. 중학교 2학년이 된 나에겐 큰 부담이었다. 아버지의 하는 일이 창피스럽고 부끄러운 일이라 생각하기에 학적부에는 언제나 상업이었다. 소심한 성격은 더욱 위축 되어 친구들과 어울리기를 꺼리게 되었으나 오직 공부만은 남에게 뒤지지 않고 우등에 약간 못미친 탓으로 학교에서의 생활은 무난하였다. 쉬지 않고 일한 부모가 있었기에 내가 3학년이 되었을 때는 처음 이사 와서 살았던 골목 맨 끝 쪽 언덕길 위에 방 둘에 부엌 방까지 있는 집을 사서 이사하게 되었는데 집으로 가는 길목에 도내 제1의 여중

3학년인 어여쁜 여학생이 살고 있어 마음을 설레게 하였다.

　고등학교 입학시험에 매진해야 할 중3인 내게 집안일 거드는 일에서는 면제 되었지만 학교에 오가면서 지나야 하는 여학생의 집 앞을 지날 때면 마주쳐 얼굴 한번 다시 보기를 가슴으론 바라면서도 혹시나 마주칠까 봐 두리번거리며 빠른 걸음으로 지나쳐 가고 있었다. 때가 찌들어 번들거리는 책가방이 창피했고 색깔이 바래 희멀게진 교복이며 모자에 훌쩍 커버린 키로 턱없이 짧아져 버린 교복이 창피스러웠고 후기 학교에 다니는 내가 부끄러웠고 혹시나 아버지의 리어카를 만나게 되지나 않을까 하는 걱정이 앞서 공무원을 아버지로 둔 여학생이 한없이 부럽기만 하여 차라리 농사짓는 아버지가 보내주는 돈으로 도시로 유학 온 나였으면 하는 헛된 망상을 하기도 했다.

　속으론 그리워하면서도 겉으론 내색조차 할 수 없는 나 자신이 한없이 초라하여 오직 공부에만 열심하려고 해도 책장 위에 가물거리는 모습에서, 상상의 나래 속에서 또는 꿈속에서 팬티를 버리기도 한다. 학교에서의 교리공부 시간만 되면 십계명 중에 생각까지도 금하고 있는 계명 때문에 고민하면서도 다시 생각하게 되는 것은 내가 극복할 수 없는 가장 어려운 일이었다.

＊

중학 입학 때를 제외하고는 새 책 한번 사본 적 없이 새 학기가 시작되기 전 시내 헌책방을 뒤지면서 책을 사 모아야 했고 혹 돈이 떨어지기라도 하면 아직 못산 음악이나 미술, 체육교과서는 없이 지내면서 수업시간 전에 옆 반 친구들에게서 빌려 보아야 했고 앞, 뒷장이 찢겨나간 형이 쓰는 손안에 들어오는 작은 영어사전도 형이 보지 않을 때만 잠시잠시 찾아보면서도 도내에서 제일가는, 누구도 부러워하는, 중학 입시에서 실패했던 학교의 울타리 안 고등학교에 그것도 상위 그룹 성적으로 합격하였다.

고등학교 합격소식이 있자 제일 먼저 찾아온 손님은 합격 자격을 팔라는 것이었다. 살림도 넉넉지 않고 아직 나이도 어리니 1년 재수해 내년에 다시 합격하면 되지 않겠느냐며 바꿔치기 하는 것은 자기네가 알아서 하겠다는 것이었다. 우리는 고심 끝에 정중히 사양하였고 남들이 부러워하고 어머니 아버지가 그토록 바라던 고등학교에 당당히 입학하였다.

다음에 찾아온 손님은 X누나 하겠다는 사람이었다. 위로 형밖에 없는 내가 아직 어릴 때만 해도 누나 한 사람 있었으면 얼마나 좋을까 부러워하기도 했었지만 사그라져버린 생각이었고 골목길 여학생 생각도 사그라져 갔다. 못보던 새 키가 훌쩍 자라 키가 작은 나보다 체구가 육중해졌고 한 울타리 내의 고등학교이기에 쉽게 합격하리라 생각했었는데 제2의 여고로 진학하는 것이었다.

태어나자 해방이 되고 6살 때 민족상잔의 6·25전쟁이 있었고 내가 고등학생이 되던 해에는 해방 이후 정권을 잡은 이승만에 의해 점점 독재정치가 강화되고 드디어 3선개헌을 하여 뭉치로 집어넣기, 피아노 치기, 대리투표 등의 갖은 부정한 투표방법을 동원하여 3선에 성공하는가 싶더니 서울에서 시작된 대학생들의 끈질긴 저항운동은 전국 고등학교로까지 전파되어 온 나라가 학생 데모로 들끓자 한 달 만에 이승만은 '국민이 원하면 하야하겠다'는 성명을 발표하고 하와이로 망명하였고,

그 밑에서 권력의 2인자로 영원할 것 같던 이기붕 일가는 자멸하여

이 땅 위에 민주화가 완성되는 듯하였으나 학생들의 희생 위에 새로 탄생한 민주정권은 신, 구파로 나뉘어 권력쟁탈과 나눠 갖기로 세월을 허송하면서 국민들을 실망하게 하더니 다음 해에 총칼을 든 군인들에게 정권을 넘겨주어 이 땅 위에 새로운 군사독재 시대가 열리고 있었다.

고등학생이 되면서 면제되었던 집안일을 거들어야 하는 것은 만만치 않은 고등학교 공부에 큰 부담이었다. 아버지는 이제 도매시장이나 다른 도매상에게서 물건을 받아오는 것이 아니라 집 앞의 수백 평 채소밭을 파릇한 새싹이 돋을 때쯤 입도선매해 키우는 일에서부터 팔기까지를 다 하기 때문에

새벽이면 아버지를 따라 밭에 나가 그날 하루 팔 배추나 무 뽑기를 돕는데 늦가을에서 초겨울이라 손이 시리고 곱아 얼얼해진다. 시간이 되어 부랴부랴 학교에 가면 학교에서는 조는 일이 잦았고 방과 후에는 100여 미터 내려가야 하는 언덕 아래 미나리밭 한쪽에 있는 우물에서 물을 길어 나르기를 두 번(4바케스)쯤 하고 나면 기진맥진한데다 아버지가 하루 장사를 마치고 돌아올 때쯤에는 언덕 아래서 기다리다 리어카를 밀어야 했다.

참고서 한 권 없이 학원 한번 가지 못하고 변변한 영어 사전도 없이 해야 하는 고등학교 공부는 만만찮았다. 수시로 보는 국, 영, 수 시험에서 60점이 넘으면 이름을 적어 게시하는데 이름 올리기가 별따기다. 교문 앞 붕어빵집에는 삼삼오오 학생들이 바글거려도 쉬는 시간에도 학교가 끝난 후에도 고개를 돌려 지나친다.

뙤약볕이 내리쬐는 한여름 오후 하루일과에 녹초가 되어 무거운 책가방 들고 터벅터벅 집으로 가는 중간쯤 공원 광장에서 '아이스케

키'를 외쳐대는 아이의 목소리가 오르막길을 올라가야 하는 발걸음을 더욱 무겁게 하고 공원 옆 '베이비 골프장'에서는 나를 유혹한다. 울타리 너머로 다른 사람들의 공치는 모습을 지켜보다가 맥없이 발길을 돌린다.

중2때 도시중학교로 전학한 형은 쉽게 적응을 못 해서인지 몇몇 친구들과 어울리며 월사금(학비)을 주전부리로 써버리고 또는 여러 가지 이유로 돈을 타가고 할때마다 아버지는 모르는 척 다시 주고는 하면서도 이류이긴 하나 고등학교에 진학한 것을 자랑스러워했는데 고등학교에서는 학비도 씀씀이도 커진 데다 나까지 고등학생이 되자 부담스러워 결국 형이 2학년 때 학비문제로 학교를 그만 두고서는 동네 불량배들과 어울렸고

초등학교 때부터 집안일을 도맡고 어린 동생들을 돌봐야 하는 큰 여동생은 중학생이 되면서는 아침에는 밥 지어 오빠 둘 도시락 싸주고 학교가는 길 중간쯤 있는 시장길 좌판에서 이른 새벽부터 저녁 늦게까지 장사하시는 어머니 도시락을 전하고서야 학교로 향하고 지친 몸으로 학교가 끝나고 집에 오면 다시 물 긷기 밥 짓기 동생보기로 공부할 시간이 없어 입학할 때의 장학생은 한 학기로 끝났으나 중학교를 졸업하자 학교재단과 관련 있는 공장에 취직해야 했다.

위로 형, 아래로 동생이 4명이나 돼 끼니 굶지 않는 것만도 나행인 시절 부모님의 기대를 한 몸에 받고 있어 더욱 열심히 공부하면서도 나를 둘러싼 현실에서는 커지는 건 절망과 열등감뿐이었다. 고등학생이 되면서 성당에 다니는 것도 빈도가 줄다가 멈춰졌고, 라디오도 없는 내가 고등학생에게는 필수 상식이던 클래식 음악을 알 턱이 없었으며, 작은 키에다 짧은 다리 곱슬머리 등은 신체적 스트레스였으며, 입학 때 사입은 교복이며 모자가 하얗게 빛바래고 훌쩍 커버린 키 때

문에 턱없이 짧아져 버린 교복도 졸업할 때까지 입어야 하는 열악한 환경 탓에 친구들과 어울리기도 기피하게 된 데다 아침 조회때마다 외워대는 혁명공약 첫머리의 부정적 의미로 쓰이는 내 이름과 같은 구호는 나를 더욱 움츠리게 하였다.

5. 잘못된 선택

그래도 시간은 흘러가고 있었다. 고3인 내가 대학 진학을 고민하기 시작한 것이다. 타 과목에 비해 수학이 우수하였기에 공대 쪽을 생각하고 있었으나 가늠하기조차 힘든 상황이라 구체적 계획없이 시간만 흐르는데 여름방학 중에 육사생 선배들이 홍보차 학교에 와 학교자랑을 늘어놓는데 나에게는 가장 좋은 선택이 될 수 있겠다 싶어 일단 지원하기로 작정했다.

지원 자격을 보니 결격사유가 있었다. 키 163센티 이상인데 경계점에 있었고 나이가 턱없이 부족했다. 초등 4년 때 어머니 따라 처음 찾아간 고향에서 면사무소에 다니는 친척에게 우리 4남매의 인적사항을 알려 줬는데 참혹하였던 전쟁 직후라 조금 더 커서 군에 가는 게 좋을 것 같아 3살씩 줄여 호적에 올렸던 것이다.

해방이 되기 딱 한 달 전 해방둥이로 태어나 7살에 초등학교에 들어갔고 고3인 지금은 열여덟 살이어야 하는데 48년생 열다섯 살로 되어있어 나이 미달로 고민하던 중에 호적을 정정할 수 있다는 것을 알게 되었고 곧바로 대학병원에서 나이 감정 신체검사를 받아 42년 3월에서 46년 2월 사이에 태어났다는 적정 나이 증명서를 받아 법원에 제출하였고 나이 정정 허락을 받아 겨우 원서를 제출할 수 있었다.

다음으로는 하나도 못 하는 턱걸이를 10개 이상 해야 하고 1,500미터 달리기를 규정 시간내로 달려야 해서 학교가 끝나면 곧바로 인근 초등학교에서 턱걸이 연습과 달리기 연습을 하기 시작했다. 팔굽혀펴기는 그나마 조금 연습으로 쉽게 해낼 수 있었으나 턱걸이가 문제였다. 처음 하나 하기가 그토록 어렵더니 하나를 하고 나니 조금씩 쉬워져 12개까지 가능하게 되었다.

지방에서 치르는 필기시험은 중위권으로 합격하고 서울 태릉에서 치르는 체력검사와 면접을 위해 생애 처음으로 기차를 타보기도 했다. 중학생 시절 철길을 걸으면서 나도 기차 타고 서울 가는 날이 있을까 그려보곤 했었는데 의외로 빨리 기차를 타게 되었다. 체력검사를 가까스로 통과하고 집에 돌아오니 아는 사람마다 축하해주고 동네 사람들은 부러워했다. 하지만 나는 기분이 좀 달랐다. 마지못해 끌려가는 고삐 맨 황소처럼 의무적으로 치러야 하는 학력검정 수능을 치르고 대학 원서접수도 고교 졸업식도 참석 못 하고 인천 앞바다가 처음으로 얼었다는 혹한의 추위가 계속 중인 2월1일 기초 군사훈련을 받기 위해 입교하였다.

생도시절

기초군사훈련은 처음부터 나에겐 기합의 연속이었다. 오래전 일이라 세세히 기억나진 않지만 그중에서도 PT체조인가는 앉았다 일어났다 쪼그리고 뛰고 하는 모든 것이 기합 수준인 데다 한 시간 끝날 때마다 복장착용 10초 전, 5초 전을 외쳐대는 선배교관의 호령은 손이 곱아 앞 단추 2개도 꿰기 전 동작 그만을 외쳐대 쉬어야 할 시간 내내 기합은 계속되었다. 훈련장에서 100여 미터 떨어진 곳을 돌아오는 선착순에서 나는 언제나 끝까지 남았고 휴식 시간이 끝나고 다음 시간 시작무렵에야 끝나곤 했지만 한 달간의 혹독한 훈련에도 탈락하지 않았고 이제 군인의 자세를 갖추게 되었을 때 생도로서 정식 입학을 했다.

희미한 불빛 아래 저 멀리 어스름히 지나가는 선배를 보고도 절도 있는 경례를 해야 하고 길을 걸을 때나 밥을 먹을 때도 직각으로 절도 가 있어야 하고 식사 집합 시나 학과 출장 시에는 동작이 느리다, 다리가 붙지 않는다 등의 이유로 선배 지휘자로부터 '배에 힘줘!' 소리와 함께 복부를 힘껏 강타당하는 기합을 받아야 했다. 나는 오(O)다리로 무릎 사이가 붙지 않아 집합 때에는 언제나 무릎에 강하게 힘을 주어 서 있어야 했고 취침시간이면 도복끈으로 무릎을 세게 묶은 채 자기도 하고 저녁이면 수시로 'ㄷ'자 광장에 집합 당해 주먹 쥐고 엎드려 등의 기합을 받는 중에도

나에게 가장 힘든 것은 월요일이면 분열 후에 있는 완전군장 복장의 구보였다. 구보는 보통 완전군장을 하고 학교 주변을 돌아오는 코스였는데 키가 작아 맨 뒤에 선 탓에 한발이라도 늦으면 바로 쳐지기 때문에 낙오하지 않으려고 죽을힘을 다해야 했다. 누구라도 하나가 낙오하면 그날은 단체기합을 받아야 하고 낙오자는 동료들 볼 면목이 없고

기상과 동시에 아침 점호로부터 시작되는 하루는 정신없이 바쁘다. 손가락에 침을 발라 창틀을 문질러도 먼지가 묻지 않아야 하고 침대시트는 각이 날카롭게 정확히 30cm이고 침상 밑 신발은 정확히 침대라인과 일치해야 하고 구두와 버클이 반짝반짝 빛나면 준비 끝, 책가방을 왼쪽 어깨 겨드랑이에 바짝 올려 붙이고 학과 출장하면 교수부에서의 하루는 차라리 여유롭다. 시간마다 또는 매일 보는 시험도 부담 없이 치르지만 생도대에서의 하루는 긴박하기만 하다.

취침점호가 끝나고 침대에 누워도 마지막 점검을 하는 징후가 끝나고 복도에 불이 꺼져야 잠을 청한다. 때로는 취침 후에도 직상급자에게 불려 나가기도 하지만... 한 학기가 끝나고 일주일의 첫 휴가가 있어 집에 가고 금시랬던 외출도 허락된다. 나늘 늦이 기쁜 마음으로 집에 가니 모두가 반긴다. 그동안 식구도 늘어 7남매가 되어 있고 집도 한 채가 늘어 있다. 휴가는 순식간에 지나가고 가벼운 마음으로 복귀하여 하계 군사훈련을 받는다.

*

제식훈련 총검술 각종 기초적 군사지식 등을 교육받지만 그중에서 제일 힘든 것은 총검술 후 계속되는 오리걸음과 오리뛰기다. 하루 훈련을 받고 나면 땀에 젖은 작업복 등짝에는 소금기가 말라붙어 소금이 하얗고, 혹 비 오는 날 점심 식사는 나뭇잎에서 떨어지는 빗방울 소리가 반합고에 부딪혀 후드득거리고, 오이냉국에 밥 말아 먹는 날이면 숟가락으로 휘휘 저어 반합고에 가득 떠오르는 바구미들을 따라 버리고 뚝딱 해치우는 점심은 언제나 꿀맛이다.

야밤에 직상급자에게 불려 가 야구배트를 들고 있는 선배를 보았을때, 2층 침대에 발을 올리고 거꾸로 엎드려 있는 앞에 침대봉을 들고 서 있을 때, 92고지를 오르락 내리락 거리며 숨이 턱에 닿아 헐떡거릴 때, 한겨울 발자국 뚜렷한 연병장의 얼어붙은 눈 위를 웃통 벗은 몸으로 기어야 할 때, 'ㄷ'자 모래밭 광장에서 주먹 쥐고 팔굽혀펴기 단체기합을 받고 일주일을 팔을 들어 올리지 못하고 학과 출장 시 책가방을 겨드랑이까지 바짝 추켜 올리지 못할 때 등 수많은 기합을 견디면서 시간은 흘러 순식간에 한 학기가 흘러가고 또 흘러가고 3학년이 되면서 조금씩 자라기 시작한 회의는 여름휴가 때 가족에게 언질을 띄우자 기겁을 하며 극구 반대한다. 남들은 들어가지 못해 부러워하는데 3학년도 절반이 지나고 고생 끝인데 이제 와서 흔들리는 모습이 안타깝고 앞날이 더욱 걱정돼 앞을 가리는 부모님이시다.

3학년 하계 훈련은 견문을 넓히는 견학으로 짜여졌다. 공사에서 전투기 조종석을 살펴보고, 해사에서 거대한 전함을 타고 망망대해를 달려보고, 공병학교에서 도강훈련을 하고, 포병학교에서 함포 사격을, 기갑학교에서 전차포 사격을 체험하고, 해수욕장에서의 피서 겸 수영 훈련을 마치면 다시 학교로 돌아와 마지막 행군에 나선다.

완전군장의 전투복 차림으로 아침에 출발 저녁때에 반환점에 도달하여 1박하고 다음 날 아침 먹고 출발하여 중간쯤 한강 모래사장에서 밤이 되기를 기다렸다가 어스름해져 출발하려 해도 쉽게 출발이 안 된다. 하루 반의 강행군에 지칠대로 지쳐 있어 무거운 군장을 메고 일어서기 힘들다. 사력을 다해 출발, 달빛 희미한 야간 행군을 하면서 중간중간 논두렁길을 걸으며 전투 훈련을 하기 위해 잠시 멈추면 다리는 풀려 스르르 주저앉고 눈꺼풀은 천근이 되어 감긴다.

자정이 지나고 2시쯤 되어 학교 후문 쪽에 도달하면 이제 다 왔다는 격려의 목소리를 주고받으며 연병장이 있는 언덕길 위에 올라선다. 순간 발걸음을 다시 힘차게 내딛는다. 1, 2, 4학년 모두가 나와 연병장 길을 지나 생도대 광장까지 도열해 환영의 박수를 보내준다. 응원의 힘이 이렇게 위대함을 깨닫는 순간이다. 광장에 도착하여 해산하고 내무반에 들어가 신발을 벗으니 발바닥 살점이 바둑알만큼이나 떨어나가 있다.

궤도이탈

2학기가 되면서 나의 고민은 더욱 깊어만 간다. 강재구의 죽음은 과연 무엇인가, 육군본부 광장에서 있은 영결식에서 가족들의 오열, 눈시울을 적시며 가슴을 아리게 하는 동료 장교의 처절한 '조사!' 과연 누구를 위하여 흘려야만 하는 눈물이던가

산업의 근간인 경부고속도로를 건설하고 제철소 조선소 등을 건설하며 농촌, 도시 할 것 없이 전국 방방곡곡에서 우렁차게 울려 퍼지는 새마을운동 등 국가부흥을 위하여 한마음으로 달려가고 있을 때 비밀외교를 통한 한일 국교 정상화를 이루어 5개년 경제개발계획의 종잣돈을 마련하고 미국은 월남에서 이념전쟁을 일으켜 진흙탕 싸움을 하면서 우리에게 파병을 요청해 돈이 필요한 우리는 젊은이의 목숨을 담보로 건설 자금을 충당하기 위해 파병을 결정하고

월남으로 출발하기 전 수류탄 투척훈련 도중 한 병사의 실수가 있어 큰 사고가 있던 순간 지휘관이었던 강 대위가 몸을 날려 수류탄을 덮쳐 산화하였기에 수많은 병사의 목숨을 살려낸 지휘관의 책임의식과 희생정신을 높이 찬양하여 훈장과 승진의 포상 등으로 주변을 위로하지만 이제 갓 30 안팎인 강 소령에게 그것은 다 무엇이던가, 학교를 졸업하면 전투부대 장교로 출발하여 월남전에 참전하여 생사가 불투명한 진흙탕 싸움을 해야 하는데 과연 내가 죽음을 담보로 희생해도 좋을 결심을 할 수 있을 것인가, 나의 고민은 깊어만 가고 있었다.

아직 어린 동생들이 줄줄이 있어 자칫 대학의 문턱도 넘지 못할 수 있어 일단 육사에 응시하였고 합격하고 나니 앞뒤 잴 수도 없이 입학하였으나 체구가 빈약하여 장차 장군감이란 소리도 들어보지 못했고 어깨 위에 반짝반짝 빛나는 별이 어릴 적 꿈도 아니었으나 3학년인 지

금 하급생으로서의 고생도 끝났는데 흔들리는 나의 모습에 주변의 걱정은 커지고 나의 망설임도 커진다.

이 길을 가야 하는가, 궤도를 이탈하여 새로운 길을 찾을 것인가, 나의 앞길에 별은 보이는가, 남보다 왜소한 체구, 빈약한 체력, 3학년인 내가 하급생들과 같이 뛰는 구보에서 낙오는 아니어도 뒤로 밀리는 모습에서도, 패기와 열정의 부족에서도, 별은 가물거리고 흔히들 회자 되는 권력이나 돈이 있어야 한다는 실상에서는 별은 저 멀리 달아나 버리는데 이제 고생이 다 끝났다는 이유만으로 군인의 길을 가야 하는 것인가, 가을과 함께 고민은 깊어만 가고 나는 드디어 중대장을 면담하기로 결심하고 관사로 찾아갔다.

중대장은 생도에게는 금지된 술을 내오라 이르고 사회는 군인의 길보다 더 어렵다는 것을 설득하면서 술을 권하는 것이었다. 학교에서 주선하면 군에서 바로 제대할 수 있다는 뜬소문이 있어 혹시나 하는 마음으로 방법을 찾던 나는 소득 없이 관사를 나오면서 이곳에서 해온 노력이면 사회가 아무리 어렵다 해도 무엇인들 못 하겠는가, 막연한 자신감만으로 다음날부터 내게 가장 취약한 한 과목을 골라 일일시험에서 백지를 내기 시작했다. 추가고시 재고시를 거쳐 내일모레면 4학년이 되는 2월 말 작업복에 하사 계급장을 달고 정문을 나섰다.

트럭을 타고 정문을 나서면서 옆의 면면을 보니 재고시 문제를 추가고시 문제와 같은 걸로 내는 등 어떻게든 설득하려 했던 학교 측의 노력이 이해된다. 왜소한 나와는 달리 옆에는 삼사 체육대회 때의 응원단장으로 내정된 친구, 태권도부장에 중대장 생도로 내정된 친구, 불교부장 등 굵직한 감투를 쓴 친구들로 내가 이들과 나란히 할 수 있는 것이 있다면 오직 공부뿐이다. 공부가 어려워서라면 1, 2학년 때 도태됐어야 하는데 장차 별을 바라볼 수 있는 친구들이라 생각되기에 혹 죽을 수도 있다는 위험을 회피하기 위한 것일까? 혼자 상상해 보는 중에 차는 우리를 서울 구로동쪽 보충대에 내려준다.

보충대에서는 우리에게 보충대의 혹독함을 보여주려고 기간부대원들이 벼르고 있다는 풍문이 있었으나 무술로 다져진 친구들이었기에 겁먹지는 않았어도 잔뜩 긴장한 채로 일주일여를 보낸 후 별 탈 없이 배속부대 발령을 받고 후일 만나기를 약속하고 각자의 배속부대로 향했다.

서울 근교 공병부대에 배속된 나는 하사라는 계급 때문에, 육사에서 3년을 마쳤다는 경력 때문에 대우를 받았고 마침 서울 중심부에 있던 부대 이전 작업을 하던 부대였기에 중대원의 주식인 쌀을 지급하고 토목 정지 작업을 하는 10여 대의 덤프트럭과 중장비의 기름을 한 달에 한 번 정도 비행장 격납고에서 수령해 매일 일정량을 작업차들에 주유하는 업무를 맡아 군대에서 편히 지낼 방법을 터득하고 있었다.

6. 공무원이 되다

배속된 부대가 서울 근교라 나는 자주 서울을 왕래하면서 제대 후의 길을 고민하다가 일단 대학에 편입하기로 하고 길을 찾기 시작했다. 고등학생일 때는 H공과대를 희망하였으나 이제는 법과에 뜻을 두고 있어 Y대를 찾아갔는데 그동안 가세가 많이 기울어 있어 3학년 편입 비용이 내가 감당하기에는 너무나 벅찼다.

시간은 흐르고 들리는 소문에 시골 이웃에 살았고 후일 가장 출세했던 L씨의 근무처를 알게 되어 찾아갔더니 나를 반갑게 맞으며 대학 졸업장이 없는 것을 못내 아쉬워하면서 기다리라는 것이었다. 제대 후 흑석동 사당동 등에서 초등학생 과외를 하면서 사무실로 집으로 한두 번 찾았으나 대학 졸업장만을 아쉬워해 일단 포기하고 공부를 하기 시작했다.

다음 해 1월(1968. 1. 21.) 김신조 일당의 청와대 기습사건이 터져 나라 전체가 전쟁의 공포에 휩싸이기 시작했다. 제대 후 1년 안에 복무하는 1주일간의 소집도 간첩 침투가 잦은 서해안 산악지대에서 해안경계로 끝마치고 이제 군복무의무는 모두 끝났다고 만세를 불렀는데 불과 며칠 후 터진 사건으로 그해 4월 향토예비군이 창설되었고 나는 다시 예비군이 되었으며

그해 여름 치른 국가공무원 시험에 합격 다음해 2월 수원에 있는 전화국 근무 발령을 받고 근무지로 향했다. 내가 공무원생활을 시작한 그때 초등학교를 졸업한 다섯째인 남동생이 중학 진학을 못 하고 혼자 있는 나의 자취방을 찾아 들었다.

첫째 여동생은 중학 졸업 후 공장에 들어갔고 공부도 제일 잘하고 그림 그리기 노래하기 등 모든 면에서 가장 뛰어났던 둘째 여동생은 불운하게도 제1의 여중에 떨어지고 제2의 여중에 합격하였으나 부모님이 입학금을 주지 않아 학업을 포기하고 공장 생활을 시작했는데 다섯째인 남동생은 왜 중학 진학을 못 하고 내 자취방을 찾아 들었는지 나는 모른다.

아버지의 기력이 떨어지고 연이은 출산에 산후조리도 못 한 어머니의 건강이 많이 쇠하여진 탓도 있겠지만 어머니의 먼 외가 쪽 친척들뿐 아니라 아버지의 조카들까지 찾아와 카드 사업(X마스 카드를 그려서 파는 장사)을 하겠다고 하거나 시골을 벗어나 도시에 정착하고 싶

다고 하는 등 도와 달라고 하면 뿌리치지 못하고 어떻게든 도와주곤 하였는데 결과가 좋지 않아 그 뒷감당을 도맡아야 했고 늘어나는 생활비에다 줄어든 수입, 거기에 형은 동네 불량배들과 어울리며 무위도식하고 조카는 벌써 둘이나 되고 하여 중학을 보낼 수 없었던 것 같다.

동생이 오면서 나의 생활은 훨씬 부드러워졌다. 밥 짓기 빨래하기 청소하기 등 사소한 것들은 내가 출근하고 나면 깨끗이 정리해 두고 남은 시간에는 중학 공부도 하고 동네 교회에 나가 피아노도 기타도 배우곤 했다. 나는 음치에 악기 다루는 것도 젬병인데 동생은 제법 소질이 있어 실력이 하루가 달랐다.

그해 여름 어느 날 비 온 뒤 자취방 구들 사이로 연탄가스가 새어 나와 나는 가스에 취한 채 깊은 잠에 빠져 있고 동생은 자다가 호흡이 답답하여 비몽사몽간에도 죽을힘을 다하여 마루로 기어 나와 신음하고 있을 때 주인집 식구들이 신음에 뛰쳐나와 문을 열어젖히고 김칫국물을 먹이고 하여 한참 만에 겨우 정신이 들어 자칫 큰 사고를 당할 뻔한 적도 있었다.

수요에 비해 공급이 턱없이 부족하여 전화 한 대 놓기가 지금의 아파트 당첨만큼이나 어려웠고 전화가 곧 재산이었던 시절 전화국 업무의 꽃이었던 업무와는 거리가 멀었으나 하는 일은 무난하였고 사무실에는 여직원도 많아 연애 한 번 못해 본 나에게는 좋은 기회도 될 수있었고 나의 이력을 알기 때문에 호감을 느끼는 직원도 많았다.

하루하루가 즐겁던 어느 날 출퇴근 시간이면 마주치는 꽃 같은 아가씨에게 내 마음을 빼앗기고 몇 번이고 접근해 보았으나 끝내 거절당하고는 만사에 무관심했던 적도 있었으나 전화국 공무원 생활은 만족이었다. 어느 날 외출하였다가 고교 동기가 하는 전파상을 알게 되

었고 가끔 들려 고교시절을 회상하기도 하던 중

3선개헌을 반대하는 야당의 대국민 연설회가 전파사 인근에서 펼쳐졌는데 호기심이 발동 연설회장에 갔다가 '이번에 3선개헌이 성공하면 다음은 총통제입니다' 강력한 호소력으로 청중을 압도하는 연설자(DJ)에게 매료되어 감탄하였는데 사무실에 돌아가자 상사에게 불려가 주의를 받는다. 수많은 사람이 운집한 야당의 연설회장에 나간 것을 어떻게 안단 말인가?

주경야독

그해 말 신문에서 서울 K대학의 야간 편입생 모집 광고를 보고 법과 3학년에 원서를 제출하였고 입학이 허락되어 등록을 마치면서 서울로 전보 신청을 하고 서울 한복판의 사무실로 출근을 시작하였다. 하는 일이 단순 반복 업무라 일과 후 학교에 가는 데는 지장이 없었으나 매일 한 시간을 일찍 퇴근해야 해서 동료들에게 늘 미안한 마음이면서도 도보 10여 분 거리에 있어 강의는 빠지지 않고 출석하였으나 처음 접하는 전문 과목의 용어도 개념도 이해하기가 쉽지 않았다.

저녁 10시가 다 되어 수업이 끝나고 집에 가 씻고 밥먹고 나면 이내 잠에 빠진다. 본래 잠이 많아 고교시절에도 졸다가 선생님의 분필 세례를 가끔 맞기도 했는데 낮에는 일하랴 밤에는 공부하랴 벅찬 하루에 나날이 지쳐가고 예, 복습은 해야 한다는 생각일 뿐 시험을 앞두고 짚어주는 예상문제만을 밤새껏 외우곤 하였다.

전화국 근무할 때 큰 여동생이 애인이라며 얼굴에 홍역의 반점이 수두룩한 사내를 데려와 소개한 적 있는데 그 예쁜 여동생이 공부가 짧아 이런 사내를 만나는가 싶어 안타까우면서도 곧 잊고 있었는데 결혼하기로 했다고 한다. 나름 반대도 해보았지만 이미 결정된 일이었기에 결혼식은 곧 올려졌고 동생은 시댁 생활이 시작됐다. 다행히 시댁은 남대문시장에 작은 가게를 하나 가지고 있어 생활은 여유가 있었고 매제는 택시운전을 하고 있었다.

둘째 여동생은 우리 남매 중에서도 다방면에 제일 재주가 뛰어나고 매사에 적극적인 아이인데 아주 갓난아기 시절 평상에 발이 빠져 자지러지고 있을 때 애 보던 아이가 당황하여 신속한 대처를 못 한 탓도 있지만 의사도 약국도 없는 두메 시골인지라 민간요법 외에는 달리 치료받을 길이 없었기에 큰 후유증을 남기고 말았는데 불운하게도 중학교에도 못 가고 바로 공장생활을 시작하였고 이내 친구와 함께 서울로 올라와 공장생활을 하면서 세상 살아가는 법을 빠르게 터득하고 있었다.

낮에는 직장으로 저녁때는 학교로 향해야 하는 바쁜 나날 속에 정신없이 한 학기를 보내고 방학이 되면서 출퇴근 시간이 다른 사람과 같아져 이웃에 살면서 걸어 출퇴근하는 한 여직원과 같이 퇴근하는 기회가 많아졌다. 작은 키에 좀 뚱뚱한 편이라 관심 밖이었는데 30분 정도를 같이 걸으면서 붕어빵도 과자도 먹고 때로는 찻집에도 들르곤 하다 보니 일과가 끝나면 서로가 기다리고 있었다. 어느 날부터인가 나는 고민하기 시작했고 과연 이 여직원과 정이 들면 어찌할 것인가, 고민 끝에 나는 업무 핑계를 대기 시작했고 그럴 때마다 그녀의 볼이 상기되는 걸 느끼면서도 나의 핑계가 되풀이되자 얼마 후부터인지 기다리기를 포기하는 것이었다.

사무실에는 여직원이 대부분이었고 그중에는 여고를 갓 나온, 나를 무척 잘 따르는 아이도 있었다. 그 아이는 나를 삼촌이라고 불렀고 나도 삼촌으로 대했다. 사무실에서 스스럼없이 삼촌이라고 부르고 밖에서는 팔짱을 끼고 바짝 붙어 걷곤 하였다. 나이 차이가 있어서인지 갓 고등학교를 졸업한 아이여서 인지는 몰라도 나도 귀엽고 사랑스러운 조카일 뿐이었다.

얼마 후 사무실에는 조카 또래의 또 다른 아이가 새로 왔는데 그 아이는 처음부터 나의 마음을 빼앗고 있었다. 나는 그 아이의 환심을 사려고 애썼고 그 아이도 친절한 나의 태도를 경계한다거나 싫어하지 않았다. 비 오는 날이면 시선을 피해 옥상에 올라가 비를 맞으며 걷기도 했고 사무실에선 남몰래 눈길을 주기도 했다. 그래도 아직 어린데다 눈들도 많고 내 곁엔 언제나 조카가 있어 조심스러웠다. 그러던 어느 날 갑자기 그 아이가 출근하지 않는다. 아직 손 한번 잡아 보지도 못했는데 갑자기 회사를 나오지 않아 무척 궁금하고 서운해하고 있을 때 들리는 얘기가 잠결에 일어나다 자취방 가운데 놓인 연탄 난로에 넘어져 얼굴에 심한 화상을 입고 치료 차 고향 시골로 떠났단다.

어느 날인가 조카아이가 맥주 한잔하잔다. 어둑해질 때까지 명동을 걷다가 어둑해서야 어느 맥줏집을 찾았다. 맥주 한두 잔 먹었을까 한 젊은 사내가 우리 옆에 다가오자 조카아이가 소개한다. 일본에서 온 교포청년인데 연말쯤 이 청년을 따라 일본으로 건너갈 예정이란다. 얼마나 마셨을까, 별 대화거리도 없는 데다 갑작스러운 얘기라 묵묵히 술만 마시다가 일어서는 데 따라 일어선다. 조카아이는 청년에게 작별인사를 하고 내 팔짱을 낀다.

우리는 계속 걸었다. 시청 앞을 지나고 덕수궁 돌담길을 걷고 독립문을 거쳐 무악재를 넘어 문화촌까지 조카는 내 팔을 붙잡고 나는 그저 걷고만 있었다. 자정이 가까워져 오고 있었다. 버스종점 근처에 있는 조카네 집을 지나 공터가 있는 곳으로 걸었다. 공터에 앉아 어깨에 기댄 조카를 느끼면서 상쾌하고 시원한 밤바람을 맞으며 밤하늘에 빛나는 별만 세고 있었다. 가지 말라고 만류하기를 바랐을지도 모를 조카의 마음은 헤아려볼 생각도 없이.

곰탱이1(공무원 사표)

내가 대학에 다니던 2년은 자원 빈국인 우리가 살길은 수출뿐이라고 일찍이 주창하면서 2차에 걸쳐 추진하고 있는 경제개발 5개년 계획이 마무리되는 시기로 농업국가에서 공업국으로 진입하는 기반을 확고히하여 지긋지긋하던 보릿고개를 극복하고 우리도 잘 살 수 있다는 자신감을 갖고 국민 모두가 열심히 일하던 시기로 장충동 남산기슭에서의 야당 후보 연설회에 100만 군중이 운집한 그 열기도 누르고 3선에 성공한 대통령은 6·25 전쟁의 참상을 겪은 국민을 첨예한 남북 대립의 살얼음판 위에 올려놓고 국가 중흥을 부르짖으며 영구 집권을 위한 물밑 기획을 추진하던 시기이기도 하다.

낮에는 사무실에서 밤에는 학교에서 열심히 살아가던 나에게도 큰 변화가 오고 있었다. 1971년 초엔 행정서기(현 8급)로 승진도 있었고 큰 여동생이 결혼하여 시집에 들어가고 둘째 여동생이 서울에서 정착하자 부모님은 집 한 채 남은 것을 팔아 빚을 정리하고 형의 가족이 살 수 있도록 방을 구하고 남은 돈을 모두 주며 아직 어린 두 동생을 맡기고는 맨몸으로 서울로 올라오셨다.

갑작스레 부모님이 올라오자 동생과 내가 살던 방 한 칸은 너무 비좁아 고심 끝에 두 여동생의 지원을 받기로 하고 서울 변두리를 찾아다니다 우이동 북한산 자락 높이 제법 좋은 곳에 가게가 있고 방이 눌인 곳을 찾아내 이사를 하고 부모님은 시골에서 광주로 이사했을 때 처음 했던 것과 같은 가게를 15년 만에 다시 하게 되었고 그때처럼 장사도 잘 되었다.

장사가 잘되자 그동안 접어두었던 꿈이 다시 꿈틀거리기 시작한다. 낮엔 직장으로 밤엔 학교로 향하는 세월 2년 드디어 졸업을 앞두고 L씨가 한 말도 있고 명색이 야간이긴 하지만 법대를 졸업하면서 현계나 보고 있을 수는 없다는 오만으로 사표를 내고 말았다. 곰탱이 씨리즈가 시작된 것이다.

잃어버린 세월

졸업장을 들고 L도백을 찾았으나 관사에서 점심 한 끼 후하게 대접받고 나온 후론 다시 찾기를 포기하고 고시에 합격하는 것만이 내가 할 수 있는 길이라고 단정하고 법률 서적을 보따리로 싸 들고 고시촌을 찾아 들었다. 2년 동안 법률 공부를 했다 하나 겉핥기식인 데다 기초 개념도 정립이 없어 보는 것마다 생소하고 어려운 용어들로 가득했다. 용어 자체가 생소하고 어려운 책들을 개념 정립도 없이 읽고 있으니 지리하고 졸립기만 하여 진도는 맴돌기만 한다. 읽고 또 읽고 시간은 유수같이 흐르는데

그해 여름 광복절 기념식장에서는 우아하고 품위 있는 자태에 온 국민의 존경을 받던 영부인이 한 조총련 자객의 저격에 유명을 달리하고 기다렸다는 듯 곧바로 계엄이 선포되고 모든 정치활동이 금지되더니 유신헌법이 공포되고 선거인단에 의한 99% 찬성으로 유신 대통령에 당선되고 대통령이 임명한 국회의원이 전체의 1/3을 메꾸는 총통제적 국가가 탄생하자 독재정권에 항거하던 세력은 지하화하고

군대에 늦게 가기 위해 출생신고를 늦춘 탓에 형이 그제야 징집 영장이 나와 2년 6월의 군복무를 위해 입대하게 되자 형이 맡고 있던 두 동생들을 서울로 데려와야 할 때쯤 집주인이 곧 제대할 아들에게 줘야 한다며 가게를 비워 달라는 것이었다. 어찌 15년 전의 상황이 되풀이되는 것인가, 암담한 마음으로 이사할 곳을 찾아 헤매다 하는 수 없이 골목길 가게를 얻어 이사하였으나 장사가 되지 않는 곳이었다.

'하늘이 무너져도 솟아날 구멍은 있다' 했던가 새로 이사한 곳이 후미진 골목 깊숙한 곳이어서 장사가 안돼 앞으로의 생계가 점점 어려워지고 있을 때 큰 여동생의 시부모께서 연로하여 남대문 시장 가게를 팔기로 하였기에 두 여동생과 의논하여 조금 부족한 돈은 벌어서 갚기로 하고 둘째 여동생이 가게를 사기로 했다. 이제 6식구인데다 나는 산사에 틀어박혀 있어 호구지책이 막막하였는데 어머니 아버지가 비록 동생 소유이긴 하나 우리 가게에서 장사를 할 수 있다는 것이 얼마나 큰 힘이었는지 모른다.

시장 가게는 우리 여섯 식구가 살아가면서 두 동생을 학교에 보내기에 부족하지 않았고 나도 산사에서 공부를 계속할 수 있었다. 도전이 되풀이되면서도 희망을 버릴 수 없어 한계를 깨닫지 못하고 산사를 찾아다니던 중 형수가 큰 병이 나 다 죽어간다는 소식에 급히 달려가 형수를 치료하게 하고 얼마 후 형이 군에서 제대할 때는 동생들과 함께 가게를 얻어 주었다.

형이 제대 후 시작한 가게는 장사가 잘된다고 들었는데 1년이 지나자 비워줘야 했다. 도박에 빠져 가겟세를 밀리자 주인의 최후통첩에 사정도 통하지 않아 하는 수 없이 다시한번 도와줬는데 새로 이사한 곳은 장사가 시원찮아 또다시 보증금을 다 까먹었단다. 그동안 우리는 방 셋인 제법 큰집으로 이사하였고 동생들도 학교에 잘 다니고 있었다.

어머니 아버지는 밤마다 나를 불러 설득하신다. 집도 넓고 하니 형네 식구를 서울로 불러올리자는 것이었다. 나는 처음에 절대 반대였으나 아버지 어머니의 끈질긴 설득과 간절한 소망을 끝내 외면할 수 없었다. 주인집에 먼저 양해를 구하자 주인 내외는 흔쾌히 승낙하였다. 서울에 올라온 형은 처음엔 용산역 야채 공판장에 나가 열심히 일하였고 새벽시장에 출근이 쉬운 사당동으로 이사하자고 해 형의 뜻에 따랐다. 형은 처음엔 열심이더니 차차 나태해지고 싫증 내는 걸 보다 못한 부모님은 남대문시장 가게를 형에게 넘겨주고 만다.

나는 도전을 계속하면서도 한번 실패하면 한, 두 달은 방황하면서 온갖 것들을 시도해 보았다. 화장품 외판원도 브리태니커 백과사전 판매도 심지어는 이발소를 인수 후 영업권을 이발사에게 위임하면 일정액의 영업이익을 준다는 신문 광고 기사에 혹하여 이발소를 인수하였다가 위임받은 자들이 주변 전자상에서 거액의 물품을 외상 구매 후 도주 하여 경찰서에서 조사받은 적도 있었다. 그러나 내 능력의 벽을 깨닫지 못하고 도전 또 도전을 거듭하다가 실패한 것이 5~6회, 6년의 세월이 그렇게 흘러가 버린 것이다.

7. 결혼의 연

그러던 어느 날 큰 여동생에게서 급히 오라는 연락을 받고 정릉에 있는 동생네 집에 도착하니 처음 보는 모녀가 앉아 있었다. 직감적으로 느끼면서 딸을 힐끗 보니 대단한 미인이었다. 학교도 공무원도 남보다 일찍 시작했으나 사표를 내고 큰 꿈을 그리며 산사를 전전하기를 5년반 어느덧 노총각이 된 나를 부모님도 동생도 모두가 안타까워하던 차 동생의 집에 세 들어온 자매 중 큰언니가 유독 눈에 띄어 유심히 살피다가 내 이야기를 하고 선을 보기로 한 것이다.

시골에서 올라와 자취생활을 하고 있던 자매 중 큰언니인 그녀는 누구라도 한눈에 반해버릴 만한 대단한 미인이었다. 그녀 또한 혼기가 차 있었기에 나를 보자 선뜻 마음이 가는 모양이었다. 첫눈에 반한 내 마음은 불같이 달아올라 날이면 날마다 일이 끝나기를 기다려 종로에서 명동으로 창경원으로 누비고 다니며 사랑을 키웠다.

내가 아내를 만난 것은 대단한 행운이었다. 연애 한 번 해보지 못하고 33년을 살아온 나에게 어느 날 갑자기 다가온 행운은 나를 단숨에 매료시키기에 충분했다. 아내는 키도 큰 데다 대단한 미인에 나보다 일곱살이나 아래로 뭘로 보나 누가 보나 나에게는 과분하다 싶었는데 우리는 서로 보는 순간부터 급속도로 가까워져 만난 지 3일 만에 결혼을 하기로 한 것이다.

나는 중학교 때 이웃에 살던 여학생을 짝사랑하면서도 우리 집과의 환경적 차이에 내성적 성격이 겹쳐 말 한번 붙여보지 못하다가 고등학생이 되면서 매력을 잃어가고 있어 쉽게 잊을 수 있었고, 또한 천주교계의 중학교에 다닌 탓에 연애는 결혼을 전제로 해야 한다는 관념이 고착되어 내 마음을 완전히 사로잡지 않으면 연애를 해서는 안된다는 생각인 데다 늘 현재에 불만이 있었던 나는 더 높은 꿈을 꾸고 있었기에 연애를 쉽게 할 수도 없었으며 학창시절 부모님께서는 행상을 하셨기에 부모님의 직업도 내놓을 형편이 못됐고 고등학교를 졸업하자마자 완전 폐쇄된 군대사회로 들어가 연애 같은 것은 꿈도 꾸지 못했다.

4년 후 군에서 제대하고 공무원이 되면서 주변에는 여자들이 대단

히 많았었다. 고교 졸업 직후 지방에서 갓 올라온 한 회사 초년생에게
는 첫눈에 마음을 빼앗겨 친해지고 싶었고 아직 어린 탓에 서서히 친
해지고 있을 때 자취방에서 연탄난로에 크게 화상을 입고 종적을 감
춰버린 돌연한 사고 소식 앞에서는 정말 소중한 것을 잃어버린 아픔
이 있었으며, 첫눈에 반하지도 마음에 끌리는 모습도 아니었지만 이웃
에 살면서 매일 출퇴근을 같이하는 동료 여직원에게 점점 정이 드는
것을 느끼게 되자 경계하는 마음이 들어 이런저런 핑계로 만남을 멀
리하던 기억도 있고, 이제 갓 고등학교를 졸업하고 회사 생활을 처음
시작한 또 다른 직원 중에는 나를 삼촌이라고 부르며 누구보다도 가
까이 지내면서도 연애 감성을 느끼지 못하는 경우도 있었으나 시간이
흐르면서 점점 성숙해 가는 느낌이 들기 시작할 때 나는 회사에 사표
를 내고 산사를 찾아다니며 세상과는 절연하다시피 한 세월이 수년이
었다.

허나 이 무슨 운명의 장난이란 말인가, 결혼을 약속하고 일주일도
채 되기 전 초등학교 시절 시골에서 이웃에 살던 아주머니가 수소문
해 겨우 찾아냈다며 큼지막한 선글라스를 끼고 커다란 가방을 어깨에
맨 멋쟁이 모습을 한 딸을 데리고 와 결혼해서 독일에 들어가 간호사
로 있는 딸과 여유로운 삶을 누리라는 것이었다. 당시에 젊은이들은
월남의 전쟁터, 독일의 광부나 간호사, 사우디의 건설 현장으로 나가
피땀 흘려 돈을 벌던 시대이고 미국 이민이 줄을 잇던 시대로 몇몇 친
구가 미국이민, 독일 광부로 가는 것을 보면서 나도 고시에 실패하면
이민이나 광부로 가겠다는 생각이 간절하였으나 이민은 연고가 없고,
광부는 체력이 달려 자신이 없던 차였기에 망설여지는 마음에 일주일
의 여유를 달라고 했다.

그 아가씨는 보름 후에 독일에 들어가야 하므로 빨리 결정하기를
원했고 나는 일주일만 더 빨리 만났더라면 틀림없이 독일에 갔을텐

데 하는 아쉬움을 가지면서 나의 양심과 꿈은 심한 갈등을 일으키며 고민하기 시작했다. 어릴 적 시골 이웃의 코흘리개였던 아이가 이렇게 당당한 모습으로 찾아와 독일에서 간호사로 자리를 잡았기에 고국에서 결혼하고자 일시 귀국하여 수소문 끝에 어렵게 찾았는데 겨우 일주일 전 결혼을 약속하고 일을 저질렀으니 내 도덕관념으로는 허락되지 않는 일이었지만 그래도 쉽게 포기하지 못하고 일주일의 말미를 얻어 고민하기 시작한 것이다.

아내와 나 사이에는 갑자기 냉기가 흐르면서 싸늘해지기 시작하였고 나는 밤낮 사흘을 고민하다가 드디어 아내를 데리고 우이동 산골 계곡에 앉아 독일로 가겠다고 결심을 말하자 얼굴이 샛노랗게 변하면서 계곡에 드러누워 정신을 놓아 버리는 것이었다. 가볍게 받아들일 줄 기대하다가 순간 당황하게 되었고 나의 이기심이 한 여자의 인생을 망쳐버릴 수도 있겠다 싶어 겨우겨우 아내를 달래 정신을 수습하여 집으로 돌아왔고 나는 다시 고민하다가 독일행을 포기하기로 결심하고 통보한 후 우리가 처음 만난 지 한 달 만에 후천적 인연 중에 가장 귀하고 영원해야 할 결혼을 하게 된 것이다.

인연, 인연이란 무엇이던가. '옷깃만 스쳐도 인연'이라는 옛말대로 우리에게는 인연을 소중히 여기며 그 인연의 끈을 이어 가려는 마음이 있는데, 독일에서 온 간호사는 간절한 바람이 있었어도 인연이 끈을 맺지 못하였고, 동생의 집에 갓 세 들어온 아내는 영원의 연이 맺어졌으니 간발의 차이가 이토록 큰 결과를 가져오는데 그 연속에는 엄청난 악연도 숨어 있었다는 걸 그때는 알지 못하였던 것이다. 사람의 삶이 하나하나 크고 작은 그때그때의 연으로 이루어지는 무수한 연들의 합이라고 생각이 들어 앞으로는 좋은 연들만 함께 하기를 기원해 본다.

배산임수의 부산으로

경주로 신혼여행을 다녀 온 후 곧바로 정릉 쪽에 작은 방 하나 구해 새 살림을 꾸렸으나 산사를 떠돌다 결혼하였기에 직업이 없어 중대한 결심을 해야 했다. 우선 한 단계 낮추기로 하고 기회를 찾던 중 마침 서울을 제외한 전국에서 4급을(현 7급)지방 공무원 채용시험이 있었다.

부산과 전남을 놓고 심각히 고민하다가 부산에 원서를 제출하였다. 평소 산을 등지고 앞에 바다가 펼쳐지는 배산임수의 곳에서 살았으면 하는 바람이 상했는데 전남은 합격하더라도 연고지인 광주 발령이 더 우세할 것이고 혹 희망하는 목포로 발령 난다 해도 언제 다시 전출될 수도 있기에 그런 걱정이 필요 없는 부산을 택한 것이다.

20명 모집에 1,500여 명이 지원하여 전혀 자신은 없었으나 마지막 순위이긴 하나 다행히 합격하여 발령을 기다리는데 아내는 입덧이 심하여 직장을 그만두었고, 초등학교를 졸업한 직후 나의 자취방을 찾아 왔던 다섯째인 남동생은 그동안 중학 검정고시 고교 검정고시를 거치고 거의 나와 같은 시기에 총무처 5급을(현 9급)에 합격 발령을 기다리고 있었으며

그 아래 여섯째인 여동생은 비록 은행알 굴리기였으나 얼마 전까지 최고의 학교였던 여학교 졸업반이었기에 나는 마지막으로 M사 사장으로 있는 L씨를 찾아 여동생 취직을 부탁하였는데 다음 해 2월 다섯째는 강남의 전화국으로, 여섯째는 M사 경리과로, 그리고 나는 부산의 한 구청으로 발령을 받아 그동안 마음고생이 심하였던 부모님은 둘째, 다섯째, 여섯째가 한 번에 발령을 받게 되는 겹겹경사를 맞아 모든 걱정을 내려놓고 기뻐하셨다.

뒤에는 산이 있고 앞에는 국내 제일의 부두가 있는 바다가 보이는 언덕바지에 방을 얻어 부산에서의 생활을 시작했다. '재첩국 사이소오' 청아하면서도 애절한 소리에 잠이 깨고 싸늘하다 못해 차갑게 느껴지는 부역선의 휘황찬란한 불빛을 보며 삶이 늘고

임신초기 심한 입덧에 시달리던 아내는 그 중독증에 온몸이 퉁퉁 부어오르고 극심한 산고를 겪어 입원한 지 사흘만에야 출산을 하는 아픔을 겪을 때 나는 대기실에서 이틀 밤을 지세워야 했고 퇴원하자 일주일만에 심한 하혈로 다시 입원하게 되는 아픔을 겪기도 하고

젊은 집주인 아주머니의 따사로운 마음 씀에 고마워하면서도 아이가 할머니를 '할매'라고 부르는 친구 대하듯 정감 어린 호칭과 초등학생인 형을 형님이라고 깍듯이 부르는 호칭에서 사랑스런 마음으로 형성된 수직관계와 수평적 위계가 철저한 형제 관계의 오랜 전통에서 오는 다가설 수 없는 거리감을 느끼면서

부산에서의 공무원 생활을 활기차게 시작했다. 통장을 따라 나간 부두에서는 치열하게 살아가는 부두 노동자들의 모습에서 삶의 고달픔을 느끼고 세금 독려를 위해 코를 찌르는 퀴퀴한 냄새를 헤집고 기어들 듯 들어간 움막촌에서는 거동을 못 하고 누워있는 자, 주린 배를 움켜쥐고 퀭한 눈으로 낯선 손님을 바라보는 자를 보고 차마 세금 얘기는 꺼내지도 못하고 돌아서기도 하지만

쉬는 날이면 용두산공원으로 자갈치시장으로 태종대로 해운대 광안리 송정 등 해수욕장으로 구경할 곳이 수없이 많은 데다 부두에 나가 배만 타면 광활한 바다 위에 펼쳐지는 남해의 곳곳의 명소들을 한나절에 구경할 수 있는 천혜의 곳 부산에서의 공무원 생활은 즐거웠다.

착오 발령의 후유증

부산에서의 1년이 순식간에 흘러가고 구청 총무과로 발령이 나 행정계에 배속되어 매일 아침 각 동에서 올라오는 동정을 보고 받아 특이사항을 보고하고 구청장이 주관하는 각종 회의서류를 작성하는 일을 담당했다. 그때까지만 해도 구청 전체에 7급 공채자는 나 하나뿐이어서 누구도 당연한 걸로 생각하였고 처음 동으로의 발령이 오히려 이상하였을 뿐 이상한 인사로 생각하는 사람은 없었다.

2~3일 유심히 나를 관찰하던 과장은 나의 억양이 이상했던지 인사 담당에게 나의 인사서류를 가져오라 해 살핀다. 이미 본적도 서울로 옮긴 뒤라 모든 것이 서울로 되어 있어 서류상 이상한 것은 없는데 육사에서 사투리를 못 쓰게 아무리 훈련했다 해도 티가 나는 모양이었다. 일주일도 채 가기 전 과장이 인사 담당을 질책하는 소리가 들린다. 인사가 잘못되었다는 것이다. 공교롭게도 나와 '성'이 같은 또 한 사람이 있었는데 희성이라 성만 알려주고 '불러들여'하는 한마디에 실무자는 으레 7급 공채자인 나일 거라 판단하고 발령을 낸 것이었다.

며칠 후 처음 부탁받은 그 직원은 세무과로 발령이 나고 나는 그날부터 호된 시련을 겪는다. 회의서류 결재가 들어가면 '글씨가 이게 뭐야!' 하면서 탁자 위에 집어 던진다. 다음에는 한두 곳을 찍 긋고 또 던진다. 그러기를 서너 차례 시간이 없다. 회의 시간은 다가오고 대기시켜 놓은 차트사는 빨리 가져오지 않는다고 볼멘 소리다. 빨리 끝내고 퇴근해야 하는데 그래도 쩔쩔매며 부탁하는 내가 안쓰러운지 잘 참아준다. 한 달이면 서너 차례 있는 회의 때마다 나는 호된 시련을 겪으면서도 시간은 지나가고 있었다. 몇 달이 지났을까, 같은 과의 회계계에 한 자리가 비게 되어 나는 자연스럽게 그곳으로 옮겼다. 과 내 이동이라 전보 제한에 걸리지 않기 때문이다.

회계계에서는 직원 봉급과 구에서 운영하는 모든 차량의 기름공급 등을 담당했는데 하루하루가 다시 즐거운 나날이 되었다. 직원들 간의 유대도 좋아 거쳐 간 전임자 몇 명과 현재 직원들이 모임을 만들어 돌아가면서 온 가족 농반 집으로 초대하여 유대를 더욱 다지기도 했다. 얼마 후 과장이 전출가게 되어 전과 직원이 송별회에 참석했는데 떠나는 과장이 한사람 한사람 호명하는데 끝내 내 이름은 부르지 않아 그날 나는 필름이 끊기도록 술을 마시기도 했다.

신임 과장은 합리적이고 온순한 성품의 소유자로 과 분위기 또한 부드러웠는데 얼마 후에 있은 계장급 인사에서 신임 회계 계장으로 발령받은 사람은 그 인상에서부터가 살이 피둥한데다 허리띠는 배꼽 아래로 쳐지고 눈은 내리깔고 있는 탐욕스러워 보이는 사람이었다. 신임계장은 자리에 앉자마자 하나하나 검토하기 시작한다. 물론 가장 중요한 계약 업무는 선임자가 하고 있어서 그 내용은 모르지만 나의 업무 중에 월급 지급 시에 원천징수 되는 보험료에 대한 미세한 수수료를 챙기더니 건설장비를 비롯한 모든 차량에 지급되는 주유권을 직접 보관하겠다는 것이다.

주유권은 차량과 계절에 따라 약간씩 차이는 있지만 주간 또는 월간 결재를 받아 매일 기사들에게 필요에 따라 지급된다. 통상 약간은 미지급돼도 기사들은 수령란에 도장을 찍지만 미지급 비율이 커지면 기사들이 수령인을 거부한다. 나는 기사들을 달래며 계장에게 주유권 지급을 요청하지만 계장은 서랍을 잠근 채 출타다.

저녁때가 돼서야 나타나지만 계장의 서랍은 열리지 않는다. 그때그때 기사들을 달래면서 미루기를 여러 차례 해보지만 내 성미에도 맞지 않아 드디어 폭발하고 만다. 'ㅇㅇㅇ 나 다른 데로 발령 내! 저런 사람과 같이 일할 수 없어!' 인사 담당자를 향해 고래 소리 지르자 전

직원이 일하다 말고 고개를 돌린다. 다행히 이미 전보 제한은 풀려 있어 나는 힘들었던 총무과 시절을 끝내고 다음 날로 민방위과로 전보된다.

민방위과에서의 생활은 활기차고 의욕에 넘치는 날들이었다. 매월 민방위의 날에는 구 관내 큰 건물들에서 시행되는 민방위 훈련을 지휘하기도 하고 모든 차량이 도로변에 정지한 상태에서 민방위 차량을 타고 간선도로를 질주하면서 훈련을 지휘하는 일은 싱그러운 쾌감을 느끼게도 한다. 1년에 한 번씩 다시 세우는 민방위 집행계획을 시청에서 교육받고 각 동 민방위 담당자들에게 전달하는 전달 교육을 실시하고 구 집행계획을 완성하고 한 권의 책이 돼 나오면 흐뭇하다.

교육훈련을 담당하던 중에는 한 번에 1,000여 명이 넘는 대원들을 지휘하며 교육 시간 내내 교육상태를 감독하고 출석확인을 해주고 하는데 한번은 극장식 계단 형태로 되어 있는 한 여고 강당에 동장도 교장선생님을 비롯한 선생님들도 회사의 사장님들도 포함된 1,500여 명이 모였는데 인원이 많아서인지 직장의 높은 사람들이 모여서인지는 몰라도 졸고 있다기보다는 아예 자는 사람, 옆사람과 시간 내내 작은 소리로 얘기하는 사람 등등 피교육 태도가 엉망이었다. 교육이 끝나고 전문강사 선생님이 나간 후 단상에 올라 10여 분을 훈계한 적이 있다. 감히 국가에서 부여된 교육훈련에 대한 감독권이 아니라면 상상이나 해볼 수 있는 일이던가.

8. 다시 서울로

내가 구청에 근무하던 때는 엄청난 변고가 있고 나라 전체가 요동치던 때였다. 절대권력자였던 대통령이 가장 믿었던 측근의 총에 쓰러지고 수사를 담당한 육군 소장은 야밤에 참모총장을 체포하고 이제 절대권력자의 독재시대는 끝나고 자기들의 시대라고 굳게 믿던 3김은 수면 아래로 침잠한채 서울의 봄은 사라지고

독재정권과 군부의 득세에 항거하던 광주 시민에게 빨갱이라는 누명을 씌워 무자비하게 짓밟던 5월, 언론의 보도관제 속에 광주를 빨갱이 DJ를 추종하는 빨갱이 소굴로 폄훼 싹 쓸어버려야 한다는 무서운 보편적 인식을 가진 사람들 속에서 더구나 얼마 전 행정계에서 호된 시련을 겪어야 했던 나로서는 이곳에서 나의 꿈을 펼치며 살아갈 수 없다고 느끼며 나의 앞길을 걱정하게 되었다. 생각의 차이가 이렇게 크고 무서운 것인가. 뒤에는 산이 있고 앞에는 바다가 펼쳐지는 아름다운 도시 속 풍광을 즐기며 살아가는 낭만은 꿈이런가.

얼마 전 광안리 모래사장에서 100미터도 되지 않는 곳에 새로 지어진 작은 아파트가 부담은 돼도 절약하며 살아갈 각오로 융자를 얻어 산 후론 여름이면 수영복에 티셔츠만을 걸친 채 바다로 뛰어들고 수영이 끝나면 집에서 씻곤 했는데 몇 달 만의 생각을 바꿔야 하다니. 안타까울 뿐이다.

전라도에서 태어나 고등학교까지를 다닌 내가 부산에서 아무 어려움 없이 공직생활을 한다는 것은 기대난망이라는 생각이 강하게 압박해와 고심 끝에 서울로 가기로 결심하고 인사 담당을 찾았다. 하례 요청에 의해 맞바꾸기 식으로 서울로 갈 수 있다는 것이었다. 인사 담당은 그래도 친절하게 방법을 찾아 주었다. 우선 명분을 생각해 두라며 서울시청에 인사를 총괄하는 국장의 조카뻘 되는 사람을 소개해 주었다. 나는 그 사람을 찾아가 명분을 말하니 흔쾌히 아저씨에게 편지를 써주어 휴가를 얻어 서울시청으로 그 국장님을 찾았다.

부모님은 연로한데 형수가 몸이 약해 어려움이 많아 우리가 모셔야해서 부득이 서울로 와야 한다고 말씀드리자 내려가 기다리라는 것이었다. 얼마를 기다렸을까 서울시에서 하례 요청서가 도착해 곧 서울로 옮기게 되었다. 늦은 결혼이기에 더욱 멋진 결혼생활을 꿈꾸며 행복한 꿈을 안고 부산으로 향했는데 4년 반이란 짧은 세월 만에 다시 서울로 향하게 되어 못내 아쉬우면서도 두 딸과 함께 네 사람이 되어 서울로 돌아왔다.

아름다운 부산이여 안녕!

청운의 꿈은 아니었지만 아름다운 삶을 살아보려고 고심 끝에 결정하고 아내와 둘이 보금자리를 튼 곳, 처음 이삿짐을 푼 금정산 아래 작은 방 하나, 새벽이면 재첩국 항아리를 인 아주머니의 청아한 목소리에 잠이 깨고 하루를 힘차게 시작하던 곳, 밤이면 바다 저 멀리 조개잡이 배들의 휘황찬란한 불빛을 탄성을 지르며 바라보던 곳, 아름다운 가을날 밤하늘의 반짝이는 별들이 저토록 아름다울 수 있었던가.

일요일이면 태종대의 외곽도로를 걸으며 힘들어하면서도 마냥 즐겁기만 하고 책에서나 보던 등대에도 들어가 보고, 여름이면 해운대 광안리 송정 다대포 등 도시를 둘러싸고 있는 해수욕장들을 두루 돌아다니며 즐기고 자갈치 시장에서는 아나고 회를 국제시장 골목에서는 피난민들의 애환을 느껴보며 부두로 나가 여객선을 타고 충무 통영을 거쳐 한려수도의 아름다운 풍광을 맘껏 즐기던 곳

첫째 딸을 힘들게 낳고 다시 둘째 딸을 낳았을 때는 순간 실망도 했으나 자라면서 세상에서 제일 예쁜 딸로 자라 더없이 행복하기만 하고 때로 속상한 일이 있으면 용두산 공원에 올라 포효하듯 소리지르

기도 하고 지금도 기억 속에 뚜렷한 다정하던 이웃들과의 아름다운 기억들을 뒤로하고 서울로 향했다.

아들 태어나다

서울의 남쪽 관악산 아래 부모님이 살고 있는 낡은 재래식 기와집에 짐을 풀었다. 그때 형은 이수교 쪽에 집을 사서 이사한 후라 아직 학생인 막냇동생과 우리 네 식구 모두 7식구가 살게 되었는데 강북 끝 쪽에 있는 구청에 다니는 나의 통근 거리가 너무 먼 게 흠이었으나 부모님과 같이 사는 내 마음은 언제나 행복했다.

구청에서의 날들은 공무원 사회에서는 재벌급인, 나에게 매우 호의적이었던 한 넉넉한 기술직 선배를 만나 구청 후문 쪽 즐비한 다방에서 모닝커피를 마시는 걸 시작으로 하루의 일과를 시작한다. 관내 청소를 위하여 필요로 하는 빗자루를 납품받고 청소 리어카를 주문 제작하고 중랑천을 따라가며 진행하는 모래 사업자들의 채취권을 허가하기도 하고 새벽이면 관내 청소 상태를 확인 순찰하기도 하는 구청의 일은 즐거운 날들이었으나

어쩌다 저녁 늦게까지 동료들이나 고참 선배 직원과 어울리다 보면 만취하게 되고 다음 날 출근이 무척 힘들었다. 그해 겨울 눈이 많이 내린 후 녹아내린 눈이 얼어붙었을 때 만취한 채 집 앞 골목길에서 넘어지고 또 넘어졌는데 아침에 일어나니 오른팔이 움직이질 않는다. 겉은 멀쩡한데 팔꿈치 연골이 다쳐 어정쩡한 'ㄴ'자 모양을 한 팔이 구부려지지도 펴지지도 않는다. 무려 6개월이라는 긴 시간을 팔을 목에 건 채 엄청난 고통이 따르는 물리치료를 받아야 했고 번거로움도 있었지만 업무에 크게 지장이 있는 것은 아니었다.

행복한 날들 속에서 아내는 셋째를 임신하였고 우리는 다시 고민하기 시작했다. '아들딸 구별 말고 둘만 낳아 잘 기르자'란 표어가 국가의 시책이었고 산아제한을 국가 번영을 위한 최고의 가치로 홍보하였고 누구나 그렇게 인식하였기에 셋째 임신은 떳떳지 못한 행동으로 여겨졌다. 거기다 이미 딸 둘인데 셋째가 또 딸이라면 그때는 정말 얼굴을 들 수 없는 처지가 될뿐더러 가족수당은 물론 공무원 자녀에게 지급되는 미래의 학비 수당, 의료보험 혜택, 세금 공제 등 모든 혜택에서 제외되기에 우리 부부는 그런 모든 불이익을 감수하고 셋째를 낳아야 하느냐는 오랜 고민 끝에 낳기로 하였다.

서울 변두리에 허름한 집이긴 해도 마당이 있어 꽤 너른 데다 장차 태어날 아기도 있어 우리 가족이 살기에 안성맞춤이었으나 겨우 한해 겨울을 지내자마자 집주인이 집을 비워 달라는 것이었다. 바로 이웃에 있는 공기업 시설(변전소) 증설로 수용되어야 해서 하는 수 없이 이사 갈 곳을 찾는데 마땅한 곳을 찾지 못하고 있을 때

그러잖아도 공무원 월급으로 대가족이 살아가기엔 벅차 아내의 불만이 컸으나 부산에서 올라온 명분이 있어 망설이던 차였는데 형네가 부모님을 모셔 가겠다는 것이었다. 부모님은 곧 형네로 옮기고 우리는 구멍가게가 딸린 작은방이 있는 집을 구해 이사했다.

한여름의 무더위가 한풀 꺾여 드는 8월의 하순 이른 새벽. 간밤에 곤드레가 된 채 곤히 자고 있는 귓가에도 가냘픈 신음소리가 희미하다. 번득 눈을 뜨니 아내가 배를 움켜쥐고 고통스러워한다. 나는 아내를 부축하고 가까운 이웃 병원을 찾아갔다. 너무 이른 새벽이라 병원 입구 벤치에 잠시 앉아 있으니 새벽공기가 상쾌하다.

병원에 들어가니 아내는 즉시 분만실로 향하고 나는 보호자 대기

실로 들어갔다. 지난밤의 폭음으로 쏟아지는 졸음 속에서도 지난날들이 주마등처럼 스쳐 지나가고 곧 태어날 아기가 어떤 아이일까 걱정과 기대가 한꺼번에 밀려들며 세상 눈치가 더없이 부담스러운 터에 셋째가 이제 막 태어나려고 하니 졸음속에서도 걱정이 태산이었고 그 모든 것을 극복하기 위해서는 아들이기를 바라는 마음 간절할 뿐이었다. 기도하는 마음 간절하면서도 비몽사몽 졸고 있을 때 대기실문이 열리며 '장군이에요' 간호사의 목소리가 귓전을 때린다. '아! 하느님 감사합니다.' 나는 순간 대기실 문을 나와 병원의 긴 복도를 왔다 갔다 하며 불끈 쥔 오른손 주먹으로 왼손 손바닥을 힘 있게 치면서 '감사합니다.'를 연발하였다.

그때까지만 해도 태아의 성별을 완벽하게 알려 하지 않았고 위법인 데다 비용도 만만치 않아 기왕에 생긴 생명이기에 그저 간절한 바람으로 빌 뿐이었다. 아기는 4.3kg이나 되는 우량아였지만 순산이었기에 얼마 후 나는 아기의 모습을 확인할 수 있었고 만 하루가 안된 그날 밤으로 아내와 아기를 데리고 집으로 돌아왔다.

일상속에서

아내가 만삭이어서 가게 보기가 힘든 때 마침 큰 처제가 서울에 오게 돼 가게 일을 도와주고 있을 때 처제가 수년 전 다니던 직장에서 알고 지내던 친구가 입대하면서 소식이 끊겼는데 제대 후 수소문 끝에 찾아왔다. 처제는 곧 결혼하였다.

나는 승진 연도가 되어 기대가 컸는데 부산에서 올라온 근평이 너무 형편없어 탈락되었다는 얘기를 듣고 그랬으려니 생각했지만 그래도 허탈한 마음 버릴 수 없었다. 얼마 후 우리는 셋째이긴 하나 장군감

아들을 보게 되어 승진에서 탈락한 아픔도 또 딸이면 어쩌나 하는 두려움도 셋째이기에 박탈당해야 하는 공무원 자녀로서의 모든 불이익도 단숨에 털어버릴 수 있었다.

이래저래 술 먹는 일이 잦아 지면서 다음날 출근하기가 무척 힘들다 보니 시청 과장으로 있는 친구의 형님 도움으로 집 가까운 구청으로 옮길 수 있었다. 새로 옮긴 구청에서는 새로 생긴 물가단속반에 배속되어 근무하다가 얼마 있어 소상공인 업무를 관리감독하는 일을 맡게 되었다.

겨울이 다 가던 어느 날엔 정권에 의해 사형선고를 받고 미국에 망명중이던 민주화 투사 DJ가 돌아온다는 소식이 있었는데 과장이 전직원을 모이게 하더니 나에게 종이 한 장을 내밀며 읽으란다. 미국에서 돌아오는 DJ는 빨갱이로 공무원들이 동조해서는 안 된다는 내용이었는데 과별로 직원에게 읽어주고 즉시 폐기하라는 것이었다.

어느 때인가는 같은 과 계장의 딸 결혼이 있었는데 계 직원 전체가 동원된다. 한 사람은 각 구청을 돌아다니며 간부 명단을 구해오고 다른 직원은 청첩장 봉투를 쓰고 또 다른 직원은 혹 누락된 사람이 있나 검사해 발송하고 구청 전체가 화젯거리로 빈정댄다. 결혼식이 끝나고 며칠 후 뒤풀이를 위해 과 전 직원이 강남의 대형 중식집에 모였는데 나는 계장의 탐욕스러운 모습이 싫어 내키지 않던 차 기회가 생겨 그날 당직을 핑계로 불참했다. 자정이 지났을까 교통사고 소식이 들려왔는데 뒤풀이 후 한 직원의 차를 타고 각자의 집을 순행하기로 하고 출발하였는데

이수교에서 강남으로 뻗어 있는 한적한 너른 도로에서 만취한 운전자가 순간 중앙선을 넘어 마주 오던 차와 정면충돌해 운전자는 그

자리에서 죽고 옆좌석의 직원은 튕겨 나가 상대 차 보닛 위에 떨어졌는데도 가벼운 부상이었고 뒷좌석 직원들도 가벼운 부상에 그쳤다. 내가 그 자리에 참석했다면 틀림없이 운전자 옆좌석에 탔을텐데, 나는 평소에도 늘 그 옆 좌식에 있었다. 구청장이나 자가용을 타고 국장급도 관용차를 타던 때라 시에서는 하위직 그것도 최말단이 자가용 타는 것을 조사했고 하위직이 자가용 타는 것을 금하기도 했다.

'88서울 올림픽' 서울 개최가 확정된 뒤라 구청에서의 일과는 이른 아침 동원으로 시작된다. 하루는 새마을 모자를 눌러쓰고 골목길을 쓴다. 이른 아침 골목길은 담배꽁초가 널려 있고 각종 쓰레기가 아무렇게나 버려져 있다. 동네 새마을 지도자들과 함께 때론 구간별로 나뉘어 비록 동원되어 피동적으로 하는 청소지만 하고 나면 깨끗해진 거리에 만족해하며 근처 해장국집으로 향한다.

하루는 교통질서 캠페인이다. 처음엔 신호등이 있는데 무슨 캠페인 했는데 신호등이 바뀌기 전 예측하고 한발 미리 나가는 서두르는 모습들, 깃발로 제지해도 막무가내인 사람들, 아차 순간에 일어날 수 있는 사고들을 예방하고 신호를 지켜 질서를 지키도록 하는 여유를 갖게 하는 캠페인이다.

어깨띠를 두르고 피켓을 들고 깃발로 대기선에서 캠페인을 벌이는 모습을 보면 때론 부끄럽기도 하다. 기왕에 하는 캠페인인데 남보다 일찍 출근한 것이 못내 억울한 표정으로 그냥 서 있기만 하거나 깃발을 든 손이 축 처져 있거나 아니면 감독관이 없는 새 뒤로 빠져 있거나 언제 어디서나 얌체족들 또한 있기 마련이다.

때론 전 직원이 동원되어 거리질서 캠페인을 벌인다. 새마을 모자에 어깨띠를 두르고 팻말을 들고 대로변 인도를 따라 캠페인을 벌이고 토요일 오후면 근처 산에 올라 자연보호 캠페인을 벌인다. 부녀회나 새마을 지도자들은 자발적 참여이기에 열성적이나 토요일 오후를 빼앗긴 공무원들은 언제나 피동적이다. 특근수당이나 시간외수당 등이 일절 없던 시절이라 당연할 수도 있겠으나 그래도 골목길의 쓰레기는 줄어들고 등산로나 계곡의 쓰레기 또한 줄어들며 동원과 캠페인은 계속된다.

근무 시간에도 오후가 되면 동원된다. 대로변 간판은 탈색되고 찢기고 널브러진 것들이 흔하고 그중 특히 후미진 거리는 빛바랜 빛가리개 천막들이 반신창이다. 인도에는 각종 물건늘이나 폐기해야 할 자재들이 널려 있다. 오후가 되면 과별로 조별로 나뉘어 물건 적치를 못하게 하고 퇴색간판 정비하게 하는 것이 일과다. 설득을 하기도 때론 언성을 높여 싸우기도 하면서.

사무장이 되다

사무장이 되어 동사무소에 가니 위상이 한껏 상승한 느낌이다. 사무실 내에서의 모든 행정사무를 총괄하고 실적을 독려하면서 민간조직인 단체의 장들과도 긴밀하게 협조하여 나간다. 위원회별 한 달에 한 번 정도 개최되는 회의가 끝난 후 뒤풀이에 참석하고 봄가을에 있는 친목 야유회도 동장과 함께 참석한다. 지역 국회의원이 민간단체원들을 만나는 자리에 참석하기도 하고 몇몇 유지들만 가는 고급 술집에도 가본적이 있다. 대부분 하루 종일 사무실 내에서 근무하기 때문에 답답한 것도 있지만 거의 매일 찾아와 떠드는 통장도 있고 각종 회의가 끊이지 않는 데다 크고 작은 문제들이 여기저기 산재해 있어 언제나 바쁘다.

매주 한 번씩 있는 새마을 조기청소 때는 새벽에 일어나 참석해야 하고 마을 청소가 끝나면 회원이 운영하는 식당에서 식사를 같이한다. 한 달에 한 번인 반상회나 민방위훈련 때는 준비상황 등을 점검해야 하고 각종 자문위원회 회의준비도 해야 한다. 일 년에 한, 두 차례 있는 등화관제훈련 때는 동사무소 옥상에 지휘소를 설치하고 동장, 파출소장은 물론 각종 자문위원회장이 참석한 가운데 훈련을 지휘한다. 밤하늘의 정적을 깨는 요란한 사이렌이 울리고 일제히 불이 꺼져도 한두곳이 꺼지지 않는 곳이 있을 때면 확성기를 통해 고래 소리 지르고 지목된 지역 담당 직원이 신속하게 대처하지만 지목에 불편할 수 있을 것이고 일사불란한 모습을 보이지 못한 모습에 멋쩍기도하고 참관인들에 면목 없기도 하지만 구청 감독관 평점에 더 신경이 쓰이기도 한다. 일 년에 한두 차례 있는 구청 전체의 동 대항 친목 체육대회 때는 남녀 주민 선수를 선발하고 훈련을 독려하고 대회 날은 목이 터져라 응원도 하면서 하루의 축제를 맘껏 즐긴다.

때론 일과가 마무리되고 퇴근 시간이 가까워지면 직원이 맥주 한 잔하잔다. 으레 따라 나서는데 소주 한잔하고 나면 2차로 이어지기 마련이다. 2차에서는 간단히 맥주 한잔하고 대개가 막춤을 추는 3차 스탠드바 행으로 이어진다. 내가 더욱 활력이 치솟는 곳, 정적인 카바레는 어울리지 않지만 찢어질듯 요란한 굉음처럼 울려 퍼지는 밴드에 맞춰 흔들어 대는 스탠드바에서 나의 모습은 뼈 없는 연체동물 다름 아니기에 광란의 춤꾼들 속에 어우러진다. 하루의 피로나 스트레스가 흩어져 사라지는 순간이다.

땅을 가진 사람들은 낡은 집들을 헐고 빌라를 지어 재산을 늘려가는 빌라 건축이 활발하던 때 동료 직원 몇 명과 함께 작은 땅을 구해 빌라를 지어 내 집을 마련하려는 계획을 세우고 방법을 찾던 중 새마을 금고와 동유지인 재산가의 협조를 얻어 작은 빌라를 하나 마련할 수도 있게 되었다. 해가 바뀐 다음 해 초 한겨울에 아버지께서 지병으로 돌아가셨다. 지역 국회의원이며 동네 유지들이며 각동 사무장들이 모두 찾아 방배동 형 집이 비좁은데도 밤을 새워 지켜주어 지금도 그 분들께는 나의 도리를 다 못한 것이 미안하다.

승진후보 1순위에서 정식 승진이 된 후 새로 발령받은 곳은 남들이 다 싫어하는 곳이었다. 지금 재개발이 시작되어 건설회사와 세입자 단체의 대립이 심각하여 하루하루가 초긴장의 연속이었다. 어디서 어떻게 터질지 모르는 사고에 대비하여 경찰 관계자는 동장실에서 상시 대기하고 일요일이면 동직원들도 모두 비상 대기나.

전국에서 지역 깃발을 앞세우고 몰려든 백여 명이 넘는 세입자 단체들이 지역세입자들과 합세하여 철거를 반대하며 거세게 저항하는 가운데에서도 시간은 흐르면서 허름하여 폐가가 되다시피한 집들 하나, 둘 철거는 계속되고 세입자들의 입주권은 하루가 다르게 값이 뛰고 부동산 중개소에서는 입주권 거래가 한창이다. 널뛰는 입주권을 쳐다만 보고 있으려니 가슴이 답답하다.

하루는 중개소를 하는 친분 있는 통장이 찾아와 재개발 가능 예상 지역을 소개해 준다. 현지답사를 해보니 가능성이 있어 보인다. 나는 즉시 단안을 내리고 빌라를 팔아 새마을금고와 유지의 채무를 정리하고 허름한 연립을 사 세놓고 지하방을 얻어 이사한다.

새로 이사한 반지하 방은 입구 쪽 연탄 저장하는 곳이 늘 습기에 젖어 있어 여름 후반부터 가을 한 철까지 모기가 번식하기에 좋은 서식처여서 새벽 1~2시면 일어나 딸들 방의 모기를 잡아야 했다. 아이들이 아직 어린 데다 환기가 잘되지 않는 쪽 방이라 모기약을 뿌릴 수도 없어 밤마다 30여 마리의 모기를 잡다 보니 한 달이면 무려 1,000여 마리를 잡아야 하는 열악한 곳이었다.

철거가 한창 진행 중일 때 대통령 선거가 다가오고 있었다. 선거기간이 막바지이던 어느 날 오후 대부분의 직원이 외근을 나가고 민원실 직원 1~2명만 있고 나는 뒤편 내 자리에서 업무 정리를 하고 있을 때 동 지역장이 문을 열고 들어오더니 의자를 들어 집어 던진다. 갑작스런 일이라 미쳐 피하지 못하고 의자 모서리에 눈 밑이 찢어지는 상처를 입고 뒤쫓아온 직원에 의해 지혈하고 지역장은 파출소에 연행된다.

주는 것은 받으면서 선거에 대해서는 한마디 없는 사무장이 괘씸했던 모양이다. 선거에 무관심한 내가 그들의 상식으로는 괘씸하기도 했겠지만 본래 군사정권을 싫어한 나로서는 조용히 지낼 수밖에 없었다. 그날 저녁때 파출소에 들러 합의에 동의해 주고 밖으로 나오니 직원들이 위로한다.

9. 악연

우여곡절 끝에 재개발지역 철거가 마무리되고 본격적인 재개발이 시작될즈음 현계나 처리하는 구청의 비교적 무난한 과의 계장으로 발령이 난다. 나날이 하는 업무처리보다는 다가오는 '88서울 올림픽' 준비를 위한 새마을 조기청소, 거리질서 캠페인, 주차단속, 도로 적치물 정비, 노후 불량간판 정비 등 캠페인 동원에 시간을 더 내야 할 정도다.

마침 그때 고등학교 졸업 후 회사에 다니면서 주말이면 우리 집에 오곤 하는 막내 처제의 혼기가 되어 몇몇 사람들과 선을 보기도 했으나 잘되지 않아 안타까운 마음으로 걱정하던 차 우리 과에 새로 들어

온 신입사원이 나이는 좀 들어 보이나 사내다운 점이 마음에 들어 막내 처제를 소개했다. 8등신 미녀인 막내 처제를 보자 마음을 빼앗기고 둘의 사이는 급진전 되더니 곧 결혼하기에 이른다. 막내동서가 된 그 사람은 큰형님인 나에게 언제나 깍듯했다. 우리는 특별한 사이가 되어 서로 친하고 허물없이 지내게 되었으나 나에게 악연이었던 것을 그때는 깨닫지 못했다.

올림픽도 끝나고 다시 시간은 흐르고 교육원에서 2주간의 직무교육을 받고 있을 때 고교 선배이면서 친한 친구의 형님이 구청장으로 오면서 나는 다시 힘든 세월이 시작된다. 89년 가을쯤이던가 서울시 공무원교육원에서의 직무교육이 끝나갈 무렵 수도관리과 계장에서 기획예산계장으로 전보 발령을 통보받았다. 새로 부임한 구청장이 나의 선배임을 파악한 인사팀에서 나를 선택한 모양이었다. 1개월의 합숙교육이 끝나는 날 계 직원들이 차를 가지고 와 계주임과 같이 교육원을 퇴소하였다. 한두 번 합숙 교육을 받아 봤지만 이런 대우는 처음이기에 얼떨떨하면서도 위상이 변한 걸 느끼며 기분은 나쁠 리 없다. 그러나 그것이 훗날 나에게는 치명적인 아픔이 될 줄은 그땐 상상을 못했다.

기획계장으로서 맨 처음 한 일은 구청 현관 입구에 걸리는 대형 구정 지도를 새로 제작해 거는 일이었고 가장 중요한 일은 시에서 매주 열리는 구청장회의 때 시장에게 보고하는 한 장짜리 보고서를 만드는 일이었다. 임명제 구청장이 시청 간부들과 각 구청장이 모인 자리에서 우리 구청만의 독특하고 신선한 사업을 시장에게 먼저 보고한다는 것은 대단한 일이었기에 구청장은 언제나 새로운 보고사항 찾기에 총력이다.

시 회의를 끝내고 돌아오면 곧바로 구청 과장 이상의 간부회의가 시작되는데 각 과장이 다음 주 사업을 보고하는 중에 마음에 들지 않으면 구청장이 생각해 둔 것 중에서 하나를 고르거나 없을 때는 내가 각과 서무를 불러 다시 새로운 계획을 쥐어짠다. 대충 가닥이 잡힌 2~3개의 계획을 구성상에 보고하고 일난 하나가 선택되면 해당 과에서 다시 세밀한 계획서를 만들어 가져온다.

과에서 올라온 계획서를 검토하기를 몇 번 충분히 숙지하여 구청장에게 올릴 계획서를 만들어 구청에서 한 사람뿐인 우리계 소속 워드 프로세서에 넘기면 A4용지에 깔끔하게 인쇄되어 나온다. 과장은 만들어준 보고서를 들고 구청장실로 향하지만 대부분은 내가 다시 불려가고 몇 번의 수정을 거친 뒤 계획서는 확정된다. 긴 한숨으로 한주일의 일이 마감된 느낌이다.

계 직원들의 일사불란한 협조와 탁월한 기획력을 가진 계주임과 함께 구정보고서 작성이 60여 차례, 그중에서도 여기저기 흩어져 있던 쓰레기 집하장을 대형 한곳으로 모은 것과 구정 신문을 발행한 것, 구청 내에 미니 도서관을 만든 것 등은 큰 작업이었고 지금까지도 지속되는 좋은 기획이었다. 연말이 되어 다음 연도 구정 사업계획서를 만들 때면 밤낮이 따로 없다. 초안을 만들어 몇번의 수정을 거치는 동안 나와 직원들은 기진맥진이다. 사업계획서가 완성되고 시장의 초도순시 준비가 끝나면 한 해의 준비가 완성된다.

1년이 조금 넘는 짧은 기간이었지만 열과 성을 다해 함께해 준 직원들께 감사했던 마음을 전한다. 그리고 우리계 직원은 포상 휴가를 간다. 비록 부산으로 경주로 국내 여행이긴 해도 즐거운 시간이었다. 10여 년 만에 옛 근무지를 찾아가니 많이 변해 있었다. 몇몇 옛 동료들을 만나 소식을 전해 듣고는 다시 서울로 돌아온다.

기획예산계장으로 1년 몇 개월 구정계획을 두 번(2회) 세우고 매주 시장에게 보고하는 간부회의 자료 만들기를 60여 차례, 초도순시 두 번에 전보 제한도 풀려 연초 인사이동에 포함되어 있어 인사계장을 찾아가 다시 동사무소로 가고 싶다는 강력한 희망을 전했다. 그동안 고생했다고 해서 원하는 데로 발령 내주는 관행이 있는 데다 구청장이 선배이기도 해 믿고 기다렸는데 막상 발령장은 세무1계장이었다. 구청 강당에서 발령장을 받는 순간 나는 발령장을 구청장에게 던져 버리고 싶은 충동을 억제하며 눈물을 삼켜야 했다.

　　1년간 고생했으니 원하는 곳으로 발령 내 줄 것으로 기대했고 당연히 그리되리라 믿고 있었기에 직접 구청장을 찾아가지 않았던 것인데 인사계장이라는 자가 얘기를 안 했든지 아니면 나의 의도와는 상관없이 나에게 좋은 자리를 발령 내준다는 뜻이었는지는 모르겠으나 나는 원하는 자리가 아니었고 세무1과장의 인성을 알기에 더욱 원치 않는 일이었다. 더구나 과장을 비롯해 모든 사람들이 구청장 빽으로 세무과 발령 받은 것으로 오해만 사게 되었다.

곰탱이 2(갈등의 증폭과 사표)

세무과에서의 날들은 출발부터가 순탄치 않았다. 우리계 업무는 과 서무와 지방 체납세징수 지방세 징수 통계 등 다른 직원들이 다 기피하는 업무들로 짜여 있었다. 과서무를 보던 직원은 거의 매일 다른계 직원들과 술을 마시고 만취 상태가 되어 새벽 2~3시쯤엔 한밤중인 나에게 전화를 걸어 새는 소리로 '계장이면 다야, 난 당신 같은 사람 싫어' 등 별 시답잖은 소리를 지껄인다. 왜 그런 소리를 한 것인지 나는 지금도 그 이유를 모른다. 나는 그 직원으로부터 어떠한 불평이나 제의를 들어본 적이 없기 때문이다.

아침이 되어 잔뜩 화가 난 채로 사무실에 들어서면 그 직원이 먼저 출근, 대기하다가 '계장님 죄송합니다'를 연발한다. 처음 한두 번은 그냥 넘어갔으나 시간이 흘러도 계속되어 과장과 의논 끝에 하는 수 없이 다른 계로 보냈는데 다른 계장도 탐탁지 않아 하면서도 일정 지역의 사무를 분장할 수밖에 없었다. 월말이 되고 업무가 폭주하자 그 직원은 일을 못 하겠다고 결석이 빈번하다. 다른 직원들의 불만이 충천하여 소속 계장은 과장과 나에게 항의다. 그 직원은 소문에 사표를 냈다가 후일 청소과 일용직으로 다시 들어왔단다.

과 서무가 비어있어 계의 다른 신규직원에게 맡겼으나 얼마 후 다른 직장을 구하고 사표를 제출한다. 다른 한 여직원은 '여자가 어떻게 서무를 보느냐'며 통계일만 계속하고 사무분장을 올리면 본인이 거부하지 않느냐며 과장이 결재를 거부한다. 인사계장이나 과장에게 직원 보충을 요구해 보지만 소용없다. 인사시즌도 아닌 데다 혹 직원이 와도 다른 계가 더 시급하다며 타계로 보내버린다.

하는 수 없이 서무일을 도맡아 하고 있는데 마침 세무과 세입업무에 전산화가 도입되는 시기라 세무1,2과에 컴퓨터를 설치하는데 서무가 해야 할 발주에서 공사까지를 도맡아야 해 서너 군데의 납품회사로부터 견적서를 받아 평가서를 작성하여 결재를 올리고 당시 가장 앞서가고 있던 ○○○회사 제품으로 결정하여 공사가 시작되었다. 나의 월급이 100여만 원일 때 한 대에 100만 원이 조금 넘는 컴퓨터 10대를 세무 1~2과에 설치하는 일이었다. 납품회사가 결정되고 회사 담당 직원이 예쁘장한 여직원이었는데 일주일에 2~3번 사무실에 들르곤 한다. 과장은 저 안쪽 과장실에 앉아 문을 열고 들어서는 회사 담당 직원을 '미스ㅇ' 큰소리로 불러 과장실 소파에 앉게 한다.

여직원을 붙들고 무슨 얘기를 하는 것인지 놓아주지 않아 공사에 대해 혹 할 얘기가 있어도 과장실에서 해야 한다. 상급자인 과장이 하는 일이라 나는 공사감독에만 전념할 뿐 다른 데는 신경을 쓰지 않았다. 그때쯤 선배 구청장은 다른 구청으로 전보되었고 얼마의 시간이 흐른 후 공사도 끝나고 그 후 또다시 얼마의 시간이 흐른 후 토요일만 되면 등산복으로 출근 전국 곳곳의 산행을 하는 등산 마니아였던 과장이 토요일 12시 전, 후로 50여 명이나 되는 과 전 직원 앞에서 (계장 총 4명) 주무계장이고 선임계장인 나에게 '계장이 뭐하는거야 빨리 빨리 하지 않고' 고래고래 소리 몇 번 지르고는 등산 간다며 나가버리는 것이었다. 야밤에 만취한 서무에게서 듣던 넋 나간 소리 같은 소리를 대낮에 전 직원이 있는 데서 사무실 최고 관리자인 과장이 하고 있었다.

세입 현계 맞추는 것이 그렇게 큰 문제가 있는 것도 아닐 뿐 아니라 혹 문제가 된다면 빨리 서무담당을 보충, 일을 원활히 처리하면 될 것을 담당직원을 보충해 줄 생각은 추호도 없이 매주 토요일이면 과장의 고성은 되풀이되는 것이었다. 혹 떡고물 때문인가 하고 재무과 지출계장에게 확인했더니 이미 대금은 지출됐다는 것이다. 아니 발주계장의 검수도 없었는데 대금이 지출되다니? 의아해하면서도 지나쳤는데 그날 이후 과장의 고래 소리는 더욱 커지는 것이었다.

과장의 어처구니없는 생고래 소리에 버티다 못해 7월에 사표로 대응했다. 사표를 내던지고 출근하지 않자 담당국장이 사표 수리를 보류한 채로 일단 출근하라는 것이었다. 다음 인사 때를 기다리자는 것이었다. 그러나 그때가 아직도 반년은 더 있어야 하는 것이 아닌가. 내가 과 주무계장인데 그것도 전 직원 앞에서 여직원과 서무가 해야 할 일들을 가지고 직원 보충에는 관심 없고 토요일이면 고래 소리만 지른다. 나는 계장의 고유업무에 컴퓨터공사, 체납세징수 등 서무의 시급한 업무를 우선 처리하다 보니 지방세 통계나 체납세징수 처리가 다소 지연 처리되는 경우도 있었다. 처음에는 그럴 수도 있으려니 했는데 주말만 되면 반복되어 더 이상 참을 수가 없어 인사계에 전보 발령을 요청했으나 거절당하고 시 인사과에도 찾아갔으나 역시 거절당한다.

모기가 극성이던 곳에서 새로 이사한 곳은 도시가스도 들어오고 습기는 차도 모기는 없는 곳이어서 다행이었다. 새로운 빌라로 이사하기 직전 고부간의 갈등을 참다못한 어머니가 우리집으로 옮겨왔다. 방 둘인 지하방에서 어머니는 손녀들과 우리 부부는 아들과 같이 사는데 형수와 어머니에서 아내와 어머니 사이로 고부 갈등이 옮겨졌을 뿐 갈등은 여전하였다.

그러던 어느 날 아들과 나는 보지 말았어야 할 장면을 보고 말았다. 아내와 어머니의 몸싸움! 상상하기도 힘든 광경에 경악한 채로 넋을 잃고 말았다. 그날 이후 아내에 대한 나의 마음은 돌이 되었고 마침 직장에서의 상사와의 갈등을 극복하려 하지 않았다. 얼마 후 어머니는 우리가 이혼하려는 낌새를 느끼고는 이혼만은 반대하시며 여동생네로 옮겨가 딸네를 전전 당뇨와 후유증에 고생하시다 몇 년 뒤 셋째 아들네서 돌아가셨다.

경상도 출신인 국장이 나를 불러 설득하고 전라도 출신인 부구청장이 나를 불러 설득하지만 얼마 전 고부 갈등으로 못 볼 것을 보아버린 나는 자포자기 심정으로 끝까지 출근을 거부하였고 한 달 뒤에 사표는 수리되었다. 과장은 밀양 출신이고 인사계장은 부산 출신이었는데 두 사람은 친구처럼 지내는 사이였다. 나는 하는 수 없이 사표로서 대항했던 것이다. 지금의 과장과 같이 일할 수 없으니 어디든 전보시켜 달라고 요구했으나 일단 출근하면서 다음 인사 시기를 기다리라는 것이었다. 나는 출근을 거부하고 발령만을 고집했다. 잠시도 그 과장과는 일을 할 수 없었다. 나는 출근을 거부한 채로 시인사과와 구인사과장 부구청장을 찾아다니며 제발 어디든 발령을 내달라고 통사정을 하였으나 시에서는 구자치제이니 간여할 수 없다는 것이었고 구에서는 먼저 출근하라는 것이었다.

나는 끝내 그 과장과는 마주할 수 없었기에 버틴 지 1개월 드디어 사표는 수리되었다. 부산 총무과에서는 과장의 핍박에도 잘 참았었는데, 물론 이유가 복합적이긴 하지만 서울인데 과장의 고래 소리 몇 번에 사표를 내다니… 그래도 출근하면서 싸우고 공사담당자 검수도 없이 1천만 원이 넘는 공사비가 지출된 것도 추적해야 했는데, 구청은 물론 시까지도 인사부서, 계약부서, 감사부서를 장악하고 있는 파워벨트에 저항한다거나 전보 제한을 피해 나 대신 과장의 인사를 요구하는 것은 계란으로 바위치기일 것이기에 굴욕을 감수하고 출근하면서 버텨냈어야 했는데, 그때는 왜 그리 곰탱이 같았는지..

무산된 휴가(1991. 9. 7.)

휴가철이 되어 가족이 휴가를 떠나는 전날 밤엔 짐을 챙기는 엄마 아빠 곁에서 밤이 깊은 줄도 잊은 채 이것저것 따져 묻고 궁금해하고 즐거워하던 아이들,

서울의 도심보다 더 극심한 교통혼잡도 아스팔트를 녹일 듯 내리쬐는 불볕더위에 비 오듯 쏟아져 내리는 땀이 눈을 따갑게 해도 피곤한 줄 모르고 마냥 즐거워하던 아이들, 예전에는 북한산 계곡이나 도봉산 관악산 골짜기에서 더위와 사람과 오물에 부대끼다가 집에 돌아오면 더욱 무덥고 짜증스러워 차라리 골방 구석에 누워 천장만 바라보노라면 휴가 끝이었다. 아이들이 어린 탓도 있었지만 3~4일을 쉴

여행비가 더 큰 부담이었다. 그러던 내가 아이들을 데리고 가족이 함께 산으로 바다로 휴가를 떠나게 된 것은 4~5년 전부터의 일이다.

그런데 지난해부터인가 산에서 취사 행위가 금지되고 야영 행위도 제한되고 각종 오물로 몸살을 앓는 산을 보호하기 위해 휴식년제까지 도입됐다. 환경보존론자들은 산을 보호하고 환경을 보존하기 위한 부득이 하면서도 당연한 조치임을 강조한다. 작년 여름엔가 큰비가 왔을 때 팔당댐 상류에서 흘러온 각종 오물이 댐 전체를 덮고 있는 것을 TV를 통해 본 적이 있다. 서울시민의 상수원인 팔당댐이 난지도 쓰레기장인가 싶었다. 산을 찾고 강을 찾으면서도 양심을 버리고 나를 버린 무수한 사람들의 흔적이었다. "아! 저럴 수가---"누가 한숨과 한탄을 토해내지 않았겠는가, 산과 강 바다가 오물 사태다. 누가 취사나 야영을 못한다고 해서 휴식년제가 있다고 해서 불편을 불평할 수 있단 말인가, 아쉬울 뿐이다.

우리는 언제부터인가 자기를 버리고 만 것일까, 자연을 호흡하고 자연을 즐기면서도 사랑할 줄은 모른다. 앉았다 일어난 자리를 뒤돌아보지 않는다. 자리를 펴자니 펼 자리가 없다. 여기저기 오물이 널려 있다. 나뭇잎 더미에도 모래 밑에도 자갈밭 속에도 돌바위밑, 계곡, 바닷속에도 오물은 장소를 가리지 않고 버려지고 숨어있다. 자연속에 버려진 양심들이다. 그 누구도 자연이 파괴되기를 즐겨 일부러 오물을 버리는 사람은 없겠지만 내가 편히 쉬며 휴식을 즐기던 자리를 일어설 때는 뒤돌아보지 않는다. 내가 앉아 있던 자리를 뒤돌아보지 않고 비닐한 떨어져 있는 것을 무심히 지나친다거나 패트병이니까 자연보호 하는 사람들이 줍겠지 하는 쉽게 생각하는 마음을 갖게 되는 것 같다.

모처럼 휴가를 맞아 아이들을 데리고 도시의 소음과 공해 아스팔트를 녹이는 폭염을 피해 발을 아리게 하는 계곡물에 발 담그고 더위

식히며 찌개 끓이고 고기 구우며 오순도순 모여 앉아 맛있게 식사 한 끼 하는 즐거움에서 산의 호연지기를 숨 쉴 텐데, 김밥 싸 들고 국물 없는 밥에 모래알 씹는 아픔을 훈련해야 한단 말인가, 한 사람 한 사람의 자업자득이리라. 그러나 빨리 양심을 되찾고 질서를 되찾아 자연을 보존하면서 맘껏 즐기는 여유를 갖게 되었으면 하는 바람 간절하다.

평일에는 거리질서 캠페인이나 조기청소 등으로 주말이면 뒷산이나 한강변 등에서 자연보호 활동을 하던 날들을 되새기며 휴지 한쪽이라도 흘리지 않도록 마음가짐을 단단히 하면서 땀과 짜증에 범벅이 되지 않고 아이들에게 추억을 심어주고 꿈을 심어주면서 휴가를 즐기며 휴식할 수 있는 곳이 어디일까? 설렘을 가득 안고 온 가족이 휴가를 떠날 날을 고대하던 때 한 달여 계속되던 과장의 심한 모욕적 고래 소리가 계속돼 7월 중순경 사표를 제출하였고 8월 말경 사표가 수리돼 가족휴가는 무산되었다.

10. 새로운 시작

공무원 연금제도의 초창기에 이미 퇴직금을 받은 과거 경력도 회복할 수 있는 제도가 있어 1차 공무원 시절의 퇴직금을 반납하고 근속연한을 회복한 상태였으나 사표가 수리되고 1차 공무원 경력 2년 8월, 군 병시절 1년, 2차 공무원경력 13년 5월 해서 총합 17년1개월로 연금대상인 최소 근속연한 20년에서 3년여가 부족해 일시금으로 퇴직금을 받아 제일 먼저 찾아간 곳이 증권사였다. 공무원 사회는 물론 나라 전체가 증권 열풍에 휩싸여 있던 때 강 건너 불구경하며 안타까워만 하던 나에게 목돈이 생겼으니 앞으로의 생활비와 중등 1명에 초등생 2명인 아이들의 학비 등을 보충하기 위해서라도 당연한 일이었으나 당시 주가는 1,000포인트를 넘어서고 잠시 조정국면으로 생각하여 투자하였던 것이 실패의 원인이었다. 조정을 거치는 듯하던 주가는 계속 하향곡선을 그리고 생계비는 계속 들어가야 하고 때론 잘못 선택된 종목이 부도가 나 휴지조각이 되기도 하여 퇴직금은 1년 반을 쉬는 동안 다 소진되어 버렸다.

다행인 것은 공무원 시절 늘 관심 있게 보아 두었던 곳이 건물을 짓기 시작하였고 퇴직 1년 만에 입주자를 모집해 가까운 친척들로부터 보증금을 차입해 선착순으로 제일 먼저 임대계약을 체결하였고 아동과 유아 중 선택을 고민하던 우리는 아내의 강력한 희망에 따라 유아로 결정, 대리점 계약을 체결하였으나 계약체결도 부진하고 공사도 자꾸 지연되어 속이 탔으나 퇴직 1년 반 만에 준공되고 가게는 문을 열었다.

임대계약을 체결하고 유명 유아 브랜드를 찾아다니다 한 회사와 가계약을 맺고 나니 안도감이 든다. 이제 오픈하기만을 기다리고 있을 때 나를 못살게 굴던 과장의 불행한 소식이 들려온다. 과장은 울타리가 있는 재래식 단독주택에 살았던 모양인데 다음 해 봄맞이 페인트칠을 하던 중 잠시 쉬기 위해 담뱃불을 붙이다가 불똥이 튀어 화재로 번져 온몸에 중화상을 입고 3개월여 입원하였다가 끝내 유명을 달리했단다. 사람의 운명이 그렇게 허망한 것을…

기다리던 가게는 드디어 오픈을 하게 되었고 아내는 가게 안에서 판매를 담당하고 나는 물품 출납, 회사와의 관계, 자금조달 등을 담당하면서 하루가 다르게 신장되어가는 매출에 신이 나기도 했다. 일일 결산이 되는 것은 아니었지만 매일매일 들어오는 판매대금을 집에서 세면서 우리 부부는 즐거운 나날을 보낼 수 있었고 적어도 공무원 월급보다는 훨씬 많은 수입이 예상되어 아이들 걱정도 덜 수 있었다.

아내는 처녀시절 유명 기성복 제품 판매를 하면서 익힌 상술도 있었지만 판매 분야엔 뛰어난 감각을 갖고 있었다. 매출 1~2위를 달리면서 즐거워하는 동안 건물은 에스컬레이터 증설공사를 마치고 마트에서 백화점으로 변경 승인을 따냈고 몇 안 되는 임대 사업장은 모두 수수료 매장으로 바뀌고 있어 우리도 어쩔 수 없이 임대계약 기간이 끝남과 동시에 수수료 매장으로 바뀌었다.

관에서 수시로 나오는 각종 검사 때마다 물건을 옮겨야 하는 수난을 겪으면서도 물품 보관 장소를 선점하고 있었기에 그나마 다행이었다. 수수료 매장이 되면서는 선점한 물품 보관 장소를 지키는 데는 다소 수월해졌지만 검사가 나올 때마다 옮겨야 하는 고충은 여전하였고 물품 출납이 있을 때마다 검수를 받아야 하는 일은 한사람이 해내야 하는 노동이었다.

거기에 때때로 하는 재고조사가 있을 때면 기진맥진이고 수시로 있는 층관리자들의 판단에 따라 매장 변경을 할 때면 백화점 측과 사투가 다름 아니었다. 1번 자리 고수를 위해 온 힘을 쏟아야 했고 매장 이동에 따른 시설공사를 해야 했고 기회가 있을 때마다 수수료를 들먹거리는 데는 피가 마를 지경이었다.

그럴 때마다 수수료는 조금씩 조금씩 오르고 검수는 더욱 까다로워지고 그러는 중에도 매출은 꾸준하여 계속 1~2위를 유지하였기에, 비록 얕은 천장 때문에 기어다니듯 하였으나 백화점 내에 반영구적 창고가 마련되었을 때는 널찍한 장소를 선점할 수 있었으며, 창고에서는 돌출된 서까래 때문에 아차 부주의한 순간 뒤로 나자빠지며 이마에 피멍이 들거나 머리에 혹이 생기는 아픔을 참아야 하기도 했지만 그 많은 물건을 옮겨야 하는 고충은 없었기에 그나마 다행이었다.

운명, 늪에 빠지다(제1금융권 담보대출 이자가 연 25%)

삼라만상이 다 그러하지만 사람도 태어날 때 의지에 의해서 태어나는 것이 아니라 섭리에 의해서 태어나지는 것이다. 그러나 태어나는 순간부터 연은 맺어지고 그 연은 끊어질 수 없는 것이 된다. 후천적으로는 사회질서 속에서 공동체적 운명에 따라 수없이 많은 연이 맺어지고 끊어지기도 한다. 그중에서도 생명체의 존재를 이어주는 의지에 의해 맺어지는 부부의 연과 친인척의 연은 후천적이면서도 가장 축복받은 것이다.

불교에서는 '공수래공수거'라 했지만 결국 '환생'을 기독교에서는 '부활'을 궁극의 목표로 하고 영생을 기원하지만 결국 인간이 자기의 존재를 확인할 수 있는 것은 대대로 이어지는 자손을 통해서라는 것을 느낄 수 있을 뿐인 것이다.

그래서 사람은 살아있는 동안에 모든 것을 누리기를 최대의 목표요 행복이라고 생각하게 되는 것이다. 그러나 누리는 것이 천차만별이요 천태만상이다. 태어날 때부터 억만금을 가지고 태어나 왕자처럼 군림하는 자가 있는가 하면 수족이 뒤틀리고 언행이 자유롭지 못한 불운을 타고 태어나기도 하지만 대부분은 왕자도 불운도 아닌 평범한 개체로 태어나 조금 더 있고, 조금 덜 있고, 조금 잘생겼고, 조금 못생겼고, 조금 크고, 조금 작고 그지 오십보백보로 태어나 서로 경쟁하면서 살아가는 것이 인생인 것이다.

그러기에 간발의 차인 인생을 좀 더 업그레이드시켜 사회 속에서 우뚝 선 나의 모습을 확인하는 데서 삶의 보람을 찾으려고 치열한 경쟁을 하면서 사투를 벌이는 것인지도 모른다. 그러다가 한 번쯤은 불운을 겪기도 하겠지만 그 늪에 빠져 헤어 나오지 못하는 것은 흔한 일은 아닌 것이다. 늪이란 한번 빠지면 헤어 나오기 어려운 곳이기도 하다. 그것이 내가 오십 평생에 꿈에 그리던 보금자리인 아파트에 입주하자마자 나를 덮친 불운을 시작으로 계속되는 불운의 늪을 헤어 나오지 못하고 처참하게 망가진 까닭이기도 하다.

나는 본래 아무것도 가진 것이 없는 집안에서 태어났고 아무것도 가진 것이 없는 아내와 만나 세 아이를 두고 근근이 살아오면서 나이 50이 넘어서야 쓸만한 집 한 칸 그것도 융자를 듬뿍 안고 겨우 사는 것처럼 살게 되었을 때 갑자기 나와 맺었던 '연' 중에 나와 내 가족을 천 길 나락으로 떨어지게 하는 악연이 있었다는 것을 깨달은 것이다.

모기가 극성이던 반지하 셋집으로 이사할 때 사두었던 연립 재개발이 시작되어 아이와 아내 모두 함께 공사장을 둘러보면서 벅찬 감동으로 희망에 부풀고 가게는 여전히 매출이 유지되었고 수수료 매장이 된 후로 순익은 조금씩 감소하였으나 매출은 여전히 1~2위를 달리고 있어 브랜드사로부터 1994년 실적에 의해 20점의 점주 부부를 선발, 4박5일의 괌, 사이판 포상휴가를 보내줘 생애 처음 해외여행으로 사이판의 휴양시설에 머물며 섬의 곳곳을 관광하면서 일제침략의 상징물인 포진지도 구경하고 바닥이 유리로 된 배를 타고 인근 수영장이 있는 섬으로 향하면서 물고기들이 한가로이 유영하는 모습에 신비로워하기도 하고 청정 해수욕장에서 물놀이를 맘껏 즐기기도 하였다.

오랜 기다림 끝에 시작된 재개발이 끝나고 아파트로 이사하면 어머니를 다시 모셔 오리라 다짐하였는데 사이판 여행에서 돌아오자마자 지병인 당뇨 합병증으로 동생네를 전전하시다 끝내 돌아가셨고, 향후 10년이면 아이들이 모두 대학을 졸업하고 여생을 아름답게 살겠다 꿈을 그리며 아파트 준공만 나오면 모든 사채를 은행 담보대출로 바꾸어 그동안 지불하던 이자 수준으로 충분하겠다 계산하고 아이들도 커가고 해서 좀 무리가 따른다 싶었지만 큰 평수를 신청한 것이 당첨 되어 꿈에 그리던 43평형 아파트에 1996년 말 입주하게 되었다.

새로운 아파트에 입수한지 채 한 달도 되지 않아 나에게 볼려오는 먹구름을 나는 느끼지 못하였다. 내가 소개해 결혼한 막내동서가 말직 공무원으로서의 희망을 보지 못하고 사표를 내고 토목사업을 하고 있었는데 막내동서는 마치 기다렸다는 듯 큰 어음을 가지고 와 공사대 금으로 받은 것인데 자잿값 임금 등을 지불해야 하니 바꾸어 달라는 것이었다. 나는 막내동서를 철저히 믿었고 그때 마침 둘째 여동생네에 큰 현금이 확보된 것이 있다는 얘기를 들었기에 동생에게 사정해 바 꾸어 주었다.

며칠 후 또 한 차례 내가 사용하는 가계수표를 몇 장 빌려 달라기에 서슴없이 주었는데 이것이 '오비이락'이던가, 내가 아파트로 이사한 지 꼭 두 달 만에 이미 파산 상태였던 막내 처제네가 야반도주한 것이 었다. 평시에도 500만 원짜리 가계수표를 몇 장씩 빌려주곤 하였는데 가계수표란 것이 정해진 날 이전에 입금만 되면 되는 것이었기에 사 업자금이 필요하다고 할 때마다 빌려주곤 하였는데 아! 이게 무슨 청 천벽력이란 말인가, 아파트에 입주한 지 두 달 만에 입주 전에 살았던 같은 건물 3층에 살고 있던 막내 동서네가 야반도주한 것이 아닌가. 급기야 정리하고 확인하니 모두 7천 만원! 준공 후 은행대출로도 부족 한 사채가 덤터기 씌워진 것이다.

동서가 살던 집은 경매에 부쳐져 주렁주렁 걸려 있는 채권자들에 게 5~6%씩 돌아갔으나 그 액수가 미미하여 나는 신고조차 하지 않았 다. 3개월짜리 어음은 부도가 되어 돌아오고 가계수표는 또 다른 사채 를 빌려 막아내고 하다 보니 평소에 지불하던 이자는 배가 되어 아파 트를 팔아야 하나 고민도 했지만 양도 소득세도 만만치 않고 또 얼마

동안 기다린 입주였는가. 그렇게 좋아하던 아내와 아이들의 실망스러운 모습을 볼 수도 없을 것 같아 버티어 내기로 힘든 결정을 해야 했다.

아파트 준공이 나면서 그동안 여기저기 널려 있던 채무를 담보대출로 변경하고서도 1억에 가까운 사채가 남고 말았다. 재수에 들어간 큰딸과 고2가 된 둘째 딸의 대학진학이 눈앞에 다가와 있어 힘든 세월이 예고되었으나 10년만 버티기로 하였기에 생활비 등 모든 비용을 최소한으로 줄여야 했다. 이제 내가 할 일이 하나가 더 늘어 돌아오는 가계수표를 돌려막는데 온 신경을 쏟아야 했다.

막막하기만 하였다. 그토록 고대하고 갈망하던 아파트에 이사하자마자 그러지 않아도 사채이자의 중압감 때문에 아파트 등기가 나오면 은행융자를 얻어 이자의 중압감에서 벗어나려던 차에 갑자기 내가 감당하기엔 벅찬 거액(18년의 공직생활로 받았던 퇴직금의 약 3배)이 빚으로 덤터기 씌워지고 나니 아득할 뿐이었다. 이사간지 두 달 만에 아내도 아이들도 정말 꿈에 부풀어 있는데 차마 집을 팔자고 하지도 못하고 어찌 버텨볼 생각을 하고 6개월을 견뎌낸 후 은행융자를 받아 일부사채를 정리해도 은행융자에 사채까지 남아 아파트를 처분해야 할지 망설이던 차,

그해 11월 IMF 외환위기라는 국가적 위기 상황이 닥쳐 은행이자율은 사채이자율까지 올라 월 2%가 넘는 은행사상 초유의 이자를 부과시켜 애초에 월 150여만 원으로 계산했던 이자가 동서 때문에 300여만 원으로 IMF로 500여만 원으로 3배 이상 껑충 뛰어 버린 것이었다. 하는 수 없이 아파트를 팔기로 하여 부동산에 내놓았으나 팔리진 않고 가격은 하루가 다르게 떨어진다. 사채는 더욱 늘어만 가고 절망스러운 날들은 계속되고 이제 더 이상 버틸 수 없게 되어 아파트를 처분

하기로 하고 매물로 내놓았지만 IMF 외환위기로 아파트 가격은 폭락한데다 그나마 거래도 없어 몇 개월이 흘러갔을 때 정말 운 나쁘게도 나를 철저히 나락으로 몰고 가는 악연은 계속되고 있었다.

덤터기 씌워진 사채, IMF로 사채보다 더 비싸진 은행이자로 집안 경제가 만신창이가 되었을 때 아파트 천장은 물론 벽을 타고 스며든 미세한 물줄기가 벽지 속을 온통 썩게 만든 것을 아파트에 입주한 지 1년 6개월 만에 발견하고 아연실색할 수밖에 없었다. 급히 건설회사에 연락해 하자보수를 요청하고 누수 탐지반을 총동원했으나 누수지점을 찾아내지 못한다. 팔려고 내놓았던 부동산에 매각을 취소하고 위층 사람들의 양해를 구하고 위층을 파헤치기 시작한다. 의심이 가는 곳을 파헤쳐 보지만 누수 원인을 찾아내지 못하고 건설회사 사람들도 누수탐지반도 난감해하기만 한다. 일만분의 일정도의 확률로 이런 미세 하자가 나타난다는 것이었다. 찾고 또 찾아봐도 찾지 못하고 위층과 우리 두 집이 만신창이가 된 채로 세월은 흐르고 다시 1년여가 되었을 때 겨우 찾아내 보수를 완료하고서야 아파트를 팔려고 내놓으니 가격은 이미 떨어질 대로 떨어진 후였다.

고심 끝에 1999년 9월 큰동서에게 은행대출 2억에 대한 이자를 부담하는 조건으로 계속 살기로 하고 2억 7천에 매각하였으나 연 25%나 되는 은행대출 이자에 아직 해결되지 않은 일부 사채이자 등으로 도저히 계속 살기가 버거워 동서에게 입주를 권유했으나 거절하고 타지역으로 이사함으로 엄청난 이자에 누적된 채무는 아파트를 처분해도 빚 감당도 안 되는데다 처분도 되지 않고 갈 데 없는 처지가 한탄스러워 주저하는 사이 세월은 다시 흘러 2001년 7월 꼭 5년 만에 아파트를 처분하여 은행융자 갚고 사채일부 갚고 나니 빈손, 그나마 큰동서네는 다 갚지 못하고 이자까지 동결시킨 채 동생네 완선 시하 난간망으로 이사하게 되었다.

사채는 이미 배가 되어 있었고 큰딸은 대학생이 된 데다 동서의 잔여 채무에 대한 이자는 동결키로 하였으나 일부 다른 사채와 사업자 대출은 그대로 남게 되었다. 마침 그때 둘째 여동생네가 한참 유행하던 찜질방인가를 하다가 신통치 않아 비워둔 지하 찜질방이 하나 있어 보증금 없는 월세 70만 원으로 우리 다섯 식구가 옮겨 갈 수 있었다. 다행히 방이 커 대학생인 두 딸의 간이침대와 책상, 간단한 옷장, 우리 부부의 옷장들이 다 들어갈 수 있어 말 그대로 그림 같은 방을 꾸미게 되었고, 소파, 책, 장식장, 기타 살림살이 등 대부분의 살림은 안산에 사는 처남네 아파트의 비어 있는 지하 공용공간에 노적봉 쌓듯 쌓아 천막으로 덮어 보관하고, 아직 고등학생인 아들은 독서실로 보냈다.

이것이 운명인가 운명의 농단인가. 이사한 지 꼭 3개월 아파트 매매계약을 체결한 지 꼭 6개월 만에 나를 처절하도록 비통하게 하는 사회적 변화가 일어나고 있었으니, 그해(2001년) 11월부터 아파트 가격이 오르기 시작하면서 은행들은 부동산을 찾아다니며 연 25% 정도이던 이자를 연 6% 대출로 갈아타라고 혈안이 되어 돌아다니고 있었고 아파트 가격은 하루가 다르게 널뛰기하고 있었다. 대출금액도 시세의 50% 정도이던 것을 80~90%까지도 대출을 해주고 있었다. 기가 막힐 일이었다. 6개월 그 6개월을 버티지 못한 것이 이토록 처참한 운명이던가. 6개월만 더 버텼더라면 한 달 이자로 3~4개월을 충당하고 추가 대출을 받아 모든 사채를 변제할 수 있었을 텐데

손을 떠나버린 현실을 아무리 털어버리려 해도 쉽게 잊히지 않는다. 밤이면 이불속에서 오열하는 것만이 내가 할 수 있는 전부였다. 소용없는 일이었지만 자꾸 생각이 난다. 잊어버리자 잊어버리자 해보지만 자주 들르는 지인이 하는 부동산 사무실에 앉아서 은행 직원들이 찾아와 명함을 돌리고 꾸벅 인사를 하며 부탁하고 가는 것을 보고 있

노라면 울화가 치밀어 뛰쳐나온다.

어둠의 세월

막내동서에게 빌려준 가계수표, 딱지어음 대신 끊어준 가계수표로 갑자기 가계수표 발행수량이 늘면서 돌려막기가 버거워진다. 가계수표의 회전이 급하게 빨라지면서 가계수표가 돌아올 때쯤이면 피가 마른다. 선이자(월2%) 지급하고 가계수표를 주면서 머리를 조아려야 하고 때로 거절당할 때면 온몸의 피가 거꾸로 솟는다.

가계수표 수량이 없어 은행에 가면 아직 회수 안 된 수량을 체크한다. 총 20장 중에서 17장 정도가 남아 있을 때면 가계수표 지급을 거절하므로 미리 수량을 점검하고 찾아가야 한다. 최대 35장 정도가 남아 있을 때도 있다. 그래도 안 될 때는 가계수표 발행을 하지 않아도 되는 동생들을 찾아간다. 매월 말이면 돌아오는 가계수표를 막기 위해 때론 비굴함도 때론 어떤 수모도 견디어 내야 한다.

IMF로 늘어난 이자, 대학생이 된 딸의 등록금 등으로 가계수표 발행이 급증하고 있을 때 은행에서 속사정을 아는지 모르는지 사업장으로 신용대출을 받으란다. 쥐구멍에도 볕 들 날이 있다더니 죽으란 법은 없는 모양이다.

시간이 흘러 다시 채무는 늘어나고 내가 찾아갈 곳은 모두 다 찾아갔고 이제 더 이상 어찌할 수 없을 때 이미 최악의 시세인 아파트를 팔기로 결심한 것이다. 몇 개월만 더 참을 수 있는 여력이 있었다면 아니 6개월 뒤에 급변하는 변화를 예측할 수 있었냐면 나의 운명은 바뀌었을 텐데 생각해 보면 6개월은 긴 시간이다. 내가 아내와 결혼한 것은

불과 일주일의 시간 차이기도 했으니까

내가 찜질방으로 쓰던 지하실로 이사할 때 형은 강남의 부자촌에 크진 않지만 꽤 괜찮은 빌라에 부부만 살고 있었는데 대학생인 딸과 한방을 쓰는데도 형이 데리고 있겠다는 말 한마디 없고 내가 가계수표 돌려막기로 갖은 고초를 겪을 때도 창피하다는 등의 말로 나를 분노케 하기도 해 몹시 서운한 마음에 왕래를 끊기도 하였으나 아내와 아이들의 왕래까지는 막지 않았다. 그때 형은 큰 사위 때문에 심적 물적으로 고충을 겪고 있긴 했지만 젊은 시절 군에서 제대하고 서울 올라올 때 나는 모든 것을 다 내 주었는데…

아파트를 팔고도 사업체를 담보로 한 신용대출과 사채가 남아 있는 상태에서 부담해야 하는 이자와 집세, 대학생 둘의 교육비, 꾸준한 5식구의 생활비 등으로 다시 채무는 누적되어 가고 다음 해 큰딸이 졸업하였으나 그다음 해 다시 아들이 대학생이 되었다. 아들은 고등학교 2~3학년을 독서실에서 살면서 공부는 뒷전이고 여학생만 만나고 다녔다.

졸업 당시 수능성적이 좋을 리 없었지만 만점의 55%밖에 되지 않는 점수를 받아 보고서는 천길만길 절망뿐인데 아들은 재수는 싫다며 지방 아무 대학이나 가겠단다. 나는 형편이 몹시 어렵기도 하였지만 홀로 지방에 보내 지내게 할 수 있는 마음도 경제적 여력도 없었기에 대학을 포기하든지 재수를 종용했다.

아들은 재수를 결심하고 당시 둘째 누나가 살고 있던 원룸에서 혼자 공부하기 시작했다. 재수 결정까지 한 달을 허비하고 그해 전국이 빨간 물결과 '오! 필승 코리아' 함성으로 뒤덮인 월드컵이 있어 월드컵기간 중에는 친구들과 어울리며 응원하느라 다시 한 달을 허송하고 나니 공부는 7개월 정도 학원 한번 가지 않았기에 기대는 반신반의, 허나 아들은 85점이나 오른 만점의 80%나 되는 점수로 서울에서 당당히 입학하였고 TV 설치할 곳도 집에 머무르는 시간도 없던 우리에게는 월드컵 열기도 동화 속 애기 같았던 시절, 혹 우리나라 경기가 있을 때는 대형 스크린이 설치돼 있는 곳을 찾아가 열기를 느끼면서도 나는 밤이면 이불속에서 오열하는 것만이 내가 할 수 있는 일이었다.

대학생이 되면서 아들은 공부를 열심히 하였고 한 학기를 마치고는 절반 장학생이 되어 그 기쁜 마음은 형언할 수 없으면서도 하는 수 없이 한 학기만을 마친 아들을 군에 지원케 했으나 지원입대도 마음대로 되지 않아 반년을 허송케하고 다음해 1월 영장에 의해 입대하였다.

아들이 입대한 직후 여동생네가 식당을 다시 시작하기로 하고 이사한 곳으로 우리도 같이 옮겨 갔는데 딸들은 딸 둘이 누우면 꽉 차는 옥탑방을, 우리 부부는 고객용으로 쓰이는 작은 식당 방 하나를 영업이 끝난 후 취침용으로 사용할 수 있어서 다행이었다. 이제 여름날 비가 많이 오면 지하로 밀어닥치는 물을 퍼내야 하는 일도, 햇빛 한줄기 들어오지 않는 깜깜하고 습한 지하실도, 새벽 2~3시면 바닥을 새까맣게 기어다니는 바퀴벌레를 잡아야 하는 일에서도 벗어날 수 있었을 뿐만 아니라 홀에서 동생네 지인들이 고스톱을 하며 놀고 있는 날에는 씻지도 화장실도 가지 못하고 그들이 돌아갈 때를 기다려야 하는 고충도 없어졌다.

*

가계수표 돌려막기는 여전하여 마음의 여유는 없었으나 시간은 많이 남아돌아 무엇인가를 하나 더 해야겠다고 생각하고 있을 때 큰 처제의 권유로 보험설계사가 되기 위해 몇 달의 교육을 받고 설계사 자격을 얻었다. 젊었을 때도 브리태니커 백과사전, 화장품, 이발소 등에 최근에는 신종 전화기 등에도 도전해 보았지만 실패하였기에 처음부터 자신 있었던 일은 아니었으나 감히 도전하기로 한 것이다.

회사에서 시키는 대로 열심히 찾아다니고 새로운 고객을 찾기 위해 동분서주한다. 처음에는 친, 인척들과 과거 직장에서 알게 된 사람들을 다음에는 학교 친구들을 그리고 틈틈이 새로운 고객을 찾아서 뛰고 또 뛰었지만 실적은 미미하고 자존심만 상하고 돌아선다. 그래도 몇몇 인척과 직장에서 같이 일하던 사람 중에 선뜻 성원해 준 사람들이 있어 얼마 동안 계속하다가 능력의 한계가 보여 1년이 채 안 되어 포기하고야 만다.

한 달에 일천만 원을 번다느니 연말 보험왕 기사에 몇억을 벌었다느니 하는 기사를 볼 때면 존경스러워 보인다. 나에게 권했던 처제도 수년째 지금도 잘하고 있다. 세상에 해내는 사람들도 많은데 나는 왜 못하는 것일까. 그때 선뜻 응해주며 나에게 용기를 준 사람들을 나는 잊지 않고 있다.

큰딸이 대학 들어갈 때만 해도 원예학과를 졸업하고 취직이 여의치 않을 때는 꽃집을 차려주려고 작정하였는데 계획은 물거품이 되고 교회에서의 인연으로 사귀던 남자 친구가 대학 졸업반 때 우리가 지하로 이사하는 것을 보고는 어학연수를 핑계로 캐나다에 간 이후로 결별한 후 다른 친구를 만나지 않는 것 같아 쓰린 마음인 데다 겨우 용돈이나 벌어 쓰는 데도 아무런 도움이 되지 못하고 있어 가슴 아프다.

아들이 입대한 다음 해 둘째 딸이 졸업하여 교육비의 지출은 줄었으나 이미 돌려막기를 되풀이하면서 채무는 극한에 달해 있어 해결방도가 보이지 않는다. 백화점에서 하루의 일과가 끝나면 때론 먼저 퇴근하기 위해 지하철을 기다린다. 전동차를 기다리는 동안 만감이 교차한다. 경적을 울리고 전동차가 들어서는 순간 만사를 버릴 수 있는데…

주위를 둘러본다. 불행한 사람들은 많다. 그 많은 사람들이 불행하다 하여 생을 버리기보단 그들은 오히려 더 치열하게 산다. 그렇다면 나는? 비록 지금 경제적으로는 힘들지만 가족 모두가 건강한 몸과 빠지지 않는 외모만으로도 충분히 복 받은 것이 아니던가. 혹 아이들에게 씻을 수 없는 부담이 될 수도 있다는 생각이 들 때면 다시 용기를 얻는다.

그해 말 둘째 딸이 직장에 취직이 되고, 아들이 제대하게 되면서 옥탑방과 골방으로는 생활이 불가하여 주변에 방 셋이고 월세도 보다 저렴한 반지하를 얻어 이사하고, 아들은 군 제대 후 둘째 누나의 도움으로 복학한다.

11. 되찾은 평온의 일상

아들이 복학하게 되고 둘째가 가사를 돕기는 해도 채무는 누증되어 다시 수렁에 빠져가고 있을 때 우리 가족의 생계가 달린 백화점 매장을 양도 처분하기로 중대 결심을 하고 곧바로 매장을 처분한 후 일부 마이너스 신용대출과 서비스 대출을 제외한 사업장을 담보로 한 대출과 대부분의 사채는 모두 정리할 수 있었다. 이때 나를 수렁에서 헤어나오지 못하게 했던 막내동서가 성의껏 도움을 줘 크게 도움이 되어 감사하게 생각한다.

아내는 양도 후에도 계속 출근하면서 생활비를 벌어야 해 아내와 딸아이에게 미안한 마음뿐이다. 아내가 양도한 매장에 직원으로 출근한지 1년 나에게 다시 한 번의 기회가 찾아왔다. 둘째 여동생이 그동안 하던 식당을 나에게 운영을 양도하고 주변의 더 큰 식당을 인수해 운영하기로 한 것이다. 아내와 나는 숙고 끝에 식당을 하기로 결심했다. 아내는 주방보조로 나는 서빙 일을 생애 처음으로 하면서도 어색하지 않았다.

아들은 복학 후 3년을 절반 장학금을 계속 받으면서 한 학기 조기 졸업까지 해주니 얼마나 고마운지 모르겠고 딸은 월급의 절반을 생활비로 보태면서 생활에 걱정은 없으나 한살 한살 늘어만 가는 딸아이들의 나이를 생각하면 아무것도 할 수 없는 아빠의 마음은 찢어진다.

식당 일을 시작한 지 2년쯤 되었을 때 동생이 주변에 급매로 나온 싼 아파트가 하나 있다며 사서 세를 놓는다. 전세가 빨리 나가지 않는다고 걱정하면서 잔금 치를 걱정을 한다. 전세금을 듣고 보니 은행융자로 대체할 수 있겠다 싶은 생각이 스친다. 나는 즉시 동생에게 사정하여 은행융자를 받아 잔금을 치르게 하고 대신 내가 이자 부담을 하기로 하고 아파트에 입주한다. 오래된 집이긴 해도 조용하고 전망 좋고 교통 편리하며 방 셋으로 우리 식구 살기에 딱 알맞은 나에게는 굴러온 호박이었다.

아들이 졸업하기 전 취직이 되어 출근하고 식당 일도 익숙해지면서 식당에서 생활비를 충당할 수 있겠다 싶어 둘째 딸의 생활비 부담도 덜게 하고 이제 남은 건 내가 이곳에 사는 동안 아이들이 각기 짝을 찾아 시집 장가 가는 것뿐이라고 생각할 즈음 식당을 시작한지 3년 6개월 만에 식당 인수할 자가 나타나 양도해야 한다기에 비워줘야 했다. 그동안 2층인 장소에 비해 높은 임대료와 권리에 대한 이자로 하루 하루 힘든 일을 하면서도 한 푼 저축하지 못하였기에 어차피 잘된 일이었으나 아내는 동생이 하는 식당에 계속 출근해야 해 마음이 아플 뿐이다.

종합검진

연일 매서운 추위가 이어지고 있고 지난 월요일에는 100여 년만의 기록적인 폭설로 지금도 세상은 온통 눈 천지다. 눈이 펑펑 쏟아지는 날이면 온 동네 아이들이 뛰쳐나와 뒹굴고 눈싸움하던 기억은 어렸을 적 추억일 뿐 도심의 기록적인 폭설은 교통을 마비시키고 여기저기 모아둔 눈더미는 흉물스러울 뿐이다. 언제쯤 다시 깨끗한 도시의 거리가 될런지

오늘도 영하 10도를 오르내리는 강추위 속에 한 달 전쯤 딸이 예약해둔 검진일이기에 이른 새벽에 아내와 둘이 병원으로 향했다. 벌써 지하철 안이 출근하는 사람들로 꽉 차고 병원에는 검진받으러 사람들이 속속 몰려든다. 생전 처음 해보는 종합검진이라 약간 외경스러운 마음에 결과에 대한 두려움까지 있는데 이런저런 검사를 다 하고 이제 위 내시경만 남았단다. 내시경 전 간호사가 혈압이 높아 혈관에 무리가 있을 수 있다며 혈압을 낮추는 주사를 놓고 과장과 협의도 하고 수선이다. 내 마음은 아주 편안한데도— 목마취제를 머금고 한참 있으려니 목을 넘어간 마취제가 식도를 자극해 기침 재채기가 범벅이 되어 마취제는 다 삼켜져버리고 목은 얻어맞은 듯 멍멍하다.

드디어 내시경을 위한 침대에 누웠고 '수면에 들어갑니다'라는 간호사의 말을 들었다. 눈을 뜨니 응급실이란다. 놀라 어리둥절해하는 사이 아내가 들어오고 간호사의 설명이 있었다. 내시경구가 들어가는

중에 호흡이 멈춰 검사를 중단하고 응급실로 실려 왔단다. 연전에 몇 번의 내시경 검사를 시도했지만 그때마다 재채기, 기침 등이 너무 심해 내시경구가 목울대를 넘어가지 못하고 실패하곤 해서 이번에 수면 내시경을 하기로 했는데 수면상태에서도 내시경구가 식도를 통과하지 못하고 강제력에 의해 호흡정지라는 극한 상태까지 오게 된 모양이다. 결국 위내시경 검사를 포기하고 혈압약 처방전만 들고 병원을 나섰다.

위 수면내시경 검사를 하다 간혹 사고가 발생했다는 뉴스를 접할 때면 이젠 나의 일이 되었기에 불가능한 내시경검사는 포기한다 해도 혈압약까지 먹어야 한다고 생각하니 허전하면서도 무거운 마음인 것은 건강에 대한 나의 자신감이 무너져 내림이리라.

한편 아내는 비만에 왼쪽 안압도 높고 산부인과적 염증 소견에 혈압도 약간 높고 콜레스테롤 수치도 높고 골다공증 약도 먹어야 하고 특히 갑상선은 몇 개의 몽우리가 있어 조직 검사를 해야 한단다. 한마디로 만신창이 인가 싶어 겁이 덜컥 났다. 당장 대학병원에 갑상선 조직검사를 예약하고 산부인과 전문의를 찾았다. 산부인과적 소견은 별거 아니란다. 하지만 갑상선 조직검사가 남아 있어 늘 불안해했는데 별거 아닌 걸로 판명돼 정말 다행이다.

아내의 눈물

오늘은 추석이다. 3년 전 내일 저녁쯤 장모님이 위독 하시다는 비보에 놀라 갑자기 달려가니 사경을 헤매다가 다음 날 새벽 끝내 유명을 달리 하신다. 어제까지도 밭일하시는 건강한 모습이었는데, 그날 오후 있은 입관식에서 아내는 처절하도록 비통해한다. '참지! 조금만 참아내지!'를 반복하면서 처절하게 운다. 뒤에 서 있던 나도 쏟아지는 눈물을 주체할 수 없어 밖으로 나와 진정한 후 다시 들어갔으나 계속되는 아내의 처절한 오열에 다시 밖으로 나온다.

내일 3주기에 천도재를 지낸다고 하여 아들과 함께 조금 전 시골로 떠났다. 기백만 원을 들여 천도재를 지낸다 하니 어찌 생각해야 할지, 83세의 나이에 밭일하면서 집안에서 쉬는 것을 불편해할 정도로 정정하였는데 어느 날 갑자기 유명을 달리 해야 할 정도로 갈등을 겪다니

천도재, 누구를 위한 기도인가. 망자는 이미 3년 전에 고인이 되었는데 이제사 아니면 이제라도 그 길을 밝히고자 하는 것인가. 살아서 조금만 더 이해했더라면 아쉬움이 남지만 지난 일을 탓해야 소용없는 일 기도는 산 사람의 행복을 비는 것이 아니겠는가, 지난날의 잘못을 뉘우치는 마음으로

15년 전 시어머니가 24년 전 시아버지가 돌아가셨을 때는 두 분이 오랜 지병으로 가족들이 힘들어하였기에 눈물이 메마른 탓이었겠지만 눈물 한 방울 보이지 않던 아내가 우리의 오랜 고질적 병폐인 고부 간의 갈등 그 갈등 때문에 정정하던 장모님이 어느 날 갑자기 유명을 달리하시자 비통해하는 아내의 모습이 당뇨합병증으로 돌아가신 어머니와의 고부 갈등, 나와 함께한 힘들었던 지난 세월에 클로즈업되면서 나도 눈물이 주체할 수 없었던 게 아닌가 생각해 본다.

큰딸, 시집가다

살을 에는 칼바람이 부는 한 겨울에도 마스크를 쓰는 것조차 흉물스러워 잦은 기침을 콜록거리면서도 손으로 입을 가리던 시절은 옛말일

뿐 이젠 바람만 불어도 비 오는 날에도 번화한 서울 거리에서 옛 불치의 환자들처럼 무슨 메뚜기 날개 같은 걸로 얼굴을 온통 가리고 활보하는 사람들이 넘쳐나는 서울거리다.

두 달 전쯤 일본을 강타한 대지진에 이은 쓰나미로 처절하게 휩쓸려 들어가는 모습을 보며 자연의 대재앙 앞에 속수무책인 인간의 허약한 모습을 잊을 새도 없이 후쿠시마 원전의 방사능 물질유출로 세계를 공포에 떨게 하고 보슬비만 내려도 사람들은 혹시 방사능 낙진이 내 몸에 떨어지지 않나 걱정으로 외출을 삼가고 부득이한 경우 우산을 쓰고 비옷을 입고 얼굴을 가리고 완전 무장을 해야 하고 건조한 몽골의 사막지대에서 모래바람이라도 일어 황해를 건너오면 너. 나없이 메뚜기 날개 같은 마스크로 얼굴을 가리고 모자를 푹 눌러쓰고 다니는 처량한 모습들이다.

지난주까지만 해도 주말이면 폭우가 쏟아지고 금요일까지는 짙은 황사가 2~3일 간격으로 서울 하늘을 뒤덮고 하더니 토요일인 어제는 어렸을 적 높푸른 하늘은 아니어도 하늘은 맑고 높으며 춥지도 덥지도 않는 따사로운 햇살이 온 천지에 가득하여 딸을 시집보내는 아빠의 마음을 한없이 다독여 준다.

혼기를 이미 지나버린 딸아이가 어려운 가정형편 때문에 시집갈 엄두를 못 내는 건지 사귀는 사람 하나 없어 늘 안타까워하면서도 어쩌지 못하고 바라만 보고 있는데 딸이 어려서부터 다니던 교회 후배의 어머니가 소개해 준 사람과 마음이 맞아 왕래를 시작하고 상견례를 하고 어제 하늘의 축복 속에 결혼을 하게 된 것이다.

평소에 아빠를 불신해서인지 실패한 아빠가 원망스러워서인지 아빠하고 대화가 없던 딸아이 인지라 준비하면서도 갈등으로 인한 우여곡절이 있었지만 시간은 흐르고 주위의 도움으로 무사히 준비를 끝내고 딸아이의 손을 잡고 너른 강당의 긴 통로를 하객들의 박수갈채를 받으며 웨딩마치에 발맞추어 나가는 내 마음은 자못 감회가 뿌듯했다.

듬직한 사위 손에 딸의 손을 넘겨 쥐여 주고 자리에 앉아 딸 부부의 행복을 빌면서 목사님의 말씀에 귀 기울인다. 경험에 의한 말씀으로 자신이 했던 예를 들며 양가 부모를 섬겨야 한다고 강조하시는 목사님의 말씀에 속내 환호를 지르고 행복하게 살아야 효도하는 거고 하느님의 뜻이라고 말씀하시는 목사님의 재치 넘치는 말씀 중에는 하객들의 탄성이 살랑바람에 물결일 듯 강당안에 넘쳐 흐른다.

말씀이 끝나고 딸아이 후배 둘이서 축가를 부른다. 강당 안을 꽉 채우는 전자 멜로디가 우렁차게 울려 퍼지는가 싶더니 잔잔한 멜로디가 엄숙한 분위기를 돋우고 아름답고 우아하게 흐르는 남녀의 환상적인 노래에 빠져들면서 오늘의 날씨만큼이나 목사님의 말씀만큼이나 아름다운 노래만큼이나 행복하기를 빌어본다.

장조카, 하늘나라로

2010년 가을 둘째 여동생 아들 결혼식 뒤풀이 후 형님 내외, 우리 내외, 둘째 여동생 내외 그리고 장조카가 노래방에 갔었는데 모두가 열정적으로 즐기는 모습을 본 조카가 가끔은 모시고 와야겠다고 해서 앞으로는 자주는 아니더라도 일 년에 한, 두 차례는 만나서 함께 즐기는 옛날의 화목했던 시절을 그려보기도 했었는데 그 후 1년 2011년 늦은 가을쯤 아직 40대 초반인 젊은 조카가 혈액암으로 세상을 떠난 것이다.

조카가 혈액암 말기로 대학병원에 입원해 있을 때 찾아간 적이 있는데 삼촌과 숙모 앞에서 간호를 지극 정성으로 하던 새로 사귀는 사랑하는 여친에게 살고 싶다고 살려달라고 애원하는 모습에 다가오는 죽음에 대한 공포심으로 두려움에 떨고 있는 조카를 보면서 하늘이 무너지는 아픔을 느껴야만 했다.

처남을 살려야 한다며 백방으로 뛰어다니던 조카사위는 처남을 강남의 대학병원에서 친구가 의사로 있는 동대문구의 대학병원으로 옮긴 후 의사에게 살려내야 한다고 협박하듯 하기도, 꼭 살려달라고 애원하기도 하였으나 조카사위는 처남이 이 세상을 하직하자 넋 나간 사람이 되어 술에 취해 잠에 빠져 있고 조카에게 마지막 옷을 갈아입혀야 하는 시간이 되어 마침 그날 밤을 조카 곁을 지키고 있던 내가 옷입히는 데 보조역할을 하면서

어렸을 적 아픈 치레가 잦더니 활력이 넘쳐야 할 젊은 조카의 인생이 이렇게 끝이 나는 것이구나, 이것이 사람 사는 세상의 막이 내리는 것이구나. 아직 한창 젊은 나이인데 눈물이 앞을 가려도 나는 보조일에 충실해야만 했다.

죽음이란 누구도, 아무도 비켜 갈 수 없는 운명이건만 조카의 천수가 이것밖에 안 된다는 것을 생각하니 더욱 가슴이 미어지는 느낌이었다. 삼촌인 내 마음이 이럴진대 항차 아들을 잃은 형님 내외의 아픈 마음을 어찌 가늠조차 할 수 있을까마는 내가 할 수 있는 것은 저세상에서의 명복을 비는 일뿐이라는 것이 슬플 뿐이었다.

아들, 장가가다

작년 가을쯤인가 아들이 여자 친구를 데려오겠다 한다. 우리 나이로 서른 나섯 해가 나가도록 여자 친구는 만나면서도 단 한 번노 소개한 적이 없던 아들이었기에 쌍수를 들고 환영하면서 궁금했다. 드디어 며느리 후보를 보는 순간 우리 내외는 만족이었다. 순식간에 상견례가 이루어졌고 음력으로 이 해가 다 가기 전에 결혼을 했으면 좋겠다는 사돈댁의 의견에 우리는 전혀 반대할 이유가 없어 전적으로 동의했고 2018년 1월 중순 계속되던 혹한도 그날만은 약간 누그러졌고 하늘도 맑게 빛나는 가운데 두 사람은 친인척과 친구, 동료들의 축복을 받으면서 결혼식을 올리게 되었다.

누나 둘이 있는 아들이 태어난 시대는 둘만 낳아 잘 기르자는 산아제한이 국가의 주요 시책이었고, 공무원 자녀에게 주어지는 각종 수당, 학자금 등 혜택이 박탈당하던 시대에 4.3kg의 우량아로 태어나 무럭무럭 자라는 모습에 엄마, 아빠는 모든 근심과 불이익을 털어버리고 기쁨과 행복으로 넘쳐나는 날들을 보낼 수 있었다.

세월은 바람처럼 흘러 아들이 초등 2학년 때 내가 공무원 사표를 냈고, 4학년 때부터는 엄마, 아빠가 저녁 늦게까지 백화점 내 영업에 매달려야 해 혼자서 거의 라면으로 점심을 해결하면서 누구의 간섭도 없이 마음껏 뛰놀며 자란 탓에 중, 고등학교 때까지는 공부는 뒷전이어서 고교 졸업 시의 수능성적이 형편없었으나 재수는 싫다며 지방 아무 대학이나 가겠다는 걸 혼자 내려보낼 여건이 안 돼 재수를 강요하게 되었고, 마침 한일월드컵이 개최되던 해라 이래저래 2~3개월을 허송하고 둘째 누나의 자취방에서 학원 한번 가지 않고 독학했는데도 놀라운 향상을 보여 이듬해 당당히 서울에서 대학에 진학하였고,

한 학기만 마치고 지원입대를 신청하였으나 불발, 또다시 한 학기를 허송한 후 입대, 2년의 군복무를 마치고 복학하여 남은 3년 내내 절반 장학생으로 그리고 한 학기 조기졸업에 졸업 전 취직이 되어 출근하기 시작하였던 아들인지라 우리에게 덮친 '악연의 늪' 속에서도 보람을 느끼며 열심히 살아낼 수 있었다.

세월은 유수처럼 흐르고 나이는 꽉 차 가고 있는데도 부모로서 해줄 수 있는 것이 아무것도 없어 결혼 상대를 찾지 못한 것이 아닌가 하여 미안하면서도 초조하기만 하였는데 좀 늦기는 했어도 이렇게 흡족한 상대를 만나 결혼을 하게 되어 쌍수 들어 환영하게 된 것이다.

그런데 문제는 결혼하기 한 달 전쯤에 주례 모시는 문제가 나에게 커다란 부담이 되어 돌아왔다. 애들이 주례를 모시지 않겠다는 것이다. 요즘 대세라나... 그럼 어떻게 할 건데? 양가 부친들이 성혼선언과 좋은 말씀을 담당하라는 것이다. 나는 못 하겠다고 했지만 끝내 거절한다면 마치 결혼을 파기할 것처럼 들이대는 아들과 며느리 후보에 2주전 나는 드디어 승낙하고야 말았다.

민방위 교육장에서 감독관의 입장으로 또는 보고대회에서 사회자의 입장으로 잠깐씩 그 외 사소한 일로 마이크를 잡아본 적은 있지만 원래 소심한 성격 탓에 대중 앞에 나서기를 주저하던 터라 이렇게 엄숙한 결혼식장에서 실수나 하지 않을까 걱정이 태산이라 거절했었는데 이제 무슨 말을 해야 할지를 정리하고 배수의 진을 치고 연습해야 하게 된 것이다.

시간은 화살처럼 지나가고 드디어 주례석에 설 차례가 되었다. 그런데 이게 웬일인가, 내가 하객께 인사와 성혼선언 그리고 아들이 준 커다란 기쁨 그리고 결혼덕목 등을 하기로 되어 있는데 둘이서 결혼

서약과 선서를 미리 하는 것이 아닌가, 순간적으로 성혼선언은 빼야겠다고 생각하고 간단한 인사를 하고 아들 자랑으로 바로 들어갔다. 5분여 동안 미리 써간 내용을 읽고 내려오니 말소리가 잘 들리지 않았단다. 주례식 단상 앞에 서니 나보다 훨씬 큰 신랑신부가 앞에 벽이 되어 서있어서 하객이 전혀 보이지 않아 좀 더 여유롭게 한다고 뒤로 몸을 빼고 읽어갔는데 마이크가 너무 멀어 소리가 작게 들렸던 것 같다.

아들은 신부를 위해 한 달 전부터 노래와 기타를 배운다더니 한 달간 열심히 배웠으나 일하면서 짬짬이 배운 터라 시원찮다며 미리 멘트를 하는데 내용은 물론 목소리가 우람하고 자신감이 넘쳐 든든한 느낌이었다. 아빠는 조금 시원찮았으나 당사자가 멋지게 해서 내 마음 또한 흐뭇했다. 서투른 기타 반주와 노래가 끝나고 친구들의 '앵콜'을 외치는 소리는 식장을 더욱 흐뭇하게 해 주었다. 결혼식이 끝나고 일주일간의 신혼여행을 다녀오더니 손주를 보게 되었단다. 나이 든 아들을 볼 때마다 빨리 장가 가 손주를 안아보게 해달라고 하였더니... 아니 벌써... 효자로다!

금년 여름은 장마가 짧고 북쪽의 한랭전선과 남쪽의 고기압이 한반도에서 맞닥뜨려 대기가 정체된 탓에 혹서가 계속되어 연일 폭염경보가 내려지는 더위 속에서 산일이 가까워지는 며느리는 얼마나 힘이 들까 생각하면서도 한 달쯤 뒤에 태어날 손녀를 그리어 보면서 예쁜 며느리를 맞이할 때 했던 말씀을 아래에 적는다.

「큰 기쁨」
○○이가 저에게 큰 기쁨을 준 것이 오늘로 두 번째입니다.
첫째는 ○○이가 태어날 때였는데 그때는 '딸, 아들 구별 말고 둘만 낳아 잘 기르자'라는 산아제한이 국가의 중요 시책이었고 저는 공무원이었는데 공무원에게는 자녀 둘까지만 중고등학교 학자금이 나오던 시절이었습니다. 위로 누나 둘이 있는 ○○이는 학자금도 의료보험도 대상에서 제외될 뿐 아니라 '딸 둘이 있는데 또 딸이야!'하는 사회의 냉소적 시선도 큰 부담이었는데 그 모든 불리함과 부담을 한번에 날려버리고 극복하게 해준 '장군이에요!'하는 간호사의 말 한마디에 저도 모르게 오른손 주먹을 불끈 쥐고 왼손바닥을 치면서 마음속으로는 환호성을 지르며 산부인과 복도를 왔다 갔다 했던 기억이 새롭습니다.

그리고 오늘 두 번째로 큰 기쁨을 주고 있습니다. 여러분 보십시오. 우리△△(며느리)이 예쁘지 않습니까! 마음씨도 착하답니다. 이토록 예쁘고 착한 △△이가 우리 가족이라고 생각하니 하늘을 날 것 같은 큰 기쁨이 아닐 수 없습니다. 이제 두사람이 부부가 되었으니 손주를 안아보는 세번째 큰 기쁨도 주리라 믿습니다.

「결혼덕목」
한 작은 연이 큰 결실을 맺게 되어 오늘 부부가 된 이 두 사람은 가풍과 그 구성원이 전혀 다른 가정에서 살아온 사람들이지만 이제 ○○이는 △△이의 가족 속으로, △△이는 ○○이의 가족 속으로 들어온 새로운 질서 속의 한사람임을 명심하면서 두사람은 서로 존중하고 아끼고 배려하며 어렵고 힘든 일은 같이 나누고 기쁘고 즐거움은 함께 하면서 두 사람의 삶을 더욱 알차고 행복하고 아름답게 가꾸어 가며 잘살기를 바라는 간절한 마음을 전하면서

사돈어른 내외분께서는 그동안 애지중지 키워온 딸을 보낸다 생각지 마시고 아들 하나 더 얻었음을 기뻐하는 마음으로 이 아름다운 연을 함께 해주시길 바라면서 오늘 두 사람의 결혼을 축복해 주시는 하객분들께 다시 한번 거듭 감사의 말씀을 올립니다. 감사합니다. (2018. 1. 14.)

부모님 전 상서

부모님께서는 지리산 남쪽의 섬진강이 끼고돌아 굽이굽이 흐르는 구례의 작은 마을에서 일세 상섬기 시절 태어났고 상섬기 날 2차 세계대전이 발발한 다음 해에 결혼 바로 고향을 떠나 2백 리나 떨어져 있는 먼 시골마을에 정착하고 낯선 타관에서의 생활을 시작하였다.

두 분께서는 본래 부지런하고 심성이 착한 데다 강인한 체력을 가졌기에 불철주야 사시사철 쉼 없이 일하였고 낯선 타관생활도 쉽게 적응하며 50여 호의 작은 마을에서 일꾼으로 거듭나게 되면서 일의 노적이 쌓이고 하나둘 자식들까지 태어나 기쁨과 행복으로 충만한 가정을 꾸리며 하루하루의 힘들고 피곤함도 잊은 채 즐거운 시골생활은 계속되었다. 어머니는 젖먹이 아기를 둘러업은 채 아버지와 함께 논. 밭일을 가리지 않았고 농한기에는 이집 저집 애경사일을 돕고 누에치기, 베 짜기, 새끼 꼬기, 가마니 짜기, 동네 지붕갈기 등으로 쉴 틈이 없었고 닭과 돼지, 소를 키우며 쉼 없이 하루가 가고 해가 가고 하였다.

둘째 아들인 내가 중학교에 가야 할 즈음에는 새로운 고민이 무거운 짐이 되어 압박해 왔다. 일제강점기 시절 하 불안하던 세월 속에 글을 배우지 못한 한이 있어 자식들에게만은 한을 남기지 않겠다는 굳은 결심으로 젊은 부부는 밤을 지새며 의논하고 다짐한 끝에 시골생활을 청산하고 도시에서 아이들을 가르치겠다고 다짐한 것이다. 시골생활 십수 년 만에 일군 논밭을 청산한다면 도시에서의 자리잡기도 충분하다고 결론 내리고 서둘러 시골생활을 청산하는 중에 믿고 청산을 맡겼던 사람의 배신 때문에 큰 손해를 보았으나 처음의 도시생활은 대단히 순탄하였다.

그러나 오래지 않아 서서히 먹구름이 드리우고 있었다. 처음 시작한 가게가 번창하자 주인이 군에서 제대하는 아들을 줘야 한다며 채 1년도 안 돼서 비워달라는 것이었다. 부모님은 좌절하지 않았고 백방으로 찾아보았으나 적당한 자리를 찾지 못하자 아버지는 골목 골목을 누비는 행상을, 어머니는 시장노점자리 하나를 차지하고 다시 시작하였다. 새로운 일들은 하루하루가 힘들고 고달픈 나날이었지만 자라나는 아이들을 보면서 보람을 느끼고 행복을 찾았다. 부모님은 곧 다시 자리를 잡아가고 있었으며 도시에서의 생활이 여유롭지는 않았어도 칠 남매를 키우며 보릿고개에서도 아이들 배를 골리지는 않았으나 아이들을 충분히 가르치지 못한 것이 아픔이었다.

서서히 다시 자리를 잡아가고 있을 즈음 고향 구례의 친인척들이 하나둘씩 찾아와 도움을 요청하였고 매정하게 내치지 못하는 성격 탓에 이 도움 저 도움을 주었으나 결국에는 큰 부담이 되어 돌아오고, 고등학교를 그만둔 후 허송세월만 하던 큰아들이 얼마 후 결혼하여 식구가 늘어난 데다 이제 몸까지 쇠약해져 더이상 일이 힘에 겨울때 남은 재산을 큰아들에게 넘겨주고 맨몸으로 다시 서울로 올라오게 되였다. 부모님과 아직 어린 세 동생들은 집안의 둘째인 내가 3년여의 공무원생활로 마련한 전셋집으로 들어왔고 두 딸이 마련해준 남대문시장의 작은 가게를 다시 하면서는 서울생활도 이제 안정을 찾게 되자 그때까지 광주에서 자리를 잡지 못하고 있던 큰아들을 상경케 하여 서울의 가게를 물려주었고, 세월이 흘러 어렸던 아이들도 커서 각자 직장을 갖게 되었다. 그 후 아버지는 급속히 쇠약해져 끝내는 병마에 시달리다 돌아가셨고 어머니는 아버지가 돌아가신 후 심한 당뇨에 시달리다 합병증으로 파란 많던 생을 정리하였다.

아버지, 어머니
평생을 열심히 성실히 사셨습니다. 자식들을 잘 키우기 위해 최선의 노력을 다했고 도움을 요청하는 지인들을 매정하게 내치지 않았고 아무리 힘들다 해도 누구를 원망하지 않았으며 내가 할 수 있는 일을 최선을 다해 열심히 하였습니다. 평생을 힘들지만 성실히 사셨던 부모님을 햇빛 바르고 편편한 높은 곳에 모시고 일 년에 한두 차례 뵈면서 흐뭇한 마음이있는데 어쩔 수 없는 사연으로 산소를 없애버린 것이 지금도 못내 아쉽지만 이제 남은 소망은 다시 영면하시는 부모님의 유택을 마련하고 아이들에게도 손주들에게도 따뜻하고 공경하는 마음을 심어주고 싶은 마음뿐입니다. 아버지, 어머니 제 소망이 이루어질지 알 수 없지만 부디 평안히 영면하소서.

둘째 아들 올림

소망

3일 뒤면 선친 기일 32주기고 한 달 열흘 뒤면 모친 기일 24주기다. 부모님 기일이 앞에 있어서인지 아침에 눈을 뜨니 아쉬운 생각이 스친다. 부모님의 산소가 없어진 것은 '왜?'였던가, 형수와 첫째 여동생의 꿈에 모친이 자주 나타난다면서 고통스러워했기 때문이다. '한두 번이겠지' 하면서 무시했지만 두 사람은 꿈에 자주 나타나는 것은 묏자리가 잘못되어 불편하기 때문이라고 주장하면서 화장시켜 없애야 한다는 것이었다.

강원도 원주 인근 공원묘원 산 중턱쯤 높고 편편하고 종일 햇빛이 잘들어 소위 명당이라고 할 수 있는 곳에 두 분을 모시고 있어 일 년에 한두 차례 갈 때마다 흐뭇한 마음으로 추억했었기에 나는 끝까지 반대했으나 7남매 중 다른 형제들은 다 동의하는 데 나만 동의하지 않아 나에 대한 불만과 원망이 매서웠다.

나는 끝내 반대를 포기하고 공원묘원이 요구하는 대로 동의시에 도장을 찍었으나 파헤치고 화장하고 엉뚱한 먼 곳에 있는 산 정상에 뿌리고 하는 모든 행사에 나는 불참했다. 일 년에 몇 차례 찾아뵐 수 있었던 자리가 사라져 버린 것도 아쉬웠고, 그 좋은 자리를 무상으로 공원 측에 반납하는 것도 불만이었기 때문이다. 세월은 흘러 벌써 십 수년이 지났다. 왜 그때 납골함이라도 보관할 것을 하는 아쉬움이 크지만 2천년대 초반 내가 매우 어려울 때라 무관심해버렸던 것이다.

이제 작은 소망은 영정사진이라도 모셔놓고 명절이나 기일이 되면 찾아뵙고 추억하고 아이들에게 기억되게 하는 작은 추모공간을 마련하고, 후일 우리 내외가 영면할 수 있는 공간도 함께 마련하는 것이지만 가진 것도 수입도 없는 나로서는 어찌할 수 없어 사람들이 새해 첫날 동녘 하늘에 떠오르는 새빨간 둥근 해를 보며 소망을 빌듯이 소망으로만 간직하는 것이다.

내 인생에서 현계란?

작년에(2018년 말) 나라 경제의 고용지표가 악화되어 현 정부의 실정이라고 야당에서 극렬하게 비난하고 있을 때 통계청장이 교체되자 야당에서는 발표된 통계가 정부의 입맛에 맞지 않으니 입맛대로 하기 위해 통계청장을 교체했다면서 한때 온 나라가 들썩거릴 정도로 시끄러웠던 적이 있었다. 나라에서 발표하는 각종 통계가 온 나라를 들썩거리게 하였듯이 내가 몸담았던 곳에서의 통계는 나를 퇴보시켰던 곰탱이 시리즈였다는 생각이 스친다.

내가 곰탱이시리즈1에서 했던 현계업무란 우편업무 중 일부 지역에 해당하는 우편업무를 종합하는 통계작업이라 그 규모나 영향력이라는 것이 극미한데다 어느 정도의 계산능력만 있으면 누구나 할 수 있는 일이었기에 나의 포부에 맞지 않았고 나는 큰 꿈을 그리고 있었

기에 과감히 사표를 냈었던 것이고

시리즈2에서는 서울의 25개 구청 중 그 규모가 비교적 작은 1개 구청의 지방세입 월별 통계를 작성하는 일이었기에 그렇게 시급하지도 영향력이 있었던 것도 아니었는데 더구나 통계업무를 담당하던 서무직원을 다른 계로 보내고 아무도 서무를 맡으려 하지 않을 뿐 아니라 직원보충도 해주지 않는 데다 요즘 같으면 감히 상상도 할 수 없겠으나 한 여직원에게 서무업무를 맡으라 했더니 '여자가 어떻게 과 서무를 보느냐'며 반발하고 과장도 결재를 거부하여 어쩔 수 없이 계장이던 내가 직원발령을 기다리며 하고 있었던 일이었는데 과장에게 심한 수모를 당하고 끝내 사표까지 내고 말았다.

새벽에 일찍 잠에서 깨어 천장을 바라보고 있노라니 지난날들이 주마등처럼 스쳐 지나가고 내가 그때 사표를 내지 않았다면 하는 불필요한 상상을 해보다가 컴퓨터 앞에 앉아 블로그 곰탱이 부분을 보고 있는데 문득 '현계'라는 단어가 떠오른다. 내 인생을 크게 뒤흔들고 바꿔버린 두 번의 곰탱이시리즈가 현계 때문이었다는 생각이 스치자 '아! 내 인생에서 현계란 무엇이던가?' 불필요한 가정이지만 시리즈1 현계가 아니었다면 전혀 다른 아내와 아이들의 모습이었을 테고 시리즈2 현계가 아니었다면 아마 나는 틀림없이 아내와 이혼하고 엄마 없는 아이들을 키워야 하지 않았을까, 쓸데없는 상상을 하면서 지금의 행복을 새겨보는 것이다.

12. 일손을 놓고 여생을 아름답게

우리가 식당을 그만둔 직후 큰딸이 결혼을 하고 아내가 동생네 가게로 출근한지 1년 6월 아파트에 입주한 지 4년 4월 만에 동생네 이사

계획에 의해 아파트를 비워줘야 해 2013년 말 아들은 독립해 나가고 둘째 딸과 우리 내외는 월세도 훨씬 저렴하고 위치도 분위기도 우리 세 식구 살기에도 딱 좋은 방 셋인 1층을 구할 수 있어 모든 부담을 털어버리고 기쁜 마음으로 새로운 보금자리로 이사를 하게 되었다.

그 뒤로도 나는 빌딩 청소일을 한다든가 연립주택과 상가건물이 있는 집합건물의 경비와 주차요금 징수를 맡아 하거나 부동산 사무실 보조로 잡다한 일들을 다하면서도 최저임금의 1/3수준의 시급만을 받는 일들이라서 3년 반 정도 일한 후 어느덧 일흔을 넘겨 일손을 놓고 곧바로 복지관 문을 두드려 그동안 어깨 너머로만 익혔었던 바둑을 두기 시작하면서 유일한 취미생활이고 하루의 소일거리로 안성맞춤인 바둑으로 즐거운 날들을 보내게 되었고,

내가 복지관에서 바둑으로 소일하게 된 후로도 아내는 3년여를 더 일하다가 2019년 여름 일손을 놓은 후론 아내와 함께 산책로를 걷는 것이 또 하나의 빼놓을 수 없는 일과가 되면서 우여곡절이 많았던 세월이었지만 지난날들을 기억하면서 앞으로는 건강한 모습으로 건강하게 사는 것이 우리 내외도 아이들에게도 최고의 아름다운 모습일 것이기에 건강을 유지하기 위해 노력을 다하고자 하는 것이다.

일상

여생을 아름답게

동네 복지관

일흔이 넘어서면서 할 일이 없어지면서 하루가 지루하고 무미하던 차가까운 이웃에 있는 복지관에 가보라고 아내가 강력히 권한다.

"에이, 노친네들만 들끓는데 뭐하게"

퉁명스럽게 대꾸하기 일쑤였지만 아내가 일하는 곳에서 만나는 바둑으로 소일하는 할아버지 어르신의 복지관 자랑을 늘어놓으면서 다시 권한다. 어느 날 마지못해 복지관에 들러 등록을 하고 다니기 시작했다. 처음에는 낯설고 어색하였지만 '반장'이라고 명찰을 달고 봉사하는 어르신 요원이 먼저 나의 실력을 테스트해 보고 비슷한 기력의 할아버지를 소개해 준다. 며칠이 지나서는 아예 고정멤버가 서너 명생겼다.

나는 바둑두기만을 하고 있지만 복지관에는 장기, 바둑 외에도 서예, 영어, 일어, 컴퓨터 등 단계별 배우기, 노래 부르기 등 취미생활과 건강관리등 다양한 프로그램들이 있어 2~3백여 명은 넉히 됨직한 할머니, 할아버지 어르신들이 각양각색의 모습으로 드나들면서 시간 가는 줄 모르고 각자가 하는 취미생활에 몰두하면서 노년을 열심히 살아가는 모습들이 아름답다.

명절이면 떡을 돌리고 때론 경진대회도 열린다. 서예전이 열리고, 작은 상품을 내건 장기, 바둑대회도 열린다. 고깔 쓰고 한복 차려입은 할아버지, 할머니 사물놀이패가 꽹과리 치며 동네 한 바퀴 도는 지신밟기도 한다. 많은 어르신들이 참여하고 즐기며 보람을 찾는다. 가끔은 고성들이 오가기도 하지만 엄격한 규율이 있어 상근 직원들이 원만하게 화해시킨다.

벌써 3년이 지나가고 있다. 아침에 일어나면 복지관 가는 일이 기다려진다. 오늘은 또 누구를 만나 몇 판이나 두게 될지, 점심시간이 되면 상대는 식당으로 나는 집으로 향한다. 대부분 다른 어르신들은 복지관에서 점심을 매식하지만(주간 식단에 의해 저렴한 가격으로 매식) 나는 잠깐 집에 와서 먹을 정도로 가까운 거리에 살고 있어 얼마나 편리하고 다행인지 모른다.

2020 코로나해를 보내며

작년까지만 해도 일주일에 서너 차례 가까운 산책로를 한 시간 반 정도 걷고 저녁에는 블로그의 글을 수정한다든가 TV바둑 생방을 본다든가 간혹 기회가 있으면 TV영화를 보기도 하지만 낮에는 이웃에 있는 복지관에서 바둑으로 소일하는 게 거의 전부였다.

연말이 되면서는 추위에 움츠린 탓도 있겠지만 연초로 이어지는 이런저런 사연들과 중국 우한에서 시작된 코로나19로 경계심이 생겨 복지관 가는 게 뜸해졌다가 이제 다시 복지관 다니기를 생활화하려고 할 때 대구지역을 중심으로 코로나19가 본격 상륙 크게 확산하면서는 아예 복지관 문이 닫혀버리는 것이었다. 주중에는 거의 매일 가는 복지관이었는데 문이 닫혀버리니 처음에는 답답하고 막막하기만 하였다.

복지관이 닫힌 이후로는 산책하는 일 외에는 TV 앞에서 바둑이나 영화를 본다든가 뉴스나 사건사고, 세평을 듣는 것이 일과였는데 다행히도 트로트열풍이 불어 늦은 저녁에는 트로트 경연프로나 '뽕 따러 가세', '사랑의 콜센타' 등을 시청하는 게 즐거움이었고 좀 이른 저녁에는 내가 별로 즐기지는 않지만 아내가 즐겨보는 음식 프로그램이나 아기들 프로그램, 연예, 오락프로그램 보는 것이 대부분의 일과였다.

그러나 그것도 내가 즐겨보는 프로그램이 아닌 데다 쉽게 피로해지고 흐릿해지는 눈 때문에 쉬엄쉬엄 블로그에 올릴 글을 쓴다든가 이미 올린 글을 수정하는 일이 잦아졌는데 그래도 낮 동안의 공백은 길기만 하였다.

그러던 중 어느 날 동생네에서 오랜만에, 정말 오랜만에 '고스톱'을 한번 친 적 있었는데 집에서 무료한 시간에 아내와 함께 할 수 없을까를 곰곰이 생각하다 길을 찾게 되었다. 보통 3명이 하는 고스톱이지만 나름대로 방식을 정하고 해보니 무료한 시간 보내기에 아주 그만이고 아내가 익숙해지면서 재미까지도 더해졌다. 몇 번 해보니 점수가 너무 자주 많이 나와 기본점수 5점에 500원, 2점 오를 때마다 500원 추가하기로 하고 상한가를 2천 원으로 하니 11점이면 상한가가 돼 그렇게 무리하지도 않았다.

그래도 둘이서 하니 점수가 너무 잘나고 많이 나기도 해 자칫 '고'를 남발하다가는 '박'쓰기 십상이고 상한가도 잦기는 하다. 그런데 아내는 처음 하는 고스톱인 데다 나와는 상대가 안 될 터이기에 그리고 아내의 돈을 따기 위해서가 아니라 무료한 시간을 보내기 위함인데 똑같이 규정을 적용할 수는 없어 아내가 이겼을 때는 규정대로지만, 내가 이겼을 때는 판이 끝나는 순간에 나는 1천 원만 챙기기로 했다.

그렇게 며칠이 지나니 아내의 실력이 쑥쑥 는다. 어느 날부터인가는 아내가 제법 잘한다. 더구나 어떨 때는 나는 맨날 '뻑'만하고 아내가 다 가져가고 할 때면 최대 2만 원까지 잃기도 한다.

아내는 이제 능숙해져서 조금 흐름이 바뀌려고 하면 '식사 시간이다', '운동가자(산책로 걷기)' 하면서 챙길 건 챙기고 일어서 버린다. 그래도 아내가 '뻑'하면 웃음이 절로 나고 내가 '뻑'하면 시무룩이다. 그러다가 '뻑'한 걸 가져오면 함박웃음 터지고 아내가 가져가면 심쿵해한다. 판이 끝나고 천 원을 챙기고 일어설 때는 의기양양이지만 5천 원이상을 잃었을 때는 투덜대기도 한다. 그래도 둘이서 하는 고스톱은 언제나 재미있고 아내가 따고 즐거워하는 모습에는 나도 흐뭇하다.

코로나19가 처음에는 여름이 되면서 끝날 것으로 예측하였다가 사라지지도 꺾이지도 않고 겨울이 되면서 더욱 기승을 부리는 데다 아직 확실한 백신도 나오지 않고 있어 언제쯤 백신이 일반화되어 방역 벨트를 형성하는 날이 올지는 모르겠으나 아내의 칠순인 내년 4월에는 방역벨트가 형성되어 국내 여행이라도 자유로웠으면 하는 바람을 가지면서 하루빨리 K방역이 완성되고 일상의 사회 속으로 돌아가는 날이 오기를 기원하는 것이다.

코로나시국의 하루와 아내의 칠순

작년 이맘때(2020년 봄)쯤 복지관문이 닫히면서, 하루를 온전히 집에서 보내게 되면서 새로운 생활패턴이 생기게 되었다. 아침 6시 알람이 울리면 우리 부부는 잠에서 깨어 아내는 아침준비를 하고 나는 가벼운 운동으로 시작한다. 누운자세로 자전거 타기, 몸을 둥그스름하게 굴렁쇠 굴리듯 하는 허리운동, 접시돌리기, 소파 붙잡고 팔굽혀펴기를 하는데 내 몸에서 가장 약체인 허리운동을 위주로 하면서도 끈질김과 강인함이 없어 이내 힘들면 그만 끝내고 만다. 일주일에 한두 차례 가는 가까운 의원에서의 물리치료도 허리치료가 전부다.

아침운동이 끝나고 딸이 출근한 뒤엔 아침 TV를 보다가 날씨 상태가 나쁘지 않으면 한 시간이 조금 더 걸리는 거리의 하천 따라 잘 정비된 산책로를 아내의 발걸음에 맞춰 걷는다. 나는 수월하게 아내의 발걸음을 맞춰 가지만 아내는 금세 호흡이 가빠져 발걸음을 늦춘다. 요즘 뱃살 체중이 늘어 무릎에 부담을 느끼면서는 더욱 힘들어하기도 한다.

우리 가족 생필품은 딸이 온라인으로 사지만 일주일에 한두 번정도는 아내가 배낭을 메거나 캐리어를 끌고 걷기에 알맞은 거리에 있는 시장이나 마트에서 세일물건을 산다든가, 싱싱한 야채들을 싼 가격으로 살 수 있는 가게에서 찬거리를 사 오는데 무거운 물건이 있을 경우는 내가 배낭을 메고 따라나서지만 대부분 나는 TV영화나 생방 바둑TV를 즐겨 보고 때로 필상이 떠오를 때는 글을 쓰면서 보낸다.

이런저런 일들이 없는 날에는 아내와 둘이서 고스톱을 한다. 2년 전까지만 해도 아내는 일손을 놓지 않았기 때문에 화투를 전혀 할 줄 몰랐으나 일손을 놓으면서 더구나 작년에 코로나19로 집에만 머물게 되면서 둘이만 할 수 있는 고스톱을 가르쳐 줬는데 이젠 제법 잘 한다. 그래도 거의 내가 이기기 때문에 나는 늘 본전만을 취하지만 간혹 아내가 이기는 날엔 몇천 원을 따고 좋아하는 모습을 보면 나도 더욱 편안하고 흐뭇한 마음이 든다.

때론 날씨 좋은 화창한 날엔 버스로 갈 수 있는 가까운 등산로 입구까지 가서 주변 경관을 구경하고 무릎에 무리가 가지 않도록 걷다가 식사 한 끼 하면서 막걸리 한잔하고 싶다고 하지만 아내는 술도 못 마시지만 무릎이 아프다는 이유를 들어 거절하고 여기저기 다니는 걸 좋아하지도 않아 고스톱으로 시간을 보내기 마련이다. 그래도 지루하거나 답답하지는 않다.

저녁때가 되면 나는 아침, 점심과는 달리 안줏거리를 챙긴다. 날마다 저녁 안줏거리를 챙기는 내가 아내는 불만이어 퉁명스럽게 대한다. 소주 한 병을 2~3번에 나누어 먹을 정도이긴 하지만 이젠 습관성이어서 뭔가 안줏거리가 있어야 하는 것처럼 저녁때가 되면 안줏거리를 챙기고 소주 한잔하며 먹는 즐거움을 만끽한다. 아내는 술을 하지 못해 혼자 먹는데 전에 식당을 한 적도 있고, 식당 보조일도 많이 한데다 요즘 들어서 음식 프로그램들을 많이 보아서인지 아내가 해 주는 음식들이 입맛에 맞아 소주 2~3잔 마시는 것은 특별한 안주가 없어도 맛있게 먹는다.

코로나19가 아니라면 식당에도 가끔 가고 아이들과 여행도 한, 두 번은 갔겠지만 모든 것을 자제해야 하는 요즘이기에 쳇바퀴 도는 날들을 보내면서도 아내는 손녀가 잘 먹는 미역국을 끓이고 일하는 며느리가 쉽게 하지 못하는 반찬들도 가끔은 해 주면서 하루의 보람을 찾기도 한다.

지난달에는 아내의 칠순이 있어 아이들이 해외여행을 가기로 계획했다가 제주도로 변경했는데 그마저 불가해져 가까운 식당에서 식사하기로 결정했는데 그것도 한사람 오버라 예약이 안 돼 한 사람을 빼버릴 수도 없어 시간차로 집에서 그냥 보내기로 했다. 그래도 딸과 아내가 3일 차로 4월이 생일이고 아내의 칠순이기도 한데 그냥 보낼 순 없어 딸과 우리 내외 3명만 식당에 가자고 했더니 딸이 '무엇을 살건데?'하면서 반색이다. '너, 먹고 싶은 거!'하자 지체없이 특급호텔 뷔페로 가자고 한다.

큰딸과 아들네에게는 비밀로 하기로 하고 큰맘 먹고 쾌히 승낙하고 셋만 갔는데 고기를 안 먹는 딸아이는 가성비가 너무 낮아 다시는 안 가겠단다. 소식가인 나에게도 가성비가 안 좋기는 하지만 그래도 평소 좋아하면서도 실컷 먹지 못하였던 것들을 맛있게 배불리 먹고 포만감을 느낄 수 있어서 만족이었다.

이제 여름이 다 가기 전 8월까지는 나와 아내는 백신을 맞을 것 같고 11월까지는 방역벨트가 완성될 것 같기에 적어도 내년부터는 복지관 문도 열리고 여행도 자유로워질 것이라고 예상되어 우리의 생활패턴도 달라지겠지만, 전 국민이 자제하고 살아가야 하는 지금은 방역수칙을 철저히 지키는 것만이 제약 없는 자유로운 내일을 앞당길 수 있을 것이기에 오늘 하루 지켜야 할 수칙을 철저히 지키면서 내일의 자유를 고대하는 것이다.

새해맞이(2021 신축년을 보내며)

무한의 우주 속에 모래알 같은 작은 별 하나 그 작은 별속에 갇혀 있는 70억 인류는 기해년 말에 튀어나온 '코로나'로 몸살을 앓고, 백신으로

치유되리라는 기대를 비웃듯 경자, 신축년을 삼킨 채 '오미크론'으로 변이, 임인년을 향해 더욱 기승이고

세상은 서로가 자기만이 분열된 전체 국민을 통합하여 나라의 내일을 선진강국으로 만들 수 있다고 기고만장인데 그 크나큰 포부를 갉아먹는 주변의 비리는 끝이 없고

마약, 음주운전, 무작위 폭력 등 사회적 무질서와 공동체 속의 갑질, 상사폭, 학폭, 가정폭, 자녀학대 등이 귀와 눈을 따갑게 하는 하루하루속에

가진 자들은 가진 것을 지키기 위해 사력을 다하고, 못 가진 자들은 격차, 편견, 박탈감에 분노하며 격렬 저항하는 세상에

이도 저도 아닌 나는 그저 살아만 가고 있는데, 말없이 사고 없이 조용히만 사는 내가 행복하기만 한 것은 아이들 걱정 내려놓고 아내와 동네 산책길 주유하고 복지관에서 바둑 두는 편안함 때문이리라.

새로 시작되는 임인년 새해에도 동녘 하늘의 휘황찬란한 무지갯빛 아니어도 탈 없고 화목한 가정 속에서 행복한 날들만 함께하기를 기원해 본다.

홀로 걷기

아내가 일손을 놓은 후론 함께 일주일에 서너 차례 하천 따라 정비된 산책로를 걷는 것이 일과이면서 즐거움이었다. 그전에는 혼자 더 먼 거리를 더 빠르게 걸으면서도 날씨나 주변 탓으로 게으름 피우기 일

쑤였는데 아내가 운동 가자면 즐거운 마음으로 따라나선다.

운동이라기보다는 산책이지만 늘 함께 걸을 수 있기를 바라는 마음으로 아내의 발걸음을 맞춰 걷는다. 어느 날부터인가 열심히 걷던 아내가 힘겨워하며 몰아쉬는 숨소리에 아리는 마음이지만 그래도 아내와 함께 걷는 것은 지루하지도 않고 언제나 즐거움이었다.

하루하루가 지루하기만 했던 아내는 복지관 문도 두드리고 도우미일도 찾아 나서더니 새 학기가 시작되면서 도우미 일을 꿰차고 나선다. 비록 한 달에 15일 30여 시간이지만 그래도 이웃을 만나고 얼마의 수당을 받을 수 있어 마냥 즐거운 모습이다.

며칠이나 지났을까 아내가 걷기를 너무 힘들어하며 동네 뒷산 초입에 설치된 운동기구가 있는 곳으로 운동 장소를 바꾼다. 나는 이제 홀로 다시 걷기를 시작했다. 예전에 일주일에 두세 차례 날씨 좋고 공기 좋던 날만 골라 하던 걷기운동을 본격적으로 다시 시작하게 되면서 지루하지도 싫지도 않으며 습관화되어 가는 모습이다. 더구나 요즘 걷기에 딱 좋은 날씨가 계속되면서 하루도 거르지 않다 보니 가수이면서 연예인인 K씨가 '운동은 맛있다'고 하던 말이 새삼 실감으로 다가온다.

평소에 땀이 나지 않으면 잘 씻지도 않던 내가 걷기를 하고 샤워를 하고 나면 그토록 개운하며 기분까지도 상쾌하다. 만보 정도의 걷기를 계속하다 보니 운동도 되고 끝나고 나면 개운하고 흐뭇하면서도 아내가 같이 걸을 수 없어 걷기를 중단해야만 한 아내의 모습에 애틋하고 아리는 마음만 커진다.

함께 있어 고마운 아내

아내가 일손을 놓은 후 늘어난 뱃살이 간헐적 다이어트, 걷기 운동에도 빠지지 않아 수심은 깊어만 가고 쑤시고 아파오는 어깨, 무릎관절 때문에 어깨 수술도 받고 여러 차례의 주사도 맞았지만 통증은 사라지지 않고 덜 할 뿐으로 동네 뒷산 초입에 있는 산책로에서 운동도 열심이고 배낭 하나 메고 반 시간 거리의 전통시장, 대형마트, 싸게 파는 야채가게에 다니면서 걷기운동도 하는데 그래도 다행인 것은 혈압약은 먹지만 백신 부작용, 각종 예방주사 부작용이나 돌봄이 필요한 내, 외과적 질병은 없다는 것이다.

TV경연 프로그램, 먹방, 연예 오락 프로그램들을 즐겨 보면서도 코로나때문에 새로 갖게 된 둘이서 하는 고스톱을 더욱 즐기는 아내지만 내가 복지관 가고 나면 혼자 있는 시간이 많아진 아내는 연초 새학기가 시작되면서 학교 급식 도우미로 선정돼 한 달에 보름을 동네 초등학교에서 하루 2시간씩 보조일을 하며 받은 수당을 생활비에 보태기도 한다.

아내의 일 하는 모습은 끈기와 편안함 그 자체다. 다리 찢고 꼿꼿이 앉아 마늘 까기, 더덕이나 도라지 껍질 벗기기, 대파나 고구마 잎, 머우대 등 야채 껍질 베끼고 다듬기 등 한 시간이고 두 시간이고 미동도 없이 일만 하는 모습에 허리 아프다. 다리에 쥐가 난다며 10여 분도 가만히 앉아 일하지 못하는 나는 그저 놀랄 뿐인데

소파에 앉든, 앉아서 일을 하든 한번 앉으면 일어서기가 힘들어 나를 부르는 경우에는 내가 의기양양이다. 과도 집어 달라, 비닐장갑 꺼내 달라, 화장실 앉은뱅이의자 가져와라, 창문 달아라, 식탁의자 집어넣어라, 물통 넣어라 등등 시시콜콜한 것들을 시키면서 젊은 사람이

해야 한단다. 일곱 살이나 많은 나에게 그때는 젊은 사람이란다. 그러면 나는 젊은 사람 흉내 내며 굴렁쇠 굴리듯 벌떡 일어나 시키는 것들을 하면서 투덜댄다. 노친네를 젊은 사람이라며 시킨다고…

나는 초저녁형이다. 소주 두세 잔 정도지만 술 먹는 날이면 금방 잠에 빠진다. 당연히 새벽이면 눈이 떠지고 불을 켰다 껐다 하기 마련이다. 새벽에 눈을 떴을 때 아내의 잠든 모습을 보고 있노라면 옆에 아무도 없고 혼자였다면 얼마나 허전할까, 노년에 홀로 된 독거노인들은 얼마나 외로울까, 애교나 애정표현은 일도 없어 살갑지 않다고 투덜대지만 아내가 옆에서 새록새록 자고 있다는 것이 얼마나 고맙고 편안함인지 새삼 행복을 느끼는 아침에 오래오래 100세까지 건강한 모습으로 함께하기를 기원해 본다.

봄내음이 가득한 산책로를 걷는다

학생들이 등교하고 직장인들이 출근하는 시간 복지관 가기까지의 시간공백을 산책로 걷기로 메꾼 것이 8년여, 이젠 습관화되어 몸이 거부반응을 하지 않아 다행이지만 비가 오거나 눈이 내리거나 덥거나 추운 날이면 게으름이 다시 기지개를 켜 걷기를 중단하기도 하고 일주일에 적게는 2차례 많으면 5차례 정도로 홀로 걷기를 하는데 요즘은 걷기에 딱 좋은 계절이고 걷는 마음 또한 싱그러운 풀 내음처럼 상쾌하다.

하천을 따라 조성된 산책로는 겨우내 앙상한 가지만 스산하거나 땅속으로 숨어버린 씨앗들이 얼마 전 촉촉이 내린 봄비를 맞은 후 쑥쑥 자라 나오는 요즘이다. 하천 양쪽의 경계벽 덤불이에는 파릇한 이파리들이 다투어 피어나 풍성해지고 삼단으로 되어 있는 경계벽에는 하얀 꽃이 활짝 핀 꽃나무가 장관을 이루고 작년에 심었던 장미나무는 녹색과 검붉은 잎들로 채색되고 알뿌리들은 죽순 자라듯 하루가 다르게 치솟는다.

빨강과 분홍, 핑크와 보라, 하얀 꽃들로 군데군데 군락을 이루어 활짝 피어 있는 철쭉은 황홀한 아름다움이고 녹색잎 사이사이에는 검붉은 낙엽빛깔 이파리들이 고개 들어 형형색색의 꽃과 잎들이 어우러져 더욱 아름답고 녹색으로 짙게 물든 풀잎조차도 상큼한 요즘이다.

주변 도로에서는 응급 사이렌 소리가 요란하게 울려 퍼지기도 하지만 지자체에서는 더욱 잘 가꾸어진 산책로를 만들고 치장하기 위해 여기저기서 포크레인 등 중장비 소리 요란하고 이제 공사가 다 끝나가는 것 같은데 완성되려면 2년여가 더 걸린단다. 사시사철 하천을 흘러내릴 물을 공급하기 위한 공사인데 물은 어디서 끌어오는 걸까. 아마도 한강에서가 아닐까, 완공된 모습은 어떨까 그날을 상상해 본다.

입마개도 하지 않은 대형견을 보고 움찔하고, 간혹 배설물이 널려 있다든가 반대편에 자전거길이 있는데도 산책로를 유유히 달리는 자전거를 보면 인상이 찌푸려 지기도 하지만 하루하루 채색되어가는 자연의 조화에 감탄하면서 아내가 걷기에 힘들어 할머니들이 많이 모이는 동네 뒷산 초입 운동시설이 있는 곳으로 옮겨가 아쉬움이 크면서도 2년 뒤 공사가 완공되면 가뭄이 심한 봄에도 겨울에도 물이 철철 넘쳐 흘러 학과 오리들 물놀이하고 잉어, 붕어들 유유히 유영하는 모습을 상상하면서

긴머리 출렁거리고 베이지색 바바리코트의 풀어 헤친 허리띠가 나풀거리며 걷는 모습 아름답고, 배낭 하나 짊어진 혈기 넘치는 젊은이들이 걸음을 재촉하며 산책로를 따라 출근하는 사이에 끼어 봄 내음

가득한 산책로의 아름다운 전령들을 보면서 나도 활기차게 걷는다.

순간의 기억상실

어제 아침 갑자기 날아든 비보가 있었다. 아내의 조카(질녀)가 세상을 떴단다. 둘째 딸 또래 조카의 갑작스러운 소식에 황당해하면서 충격을 받고 오후 1시에 만나 처제들끼리 가기로 하는데 나도 할 일도 없고 같이 가기로 했다. 처제가 운전하는 차를 타고 두 처제와 우리 부부 네 사람이 인천에 있는 장례식장으로 향했다. 식장에 도착한 아내가 조카의 영정사진을 보더니 쓰러지듯 엎드려 대성통곡이다. 순간 당황스럽기도 하였지만 15~6년 전 장모님이 돌아가셨을 때 통곡하던 아내를 보았기에 아직 젊은 조카의 죽음에 억장이 무너져 통곡하였던 것 같다. 오열이 계속되자 처제들과 고인의 부모가 나서서 진정시키며 빈소에서 조문객 자리로 데리고 나온다.

우리도 자리에 앉아 고인의 엄마로부터 경위를 듣는데 코로나가 한창이던 3년 전 결혼한 조카 부부가 2박 3일 일정으로 제주도에 다녀온 후 갑자기 가슴이 답답하고 숨을 쉴 수 없어 병원을 찾아 응급조치를 하는 중에 피가 심하게 나와 어떤 조치를 할 새도 없이 급작스럽게 숨을 거두고 말았단다. 기가 막히고 황당하기 짝이 없지만 의사의 '산화' 때문이라는 진단을 받고 황망해할 뿐이란다. 제주도에서 돌아오는 날 냉동 새우회를 먹었다는데 혹 급성 식중독이었던가 아니면 의사의 서툰 대처 때문이었던가 의문이 크기도 했지만 문제화하는 데는 많은 어려움이 있어 포기하고 젊은 죽음을 받아들일 수밖에 없었던 것 같다.

우리는 자리에 앉아 경위를 들으며 애통해하고 있는데 아내의 모습이 심상찮다. 조문객 접대용 음료수와 떡, 과일 몇 개가 나와 있어 내가 먼저 한두 개 집어먹으며 떡을 좋아하는 아내에게 떡사발을 밀어줬는데도 먹을 생각 없이 눈이 말똥말똥하고 쳐다보는 모습이 생소한 느낌이 들기도 하였는데 보름 후쯤 초기 발견된 유방암 수술이 예약돼 있어 마스크를 안 벗으려고 안 먹는구나 생각하고, "저 사람이 수술예약이 있어 마스크를 안 벗는다"고 했더니 갑자기 아내가 "누가 수술하는데?", "여긴 어데야?", "여긴 왜 왔어?", 상주를 보고는 "저 사람은 누구야?" 하는 것이었다. 순간 '치매'라는 단어가 스치며 겁이 덜컥 났다. 우리는 놀라 급히 아내를 데리고 나왔다. 20여 분 정도의 기억은 전혀 없다며 아내는 아직도 어리둥절한 표정이다.

　차를 타고 집으로 향하면서 이것저것 얘기하는데 지금은 멀쩡한 모습에 안심이 되면서도 우선 치매검사부터 해보라는 처제들의 권유에 내일쯤 보건소에 가볼까 생각하면서 집에 도착하여 저녁을 먹고 쉬는데 처제한테서 아내에게 전화가 왔다. 간호사로 있는 딸에게 물었더니 뇌졸중이나 뇌출혈, 뇌병변 등의 전조증상일 수 있어 빨리 병원 응급실에 가서 검사를 받아야 한단다. 뭐 지금은 괜찮은데, 별거 아니겠지, 하고 흘려들었는데 딸이 퇴근해 집에 오자마자 병원 응급실에 가잔다. 이모가 엄마 모시고 빨리 응급실에 가 검진을 받으라며 전화가 왔단다. 뭐 이제 괜찮은데 하면서도 혹시나 하는 마음이 있기도 해 딸과 함께 S대학병원으로 향했다. 10여 일 후 초기 유방암 수술이 예약돼 있어 S병원에 가는 게 유용할 것 같아서.

　저녁 8시가 조금 지난 시간인데 응급실은 벌써 초만원이고 보호자는 한 명만 들어갈 수 있어 내가 들어가고 같이 온 딸은 밖에서 대기하기로 했다. 그런데 병원에 도착할 즈음 딸이 언니와 동생에게 문자를 보낸 모양인데 아들이 굳이 병원에 오겠다 한다는 것이다. 올 필요 없다고 해도 굳이 온다는 걸 막을 방법은 없고 아내와 나는 순서를 기다리며 대기하고 있는데 혈액검사, CT검사, MRI검사를 해야 하는데 MRI는 비용이 많이 들어 우선 혈액검사와 CT검사만 받기로 하고 결과를 보고 MRI는 추후 결정하기로 했는데 CT검사는 결과를 빨리 알 수도 있지만 혈액검사는 3시간은 족히 걸릴 거란다. 3시간 후면 자정인데, 그래도 대기실에 가득한 환자와 보호자가 다 그러한데 별 대책이 없어 기다려야 할 뿐이었다.

9시쯤 아들이 도착했다. 나는 밖으로 나가 보호자 출입증을 아들에게 넘기고 딸과 밖에서 기다리고 있는데 CT검사가 시작됐다고 아들이 알려왔고, 얼마 후 아들과 나는 다시 교대하면서 아들과 딸은 집으로 보냈다. 아들이 딸을 데려다주고 30분을 더 가야 하는 자기 집으로 향했으려니 생각하고 딸에게 전화해 속사포처럼 얘기해주는 담당의사의 설명을 아무 이상 없다는 말로만 대충 얘기해주고 혹 불안하거나 이상이 느껴질 때를 대비해 약 처방이 있어 얼마를 더 기다려야 한다고 알렸는데, 아들이 운전하면서 다 듣고는 얼마 후 아들이 기어이 다시 병원으로 왔다. 또 얼마를 기다린 후 아주 작은 알약 3회분 처방을 받아 쥐고 응급실을 나서니 생각보다 빠른 11시쯤이었다.

안도의 마음으로 응급실을 나서면서 오늘 하루 정말 많은 일이 있었구나, 하루에 이렇게 많은 일이 일어날 수도 있다고 느끼면서 각종 사고로 인해 기억을 잃었다는 뉴스는 가끔 들은 기억은 있었고, 젊었을 적 만취 상태에서 기억이 끊어지는 단절이 두세 차례 있기는 했어도 충격적인 환경에 의해 순간 기억을 잃을 수도 있구나 하는 것을 아내에게서 확인하면서 사고로 기억을 잃은 후 기억을 되찾아가는 옛영화 '사랑의 미로'인가를 연상하면서 아침의 걷기운동, 낮에는 복지관에서 바둑 두기, 저녁에는 TV보기 등으로 쳇바퀴 도는 일상속에서도 특별했던 숨가빴던 오늘 하루가 아니었는가 생각한다.

암세포 조기발견의 행운

5월 31일 아내가 유방암 수술을 위해 S대학병원에 입원했다. 환자를 도와줄 보호자 1인이 있어야 한다는데 사전에 코로나검사(PCR 또는 신속항원검사)를 해야 한다기에 나는 입원실은 안 들어가겠다고 해 결국 아내 혼자 입원하기로 하였는데 수술 전 검사를 받을 것이 있다고 해 미로 같은 대학병원에서 내가 곁에 있어야 할 것 같았으나 코로나유행 3년 반 동안 단 한 번도 해보지 않은 검사였기에 받기가 싫어 안받았었는데 도우미 얘기가 나와 복지관에서 바둑 두는 일 외에는 별 할 일도 없는 내가 아내 곁에 있어야 할 것 같아 입원 수속이 끝나고 검사는 내일이라기에 집에 오는 길에 버스 안에서 딸에게 전화했더니 신속검사 말고 보건소에서 PCR검사를 받으란다.

마침 내가 탄 버스가 집을 지나 보건소 앞을 지나는 차라 보건소로 직행했다. 그동안 아이, 어른 할 것 없이 온 세상 사람들이 받는 검사였으나 단 한 번도 받아 본 적이 없었기에 백신도 맞으라 할 때마다 제때제때 맞았던(총 5회) 내가 두려움이 있었던 것은 아니었지만 약간의 긴장감 같은 것 하고 끝까지 한 번도 받지 않은 사람으로 남겠다는 생각이 있었으나 의미 없는 일이었기에 바로 보건소로 향해 PCR검사를 받았다.

시니어인 나는 언제든 무료로 받을 수 있다고 안내해 주는 간호사의 말을 새기며 검사대 앞에 섰으나 10여 초 만에 모든 검사가 끝나고 내일 아침에 폰으로 결과를 알려준다고 해 가벼운 마음으로 집으로 돌아왔다. 다음 날 아침 '음성'통보를 받자마자 출입증을 받아 입원실에서 아내를 만났다. 내가 도착하기 전 아침 일찍 한두 가지 검사를 받았고 오후엔 수술 전 간단한 시술과 X레이 촬영을 하고 내일 일찍 첫 번째로 수술에 들어간다고 해 4시까지 있다가 입원실에서 나왔다.

입원 3일 차 수술하는 날 새벽 6시쯤 큰딸이 병원에 도착했다고 연락이 왔다. 출입증이 없어 입원실에 들어갈 수 없었으나 엄마를 볼 수 있는 방법을 알려 주었다. 8시가 조금 지나 수술실로 향했다는 연락이 왔고, 9시 조금 지나 회복실에 있다는 연락이 왔고, 10시 조금 지나 병실로 간다는 연락을 받았다.

나와 둘째 딸은 8시 반쯤 수술실 근처에서 큰딸을 만났고 출입증이 없는 딸들은 수술실 앞에서 대기하고 나는 입원실로 갔다. 10시 반쯤 수술을 끝내고 입원실로 돌아온 아내의 얼굴을 보니 마음이 가벼워진다. 크게 힘들거나 아파하는 표정이 아니고 이제 끝났다는 안도감에 편안한 모습이다. 오랜만에 만난 두 딸은 점심때까지 밖에서 얘기하다가 식사 후 큰딸은 집으로 향하고 둘째 딸은 출입증을 받아 병실로 왔다. 나는 딸과 교대하고 볼 일이 있어 병실을 나왔다.

아내가 유방암 초기 진단을 받은 것은 큰 행운이었다. 작년엔가 어깨 수술받은 쪽이 아프다는 소리에 딸이 핸드폰을 검색하더니 강남의 직장 근처에 유명 의원을 발견하고 모녀가 같이 갔었다. 초음파 검사 결과를 보고 어깨 쪽엔 이상이 없다고 해 집으로 향하는데 의사에게서 연락이 와 아무래도 유방 쪽에 이상이 느껴져 조직검사를 해보자는 제안이 있어 다시 돌아가 조직검사를 받고 며칠 후 검사 결과가 미세한 암세포로 진단이 나와 바로 S대학병원에서 검사를 받고 6월 2일 무사히 수술이 끝났고 어제 퇴원 지금 옆에서 새록새록 자고 있다.

어깨 수술을 받은 후에도 어깨쪽이 시시때때 아프다는 아내였지만 크고 위험한 병은 아니기에 미적미적하며 흘려듣곤 하였는데 딸의 성화에 먼 곳까지 가서 진단받았던 게 얼마나 다행이었던지 새삼 고마움을 새기면서 초기에 발견 큰 아픔 없이 무사히 수술을 끝냈고 수술 이후의 통원 치료만 남겨두고 있어 아내도 나도 아이들도 안도의 숨을 쉬며 안심을 한다. 아내의 암 조기 수술은 어깨 통증에서 시작된 우연한 발견에서 시작해 암세포 제거수술까지 받았으니 정말 행운이 아니었던가 생각하면서 모든 것이 감사할 뿐이다.

남은 바람

길을 다니다 젊은 엄마, 아빠들이 아기 유모차를 끌고 더 큰 아이는 손 잡고 걸어가는 모습을 보면 부러움이 솟구친다. 일요일인 어제 아들네가 왔다. 아내가 수술 후라 음식을 하지 않고 저녁때 지난번 딸이 생일 선물로 받은 식사권으로 돈까스집에 갔다. 손녀가 돈까스도 잘 먹고 메밀국수도 잘 먹는 걸 보니 이제 다 큰 모습이다.

딸이 오늘의 모습으로 크기까지 애미, 애비의 노력이 컸고 코로나 시국이라 더욱 힘들었던 걸 잘 안다. 더구나 이웃에 사는 외조부모까지 같이 힘들었던 걸 잘 안다. 하지만 요즘의 여섯 살배기 손녀의 모습을 보면 흐뭇하고 자랑스러울 것임을 느낀다.

가끔 손녀의 영상이 톡으로 전달돼 오면 할머니는 보고 또 보고 몇 번이고 되풀이해 본다. 여섯 살 아기가 '유 아 마이 썬샤인'을 막히지 않고 끝까지 잘 부를 뿐 아니라 나도 가사는 모르고 곡만 대충 알지만 영어 발음뿐 아니라 마지막의 '썬샤인 어웨이'하는 부분의 간드러지게 넘어가는 음정까지도 정확하게 부르는 것을 보고 몇 번이고 되풀이 들으면서 감탄하고, 노래인지 웅변인지 모르겠지만 카랑카랑한 목소리로 웅변조로 질러대는 또 다른 영상에 감탄할 뿐인데

어제는 내가 쓰는 이면지를 가져가더니 고모와 할머니 앞에서 '가 나다라'를 쓴다. 원고용지 칸의 배 정도 크기로 또박또박 써 내려가는

글씨가 반듯하고 크기도 일정해 놀랄 뿐이다. 간혹 거꾸로 쓰는 것도 있지만, 초등학생이 되어서야 한글을 배우기 시작했고 중학생이 돼서야 ABC를 처음 접했던 나였는데, 6살에 영어 노래를 하고 '가나다라'를 쓰는 손녀의 모습을 보면서 요즘 아이들의 장래 모습을 상상해 보기도 한다.

엊그제 누리호를 발사하고 AI도 뛰어넘어 챗GPT가 인간의 미래를 어떻게 변모시킬까 궁금해지는 요즘, 우리 아이는 어떤 모습으로 어떤 역할을 하는 사람으로 자랄까 궁금함과 기대를 함께 가져본다.

한편 바람이 있는 것은 아이의 자라는 모습이 이토록 큰 기대와 기쁨인데 혼자 살아가야 하는 미래의 모습을 상상하면 안타까움도 커 조금이라도 더 행복하고 즐거운 자식의 모습을 상상한다면 이제 아이가 이만큼 컸으니, 다시 또 아이 키우기가 힘든 일이겠지만 아이 혼자 자라게 하는 것보다는 동생을 하나 더 키웠으면 하는 것이다.

아들에게는 몇 번 언질을 줬었고 며느리가 있을 때도 간접적으로 내심을 표현도 해 봤지만 반응이 없는 아이들 모습에 서운한 마음 있으면서도 요즘 어떤 세상인데 아이들에게 강요하려 하느냐는 아내의 핀잔에 기세가 꺾이고 만다. 그래도 손자 하나 더 있었으면 하는 바람을 가지는 것은 눈앞이 여든인 나의 솔직한 마음으로 내일을 기약할 수는 없지만 아이들이 내 속마음을 느끼며 바람을 채워줄 수 있는 날이 오기를 기대하는 마음이다.

코로나 내습

지난 7월 21일 밤 아내가 심하게 열이 나고 괴로워해 아무래도 코로나가 의심이 되어 아침에 큰딸이 언젠가 두고 간 자가진단키트를 찾아 검사를 했더니 양성으로 나타난다. 잠시 후 동네 의원에 가서 검사를 받았는데 코로나로 확인됐다. 약을 받아 들고 집으로 오는데 어떻게 해야 할지 막막한 기분이었다.

그동안 3년이 넘도록 코로나로 전 세계가 요동치고 아들네도 딸네도 양가 사돈댁 어른들도 다 한 번씩은 코로나로 고생이 심하다는 얘기는 들었지만 우리 식구는 한 사람도 걸리지 않았는데 이제 코로나에 대한 통제가 완화되고 있어 겁이 덜컥 나는 것이었다.

아내가 우연한 기회에 유방암 초기라는 진단을 받고 대학병원에서 지난 6월 2일 수술을 받고 방사선 치료를 받는 중에 15회 중 11~12회차를 받는 날 치료가 끝나고 버스를 탔는데 퇴근시간이긴 하였지만 다른 때에 비해 유독 버스가 초만원이었다. 이미 마스크 착용 의무는 해제된 후라 대부분의 젊은이들은 마스크를 쓰지 않았고 아내도 답답하다고 마스크를 쓰지 않는다. 마스크 쓴 사람이 없는 버스 안에서 답답하다고 쓰지 않는 것을 어찌할 수 없어 버스 정류소가 2개뿐이니 괜찮겠지! 하였는데 밤새 끙끙 앓는 것을 보니 마스크 쓰는 것을 강요하지 않은 것이 후회스러웠다.

밤새 앓는 아내 곁에서 아무것도 할 수 없어 처치 곤란이던 택배의 아이스팩을 하나라도 남겨 뒀더라면 시원한 냉찜질이라도 해 줄 수 있을텐데 아쉬움만을 가지며 날이 샌 후 큰 딸이 두고 간 간이검사키트로 검사를 했더니 양성이 나와 동네 의원에서 다시 확인을 받은 것이다. 3년이 넘도록 세계가 코로나로 몸살을 앓을 때도 강 건너 불구경으로만 느꼈었는데 걱정이 앞서고 가슴이 철렁 내려앉는다.

지금은 코로나에 대한 경계심이 약해진 데다 환자에 대한 정부의 격리 조치도 없어 자발적 격리에만 의존해야 하는데 생활공간이 동일한 세 식구가 이 위기를 잘 넘길까 태산이었는데 아니나 다를까 아내가 확진 받은 4일째 되는 날 내가 미열이 있어 자가진단 키트로 검사해보니 양성으로 나와 곧바로 의원에서 확진임을 확인했다. 딸은 다른 방을 쓰고 있고 매사에 조심스럽게 하고는 있었지만 그 후 이틀 뒤에 확진을 받고야 말았다.

아내는 첫날 열이 높았던 걸 빼고는 상태가 심한 것 같진 않았는데 격리기간이 끝나 갈 무렵 5일째쯤 기침, 가래가 좀 더 심한 것 같더니 6일째부터는 좀 편안해진 것 같은데 나는 사지에 힘이 빠지고 기침 가래가 심해지고 식욕이 떨어져 기진맥진하였는데 6일째 되는 날부터는 기침, 가래도 잦아들고 약간의 후유증 같은 느낌 빼고는 정상을 회복해가고 있었으나 딸은 그제야 고비가 다가온 모양이다. 요즘 폭염이 계속되고 있고 입맛도 잃어 아무것도 먹지 못하고 지쳐 기진맥진하는 모습에 걱정이 태산이다.

비상시에 응급실에 가야 하나 하는 생각까지의 만반의 준비도 하였지만 아내와 내가 한 차례의 홍역으로 지나갔던 것처럼 6일차쯤부터는 언제 그랬냐는 듯 지나가기를 바라는 간절한 마음으로 지난밤을 보냈었는데 자고 일어나니 힘없고 거칠던 말 소리가 맑아져 상태가 많이 완화되어 일상생활에 별 지장이 없을 것 같아 안심이 된다.

지금까지의 전염병들은 일회성이거나 백신이 나오면 거의 소멸되기 바련이있는데 코로나는 번이를 서듭해 가넛서 4년째 계속되고 있는 데다 더욱 강력한 새 변이가 나타나고 있고 연이은 폭염 속에 확진

자는 급속히 증가하고 있는데 정부의 대책은 병원과 요양원 등 외에서는 마스크쓰기도 완화하였고 전염병 등급도 완화할 계획인 것 같은데 걱정이 크지만 정부의 대책 이전에 손씻기, 마스크쓰기 등 수칙을 생활화하여 나와 가족 모두의 건강을 지키는 데 최선을 다하고자 다짐한다.

송년 동창모임

지난주 중에 코로나로 중단되었다가 지난해부터 다시 만나고 있는 송년 동창모임이 마곡나루역을 끼고 있는 서울식물원을 구경하고 인근 식당에서 식사하기로 정해져 있어 다녀왔다. 이번 겨울 중 며칠 동안 한파주의보가 계속 발령되어 있는 중이라 단단히 방한복장을 하고 약속된 시간에 도착하여 몇몇 반가운 친구들을 만나고 식물원을 끼고 있는 광활한 공원을 구경하였다.

코로나로 중단되었던 모임이라 오랜만에 만난 탓도 있지만 개인적으로 평소 왕래하는 친구가 없는 나이기에 처음에는 외톨이가 될 것 같다는 생각 때문에 참석을 기피하려는 생각도 있었으나 가보지 못했던 곳이고 이제 와서 내가 무엇을 뽐내려고 주저하느냐는 생각이 들어 참석하겠다고 연락하고 정해진 시간에 참석한 것이다.

조금 먼저 도착한 탓에 공원 초입의 곰돌이상을 한 컷 찍고 주변을 둘러보는데 광활하고 탁 트인 공원이 주변 직장인들에게는 아주 좋은 휴식공간일 것 같다는 생각에 미친다. 시간이 되어 삼삼오오 식물원으로 향하는데 홀로 뒤 쳐진다. 뒤따라 걸으며 보니 몇몇 친구들은 지팡이를 짚거나 구부정한 허리를 하고 있어 노을에 서 있음을 느낄 수 있었다.

식물원에 들어서니 밖의 매서운 추위와는 달리 온화한 데다 잘 가꾸어진 꽃과 나무들이 여러 형태의 아름다움을 연출하고 있어 보는 즐거움을 한껏 누릴 수 있었다. 연인끼리, 가족끼리, 친구끼리 온 관람객들 속에 섞여 우리 일행도 실끼리 흩어져 사진 한 컷 찍는데 어쩌다가 외톨이가 되어 두리번거려 찾아보다 밖으로 나와 호수 쪽으로 향했다. 호수의 중간을 가르는 다리를 건너 식사가 예정되어 있는 식당으로 향하는데 마침 점심식사 시간이라 주변 직장인들도 삼삼오오 공원을 걷는다.

안내된 역 출구 쪽으로 가 식당을 찾는데 간판이 눈에 들어오질 않는다. 한참을 헤매다 겨우 찾게 되었는데 3명이 앞서 가는데 우리 동창임이 느껴진다. 엘리베이터에 올라 통성명을 하니 한 친구가 할 말이 있다 한다. 수십 년 동안 하지 못했던 말이라며 만나면 꼭 사과하고 싶었단다. 어리둥절한 표정으로 식당에 마주 앉았다. 궁금하여 물었더니 내가 사무장 시절 기자였던 그가 우리동네에 왔었는데 아는 체를 안 했던 것을 못내 미안해하고 있었다. 나는 전혀 기억에 없을 뿐 아니라 그때도 몰랐던 일이었을 거라 생각하면서 수십 년 전의 그 사소한 일을 기억하며 미안하다는 말을 하고 있어 못 알아본 내가 오히려 미안했다.

식당으로 직행한 친구들, 식물원 구경을 한 친구들이 모두 모이자 식사가 시작됐다. 지난주 앞니에 금이 가 임시처방상태로 씹어 먹지 못해 부드러운 음식 있으면 국물에 말아 삼킬 요량이었는데 막상 내가 좋아하면서도 쉽게 먹을 수 없는 부위의 고기가 구워지는 것을 보면서 조심스럽게 먹기 시작했다. 한두 점 먹어보니 불편함을 크게 느끼지 않고 먹을 수 있어 '소맥'을 기울이며 실컷 먹으면서 즐길 수 있었다.

8인용 테이블에 마주 앉은 우리 테이블 친구들은 안면 익숙한 친구는 없었는데 웬일인지 나에 대해 관심을 가지는듯해 기분도 좋고 음식 맛도 좋았다. 아마도 모르기 때문에 관심이 더 있었겠지만 그래도 나쁘지는 않았다. 맛있는 음식 실컷 먹고 다음을 기약하며 행복한 마음으로 집으로 향했다.

갑진년(2024) 새해 아침

계묘년 연말 맹추위가 일주일을 넘게 계속되더니 마지막을 장식하듯 40여 년 만의 폭설이 종일 내려 도로가 얼어붙으면 어쩌나 하는 걱정이 있었는데 다행히 기온이 온화해지고 비까지 내리면서 녹아내려 다행이다 싶었다. 그래도 골목골목은 응달진 곳 군데군데 눈이 남아있고 아침이라 살얼음, 소위 블랙아이스가 있었다.

새해 아침 포근한 날씨에 간밤에 눈들도 거의 녹았고 떠오르는 태양을 볼 겸도 해서 평소와 다름없이 걷기운동을 위해 집을 나섰다. 집밖을 나서면서 살얼음에 살짝 미끄러질 뻔하기도 했지만 산책길까지는 골목골목을 한참을 가야 하는데 이 정도쯤이야! 하면서도 조심조심 걸었다. 골목길 어느 코너를 도는 곳에서 왼발이 앞쪽으로 쭉- 미끄러지면서 오른발은 뒤로 밀려 다리찢기를 하는 모습이 되었으나 넘어지지는 않았다. 그 정도의 미끄러짐에도 넘어지지 않고 균형을 잡았던 것에 대해 자부심 같은 것을 느끼며 산책로를 힘차게 걸었다. 내가 걷기하는 턴지점 바로 전 30여M쯤 돌로 깔린 부분이 있는데 살얼음이 얼어 있어 미끄러울 것임을 직감적으로 느끼고 조심스럽게 발을 내딛는데 '쭉~' 미끄러진다. 다행히 건널다리에는 손잡이가 있어 순간 손잡이를 잡아 넘어지지는 않았다. 턴지점이 나의 목표지점일 뿐 정해진 것이 아니기에 거기서 돌아섰는데 떠오르는 해를 아직 못 본 것이 아쉬웠다.

되돌아 걷다가 동녘 하늘을 보니 둥근 해가 구름에 부분적으로 가려 아파트와 아파트 사이에 떠올라 있었다. '아, 멋있나.' 상관이었나. 핸드폰이 없어 아쉬웠다. 평소 핸드폰을 가지고 다니지 않기에 어쩔 수 없는 일이긴 하지만 오늘은 새해 첫날 아침 떠오르는 해를 보려는 마음이 있었기에 가져왔어야 했는데 아쉬울 뿐이었다. 아파트가 양쪽 벽면을 이루며 솟아 있고 그사이를 하얗고 약간 회색빛의 구름덩어리들이 흘러가는 구름이 되어 층을 이루고 있어 그 자체만으로도 아름다운데 그 중간에 두 아름은 됨직한 거대한 둥근 불덩이가 굴렁쇠의 모습으로 보일듯 말듯 숨어있어 환상적인 아름다움을 연출하고 있었다. 아! 이 아름다움을 한 컷 남기지 못하고 손가락으로 카메라 흉내를 내보며 눈으로만 품으려니 아쉬울 뿐이었다.

다시 걷기를 계속하다 돌아보니 거대한 태양이 빛을 팔방으로 흐뜨려 뿌리는데 쳐다볼 수가 없다. 손에 잡힐 듯 가까운데 동녘 하늘이 온통 강렬한 햇살에 타오르는 모습이었다. 이렇게 강렬한 햇살을 본적이 없었다. 산책길을 걸으면서도 골목길을 걸으면서도 핸드폰이 없었던 것을 아쉬워하며 걷는데 갑자기 '쭉' 미끄러지며 왼쪽 무릎을 시멘트 도로에 부딪고 엉덩방아 찧으면서 오른손은 바닥을 짚었다. 순간 왼쪽 무릎에 피가 맺힌다. 한 컷 남기지 못한 아쉬운 생각과 어제 들려온 친구의 하직 소식 등을 생각하다가 갈 때 다리찢기했던 그 곳에서 기어이 엉덩방아를 찧은 것이다.

풍채도 당당하고 건장해 보이던 친구들의 하직 소식을 들을 때마다 인생노을에 서있는 모습에 세월의 무상함을 느끼면서도 그래도 나는 아직 가족에게 걱정 끼치 않고 건강하다는 자부심을 가지면서도 매사에 늘 조심해야겠다는 다짐을 해보는 새해 아침이다.

외손과 단둘이 썰매장 나들이

겨울이 되면서 초6 외손이 썰매장에 가고 싶은데 엄마 아빠는 바쁘고, 이모도 직장을 쉴 수 없는 데다 허리도 불편해 조카와 동행할 수 없어 아쉬워하면서 할아버지와 같이 갈 것을 권하며 나에게 물어 흔쾌히 같이 갈테니 약속을 잡으라고 했으나 평소에 친밀감이 없던 사이라 1월이 다 가도록 연락이 없어 포기했나보다 생각하던 차 1월의 마지막 날인 어제 가자는 연락이 왔다는 것이다.

자라면서 부모, 조부모로부터 귀여움만을 받고 자란 탓에 인사성이 부족하고 고집불통인 것이 걱정돼 몇 번의 가족 여행 시마다 옹고집이 튀어나오면 외할아버지인 내가 호통을 치고 크게 꾸짖기도 해 가끔 집에 오더라도 이모만 찾던 손자라 외할아버지와 단둘이 썰매장 가는 일이 내키지 않는 일이었을 것이기에 잊고 있었으나 며칠 전 연락이 온 것이다. 나는 어제 아침 1시간이 더 걸리는 딸네 집으로 가 손자와 함께 반포 한강 고수부지에 있는 썰매장으로 향했다.

평일 이른 아침인지라 젊은 부부와 자녀들 한두 팀밖에 없어 썰렁한 느낌이었으나 손자와 함께 썰매를 타기 시작했다. 초등학교 시절 얼어붙은 논바닥에서 썰매를 타본 적 있고, 젊었을 적 아이들과 한두 번 썰매장에 간 기억은 있으나 할아버지가 된 내가 썰매장에 간 것은 뜻밖의 특이한 일이었다. 손자가 아니었다면 썰매장에 간 느낌을 회고해 볼 수도 없었을 것이고, 시원스럽게 썰매를 타는 꽤나 상쾌하고 즐거운 기분도 못 느꼈을 것이다.

'재미있어?' 묻자 '응' 재미있단다.
연일 매섭던 한파가 풀려 추위는 덜 하였으나 한겨울에 땀을 흘리는 것을 보니 재미도 있으려니와 힘들기도 했던 모양이다. 손자는 20

여 차례 나는 다섯 번 정도였던 오늘의 썰매 타기에 만족해하며 점심 식사를 위해 터미널에 있는 백화점으로 향했다. 가고 싶은 곳이 예정돼 있었나보다. 오늘의 모든 비용은 이모가 지불키로 돼 있어 먹고 싶은실 먹으라 했는데 지하의 회전초밥집으로 식행하는 것이었다. 가성비는 썩 내키지 않으나 손자가 좋아하는 모습을 보며 나도 평소 먹고 싶은 음식이었기에 우리는 맛있게 먹었다.

손자가 배불리 먹고 일어서자 각자 버스를 타고 집으로 향했다. 딸네가 집에 오면 이모만 찾던 외손이었는데 하루의 오전만을 함께 했으나 손자와 다소나마 친밀해질 수 있었던 시간이었기에 버스를 타고 집으로 향하면서 나만 느끼는 미소를 머금을 수 있었던 흐뭇한 날이었다.

새로운 환경에 적응해 가다

아내와 딸이 이사를 가자고 해도 2016년 사둔 작은 무허가건물이 재개발이 되어 입주하게 되기를 기다리는 마음 때문에 이사를 반대하고 조금 불편하더라도 몇 년만 더 기다리자고 우격다짐으로 반대해왔는데 10년을 살던 곳에서 이사를 하고 나니 환경이 꽤 변했다. 재래식 건물이라 겨울이면 춥고 곰팡내가 진동할 정도여서 아내와 딸은 수년 전부터 이사하자고 했지만 재개발이 되면 또다시 옮겨야 할 것이기에 거부했는데 이번에 갑자기 일이 생겨 부랴부랴 이사하고 나니 마음이 한결 여유로워졌다.

새로 이사한 집은 4년 된 빌라라 깨끗하고 조용할 뿐 아니라 주변 환경은 매우 번잡하면서도 저렴한 물가환경이 조성되어 있어 살기에는 적절할 뿐만 아니라 편리함까지 갖춰져 있다. 그리고 온 가족이 협조해야 하는 일이지만 아내가 살뜰하게 보람되게 할 수 있는 일거리를 얻어 생활면에서 안정을 얻을 수 있고, 아내의 건강관리 면에서도 수영과 야산 올라 운동하기 등 여러 측면에서 안성맞춤이었으나 나에게는 부족한 면이 있었다. 매일 걷던 잘 가꾸어진 산책로가 없는 것은 뒷산에 올라 둘레길을 도는 것으로 대체가 가능하지만 소일거리로 안성맞춤이던 복지관에서의 바둑두기는 주변에 그럴만한 곳이 없어서 아쉬웠다.

아침에 일어나면 맨몸으로 하는 운동을 간단히 하고 식사 후에는 뒷산을 오르거나 한강 고수부지 길을 걷기도 한다. 약간 부족한 부분이 있기는 하나 3~4년 뒤면 입주할 아파트를 생각하면서 건강관리에 소홀함 없이 행복하게 살고자 하는 마음으로 오늘 하루를 시작한다.

아내와의 나들이

어제 아내와 둘이서 중랑구의 장미축제와 뚝섬 한강고수부지의 국제정원박람회장에 다녀왔다. 장미축제는 2년 전에 가보았었는데 장미의 거리, 장미의 화려함들이 볼만했었기에 기왕에 구경하기로 하였으니 두 군데를 다 보자고 했으나 아내는 딸이 추천해 준 정원박람회장에만 가자고 하는 것이다.

직장인의 출근시간보다는 약간 늦은 시간에 출발해서 지하철을 탔는데 노약자 자리가 남아있어 편하게 출발하였다. 지리에 밝지 못한 아내와 함께라서 모른 척 장미축제장으로 직행했다. 지하철역사 내 매장에서 아내의 마음에 드는 모자가 눈에 띄어 사줬는데 좋아라 한다. 명품 한번 선물해 본 적이 없는 지난날들이 서글퍼진다. 아내는 장미의 아름다운 기억도, 축제장을 둘러보면서 매우 힘들었던 기억도 생생해서였는지 감탄의 소리나 표정이 역력하지가 않다. 2년 전의 기억을 더듬으며 잘 조성된 장미축제장의 초입 부분만 둘러본 뒤 뚝섬으로 향했다. 처음 가는 역들이라 엘리베이터나 에스컬레이터가 있는 곳을 몰라 계단을 오르내리나 보니 아내는 벌써 지친 모습니다. 뚝섬에 내려 미니정원들을 구경하는데 각종 꽃과 나무들, 소규모의 아기자기한 장식물들로 조성된 정원들의 모임으로 반짝이는 아이디어 작품들과 꽃들, 나무들이 조화를 이루며 아름다움을 연출하고 있었으나 작년에 갔던 순천국제정원박람회장과는 규모나 웅장함에서 비교가 불가한 데다 한강변 강바람은 아침 운동 때마다 마주하고 있어 별반 감흥이 없어 곧바로 집으로 돌아왔다.

동네에 도착하니 마침 점심시간이고 아내가 딸들과 갔었다는 칼국수 맛집이 있어 갔는데 벌써 줄을 서있다. 잠시 기다렸다가 칼국수 한그릇 뚝딱 해치웠는데 가성비가 맘에 든다. 맛은 물론이고 복지관 점심 매식비보다 일천 원밖에 비싸지 않아 가격 면에서도 만족스러웠다.

칼국수 맛있게 먹고 집에 오니 아내가 지친 표정이다. 화창한 5월의 봄날씨에 공기도 깨끗하고 좋았으나 지하철 오르내릴 때 힘들어하고 조금만 걸어도 지쳐가는 아내의 모습에 아무것도 못 해주고 고생만 하다가 이제 지쳐 노을에 서있는 모습에 안타까운 마음이다.

행복주머니 손녀

여생을 아름답게

첫 울음소리

으앵~~~

대기실까지 또렷하게 우렁차게 울려퍼지던 고고의 성, 아기의 첫 울음
소리, 그 소리를 내고 싶어서 엄마의 뱃속에서 그 많은 날들을 어떻게
참았었었나

아기야, 3주 만에 예쁘고 건강한 모습을 다시 보니 할머니, 할아버
지의 기쁨은 하품을 늘어지게 해 입꼬리가 귀에 걸리는 아기의 모습
그대로란다. 맛깔스럽게 입맛을 다시는 모습이 엄마의 젖을 빠는 모습
이려니... 정말 귀엽구나

태어날 때부터 사내아이보다 더 커서(4,360g) 인공분만으로 결정
되어 출산 시 산모의 산고는 없었다해도 딸아이가 너무 크지 않은가

걱정도 되었으나 3주가 지난 지금 푸석하던 살결이 매끄럽게 되고 제 모습을 갖추고 나니 정말 어여쁘고도 귀엽구나. 아빠와 고모들의 어렸을 적 모습이 주마등처럼 스치는구나.

아기야, 네 엄마는 너를 사(士)로 키우겠단다. 하지만 할아버지의 바람은 오로지 축복뿐이란다. 그리고 무럭무럭 자랄 너의 모습을 상상하는 것만으로도 큰 기쁨이란다. 아름다움의 축복을 가득 안고 태어났음을 감사하면서 언제나 건강하게 그리고 아름다운 마음으로 세상을 더불어 살아가는 사람으로 성장하기를 바랄 뿐이란다.

아기야, 우리 함께 행복하자꾸나.

돌맞이 손녀 재롱

아가야, 며칠 전 우리 아기의 돌날이었지.

그 날의 아기 모습들이 소파에 누워서도 잠자리에 들어서도 생생하게 눈에 어리어 할아버지의 입가에는 미소가 맺혀있단다. 예쁜 새하얀 드레스와 모자로 단장한 모습으로 아기 의자에 앉아 가족들을 한 사람 한사람 바라보는 모습이 할아버지가 젊었을적 군에서 점호받는 느낌이구나. 어쩌면 그렇게도 의젓한 모습일까.

가족들이 카메라나 핸드폰을 들이대고 '예쁜짓!' 하면 눈은 게슴츠레하게 감겨지며 꼭다문 입이 옆으로 길게 넓혀지며 입술이 얄팍해져 활짝 미소를 지으면 박수가 터져나오고 그 오목조목한 손으로 박수를 따라 치는 모습에 다시 한번 가족들의 환호성이 터져 나오고, 누군가가 '우리 아기 어딨어?' 하면 왼손 또는 오른손을 들고 국기에대한 경례! 하는 모습으로 가슴에 손바닥을 대는데 또다시 가족들의 환성이 터져 나오고, 누군가가 '안녕하세요!' 하면 서툰 모습으로 허리를 90도로 굽히며 'ㄱ'자가 되는 모습에서 가족들이 또다시 환호하는 모습으로 박수를 쳐대고 그때마다 우리 아기도 어른들 못지않게 박수를 쳐대는 모습에서 할아버지는 그 기쁨을 주체할 수가 없어 폭소가 터지는구나.

돌이 되기전 아기가 엄마아빠와 문화센터에서 딸랑이를 양손에 들고 선생님의 동작을 보며 따라하지는 못해도 제멋대로이긴 하지만 딸랑이를 치는 동작이나 선생님의 동작을 유심히 살피는 모습의 동영상을 보고는 대단한 관찰력을 가졌을것 같은 느낌을 받아 할아버지는 대단히 놀라는 마음이란다.

아기야, 돌잡이에서 '사'로 키우겠다는 엄마의 마음이 통했는지 판사봉을 잡는 모습에 네 엄마가 기뻐하는 모습은 마치 하늘을 찌를듯 하더구나. 아장아장 그러나 당당할 정도로 빠르게 잘 걸어가는 모습에서는 애가 돌 아이가 맞나 하며 고모들이나 삼촌 내외가 감탄하는 모습은 놀라움 그 자체였단다.

아기야, 할아버지는 네 엄마의 바람대로 '사'가 되기 위해 쳇바퀴 돌듯 살아가는 모습보다는 자유스럽게 재미있게 그리고 열심히 살아가는 모습이기를 바라는 마음이란다. 할아버지 할머니는 우리 손녀로 태어나 준 아기에게 감사하며 사랑스러운 모습으로 건강하게 무럭무럭 자라기를 바라는 마음뿐이란다.

아가야, 계곡물 흘러 흘러 강물이 되고 강물이 굽이 돌아 바다로 가듯 아장아장 걷는 걸음 종종걸음 걷고 뚜벅뚜벅 걸어 걸어 넓은 세상에서 작은 망울 활짝 터트리며 힘차게 가자.

아기 말문이 터졌어요!

'오빠, 꽃게, 앗 따거' 요즘 32개월 손녀가 정확한 발음으로 야무지게 하는 말이다. '엄마, 아빠'는 살아먼서도 나른 말은 말음이 안 뙤던 아이였기에 언어치료 보조선생의 도움을 받으면서도 언제쯤 말을 제대로 할까 걱정이 태산이었는데 이렇게 정확하게 하는 걸 보고 아내는 약간 흥분한 상태로 동영상을 되풀이 돌려본다. 말이 조금 느릴 뿐이니 걱정하지 말라고 하면서도 혹시나 하는 불안한 마음이 있었는데 이젠 모든 걱정을 내려놓게 된 것이다.

손녀가 '슈돌이'에 나오는 2개월 아래 아이의 능란한 말솜씨에 비해 너무 늦는게 아닌가 늘 걱정이었는데 엊그제 말문이 터져 엄마와 동물놀이 하는 동영상, 사촌오빠를 졸졸졸 따르고, 뛰며 '오빠'하고 소리지르는 모습의 동영상에 할머니, 할아버지는 함박 웃음이다. 손녀의 말문이 터지고 나니 우리 부부의 한 가지 근심도 해소되어 요즘의 하루는 그저 즐겁기만 하다. 며칠 후면 손녀가 집에 올 텐데 얼마나 더 커 있을까 상상만 해도 벅찬 마음에 그날이 기다려진다.

손녀딸과의 대공원 나들이

일주일 전 추석날에 아들네가 다녀 갔는데 5일 만인 일요일 아침 아들이 손녀와 둘이서 집에 온다. 아기 엄마가 백신주사를 맞고 어깨가 뻐근하기도 한데다 코로나로 재택 근무 중인 회사일이 엄청 많아 일요일에도 일을 해야 한다며 애비와 딸이 도피하듯 온다는 것이었다. 어떻든 우리는 대환영이었고, 아내는 아침 먹일 반찬거리가 걱정이 되어 냉장고를 뒤지면서 걱정이다. 마음에 드는 식재료가 없나 보다.

평소에는 10시쯤 되어서야 집에 오던 애가 8시쯤 도착했다. 아니, 벌써! 놀라 어리둥절한 가운데 아내는 밥상을 차려 낸다. 밥숟가락을 놓기가 무섭게 아들이 안성에 있는 무슨 공원인가에 가잔다. 손녀가 제일 좋아하는 고모가 허리가 불편해 멀리 못 간다고 하자 그럼 대공원을 가잔다. 가다가 불편하면 내려 지하철로 돌아오면 되지 않느냐며 내가 딸을 다그치며 재촉한다.

코로나 때문에 주말이면 멀리는 못가고 여기저기 나들이를 자주 하는 아들네인지라 집안에 있기는 아기도 아빠도 답답하겠지! 생각하고 아들이 가자는 데로 따라나섰다. 가면서 동물원으로 결정하고 대공원으로 향했다. 입구에서 코끼리 열차를 탔고, 동물원 입구에서 리프트를 탔다. 동물원 꼭대기에서 내려오면서 구경하는 것이 아기와 엄마가 덜 힘들고 덜 피로 할 것이라고 생각한 아들이 결정한 것이고 나도 덜 피곤할 것 같아 대찬성이었다.

서서히 움직이는 리프트를 타고 앉아 발아래 스쳐 지나가는 숲을 내려다 보다 단풍이 들면 얼마나 아름다울까 상상해보면서 늦가을쯤 한 번 더 와야겠다는 생각이 들기도 했다.

동물원 맨 꼭대기에서 내려오면서 코끼리, 사자, 얼룩말, 원숭이, 길가의 다람쥐들을 보면서 아기는 모든 것이 신기하기만 하였다. '이것은 뭐예요?', '이거는?' 무섭게 생겼다, 재미있게 생겼다, 하면서 할아버지, 할머니를 불러댄다. 때론 고양이 걸음을 걸으면서 '아빠, 잘 하지요!' 하기도 하고, 다 쓴 키친타올 대롱을 눈에 대고 망원경인 것처럼 동물들을 살피는 모습이 귀엽기만 하다.

아기는 쉬지 않고 고모, 할머니, 할아버지를 불러댄다. 끊임없이 재잘대는 아기의 모습을 보면서 불과 5개월 전까지 말문이 터지지 않아 걱정이 태산이던 아이가 맞는지 의아할 뿐이다. '너무 즐거워요', '너무 행복해요', '할아버지, 할머니와 같이 나오니 기분이 너무 좋다', 아빠와 고모랑 셋이서 탄 리프트에서는 '고모, 내일 우리 집에 놀러와' 하는 능 감탄사나 형용사들이 튀어나올 때면 그 어휘력에 깜짝깜짝 놀라기도 하면서 어떻게 커갈지 지켜볼 할아버지의 마음은 약간 흥분된 격정까지도 느끼고 있었다.

손녀딸 덕에 오늘 하루 많이 웃고 놀라기도 하고 즐거운 시간을 보내고 나오면서 인근 식당에서 점심식사로 아내와 아이들은 감자국수를, 나는 좋아하는 채반 모밀을 먹고 추가로 수육을 먹었는데 오전 한나절이었지만 오랜만의 나들이가 정말 즐겁고 행복한 하루였다.

할머니 미안합니다

5살 손녀가 2주에 한 번씩 집에 오는데 설 다음다음 주말에 집에 왔던 날, 식탁에서 물을 먹다가 순간 부주의로 물컵의 물을 약간 쏟았는데 '할머니, 잘못했습니다. 미안합니다. 다시는 안 그러겠습니다.'하면서 할머니를 향해 고개를 꾸벅 숙이는 것이었다.

소파에 앉아 TV를 보고 있던 나는 아기의 말에 무슨 일인가 쳐다봤더니 식탁에 약간의 물이 쏟아져 있는 것이 보였다. 무슨 대단한 잘못이라도 있었던 것처럼 아기의 인정과 사과와 다짐을 듣던 나는 기뻐해야 하는 일인지 어리둥절하면서도 대단하다는 생각을 지울 수가 없었고 마주 앉아 밥을 먹이던 할머니는 그저 놀라면서 아기의 말에 감탄을 하고 있었다.

불과 9개월 전 '엄마, 아빠'이외에는 다른 말을 못 하던 아기가 32

개월 만에 말문이 터져 혹시나 하는 걱정을 내려놓으며 기뻐했었는데 그 후 9개월 이젠 아기가 기승전결이 뚜렷한 말을 하고 있는 것이 아닌가! 놀라울 뿐이다.

물 몇 방울 떨어뜨린 걸 잘못했다고 인정하고 미안하다고 사과하고 다시는 안 그러겠다고 다짐하는 아기의 모습이 한없이 아름다운 모습으로 다가오기에 흐뭇한 마음이 천장을 뚫을 기세이면서도

어린이집에서 배운 것인지 엄마, 아빠와의 일상에서 터득한 것인지는 알 수 없겠으나 혹 지나치게 아기에게 순리를 강조하거나 주입한 것이 아닌가 하는 걱정이 되기도 하지만 어린이집에서의 놀이에서 터득한 것이라 믿어 이 아기의 이해력이나 감성의 발달, 어휘력의 한계가 어디까지일까? 상상이 안되지만 잘 가꾸어진 보석 같은 존재로 자랄 것이라는 믿음이 더욱 커져 흐뭇한 마음에 절로 미소 지으면서

요즘 한창 상대방을 비난하고 부정하면서 나만이 공정하고 정의로운 사람으로 부정과 비리, 편 가르기로 퇴락해 가는 이 나라를 구제할 수 있다고 하는 대선판도의 후보들이나

걸핏하면 사기와 배신, 폭력과 파괴적 행동으로 세상을 혼탁하고 무질서하게 만드는 사람들이 법정에만 서면 나는 잘 모르는 일이다. 기억이 안 난다. 심신미약 상태였다는 등 갖가지 변명을 일삼는 모습에 분노를 느끼면서도 허탈해하는 마음일 뿐인데

사람으로서의 참모습을 5살 아기에게서 발견하고 흐뭇한 마음인 것은 아기의 세상은 아름다움만으로 가득한 세상이리라 믿는 마음 때문일 것이다.

아기가 사골국물을 씹어먹는다

10월 하순 어느 날 아침 산책길을 걸은 후에 갑자기 배에 이상신호가 오더니 약간의 설사에 힘이 없고 입맛이 싹 가신다. 마침 일요일이라 병원에 갈 수도 없어 식욕을 잃고 지쳐있으면서도 언뜻 곰국이 먹고 싶다는 생각이 들어 아내에게 얘기했더니 아내가 사골국물 한 병을 사온다.

그날 저녁 사골국물에 밥 한 공기 말아먹는데 언제 식욕이 없었냐는듯 한 그릇 뚝딱 해치운다. 다음날 끼니때마다 먹었더니 기운이 솟고 식욕이 넘친다. 한두 번 더 사먹고 난 후에는 아예 사골을 사다 끓인다. 이젠 사골국에 소맥 한잔하는 것이 저녁메뉴의 단골이 됐다.

다음 일요일 따로 사는 아들이 손녀를 데리고 왔는데 사골국 속의 고기를 그렇게 맛있게 잘 먹는다. 국 한 통을 보냈는데 일주일 동안 손녀 혼자 다 먹었단다. 애미 애비는 먹는 모습만 보았단다. 그러면서 이번에는 아예 새로 끓여달라 해 끓여서 한 솥을 가져가더니 손녀의 영상이 들어왔다.

마치 옛날 시골 농부들이 농사일 중간 새참에 막걸리 한잔을 양손으로 받쳐 들고 쭉 - 들이켜며 '캬' 하듯이 5살 손녀가 사골국 사발을 양손으로 붙잡고 반 사발은 넉히 되는 국물을 단번에 들이켜더니 '엄마, 국물은 꼭꼭 씹어 먹는거야'하면서 히-힛 웃는다. 영상을 보는 할머니, 할아버지는 그 모습에 놀라며 파안대소다.

엄마가 늘 잘 씹어 먹으라고 하니 하는 말이겠지만 얼마나 맛있으면 저런 말을 할까, 사골국을 마시면서 꼭꼭 씹어 먹었다고 하는 손녀의 모습이 한없이 귀엽기만 하다.

우리집 공주님

'고모는?' 뒤따라 들어오는 애미가 '할머니, 할아버지께 인사 해야지' 하면 '안녕하세요?' 하고는 쏜살같이 고모 방으로 향한다.

대문 밖 먼 거리에서 '이모!'하고 외쳐대던 조카는 이젠 커서인지 외침이 작아졌지만 그래도 집에 올 때마다 이모를 찾는 것은 여전하다. 이모가 조카와 같이 놀아주고 말을 잘 들어주기 때문일 것이다. 먹고 싶다는 것은 싫증 내지 않고 언제나 손잡고 나가 사 준다.

그러던 조카였는데 이젠 조금 더 컸기 때문인지 이모에게 사 달라고 보채거나 같이 놀자고 채근도 하지 않고 평소 좋아하는 TV프로그램만 보거나 윷놀이, 오목, 끝말잇기 등 쉽게 할 수 있는 놀이를 더 좋아하지만 할아버지와 노는 것보다는 TV 단골 프로그램을 더 좋아하고 때론 엄마 괴롭히기를 더 좋아한다.

고모를 찾는 조카는 아직 어린 탓인지 고모 방 침대 위에서 '스카이 콩콩'뛰듯 뛴다든가 발레놀이 하고 그림 그리고 글씨쓰기를 좋아하는 것 같다. 고모는 곧바로 할아버지와 할머니께 보여 준다. 제법 칭찬할 만하다. 할아버지 할머니는 함박 웃으며 손뼉을 쳐 댄다.

아기가 네 살 때까지 발음이 시원찮고 말 배우기가 느려 걱정이 태산이었는데 언젠가는 '우리 아기 잘한다.'하면 '아기 아니고 ㅇㅇㅇ이에요' 이름을 들이대고, 지난번에는 '아유, 우리 강아지 귀엽기도 하지' 하니 '공주님이라고 하세요'하는 등 상황에 따른 대꾸와 조리 있는 말에 깜짝깜짝 놀랄 때도 많고, 어린이집에서도 놀이학교에서도 선생님이 얘기하면 제일 먼저 손을 들고 대답하는 모습에 다른 부모들이 부러워해 애미 애비는 늘 자부심을 느낀다면서 '누굴 닮았어요?' 흐뭇한 표정으로 묻는 며느리의 모습에 덩달아 흐뭇해지는 마음이다.

손녀가 발레하며 다리 찢는 모습을 자랑한다든가 할아버지도 모르는 영어 단어를 말 할 때는 그저 놀라고 감탄할 따름이다. 할아버지는 중학교에 들어가서야 A, B, C를 접했고 환갑이 훨씬 지나서야 전화기를 주머니에 넣고 다닐 수 있었는데, 나도 늦결혼이고 아들도 늦은 장가라 손녀가 이제 6살로 너무 어린 탓에 폰을 아직 손안에 쥐진 않았지만 폰 다루는 솜씨가 할애비보다 능숙한 것 같다.

손녀가 고모와 놀 때는 아들은 소파에서 잠들고 며느리는 고부간에 얘기도 하면서 지내다가 '들어가 쉬어라'하면 '지금이 쉬는 거예요' 한다. 처음엔 무슨 소리인가 했는데 아들도 며느리도 이구동성으로 집에서는 딸내미의 '놀아달라'는 성화에 쉴 수가 없는 데 그 역할을 고모가 다 해주니 그저 편안하고 푹 쉴 수 있어 좋단다.

오늘은 어린이날이 낀 3연휴인데 해가 동녘 하늘에 불끈 솟아올랐을 시각이지만 하늘은 어둡고 금방 비가 쏟아질 것 같고, 많은 비가 올 것이라는 예보에 맘껏 뛰놀지 못할 것이 선해 안타깝지만 모레 집에 오면 어떤 모습일까, 얼마나 더 컸을까, 고모를 찾고 함박 웃음꽃이 만발할 손녀가 보고 싶어진다.

아내는 아이들 먹일 반찬 만들고 특히나 손녀가 좋아하는 사골국물 끓이기에 쉴 틈이 없지만 나는 덩달아 사골국물에 밥 말아 먹을 생각에 흐뭇한 마음이고 딸은 조카가 호출해 이모 노릇 하기 위해 조금 전 떠났다. 허리가 약해 오래 앉아 있지 못하고 대중교통으로 서서 가야 해 고모 노릇 이모 노릇이 귀찮기도 하련만 불평 한 번 하는 걸 본 적이 없고 잘 자라기만을 기도하는 마음인 딸이 고맙기만 하다.

밤낮없이 시끄럽고 귀 따가운 소리들만 가득한 세상 속에서 내가 자라던 어린 시절과는 다른 세상에 사는 아이들이지만 몸과 마음 다 건강하게 자라기를 바라면서 모레나 집에 올 아기들이 벌써부터 보고 싶어진다.

아기의 생각

엊그제 일요일 낮 아들네가 손녀 친구네와 1박2일 코스로 체험여행 갔다가 집에 와서 점심을 먹는다. 고모는 외출 중이었고 할머니는 그림을 그리며 놀고 있는 손녀를 바라본다. 꽃과 나무, 구름과 태양을 그리고 모양은 없지만 뾰족하게 집을 그리고 출입문과 창문 서너 개, 뾰족한 지붕 끝에는 꽃을 그린다.

할머니가 사랑스러운 눈빛으로 손녀의 모습을 보다가 '와! 잘 그린다.' 칭찬하면서 빈 곳을 가리키며 '여기에 우리 공주 모습도 그려 넣으면 예쁘겠다.' 하자, 아기가 잠시 생각하는 듯하더니 '구름 끼고 날씨가 안 좋아 집에 들어가고 없어요'한다.

옆에서 노는 모습을 보고 있던 나는 깜짝 놀라며 아기 그림을 살펴본다. 공백이 여유롭지 않아서인지, 잘 안 그려질 것 같아 그리고 싶지 않아서인지 모르겠지만 손녀의 대꾸에 '생각의 깊이가 어디까지일까?' 감탄하면서 6살 어린 손녀의 내일의 모습을 상상해 보며 흐뭇한 미소를 짓는다.

아기손녀의 대꾸

아들과의 통화는 대부분 누나와 통화하면서 엄마를 바꾸기 일상이지만 엄마에게 직접 걸려올 때도 있다. 영상통화일 때는 며느리와 손녀가 옆에 있기 마련이다. 아들과 아내가 영상통화 중 손녀가 종이 한 장을 화면에 들이민다. 옆에서 편한 자세로 TV뉴스를 듣던 나도 중간중간 끼어들면서도 손녀가 들이미는 그림이 살짝살짝 비춰 보이지만 감이 확실하게 오지 않아 아무 말 없이 TV만 보고 있었다. 잠시 뒤 통화가 끝나는 것 같았는데 아들이 다시 전화해 와 아기가 칭찬을 해주지 않아 울었다며 다시 영상으로 그림을 비춰준다.

내가 '무지개 같은데, 우리 손녀 잘 그렸네!' 했더니 반응이 당돌하다. '아자씨, 무지개 아니에요, 텐트예요'하는 것이다. 처음 듣는 당돌함이다. 할아버지가 처음에는 아무 칭찬도 없더니 무지개라고 하자 틀렸다고 아자씨하고 퉁기는 말투가 낯설고 당돌하기 그지없다. 그냥 '잘 그렸는데! 와! 우리 공주 참 잘 그린다.'하면 될 것을 섣불리 무지개 모양이라 했다가 손녀의 핀잔 섞인 대꾸에 '허허' 웃고 만다. 칭찬을 듣고 싶은 아기의 마음을 헤아리지 못하고 섣불리 엉뚱한 감상평을 한 할아버지가 틀렸다고, 못 알아봐 준다고 '아자씨'하며 들이대는 손녀인 것이다.

그러고 보니 텐트의 정면을 'ㅅ'형태의 삼단으로 색칠한 것인데 무지개라 하였으니 순간 내심 섭섭하였던 모양이다. 아기의 커가는 모습이 하루가 다른데 아기의 일상을 곁에서 지켜보지 않는다 해도 죽순 자라듯 무럭무럭 자라는 아이를 아기로만 보고 있는 것은 아닌지, 이제 '아기에 대한 대꾸가 아닌 아이에게 대답을 해야 하겠구나' 다시 생각해보며 칭찬을 필요로 하는 아기의 마음을 헤아려 본다.

손녀와의 카드놀이 게임

어제는 손녀가 놀이하는 카드를 잔뜩 가져왔는데 각종 동물의 그림이 있고 세계 각국의 국기가 있는 것도 있는데 고모가 거들고 손녀가 혼자 하는 것을 보고 있던 내가 상대하려고 나섰다. 같은 그림이 두 장씩이고 각 게임이 48장씩이었는데 잘 섞어 엎어 놓고 두 장씩 뒤집기 하면서 같은 것을 맞추는 게임이었다.

게임이 아이들의 기억력테스트에 유용할 뿐 아니라 뒤집었던 카드를 다시 엎어 놓고 같은 그림을 찾아내는 것은 그림의 모습과 위치를 기억해야 하는 훌륭한 게임이었고, 카드의 동물들의 이름도 영어로 돼 있어 영어공부에도 도움이 될 뿐만 아니라 만국기의 그림에서는 세계 각국의 국기 모습까지도 익혀가는 훌륭한 게임이었다. 나는 지금도 미국이나 일본, 영국, 중국 등 몇 나라의 국기밖에 기억 못하는데 아기는 벌써 24개국가 국기를 게임으로 익히고 있는 것이다.

게임이 끝났을 때 나는 겨우 10장 안팎, 손녀는 나머지 전부여서 놀랍기만 하였다. 무려 나의 3배 정도다. 동물뿐 아니라 국기게임에서도 결과는 비슷했다. 어린이집에 다니는 손녀와의 게임에서 완패한 것이 오히려 커다란 즐거움이었다. 옆에서 보고 있던 며느리가 오히려 아버님의 기억에 놀라는 표정이다. 먼저 뒤집어 보았던 것들의 주변을 정확히는 모르지만 대충 기억하는 것을 보고 대단하다는 표정인데 이것인가? 저것인가? 헷갈려 하는 나에 비해 콕콕 집어 드는 아기의 모습에 나는 놀랄 뿐이었다.

6살 손녀와 할아버지의 게임에서 3:1정도로 손녀가 승리하는 게임이 있다는 것도 놀랍지만 하루가 다르게 발전해 가는 컴퓨터나 폰의 갖가지 기술들을 습득하려는 의욕도 없는 뒷방 늙은이가 돼가는 모습이 파노라마처럼 다가와 슬픈 현실로 느껴지기도 하고 현대 문명의 습득이나 사고의 세대차가 손녀와의 사이에서도 벌어지고 있는 것이 아닌가 느껴지기도 하지만 놀랍게 커가는 손녀의 모습이 더욱 기대되기도 하는 것이다.

아빠꺼라 안 돼요

어제 아침 며느리에게서 전화가 왔다. 할아버지가 편찮으셔서 엄마가 시골에 가야 한다는 것이다. 맞벌이를 하고 있어 손녀가 어린이집에서 돌아올 때부터 사위 부부 중 한 사람이 집에 올 때까지 손녀를 봐야 하는 안 사돈께서 연로하신 시어른께서 편찮으셔서 갑자기 시골에 내려가야 해 오늘 손녀를 봐달라는 것이었다.

요즘 복지관문도 닫혀 있고 별 할 일도 없어 아내와 나는 점심 후 아들네로 가 시간이 되기를 기다렸다가 손녀가 도착할 시간에 정해진 장소에서 기다렸다.

아들은 많이 늦는다고 했고 며느리가 퇴근해 집에 올 때까지 시간이 많이 남아 엊그제 했던 카드놀이를 하다가 '우리 공주님, 먹고 싶은 거 있어?'했더니 사과가 먹고 싶단다. 우리는 손녀의 손을 잡고 근처에 있는 시장을 돌아 마트로 향했다. 요즘 사과가 많이 비싸다는 얘기는 들었지만 실제 사려고 보니 많이 비싸 보였다. 아내가 너무 비싸다고 망설이는데 나의 재촉에 밀려 사과 한 봉지 사 들고 저녁때가 되어 시장도 하고 해서 꽈배기와 도너츠를 샀다.

밖으로 나오면서 손녀가 '어, 어둡네!' 한다. 어린이집에서 온지 얼마 안됐지만 긴긴 여름이 지난 후라서 빨리 어두워지는데 아직 익숙치 않아서 새삼 빠르게 느껴지는 모양이다. 6시도 안 됐는데 벌써 어스름을 느끼며 도어락을 켜는데 바탕 화면이 뜨질 않는다. 처음 들어갈 때도 한참을 더듬다가 겨우 들어갔었는데 손가락으로 이것저것을 눌러 보다가 벨을 누르니 손녀가 '그건 아닌데'라고 짜증 섞인 소리로 큰 소리다.

벌써 몇 번 시도해 봤는데 어쩌다 바탕화면이 뜨면 번호 보는데 시간을 놓쳐 꺼지고, 다시 켜려니 쉽게 켜지지 않고 어쩌다 켜지면 서툰 손놀림에 다시 꺼지고 하자 손녀가 엄마에게 전화해 보라고 한다. 나는 신경 쓰지 않고 계속하는데 말도 안듣는다면서 금방 울음보를 터트릴 것 같다. 서둘러 이것저것 두드리다 보니 어쩌다 켜져 겨우 집안으로 들어섰다. 아기가 어린이집에서 올 때는 할머니가 열어줘서 쉽게 들어갔는데 집안에 아무도 없고 오로지 내가 열어야 하는데 쉽게 열리지가 않아 엄마, 아빠는 쉽게 여는 것을 보아 왔던 아기인지라 할아버지의 서툰 모습에 집에 못 들어갈까 봐 불안한 생각이 들어 울음이 터진 모양이다.

집에 오자 할머니는 아기 저녁을 챙기고 준비하는 동안 나는 아기와 게임 한판을 하고 식사 준비가 끝나 아기 저녁을 챙겨준 후 아내는 사 온 도너츠를 먹으려고 꺼내 놓는데 아기가 먹으면 안 된다는 것이다. 자기가 저녁을 다 먹은 후 자기와 같이 먹어야 한다는 것이다. 잠시 생각하던 아내가 아기와 아기 엄마 몫이라며 절반을 제외해 놓자 그때서야 아무말 없이 밥을 먹는다.

나는 냉장고에서 막걸리 한 병을 꺼내 꽈배기 안주 삼아 한잔하려고 했다. 밥 먹던 아기가 갑자기 일어서더니 안 된다며 냉장고 문을 막아선다. 아빠가 먹을 거라며 안 된다는 것이다. '우리가 가족인 것은 맞는데'하며 가족임을 인정하면서도 못 먹게 막아서는 손녀의 모습에 놀라기도 하였지만 따로 사는 할머니, 할아버지보다는 엄마, 아빠 것을 지키려는 아기의 모습이 기특하기도 해 막걸리 먹는 것을 포기해야만 했다.

조금 전 할머니가 '아빠가 좋아, 엄마가 좋아?' 했을 때는 '둘 다, 다 1등'이라 했고, 할머니, 할아버지, 고모도 다 1등이라고 했던 아기가 엄마 아빠의 몫을 챙기는 모습에서는 낯선 거리감을 느낄 수도 있겠지만 엄마 아빠 것을 지키려는 모습은 믿음직스럽기까지 하면서 며칠 전에 아들과 엄마가 하는 영상통화에서 있었던 일이 새삼 새롭게 다가온다.

손녀와 며느리가 몇 주 전부터 감기에 걸려 있었는데 아직도 감기가 떨어지지 않은 모습이다. 지난번에는 모자가 영상통화를 하는데 손녀가 옆에서 고모를 찾는다. 목소리가 감기에 걸려 있는 소리였다. 내가 옆에서 듣고 있다가 '아기가 감기에 걸린 것은 부모 책임인 것이야, 아직도 안 나은거야!' 아들, 며느리를 나무랐더니 손녀가 전화에 대고 '고모나 할머니 바꿔주세요!' 하는 것이었다. 할아버지가 아빠를 나무라는 것이 불편했던 아기의 즉각적인 반응이었다.

나는 아무 대꾸 없이 물러났고 전화기는 고모가 가지고 방으로 가 조카와 계속 통화하였다. 아기를 둔 집에서 일 년 내내 감기를 달고 사는 것은 어린이집에서 자꾸 걸려 오기 때문에 어쩔 수 없는 노릇이라고 아빠가 변명한다. 한번 병원에 가면 2시간씩 기다려야 하는 것이 요즘 어린이 병원의 실태란다. 어린이들 사이의 감기가 코로나 이후 마스크 때문에 사라지는 듯했는데 마스크를 벗은 후 더욱 기승을 부려 심상치 않은 것이 이제 겨울에 접어들고 있어 더욱 세심히 살펴 주의해야 한다는 뉴스가 계속되고 있는 요즘이지만 아기의 엄마 아빠 사랑에 흐뭇한 미소를 짓는다.

손녀의 캐롤송

통상 2주에 한 번 정도 오는 아들네가 지난주에 왔었는데 어제(이브) 또 왔다. 큰딸네가 온다니까 또 온 것이다. 아침 먹고 딸네가 도착하자 얼굴 보고 선물을 주고 받은 후 다음 스케줄이 있어 먼저 갔다.

그동안 손녀와 나는 카드 메모리게임을 두 번 했는데 나를 형편없이 압도하는 손녀의 기억력에 놀람과 감탄으로 흐뭇한 미소를 머금고 있을 때 미소가 사라지기도 전 애미가 캐롤송을 틀어 놓고 '할머니, 할아버지께 보여드려야지!' 하면서 아기에게 권한다.

어린이집 친구들과 선생님들이 함께하며 촬영한 동영상의 중앙에 자리한 손녀가 가장 큰 소리로 가장 큰 동작으로 춤을 추며 노래하는 캐롤 동영상을 틀어 놓고 보여주고 손녀는 춤추며 노래 부르고 가족들은 환호하며 박수친다. 손녀가 캐롤송을 다 부르고 마지막 '해피 뉴이어'까지를 마치자 온 가족이 열렬한 환호와 박수로 아기를 띄운다.

손녀 덕에 오늘 하루도 미소 가득 머금은 즐거운 하루가 되겠구나 생각하면서도 나도 손녀를 즐겁게 해 줄 수 있는 산타 퍼포먼스라도 했으면 하는 바람도 가져보지만 바람일 뿐인 것이 안타까운 하루였다.

손녀의 끼

어제 근로자의날에 아들네가 왔다. 이틀 뒤 어린이날 연휴가 있고 또 이틀 뒤에 어버이날이 있어 미리 온 것이다. 자고 일어나서 바로 온다는 얘기에 아침은 간단히 먹고 점심때 갈비찜을 하기로 예정이 돼 있었는데 아이들이 오지를 않는다. 이제나저제나 기다리는 엄마 마음이 애타는데 10시가 다 되어서야 온다. 간단히 때운다던 아침 밥상이 내가 먹은 아침상과는 달리 제법 먹거리가 다양하다. 아이들은 준비된 아침을 맛있게 배불리 먹는다. 벌써 낌새가 오늘 점심 갈비찜은 틀렸구나 생각이 틀렸고 삼시 후 손녀의 상기사랑이 시작된다.

소파에 앉아 있는 할아버지를 바라보며 자세를 취한다. 식탁의자에 앉아 있는 엄마의 휴대폰에서 음악이 흘러나오자 춤이 시작된다. 고개를 숙이는 준비자세에서 음악소리에 맞춰 고개를 드는 데서부터 할애비인 나를 놀라게 한다. 표정이 잘 훈련된 배우의 느낌이다. 자연스러워 어색함이 전혀 없고 시선이 압도적이다. 손을 뻗는 동작이 절도 있고 발의 움직임 또한 예사롭지가 않다. 정해진 춤사위가 없는 탓이겠지만 발과 손이 따로 노는 나의 막춤과는 전혀 다른 모습이다. 연꽃처럼 미소 띤 얼굴을 받쳐 든 손의 모습, 주먹 쥔 두 손을 물레방아 돌리듯 돌리는 모습, 절도 있는 손의 뻗침과 발의 움직임들, 할아버지를 바라보며 춤과 함께 변하는 표정들, 기가 막히게 잘 훈련된 손녀의 춤사위다.

보름 전 고모와 할머니의 생일 때만 해도 이런 모습은 보지 못했는데 그동안에 부쩍 성장한 모습에 놀랍기만 하다. 영어발음이 좋다는 손녀가 중간중간 영어가사로 노래도 불러가며 세 곡의 춤을 마무리한다. 박수갈채가 요란하다. 평생 깔아 놓은 돗자리에서 노래 한 번 춤 한번 해보지 않은 나로서는 그저 놀랍기만 하였다. 정말 오늘의 이 기분은 흔히 말하는 10년은 젊어진 느낌이다.

잠시 후 아들은 번득 생각이 들었던지 이사하며 처박아둔 컴퓨터 모니터를 가져오더니 TV를 교체하기 시작한다. 3일 전 갑자기 TV가 화면은 나디니지 않고 소리만 나의 AS연락을 했는데 일주일 뒤에니 겨우 시간이 허락된다 해서 TV도 못 보는 답답함에 아내는 늘상 푸념

뿐이고 나는 라디오 듣듯 뉴스라도 듣곤 했는데 아들이 멍청이 TV를 만지기 시작한 것이다. 모니터를 바꾸고 스피커를 꺼내 만지작거리더니 화면이 나온다. 소리도, 화면도 작기는 해도 불편함 없이 TV를 볼 수 있게 해주고 이내 아들네는 다른 일정이 있어 부리나케 돌아갔다. 아들이 이것저것 다루는 재주는 나와는 비교가 되지 않는다. 아들이 어린이날 연휴 기간 중 밤이나 새벽 시간을 이용해 집에서 보관 중이던 TV를 설치해 준다고 해서 AS 예약은 취소했다. 아들은 재주꾼이고 손녀는 뮤지컬배우다. 나의 하루는 이래서 행복함이 넘쳐나는 하루였다.

여행일지

여생을 아름답게

아내와의 여행

식당을 시작한 지 3년, 오랜만에 나흘 동안 쉬기로 하고 아내와 둘이 여름휴가를 떠나기로 했다. 모처럼의 여행이기에 아내는 밤잠을 설칠 거라더니 코고는 소리가 요란하고 정작 나는 뒤척이고만 있었다. 이른 아침 배낭 하나 둘러메고 청량리역에서 춘천행 기차에 올랐다. 기차는 서울 외곽을 벗어나자 이내 산속으로 들어가는가 싶다. 멈추는 역마다 마주 오는 열차를 비껴가기 위해 잠시 대기한다. 서울 한번 가는데 열두세 시간씩 열차를 타야 했던 6~7십년대 생각이 난다. '아직도 비껴가는 열차가 있구나' 생각하는 순간 복선화 공사를 하고 있는 안내 표지판이 눈에 들어온다. 얼마 있으면 비껴가는 열차도 사라지겠구나.

남춘천역에서 버스를 타고 소양호로 향했다. 버스 안에서 누군가가 옆으로 다가오더니 반갑다고 인사를 한다. 15~6년 전 백화점에서 알게 되었단다. 소양호 정상에서 즐거운 여행 되시라고 인사 후 우리는 선착장으로 직행했다. '삼십 수년 전 관광버스 타고 와서 유람선으로 인제까지 가서 다시 버스로 갈아타고 절경이던 설악단풍에 탄성을 연발하던 기억을 더듬으며...' 인제행 유람선은 없어졌단다. 실망스러웠지만 다행히 호반 위를 돌아 청평사로 가는 유람선이 있어 유람선 위에서 기다리기 무료하여 선착장 매점에서 맥주 한 캔 사서 무료함을 달랜다. 혼자 캔을 홀짝거리는데 버스에서 만났던 지인 부부가 우리가 타고 있는 유람선 위로 올라온다.

우리는 오랜 지기처럼 유람선 위에서 맥주파티를 즐기며 상큼한 호반 위의 강바람을 맞으며 이것이 여행의 즐거움이구나 하는데 벌써 배는 선착장에 닻을 내린다. 뜨거운 햇살 아래 한참을 걸어도 청평사는 나타나지 않고 지친 몸을 쉬어가라며 식당 아주머니의 호객이 요란하다. 청평사까지는 2킬로를 더 가야 한단다. 지인 부부에게 즐거운 여행 되시라고 다시 인사하고 되돌아서 터미널로 직행했다.

여유 있게 속초행 버스표를 구입하고 근처 식당에서 춘천의 명물 닭갈비와 막국수로 주린 배를 채우며 지친 몸을 쉬었다. 시간이 되어 버스에 오르니 버스는 곧바로 산속을 달리기 시작한다. 한참을 달려도 버스는 산속에서 계곡을 따라 달린다. 간혹 한두 채의 집들이 나타났다 사라지지만 농촌의 초가집은 보이지 않고 도시의 빌라보다도 더 좋아 보이는 집들뿐이다. 홍천을 지나 양양에 이를 때까지 산속여행은 계속되었다. 지나는 곳마다 동네 이름이 이정표로 세워져 있는데 이들 마을에도 조선시대나 그 이전에 사람이 살았었을까? 속초나 양양에서 한양에 과거를 보러 가는 선비들의 고충을 생각해 본다. 호랑이도 산짐승들도 많았을텐데

양양을 지나 속초에 이르니 주변은 어둠이 깔린다. 시간이 늦어서인지 관광안내 팜플렛 하나 찾아볼 수 없고 답답하여 아내는 터미널

대기실에 앉혀 두고 여기저기 찾아 헤맨다. 다행히 속초시내 관광지도를 발견하고 살펴도 어디로 가야 할지 막막하다. 휴가철이기에 우리에겐 터무니없이 비쌀 걸로 단정한 아내는 숙박시설을 기피해 우선 해수욕장행 버스를 탔다. 얼마나 갔는지 휘황한 찜질방 간판이 눈에 들어온다. 버스에서 내리니 바로 앞이 해수욕장이다.

아내는 해수욕장으로 들어서면서 입구에 있는 잡화점에서 깔개로 쓸 수 있는 박스 하나를 얻어 든다. 모래 위에 박스를 깔고 앉으니 어둠이 깃든 바다 위의 불빛들이 빛나고 얼마 후 해수욕장의 폐장방송이 그리고 안전담당자들의 호루라기 소리가 요란하더니 여기저기서는 폭죽 터지는 소리가 그칠 줄 모르고 화약냄새가 진동한다. 나는 간단한 안줏거리를 사오고 아내는 깔개로 쓸 박스와 버리고 간 돗자리를 구해온다. 어제까지도 장마철 국지성 폭우가 예상된다는 예보였는데 오늘부터 장마 끝이라더니 하늘에는 구름 한 점 없고 바닷바람만 시원하다. 아내는 시원한 바닷바람에 오늘 하루의 힘들었던 순간들을 날려보내고 나는 혼자만의 마시는 즐거움을 만끽한다.

자정이 되면서 해수욕장 관리는 행정이 아닌 군부대로 넘긴다는 방송이 흘러나오면서 잠깐 긴장되기도 하였으나 폭죽 터지는 소리는 계속되고 코를 찌르는 화약냄새는 여전하여 배낭을 베개 삼아 어린 날을 추억하는 나의 즐거움은 이어질 수 있었다. 이렇게 늦은 밤이 아니더라도 하늘은 맑고 별은 총총하여 휘황찬란하였는데 그 많던 별들은 다 어디로 숨어버리고 하나, 둘 드문드문 눈에 띄는 것일까, 별이 빛나는 밤하늘 아래 아름다운 젊은 낭만은 사라져 버린 옛 이야기일런가

자정이 넘자 하나둘 숙소로 향하는 발길도 있었으나 젊은 남녀는 밤 가는 줄 모르고 게임을 하고 벌로 사랑을 외치게 하고 외로운 자들

은 짝을 찾아 여기저기 쏘다닌다. 새벽이 되자 젊은이들도 다 숙소로 향하고 우리도 컵라면으로 가볍게 때우고 오색 약수터를 향해 배낭을 둘러멘다. 양양으로 가 약수터로 향하는 버스를 타니 그곳에서 일하는 아주머니들이 좌석을 메운다. 버스에서 내려 산채비빔밥으로 요기하라는 아주머니들의 요란한 호객에도 아랑곳없이 약수물을 찾아가나 약수라고는 아기 눈물만큼이나 쫄쫄 흐르는 데다 나의 입맛에도 맞지 않아 한 모금 맛보는 걸로 때우고 계곡을 흐르는 시원한 물속에 발을 담그니 계곡을 타고 부는 바람과 함께 무릉도원이 여기인가 싶다.

잠시 쉬다가 가까운 식당에서 점심을 먹고 다시 계곡물에 발을 담그니 아내는'아유 시원해라'를 연발하며 이내 잠이 든다. 한참을 쉬고 나서 딱히 더 가볼 데도 없고 해서 집으로 가려고 나서는데 다리가 풀리고 힘이 없다. 지난밤에 잠을 못 잔 데다 점심으로 산채비빔밥에 솔잎주를 마셨던 것이 과했나 보다. 지친 몸으로 양양에서 버스를 타고 돌아오는데 아들에게서 전화가 왔다. 집에 돌아간다니 깜짝 놀란다. 엄마 아빠가 싸우고 중도 귀가하는 것이리라 지레짐작하였던 모양이다.

십수 년 전 사이판을 다녀온 후 아내와 둘이서 한번도 여행을 한적이 없는 우리 부부로서는 정말 오랜만에 2박3일 일정으로 속초여행을 떠났는데 물론 넉넉지 않은 예산으로 절약해야 하는 것은 당연한 이치인 데도 아내는 자는 것, 먹는 것, 모든 것을 먼저 절약부터 생각하기 때문에 불편하고 불만인 것 또한 사실이다. 하지만 얼마 전까지 아이들이 생계의 일부를 부담했던 현실에서 평생을 일만 해온 아내에게 여행이란 사치이고 낭비일 수도 있겠지만 출발 전 계획했던 예산은 써야 할텐데 아내는 그것까지도 절약하려고 하는 것이 몸에 밴 생활패턴인 것이다. 그런 아내가 있었기에 긴 터널에서 빠져나온 오늘이 있는 것이라고 생각하면서 퇴근 후 터미널로 직행한 아들의 차에 지친 몸을 기대고 아들의 운전하는 모습을 흐뭇한 마음으로 바라본다.

여수 여행과 빅오(big O)쇼

재작년 여수Expo 때도 작년 순천정원박람회에도 가보지 못해 못내 아쉬웠는데 일요일과 어린이날 초파일로 이어지는 연휴 기간이 있어 아내와 나는 여수 여행을 하기로 하고 일요일 아침 서울역에서 기차에 몸을 실었다. 눈꺼풀이 무겁게 내리누르는 걸 겨우 참아가면서 천안역에서 여수행 새마을호로 갈아타고서야 자리에 앉을 수 있어 편한 마음으로 스쳐 지나가는 녹색의 풍광을 바라보기도 하고 지루하면 스르르 졸기도 하는 중에 어느덧 여수에 도착하였다. 기차 속에서 아침에 싸온 유부초밥을 몇 개 먹고 나니 점심 생각이 없고 해서 곧바로 첫날 일정을 소화하기 위해 오동도로 향했다.

세월호 참사 속에 단체여행은 사라졌다지만 가족단위 여행이 많아져서 도로가 온통 주차장이 되어 버스도 택시도 탈 수가 없어 걷기 시작했는데 생소한 곳이지만 바다를 끼고 도는 작은 도시인지라 찾아가기에는 별 어려움이 없었으나 아직 꽃망울을 맺지 않은 동백나무숲길을 걸으면서 아쉬움을 간직한 채로 거북선을 보고 주위를 맴도는 갈매기떼를 구경하며 오동도를 한 바퀴 돌아 나와 진남관으로, 수산물특화시장까지 계속 걷다 보니 발걸음은 천근이었다. 수산시장에 도착하니 어느덧 저녁때가 되어 작은 대게 한 마리와 광어회로 배를 채우고 숙박을 위해 'Expo해수피아'라는 찜질방을 찾기로 했다.

다행히 그 근처에서 숙박업을 하신다는 할머니를 만나 쉽게 택시를 탈 수 있었고 목적한 찜질방도 갈 수 있었다. 지친 몸으로 찜질방에 짐을 풀었을 때는 저녁 7시가 조금 지나 있었고 찜질방 안은 벌써 왁

자지껄이다. 밤이 깊어지면서 우리처럼 숙박을 정하지 못한 여행객들은 계속 밀려들고 찜질방 휴게실들은 대만원이다. 다행히 우리는 한쪽 귀퉁이 한적한 곳에 자리를 잡을 수 있었기에 자는 둥 마는 둥 하는 잠이었으나 몸을 편히 누인 채로 휴식을 취하기에는 안성맞춤이었다.

새벽 3시쯤에 아내는 탕에 가겠다고 올라가고 나는 눈을 감았다 떴다 하면서 시간이 내달아 어서 아침이 오기만을 기다리다가 참지 못하고 일어서 나오는데 발 디딜 곳이 없다. 아차 발밑을 방심하다가는 낯선 아주머니 머리를 밟을 지경이다. 휴게실, 헬스장, 마사지실, 탕 할 것 없이 빽빽이 들어찬 것이 아마도 수백 명은 됨직하다.

새벽같이 나와 2일 차 일정을 당겨 서두는데 택시로 내달고 싶은 내 마음과는 달리 아내는 자꾸만 버스를 고집하여 하는 수 없이 택시로 돌산대교까지만 가기로 하고 거기서 버스를 갈아타기로 하였는데 매서운 바닷바람도 바람이지만 이른 새벽인지라 어찌나 추운지 덜덜 덜 떨면서 버스를 기다린 지 한 시간, 향일암 가는 버스에 오를 수 있었다. 버스에서 내리자마자 미리 검색해 놓은 식당에서 아침을 맛있게 먹고 향일암으로 향하는데 아뿔싸! 몇 발짝 걸으면 되는 줄 알았는데 30도 경사는 더 됨직한 오르막길이 끝이 없다. 초입에서 배불리 먹었으니 숨이 턱에 닿는다.

암자 초입에서 사진 한 장 찍고 암자에서 바라보는 탁 트인 바다는 여수 어느 곳에서나 볼 수 있는 모습과 별반 다를 바 없어 곧바로 하산하는데 돌산대교에서 한 시간쯤 내달려온 버스길이 어렸을 적 많이 보아온 시골마을 그대로이고 낭떠러지와 바다를 끼고 도는 곡예 같은 길이 계속되어 아름답고 낭만적인 풍광에다 스릴까지 있어 연인들의 드라이브 코스로 제격이었던 것 같다. 다시 시내로 나오니 아직 10시다. 오후 일정이 '아쿠아리움'구경과 'Big O쇼'라서 할 일이 별로 없어 돌아오는 길에 어제 들렀던 수산시장에서 몇 가지 젓갈류를 사서 둘째 날 숙소에 맡기고 나서도 시간이 널널하여 마지막 날 일정이었던 순천만 쪽에 가서 점심을 먹기로 하고 순천으로 향했다.

순천역에서 순천만으로 향하는데 가는 날이 장날이라더니 역 앞 관광안내소에서 가르쳐준 버스가 한참을 기다려도 오지 않아 살펴보니 정류소가 바뀌고 차편도 바뀌었단다. 정류소를 옮겨 한참을 기다렸으나 그대로 지나쳐버리는 만원버스를 2대나 놓치고서야 하는 수 없이 기다리던 다른 팀과 합석키로 하고 택시를 타고 순천만 주변 검색해둔 식당에서 내리니 식당 앞 줄이 가관이다. 끝이 안 보인다. 비상계단을 타고 2층으로 이어진 줄은 끝이 없어 포기하고 주변식당을 여기저기 돌아다녀도 역시나였다. 하는 수 없이 점심먹는 걸 포기하고 순천만의 갈대밭에 들어섰으나 광활한 갈대밭을 좀 더 여유로운 마음으로 이곳저곳 둘러보지 못하고 먼발치서 수평선 바라보듯 하고 서둘러 여수로 향하면서 정원박람회장을 지나쳐야 하는 아쉬움을 뒤로 해야만 했다.

여수에서 저녁을 먹고 'Big O쇼'를 보기 위해 일찌감치 지정된 좌석에 앉아 저 넓은 분수와 저 큰 동그라미에서는 무엇을 연출할까 궁금증을 가지고 쇼가 시작되기만을 기다렸다.

분수하면 고정된 쇠파이프를 통해 때론 강하게 여리게 때론 느리게 빠르게 압력을 조절하면서 물줄기를 뿌려대며 바람에 날려 물보라를 일으키기도 하고 햇빛이라도 반사될 때 순간 무지개 모습이라도 나타날 때면 그 아름다운 빛깔의 향연에 감탄하곤 하는데, 고무호스보다 부드럽고 유연한 흐늘거림으로 전후좌우로 물을 뿜어대며 만들어내는 모습은 부체 같기도 히프 같기도 물결용원 같기도 하디기도 일순간 힘차게 하늘을 향해 뿜어 올리는 분수는 강한 효과음이 더해져

순간 격정을 일으키고

바닥에는 연무 같은 물보라가 흐르고 커다란 동그라미 안에서는 물고기들이 노니는 중에 형형색색의 아름답고 순수하기만한 한 아이가 해맑은 모습으로 유영을 즐기다가도 갑자기 소용돌이 속으로 사라져버리자 관객의 탄식이 터져 나오고 동그라미 안과 밖으로 불 포화가 쏟아지자 강한 바닷바람에 하루 종일 썰렁하던 몸이 후끈 달아오르기도 하면서 물과 불 현란한 조명을 받은 바닷속의 형형색색의 물고기 등이 노니는 모습이 아름다움의 극치인데 때로는 은은하고 때로는 강한 음악이 깔리면서 어우러지는 모습에 넋을 잃고 귀 익은 음악이라도 깔리면 나도 모르게 따라 부르고 아리랑이 흘러나올 때는 온 객석이 하나가 되어 합창을 하는듯 정말 환희와 감동의 무대였다.

미래는 바다의 시대다. 지구의 7할이 바다인 데다 바다는 자원과 식량의 보고다. 그래서 'Big O쇼'는 바다를 주제로 미래의 지구를 표현하고 있는 것 같은데 분수대와 평범한 벽인 줄만 알았던 대형물고기 모양의 국제관 벽면과 그 큰 동그라미에서 연출해 내는 아름다움만큼은 정말 나 스스로 이렇게 감탄해 본 적이 있을까 싶게 감동을 받았기에 그 뜻을 다 알아차리지 못해 그 속을 모두 들여다볼 수 없다는 아쉬움을 간직한 채로 기회가 되면 한 번 더 보고 싶다는 생각과 함께 이번 여행에서 충분히 구경하지 못한 순천만의 갈대밭과 뻘밭, 지나쳐야만 했던 정원 박람회장에 대한 아쉬움도 크지만 그래도 'Big O쇼'를 볼 수 있었던 것은 잊을 수 없는 아름다운 기억인 것이다.

방콕여행

우리 가족은 지난주 태국 방콕을 다녀왔는데 25년 전 백화점 내 대리점 운영 시 우수업체로 선정돼 사이판 여행을 다녀온 것이 해외여행의 전부인 우리 내외에게는 처음인 온 가족 해외여행이라 이런저런 것들이 다 걱정으로 다가오기도 했으나 비행기표 구입에 차질이 생겨 우리 내외와 아이들 가족이 두 시간 간격을 두게 되어 다소나마 안심이 되기도 했다.

어두워진 후에 출발하여 깜깜 새벽에 도착하는 여행이라 출발할 때 한반도 서남부의 밝은 불빛들과 도착할 즈음 방콕의 야경을 조금 볼 수는 있었으나 하늘에서의 시간은 고도와 속도 그리고 시간변화 등을 체크해보는 정도에 불과했다. 그래도 여섯 시간의 비행에 꼬박 밤을 새우면서도 지루하거나 답답하진 않았다.

공항에 도착하니 아! 드디어 내가 해외여행을 시작했구나 감회가 새로웠다. 딸아이가 동남아든 어디든 여행을 제의할 때마다 우리나라도 못 가본 곳이 무궁무진한데 무슨 해외냐? 우리나라가 더 아름답고 구경할 곳이 많은데 하면서 다음, 다음으로 계속 미루기만 했는데 이번에 아들 내외가 괌여행을 제의해 와 꼭 가려거든 삼촌네가 있는 방콕이나 다녀오자고 했더니 아들 내외도 흔쾌히 동의해 그제서야 우리 부부는 부랴부랴 여권을 만들고 딸은 표를 구매했다.

국제공항을 드나드는 여행객들이 엄청나다는 뉴스는 늘 접하고 있었으나 직접 공항에서 보니 그 인파나 전광판에 명멸하는 입출 비행기 목록을 보면서 놀라고 도착지에 내려 짐을 기다리며 먼저 나오는 골프클럽의 수를 보면서 아, 대한민국이 이렇게 달라졌구나 느낄 수 있었다.

현지시각 새벽 1시경 출국장을 빠져나오니 동생 내외가 반갑게 맞아준다. 우리는 동생이 선교활동을 위해 세운 건물의 게스트룸 2개에

짐을 풀었다. 이번에 담근 김장김치와 알타리지 짐이 나오자 제수씨가 좋아서 펄쩍 뛴다. 좋아하는 모습에 가져오느라 힘들었던 것들도 순간 사라지고 잘 가져왔구나 하는 마음에 안도한다. 잠시 쉬다가 아침이 되어 맨 처음 간 곳이 방콕의 길거리 국숫집이었는데 향이 나는 이파리들이 이것저것 나오고 국수가 나오는데 듣기로는 외국여행 시에 입맛이 맞지 않아 고생들 한다고 하던데 향료와 이파리들을 먹지 않고 국수만 먹으니 향료음식을 못 먹는 내 입맛에도 맞고 맛도 좋았다. 식사를 마친 우리는 곧바로 고속도로를 달려 '파타야'로 향했다.

두 시간여를 달리는 고속도로인데 가로수와 전신주, 드문드문 건물들만 보일 뿐 산도 논도 들판도 보이지 않았다. 산과 산, 들판으로 이어지는 우리의 고속도로와는 너무도 다른 풍경인 데다 고속도로인데도 길이 솟아올라 속도를 조절해야 하는 곳이 드문드문 있었는데 지대가 낮아 하천이나 강지류가 흐르는 곳들이란다. 얼핏 비행기가 착륙할 때 고도가 마이너스 3과 마이너스 7인가를 순간순간 가리키는 것을 보았을 때 뭔가 착오려니 생각했던 기억이 떠오르면서 몇 년 전 일본 후쿠시마의 대지진 때 마을과 들판을 휩쓸고 지나가는 쓰나미와 그 얼마 후 인도네시아의 지진에 의한 쓰나미가 저지대를 휩쓸고 지나가는 모습에 자연의 재앙 앞에 무력했던 기억을 떠올리기도 했다.

파타야에 도착해 곧바로 배를 타고 40여 분을 달려 해수욕장이 있는 섬에 닿았다. 벌써 점심시간이 돼 한 유명식당에서 점심을 먹고 얼마 후 다시 돌아서야 했다. 서울은 한파가 몰려오는 겨울이지만 방콕은 사시사철 해수욕을 할 수 있다고 알고 갔는데 가는 날이 장날이라더니 별반 덥지 않아 수영하기에 딱 좋은 날씨도 아닌 데다 모래 또한 미세한 먼지모래여서 잠시 물속에 발만 담그고 사진 몇 장 찍고 돌아서는 아이들을 보니 안타까운 마음뿐이었다. 현지 오후 4시가 조금 지나 돌아오는 배를 탔는데 밀려오는 파도에 배가 심하게 흔들렸다. 20

여분을 달렸을 즈음 배가 좌우로 크게 흔들리며 기우뚱하더니 '쿵'소리와 함께 엔진이 꺼져 순간 내 심장도 쿵 내려앉는 듯했는데 잠시 후 평형을 찾자 배는 계속 좌우로 흔들리면서 다시 달리기 시작한다. 비행기는 두 팀으로 나누어 탔지만 이 배에는 우리 온 가족이 다 탔는데… 하는 두려움에 잠시도 마음이 편하지 않아 아이들 모습만을 살피면서 구명조끼만 만지작거렸다.

부두에 내리니 안도의 한숨이 절로 나오고 이번에는 어마어마한 인파에 놀란다. 중국인 여행객들이었다. 여기저기 인파로 출렁였고 널다란 연안은 중국인들이 타고 온 관광버스로 대만원이었다. 대충 보아도 칠팔십여 대는 넘어 보였고 몇천 명에 달하는 인파의 흐름이었다. 지금도 한창 들어오고 내리고 하고 있었다. 인해전술을 보면서 우리는 숙소인 호텔로 향했다. 호텔에 도착하여 씻고 나오니 밖은 어두워져 있었다. 시원한 바닷바람이 하루의 노곤함을 날려 보내주는 야외무대가 있는 식당에 앉아 태국 전통무용 공연을 보면서 닭고기 바비큐에 태국 전통맥주 한잔하며 여행의 진미를 느낄 수 있었다.

다음 날 아침 1개 층에 60여 객실이 있는 호텔이 복도를 마주보고 배열돼 있는 것이 아니고 가운데가 커다란 공간인 'ㅁ'자 모양을 하고 있는데 방호수가 홀수는 홀수대로 'ㄱ'자 모양으로, 짝수는 짝수대로 'ㄴ'자 모양으로 배열돼 있는 것을 보면서 태국의 특수한 문화를 엿볼 수 있었고, 식당에도 수영장에도 수많은 러시아인들이 휴식을 취하고 있는 데서 다시 한번 놀라지 않을 수 없었다. 호텔은 그 휴식공간이 넓고 세대별 수영장도 있고 바로 바다에 접하고 있어 해수욕까지도 가능한 데다 배구, 족구 등도 할 수 있는 시설도 있어 입지여건이 매우 훌륭하였다. 아가는 물놀이장에서 아장아장, 아이는 아이수영장에서, 아들은 어른수영장에서 수영하는 동안 우리 내외는 등받이 의자에 누워 햇살의 따사로움을 느끼기도 하고 여기저기 둘러보다가 점심시간이 가까워지면서 퇴실을 하고 인근 맛집에서 점심을 먹은 후 시내로 향했다.

방콕의 시내 도로 중앙에는 50여m 간격으로 태국 왕의 모습이 현수막으로 걸려있는 것이 낯설었고, 큰 사거리 외에는 신호등도 보이지 않고 자동차와 오토바이들이 뒤엉켜 흘러가는데도 경적 한번 울리지 않는 것이 클락션이나 보복운전이 비일비재한 우리나라와는 전혀 다른 차분함이었다. 꽃게와 생선찜이 있는 저녁식사를 마치고 동생의 게스트룸으로 돌아왔다.

마지막 날 아침 게스트룸에서 태국라면을 간편식으로 먹는 맛도 특별하였다. 일요일이라 동생과 몇 리더들이 운영한다는 예배에 참석하였는데 2시간이나 계속되었다. 85% 정도가 불교도인 불교국가에서 크리스천이 된다는 것도 쉽지 않을텐데도 70~80여 명이 돼 보이는 신도들은 열심히 찬양하며 기도하였다. 예배가 끝나고 전 신도가 같이하는 점심식사가 이어졌고 식사 후에도 그들은 종일 토론 등으로 보낸다 했다. 식사는 일부 신도들의 헌금으로 충당되고 그 외 운영비는 동생이 미국에서 운영하는 유치원에서 보내오는 돈으로 충당한다는 것이었다. 17년 전 미국으로 들어가기 전 6년여 동안 태국에서 선교활동을 했는데 그때의 아이들이 커서 무보수로 지금의 리더로 활동하고 있다고 했다.

점심식사 후 우리는 백화점과 특산품점들이 인접해 있는 쇼핑가에서 인파의 흐름 따라 흘러가면서 이것저것 구경도 하고 몇 가지 선물을 산 후 태국에서의 마지막 저녁식사를 위해 식당으로 향했다. 식당은 오리구이가 특별한 맛집이었는데 초등학교 1학년인 손주가 오리구이를 허겁지겁 먹더니 지금까지 먹은 것 중에서 제일 맛있다며 하루에 한 번씩 먹고 싶다고 하자 태국에서 살라며 어른들이 놀려댄다. 15

개월 짜리 손녀도 맛있게 잘 받아먹는다. 나도 오리구이의 맛에 매료돼 왜 우리나라에는 이런 복제본이 없나 궁금하기도 했다.

식사 후 숙소로 돌아와 그동안의 비용을 추산해 아이들이 마련해준 돈을 동생에게 전달하자 형님 내외의 용돈이라며 다시 돌려준다. 기간이 너무 짧아 방콕을 다 보여주지 못한 것을 아쉬워하며 충분한 시간을 가지고 다시 오라는 말을 잊지 않는다. 말이 통하지 않는 외국에서 토착민처럼 언어에 능통한 동생 내외가 계속 동행한 덕에 아무런 불편 없이 방콕을 여행할 수 있었는데 비행기표 외에는 비용 한 푼 들이지 않고 방콕의 여기저기를 여행하고 맛집에서 맛을 보며 즐거워했던 시간을 회상하면서

특히 아동교육 전문가로서 아동교육 교사들을 위한 강의까지도 한다는 제수씨가 큰딸을 따로 불러 아이교육을 위한 전반적인 컨설팅을 해주며 그동안 초등학생 손주를 유심히 살핀 결과 아이가 누구의 말도 듣지 않고 떼만 쓰면 엄마는 자기 말을 무조건 들어주는 사람으로 인식하고 있기 때문에 엄마가 좀더 확실한 태도를 유지해야 한다는 얘기와 교회에 열심히 다니는 아이이기에 하느님이 싫어하시는 행동을 하지 않기로 작은 외할머니와 약속했다는 말을 듣고 얼마나 고마웠는지 모른다.

더구나 온 가족이 함께 타고 이동하는 차 안에서 딸과 아들 내외에게 혹 직장에서 다소의 불이익을 받는 경우가 있을지라도 내 아이가 훌륭히 잘 크기를 바란다면 한 아이만 키우는 것은 아이의 성격과 인성형성에 부족함이 많기 때문에 2~3명은 돼야 한다고 강조하는 말에 속으로 얼마나 고마워했는지 모른다.

17년 전 미국으로 건너가 온갖 고생을 하면서 터전을 잡아 이제 유

치원을 운영하며 꽤 여유로운 환경에서 행복한 삶을 누릴 수 있을텐데 6년 동안 선교사로 활동했던 이곳 태국으로 다시 돌아와 불우아동들을 데려다 자식처럼 키우며 선교활동을 계속해가고 있는 동생 내외의 굳은 종교적 신념에 경의를 표하는 마음으로 동생 내외의 꿈이 크게 꽃피우기를 기원하면서 즐겁고 보람 있는 방콕여행이었기에 동생 내외에게 감사한 마음을 전한다.

제주도에 다녀오다

4월 중순 둘째 딸과 아내의 생일이 3일 간격으로 있어 오랜만에 제주도에 다녀왔다. 2년이 넘게 코로나로 여행에 제약이 많았었기에 더욱 기대되기도 했다. 아들네 세 식구는 지난달에 다녀왔기에 둘째 딸, 큰딸과 손주, 우리 내외 다섯 식구가 가기로 하고 나는 운전에서 손을 놓은 지 오래여서 큰딸이 운전대 잡기로 하고 모든 계획은 딸들이 협의해 정했다. 70이 다 돼서야 제주에 처음 갔던 내가 벌써 아이들과 세 번, 이번이 네 번째이기에 나는 맛집에서 맛있게 먹는 것이 관광의 더 큰 목적이라고 의견만을 제시했다.

맑고 따스한 오후 하늘에서 내려다보는 한반도의 모습은 작아 보이기만 했다. 학교 다닐 때 국토의 7할이 산이라고 배우긴 했지만 하늘에서 보는 모습은 산과 도시의 건물, 도로들뿐인 것 같은 느낌이다. 순식간에 남단을 지나고 바다 상공인가 싶더니 곧 도착한다는 멘트가 흘러나온다. 수도 없이 많은 비행기가 뜨고 내리고 하늘을 날지만 가족이 타고 있는 비행기라 걱정이 전혀 없는 건 아닌데 곧 도착한다는 멘트에 그래도 안심이 된다.

아직 훤히 밝은 한낮 오후 공항에서 숙소로 가는 길목의 바닷가 풍경과 절경 한곳을 구경하고 유명시장에 들러 생선회와 닭, 새우, 떡 등 저녁거리를 사서 숙소에서 맛있게 먹었다. 다음 날 아침 남은 떡과 라면으로 아침을 간단히 때우고 숙소를 나섰는데 절경이라는 것이 화면으로 늘상 보는 해안길가 풍경늘이라서 사진 몇 상 씩고 부실했던 아침겸 점심을 먹으러 아직 이른 시간에 검색해 둔 식당에 도착하니 '아니 벌써!'다.

30여 분을 기다려 순서가 되어 자리에 앉아 상차림을 보니 제법 푸짐해 보인다. 한술 뜨는 순간 괜찮다는 느낌이 입속을 꽉 채운다. 맛있게 먹고 나오면서 입구에 커다랗게 세워진 간판을 다시 보니 70년 전통의 할망 고집통이라는 문구가 눈에 들어온다. 그래, 그럴 만하구먼! 하고 다음으로 향했다.

찾아간 곳은 동백나무숲 정원이었다. 꽃이 이미 진 뒤였다. 이 너른 정원에 꽃이 활짝 피어 있다면 얼마나 아름다울까! 아쉬움만 간직한 채 손주가 꼭 가야 한다는 곳으로 향했다. 카트 드라이빙과 사격을 할 수 있는 곳인데 보기만 해도 하고 싶어지고 흥미가 침샘 흐르듯 한다. 카트 드라이빙은 나이가 많아 안 된다지만 표적사격은 군대시절 많은 총을 다뤄본 나로서는 체면상 사대에 서기가 민망스러울 것 같기도 해 구경만 하기로 했다. 카트 드라이빙, 레이저 사격, 표적사격을 마친 손주의 표정이 대만족이다. 딸과 손주가 함께 타는 카트나 서툴기만 하는 손주의 사격하는 모습을 지켜보는 것만으로도 즐거운 시간이었다.

다시 내가 포만과 즐거움을 함께 누릴 수 있는 저녁 시간으로 흘러 좀 이르긴 하지만 주문을 마치고 자리에 앉으니 상차림이 이어지고 불화도가 올려진다. 나무 받싱기 위에 올려 나온 모둠 고기가 믹음직스러워 보인다. 뽈살고깃집이라는 유명 맛집인 모양인데 제법 당긴다.

역시나 맛있게 배불리 먹고 나니 기분이 날듯하다. 맛집을 잘 찾아 기쁘게 해준 딸에게 이 집도 역시 맛있다고 말 해주고 끼니때마다 맛나게 먹게 해 줘 고마운 마음이다.

다음날 가파도 가는 첫배를 타기 위해 새벽부터 준비가 부산하다. 아침을 라면으로 떼우고 배를 탔는데 지난번 태국여행 시 파타야에서 탔던 배와는 규모나 안정감에서 현격한 차이가 있었다. 불과 10여 분 짧은 거리이긴 하지만 물살을 가르며 시원스럽게 달리는 상쾌함은 그저 행복할 따름이었다.

가파도에 올라 보니 청보리밭과 돌담길이 이색적이었고 작은 벽화 거리도 있었지만 초등학교, 보건소, 의용소방대, 파출소 등이 있는 것이 신비스러울 정도다. 2m밖에 안 되는 전망대에 올라 보니 제주가 한 눈에 보이고 사방이 바다뿐이다. 머무는 시간이 2시간밖에 안 돼 도착하자마자 딸이 점심 예약을 하고 30~40여 분 섬을 둘러본 뒤 다시 식당에 앉으니 창 너머 보이는 바다와 어우러진 마을 풍경이 한눈에 들어온다.

점심식사를 맛있게 먹고 제주로 돌아와 차는 한라산을 오르기 시작한다. 얼마쯤 드라이브를 했을까, 도로 군데군데 차들이 세워져 있다. 고사리 꺾는 사람들의 차들이란다. 우리 차도 한참을 달린 후 어느 샛길로 들어선다. 얼마를 더 올라가니 큰 나무는 없고 잡풀 우거지고 군데군데 '묘'가 있는 너른 평지가 나온다. 목적지에 도착한 셈이다. 아내와 아이들은 고사리 채집에 열심이고 나는 세 살 아이처럼 그만 돌아가자고 보채기만 하는 느낌이다. 한 시간쯤 고사리 채집을 하더니 죽순 같은 어린 고사리만을 채집했는데도 쇼핑백이 가득 찰 정도다.

2박3일의 일정을 마치고 비행기에 올랐는데 갈 때의 비행기 안내 멘트는 소음 속에 알아듣기 어려웠는데, 올 때의 다른 항공사 안내 멘트는 너무도 또박또박 알아듣기 쉬워 항공사별 안내 멘트 하나도 똑같은 저가 항공인데도 이렇게 다르구나 하는 걸 느끼면서 세상만사가 나 선날과 수용 산에 튼 차이가 난니는 길 새삼 깨딜기도 하는 여행이었다.

화담숲에 다녀오다

아이들이 괌이나 제주도에 가자 하면 가까운 곳도 못 가본 곳이 수없이 많은데 우선 당일코스나 1박 정도의 가까운 곳을 가자고 하는 것이 평소 나의 모습이다.

젊었을 적 친구와 관광버스를 타고 가다 뒤로 보이는 설악산 단풍에 매료되어 가을철이면 단풍 구경을 가고 싶다는 생각이 들어 딸에게 얘기했더니 한참 철에는 예약이 끝났고 늦은 철이지만 11월 초로 예약을 할 수 있어 엊그제 화담숲에 다녀왔다.

이미 대부분 졌으려니 하고 갔는데 그런대로 볼 것이 있을 것 같은 풍광에 모노레일 맨 앞줄에 앉아 올라가는 동안 동영상을 찍으며 사진으로 보니 제법 아름다웠다. 새빨갛게, 약간 희뿌연 주황색으로 연한 회색빛으로 그리고 새파랗고 짙은 녹색의 영롱한 빛깔들이 어우러지며 카메라 영상에 흐르는 모습이 아름다웠다. 철 지나 볼품없어 낙엽만 밟다 올 것이라고 생각했는데 단풍구경으로는 그래도 흡족하였다.

3번 코스에서 내려 소나무 정원, 분재원, 곤충생태관, 이끼원, 전통 담장길을 걸으며 좋구나! 감탄하면서 내려오는데 눈에 띈 것이 숲을 조성한 분의 조성 경위석에 '내가 멋진 것 하나를 남겼다고 자부할 수 있는 것'이 이 화담숲이라고 하는 말이 있었다. 소위 대기업의 회장님도 이 숲에 당신의 소망과 명예를 담았다는 것을 보면서 '꽃과 대화한다'는 호에서 알 수 있듯이 커다란 부(富) 보다도 이 작은 숲을 더 큰 보람으로 느끼는구나 생각하면서 나를 돌아본다.

나는 무엇인가, 나는 무엇을 남기는가, 나는 무엇을 하면서 살았던가, 그래도 한가지 미미하고 아직 미완이지만 나의 '빈손일기'를 한 권의 책으로 남기는 것이 내가 할 수 있는 나의 보람이 아닌가 생각하면서 구경 뒤에 파전 한 접시에 막걸리 한잔과 꽈배기도 맛있게 먹어 즐거운 하루였다.

매화, 산수유축제

계절적으로도 기온으로도 완연한 봄이 무르익어가는 3월 중순 이른 아침(5시 30분)에 아내는 물병과 가벼운 상의, 먹거리 떡 몇 개 넣은 배낭 하나 짊어지고 나는 산책길을 걷는 모습으로 집을 나섰는데 한기가 돈다. 제법 쌀쌀하다. 더울 것을 예견해 가벼운 차림이었다면 낭패를 볼 뻔했다.

젊은 시절 관광버스를 타고 강원도 쪽 여행을 한적 한 번 있고, 부산에 살 때 그리고 나 혼자 하는 여행은 가끔 있었지만 서울에 살며 아내와 단둘이 1일 관광에 오른 것은 처음이었다. 추위에 떨며 광화문 사거리에서 버스를 탔는데 딸이 예약해 준 여행사 표시가 없어 한참을 헤매다 인솔자에 전화하니 눈앞의 버스가 우리가 탈 버스였다. 처음이란 게 이렇게 바보 같은 느낌이구나. 그 앞을 몇 번이고 왔다 갔다 하면서도 예약했던 여행사만을 찾으며 추위에 떨었는데, 버스에 오르니 마음도 몸도 편안해진다.

버스는 달리고 달려 섬진강을 사이에 두고 마주 보고 있는 두 마을을 연결하는 '남도다리'를 건넌다. 다리 이름은 두 마을의 소속 노인 머릿자 둘을 빼고 붙인 이름이고 다리 모양도 양쪽 난간은 거대한 무지개 형상을 한 조형물인데 태극기를 상징한 빨강, 파랑을 칠해 의미를 주었고 노랫말로만 알고 있던 화개장터가 바로 거기란다.

인솔자의 안내 멘트를 들으며 다리를 건너 구례 쪽으로 넘어와 광양으로 달리는데 강을 왼쪽에 끼고 달리는 양안 세상이 온통 산뿐이고 오른쪽은 하얀 꽃나무 천지다. 산 중턱까지 하얗게 피어 있는 매화나무의 꽃물결은 달리는 차창 너머로 바라보는 것만으로도 당일치기 관광으로서는 만족스러운 느낌이었다.

가업이 어려워지고 힘든 중에도 매실 장인 홍여사의 매실 사랑은 열매 맺고 온 마을을 매실 마을로 일구어 관광 명소로까지 만든 성공담을 들으면서

차는 서울을 출발한 지 5시간 만에 우리를 매화나무가 만발한 매화 농원 주차장에 내려준다. 농원으로 향하는 시골 2차선 도로에 평일인데도 벌써부터 쭉 늘어서 주차해 있는 모습도 장관이었다.

농원의 풍경도 달리면서 보았던 모습과 별반 다르지 않아 아내의 모습을 담은 사진 몇 장 찍고 허기진 배를 채우려 식당에 자리 잡았다. 다양한 먹거리는 아니었지만 특산물 위주로 준비된 먹거리 중 하나를 골라 점심으로 먹고 나니 구경 끝인 느낌이었다. 체류시간은 아직 두 시간이 넘게 남아 있고 높은 곳까지는 오를 수 없어 낮은 지대로 한바퀴 돌면서 구경하고, 가 시설된 먹거리, 선물거리 시장을 둘러봐도 1시

간 반이 더 남았다.

아내와 나는 벤치에 앉아 시간을 버리고 있었다. 아직 30분이 더 남았는데 차에 오르니 몇몇 사람이 타고 있었다. 시간이 되어 모두가 탑승하자 차는 다시 움직이고 왔던 길을 되돌아 '남도다리'까지 올라가는데 다시 봐도 산자락을 타고 조성된 매화골은 아름다웠다. 이 많은 매실들은 어떻게 활용되어지고 있을까, 매실을 가까이해 본 적 없는 내가 느낌은 없지만 가이드가 설명한 홍장인의 매실사랑을 되새겨본다.

구례로 들어서니 드넓은 들판도 보이기 시작하고 어렸을 적 시골 느낌인 마을들도 보인다. 얼마 후 산수유 고을에 들어섰고 산수유마을 끝쯤 위치한 주차장에 내려 마을 전체를 둘러보니 만발한 노란 꽃들이 가히 장관이었다. 이제 가이드가 안내해준 마을로 가려는데 아내가 다리가 아프다며 조형물들과 산수유로 단장된 주차장 인근에서 구경하겠다 한다. 혼자 마을로 향했지만 다른 사람들도 드물었다. 마을 앞 작은 무지개다리를 건너 마을로 들어서니 10살이던 초등 4년 때 와 봤던 마을 같기도 하였지만 1시간이라는 체류시간이 너무 짧아 고샅 고샅을 둘러볼 수 없어 대충 보고 먼발치로 반대편 풍광 사진 몇 장 찍고 주차장으로 향했다.

주차장 가는 길이 오르막이라 허겁지겁 가다 보니 힘이 들었다. 아내가 구경하던 조성된 공원에서 아내 모습 담은 사진 몇 장 찍고 다시 버스로 향한다. 벌써 시간이 다 돼 가고 있었다. 가설 매장들이 수도 없이 많고 흥겨운 손님끌기 노랫소리도 요란하였지만 차분히 듣고 먹고 할 여유가 없어 모든 것을 포기하고 매화마을의 한가로움과 산수유마을의 타이트함을 조금만 배분하였다면 하는 아쉬운 마음을 세태에 오버랩시켜 보기도 하면서 조금 먼 거리는, 조금 힘든 길은 포기해야만 하는 아내의 모습을 보면서 안타까움이 커지기만 해 이젠 이렇게라도 더 자주 아내와 함께 여행해야겠다는 마음을 가져 본다.

순천만국제정원박람회 관람

10년 전 순천 국제정원박람회장에 가 보지 못했고, 9년 전 여수여행 때 버스로 박람회장을 지나치면서 많이 아쉬워하던 차 한층 업그레이드 한 채로 올해 4월부터 재차 개장, 계속하고 있어 이번에는 꼭 가 봐야지하면서도 기간이 길어 차일피일하다가 요즘 날씨가 하도 덥고 비도 자주 오는 데다 가는 날의 날씨도 기상청의 예보만으로는 안심이 안돼 불안하면서도 곧 추석이고 다음 달에는 제주도가 예약돼 있어 이제 더 미룰 수 없어 급기야, 어제 12일로 예약을 마쳤고 갈망하던 순천만 국제정원 관광에 나섰다.

다행히 구름이 끼고 비 소식도 주춤하고 한창 뜨거웠던 초가을 햇볕도 시시때때로 구름에 가려 더위에 심하게 지친다든가 피로에 기력을 잃고 멈추거나 하지 않았던 것도 일정표를 짠 딸이 꼼꼼히 시간을 체크하고 늙은 아빠와 다리가 불편한 엄마와 함께하는 여행이라서 최대한 지치지 않게 여유롭게 시간계획을 세워 덜 힘들었던 여행이었다.

서울에서 아침 7시에 열차를 타고 10시에 순천역에 도착, 택시로 배 타는 곳으로 이동 관광객을 태워 나르는 작은 보트형 배에 올라 선장의 트로트 가수 아들 자랑, 10여 년 전에 비해 수목들이 많이 자라 풍성하다는 등의 자랑, 이번 기간 중 6백만 번째의 입장객에 주어진 특혜 능을 늘으며 상을 따라 오른편쪽으로 사리하고 있는 숲의 성관 등을 구경하면서 박람회장 시발점에 도착하여 식물원을 구경하고, 관람차에 올라 흘러나오는 해설 방송을 들으며 '꿈의 다리' 입구에서 내려 한국정원을 둘러본 뒤 습지로 가는 무인 모노레일을 타고 순천만 습지로 이동 여수여행 때 보았던 것보다는 더욱 짙게 녹색으로 채색된 광활한 습지를 바라보며 크게 한 호흡 가다듬으며 휴식을 취한 후 역순으로 다시 꿈의 다리로 와서 인근의 중국정원을 둘러본 뒤 다시 관람차에 올라 나머지 각국의 정원 모습들을 둘러봤다.

맨 처음 들른 식물원은 늘상 보았던 식물원과도 별반 다르지 않고 어찌 보면 그 규모나 다양성이 부족한 것 같기도 하지만 영상을 이용한 4차원적 식물원의 모습이라든가 한참 더위에 지쳐 있을 때 통과하는 '얼음의 집'은 관람객의 지친 모습을 생기 있게 해 주고 있었다. 다음으로 도착한 곳이 한국정원으로 향하는 길목의 '꿈의 다리'를 건너는 것이었는데 전 세계 어린이들이 꿈을 그린 가로, 세로 약 5~6cm에 불과한 작은 그림들을 모아 왕복 길 벽면을 바닥에서 천장까지 꽉 채운 각고의 노력의 흔적을 느끼면서 감히 누가 이런 기획을 그리고 제작을 할 수 있을 것인가 탄복하기도 했다.

움직이는 관람차에서 지나쳐가는 모습들을 사진 찍으랴, 해설방송 들으랴, 정신없이 살피면서도 시원한 물에 발 담그고 유유자적 휴식을 취하고 있는 먼발치의 관람객이나 저 멀리 똬리 틀듯 솟아 있는 거대한 동산 모습의 푸른 언덕길을 따라 오르내리는 많은 사람들을 바라보면서 외곽으로만 도는 관람차를 타지 않고 내부의 각국 정원들을 걸으면서 충분히 느끼지 못한 것이 아쉽기는 하였지만 이렇게라도 이번에 국제정원을 관광할 수 있었던 것은 나의 기쁨이었고

다음에 기회가 있으면 한두 군데라도 걸으며 구경하고 휴식을 취하며 하루를 즐기고 싶다고 생각하면서 지역 사람들이나 여수, 광양, 구례 등 인접지역 사람들도 마을 뒷산 등산하듯, 이웃 명소 구경하듯,

두고두고 구석구석을 자손들까지도 대물림하여 구경할 수 있다고 생각하니 부러운 마음이면서도 잘 가꾸고 보전되어 지역 명소로 남아 지역 경제에도 지역주민의 자부심으로도 크게 기여하기를 바라는 마음이다.

안성팜랜드 나들이

내가 심히 고통받던 세월이 길어 삶의 무게가 너무 무겁던 시절 좋은 자리에 모셨던 부모님의 산소도 없어져버린 후 추모할 수 있는 공간을 갖고 싶다는 소망을 소망으로만 간직한 채 차례나 제사에 대한 관심도 희박해진 데다 장조카가 하늘나라로 떠나버린 후 급격히 쇠약해진 형님 내외가 힘들어해 명절이면 모이던 가족모임도 흐지부지되고 차례나 제사에 대한 관심도 흐지부지된 후론 명절이면 별 할 일도 없는데다

큰딸과 사돈네, 둘째 딸은 독실한 기독교도이고 나의 종교적 신념은 천주교이고 아들네 사돈은 독실한 불교도여서 명절을 쇠는 모습이 다 달라 나도 명절에는 식구들 모여서 맛있는 것 해 먹는 것이, 그리고 담소하며 보내는 것이 명절을 보내는 모습이었는데 올해 들어 아내의 몸 상태가 많이 나빠져 힘들어진 데다 딱히 차례나 제례를 고집할 이유도 없어 6일간의 긴 추석 연휴기간에 아이들이 집에 오는 타임이 엇갈리는 걸 막고 상대 사돈네 가족들의 만남에 지장을 피할 수 있는 추석 다음날인 30일 하루를 함께 보내기로 하고 아이들에게 의논하라 했더니 아들의 적극 추천에 '안성팜랜드 나들이'로 결정한 것이다.

30일 이른 아침 아내와 딸은 김밥 싸기에 부산하다. 우리 식구 아침 먹고 아이들 아침 먹을 것까지 싸들고 우리 내외는 아들네로 딸은

언니네로 향했다. 좋은 세상이다. 서울의 동쪽끝 아들네와 남쪽 중앙쯤의 딸네에서 각각 출발 연락을 취하면서 가는데 1시간반 거리의 목적지에 거의 동시에 도착한 것이다.

상쾌한 가을 날씨에 진입 경관부터가 녹색으로 채색된 아름다운 풍경이고 아침 시간이어서인지 아직 한적하여 각종 승차장 앞에서 긴 줄을 서지 않아 좋았다. 군데군데 있는 쉼터 한곳 벤치 옆에 돗자리 깔고 짐을 풀어놓은 후 공원 전체를 둘러볼 수 있는 트랙터 같은 차 3대에 올랐다. 공원 가장자리를 돌아가면서 조성돼 있는 둘레길 중간쯤 언덕바지에 조성된 코스모스 군락지에서 내려 사진 몇 장 찍고 둘레길을 돌아 출발지로 돌아왔다.

다음으로 규모는 작지만 오리, 거위, 닭, 돼지, 양, 염소, 소들이 있는 곳에서 손주들이 모이 주는 체험하는 것을 보는데 내가 보기엔 지푸라기 한 줌에 1천 원씩인걸 보니 참 많이 비싼 체험장임을 느끼면서도 싫거나 거북스러운 느낌은 아니었다. 우리는 자랄 때 지겹도록 접하던 일들이었지만 지금의 도시 아이들에겐 옛날의 시골 모습을 순간적으로 느낄 수 있는 좋은 체험 학습장일 것이기 때문이다.

잠시 후 가장 즐겁고 환호케 했던 동물들의 공연이 있었는데 잘 훈련된 개가 사육사가 여러 형태의 모형을 만들며 던지는 고무원반을 쫓아가 입으로 받아 내는 모습은 관객의 탄성을 이끌어내기에 충분하였고, 이어서 오리, 거위, 닭, 돼지, 양과 염소가 무리 지어 엉금엉금, 뒤뚱뒤뚱, 걷고 뛰면서 또는 나르는 듯 뛰는듯하면서 100여 미터는 돼 보이는 공연장의 양편으로 관객들이 꽉 들어찬 가운데 출발지에서 반대편 집결지로 중간 개의 재주놀이가 있은 뒤 다시 출발지로 가는 모습은 관중들의 폭소와 함성, 박수갈채를 받았고,

특히 뒤뚱뒤뚱 뛰어가던 거위무리가 마이크에서 흘러나오는 지휘자의 '인사'하는 구령에 맞춰 일제히 날개를 활짝 펴 팔락거리며 나르는 듯 뛰는 모습은 한 폭의 그림 같은 장관이었다. 그중에서도 절정은 새가 나시 나와 일렬로 세워 놓은 상내 상애물을 '살시'사로 새빠트세 통과한다든가 각종 장애물들을 통과하는 묘기는 볼만한 재미가 있어 경연장 주변에 쫙 둘러선 관객 들이 소리 지르며 박수치고 탄성을 지르기에 충분하였다.

오후 시간이 되면서 제일 먼저 간 곳이 손주들의 승마 체험장이었는데 말 위에 앉아 있는 모습이 제법 의젓하였다. 다음 초등 손주의 레이싱카 타는 모습을 카메라에 담고, 다음 간 곳이 깡통열차 타는 곳이었는데 나이 제한이 있다고는 하였지만 절대 금지는 아니었던 것 같아 나는 손주와 나란히, 손녀는 고모와 나란히 앉는 깡통열차에 올랐다. 달리다 갑자기 빙글빙글 돌리는 열차에서 한칸 한칸 연결된 연결고리가 끊어지면 어쩌나 하는 생각도 잠시 있었지만 레이싱카 타는 곳 주변을 돌면서 곡예 같은 운전으로 승객을 놀램과 탄성 속으로 끌고 들어가는 운전기사의 능란한 솜씨는 일품이었다.

깡통열차를 끝으로 놀이기구 등 타기는 끝나고 잠시 휴식시간에 손주들의 먹거리를 찾는데 가성비가 맘에 들지 않아 손주가 요즘 유행하고 있는 '탕후루' 하나만을 먹고 밖으로 나와 식사 후 집으로 향했다. 서울에서 1시간 반 거리에 이런 좋은 놀이공원이 있어 아이들은 각종 탈것을 타고, 규모는 작지만 동물들의 먹이 주는 체험을 하고, 재기 넘치는 동물들의 쇼를 보며 탄성을 지르고, 엄마 아빠들은 아이들의 즐기는 모습을 보며 덩달아 즐거워하며 하루를 즐길 수 있는 곳이 있다는 것은 빡빡한 도시생활에 지쳐 있는 젊은 엄마, 아빠들의 좋은 휴식공간 이기도 하면서 함께 즐길 수 있어 정말 좋은 곳에서의 하루였다.

관광의 성지로 커가는 제주

딸이 우리 가족 올가을 여행지로 제주를 꼽고 여름철에 예약을 마쳤으나 별반 기대는 하지 않고 큰딸과 손주 해서 5명이 2박 3일의 제주 여행에 올랐다. 아침 비행기여서 한반도를 한눈에 내려다보며 제주행에 오르는 것은 큰 기대였으나 한반도 전체가 구름에 덮여 있어 하늘에서는 시간을 버리는 일뿐이었고 제주 상공에 도착해서야 희미하게 모습을 내려다볼 수 있었다.

큰딸 아이가 운전하는 렌터카를 타고 먼저 허기진 배를 채우러 국수 맛집에 들르고 다음 찾아간 곳은 가는 길의 한 감귤농원에서 아이들과 아내가 감귤따기 체험을 한 후 손주가 좋아하는 카레이싱장이 있는 해변 가 '981공원'이었다. 큰딸과 손주는 레이싱카를 타고 우리 세 식구는 공원을 산책하며 구경하는데 전면에 광활한 바다가 펼쳐져 있어 마음까지도 탁 트여 깊은 심호흡으로 상쾌한 공기를 들이마시며 '아! 좋다.'가 절로 나오는 곳

저 멀리 수평선 위로는 솜털구름이 장관을 이루고, 그 장관을 받치고 있는 듯 하늘로 치솟은 나무 한 그루, 그 나무 뒤로 펼쳐진 억새 앞에서 우리 부부 한 컷 사진 속에 담고 잔디광장에는 수학여행 온 학생들과 단체 관광객들이 들락거리고 광장 한쪽 스크린 속에서 울려 퍼지는 밴드의 음악이 귀를 싱그럽게 해 주는 여유로움을 즐기는 중에 손주의 레이싱카 타기가 끝나고 이른 저녁을 먹기 위해 손주가 강력 희망하는 뽈살고깃집으로 향했다. 첫날의 한 끼를 소주 한잔 곁들여 맛있게 먹은 후 '덕천연수원'이라는 숙소로 들어갔다. 숙소는 주변 경관을 잘 가꾸어 정원의 느낌 물씬 풍기고 있었고 규모도 크고 깨끗해 마음에 들었다.

다음 날 아침 정해진 시간에 제공되는 뷔페식 아침식사를 마치고 강력 추천되고 있는 곳에서 커피 한잔 여유를 갖기로 하고 향하는데 어제 들어올 때도 느낀 일이었지만 향하는 길이 들어올 때의 길을 되싶어 가고 있고, 2차선 노도를 넓히는 중인 것 같은데 길 양변으로 하늘을 뚫을 듯 곧고 쑥쑥 뻗어 있는 숲이 장관을 이루고 있어 공사가 끝나고 나면 얼마나 아름다운 장관일까 감탄을 연발하는 중에 목적지인 유명 커피숍에 도착하였는데 스타벅스를 가끔 찾는 딸아이도 가성비가 맞지 않는다며 밖으로 나와 주변을 구경하는데

우뚝 서 있는 나무 한 그루 앞 선비풍의 돌하르방 모습이 잘 어우러졌고, 잘 가꾸어진 동산에서 흘러내리는 인공 폭포수 연못 속에 인어상이 누운 듯 앉아 있고 뒤편으로 돌아가면서 이어지는 숲속에는 갖가지 형상의 돌들이 즐비한데 파도에 패고 닳은 바닷가 방파제에 흩어진 돌 같기도, 천년만년 패고 찢긴 동굴 속 석회석 같기도 한 돌들이 나무들과 어우러져 크고 작은 동산들을 이루었는데 한 바퀴 도는 중에 입구 쪽에서 '수석원'이라는 표지석을 만났다. 정말 멋진 돌과 나무들이 어우러진 정원이었다.

정원을 나와 다음 코스로 가기 전 '핑크뮬리'축제장이 도로 맞은편에 있어 잠시 들러서 빨갛게 물든 꽃의 향연을 만끽하고 비자림으로 향했다. 비자림의 푸른 내음을 맡으며 걷는 발걸음은 상쾌하였다. 아내가 오르막길을 걷기에는 무리가 있어 평지로 이어지는 산책로를 걸으며 심호흡을 길게 하며 한바퀴 돈 후 오후3시에 문 연다는 치킨 맛집을 찾아갔으나 아직도 시간은 여유가 많아 바로 옆에 있는 해녀박물관을 구경하였다. 박물관에서 나와 바닷가 모래바람을 맞으며 걸어 멀지 않은 곳의 오일장에 들렀는데 먼지바람이 심해서인지 이미 접은 점포가 많이 예약된 치킨 맛집으로 향했다.

3시가 되어 찾은 치킨 맛집의 맛은 지금까지 맛보지 못한 맛을 느끼기에 충분하였다. 저녁에 흙돼지 바베큐가 예약돼 있어 한두 조각 맛만 보았지만 평소 치킨을 즐겨 먹지 않으면서도 이런 맛이라면 그리고 주변에서 쉽게 먹을 수 있다면 가끔은 먹어야 하는 맛이었다. 숙소에 돌아와 예약된 저녁 바베큐에 소주 한잔 곁들이고 둘째 날의 꿀잠에 빠졌다.

3일째 마지막 날 아침을 먹고 퇴실 후 성산일출봉 쪽으로 달려 가는 중에 갈치 맛집에 예약을 하고 딸들과 손주는 일출봉에 오르고 우리 내외는 초입의 광장 잔디밭에서 아이들 승마체험하는 모습들을 먼발치로 보며 녹색의 푸르름과 바닷바람을 호흡하며 기다리는 시간을 즐겼다. 일출봉 오름이 끝난 후 예약된 갈치 맛집에 들러 갈치조림을 맛있게 먹었는데 독특함은 덜 느껴져 구이 맛이 생각나기도 했다.

식사 후 '해수욕장으로' 외쳐대는 손주의 뜻에 따라 잠시 들렀다 제주박물관에 도착했는데 마침 초등생들의 사생대회가 있어 가는 곳마다 그리고 색칠하는 고사리손들이 함께 온 부모의 조언을 들으며 열심히 그리고 있었다.

제1전시장 입구에 들어서니 한반도의 역사가 일목요연하게 색을 달리해 선그래프화 해 벽면에 기록돼 있어 한눈에 우리의 역사를 살필 수 있어 학생들의 여행코스로는 제격인듯했다. 제주역사의 흔적들을 관람하고 영상실에서는 놀라움과 탄성을 토하지 않을 수 없었다.

선사시대 제주로 흘러 들어오는 역사의 흐름을 배를 타고 들어가는 착각의 느낌으로 표현된 제1 영상에서는 놀라움과 탄식이 일렁였고, 제2 영상의 제주의 산과 바다와 돌들, 움직이는 생물들의 영상들은 그 규모와 아름다움이 절경이었고, 제3 영상 제주의 10경을 보면서는 아직도 가보지 못한 곳이 많구나 생각하면서 제주에 올 때는 이곳을 꼭 들러야겠다고 생각하면서 뒷면을 제외한 앞면, 양옆면, 천장과 바닥에 육지와 바다를 표현하고 있는 영상들은 압권이었다.

박물관에서 나와 한 번 더 해수욕장을 가야 한다는 손주의 뜻에 따라 공항 가기 전 해수욕장에 들러 광활한 바다와 밀려오는 파도를 보면서 모래를 밟고 심호흡을 크게 하고 시간에 맞춰 공항에서 비행기에 오르니 이미 밤이어서 갈 때와는 달리 한반도에 깔린 찬란히 빛나는 불빛축제 같은 장관이 내려다보인다. 이번 제주여행은 꾸준히 업그레이드 되며 관광의 성지가 돼가고 있는 제주의 모습을 느낀 멋지고 즐거웠던 여행이었다.

2장
문학산책

시

빈손

이글거리는 태양처럼 뜨겁게 타오르고 싶었으나 정열이 부족 하였고
밤하늘의 별처럼 찬란히 빛나고 싶었으나 지혜롭지 못하였고
은은한 달빛처럼 아름다운 사랑을 노래하고 싶었으나
여유롭지 못하면서도

불운과 악연으로 몰아치는 비바람에 처절하게 버티었고
가지고 싶고 먹고 싶고 가보고 싶은 온갖 유혹에도 참아내면서
나를 버리지 않고 지켜냈기에
이제 편안한 마음으로 나의 빈손을 바라본다.

아들아 딸들아!
멀리 뛰려 말고 높이도 뛰려 말고 다 가지려고 욕심내지도 말며
아름다운 마음을 잃지 말고 오늘을 열심히 살아가도록 하여라.

물장구

물장구 속에 무지개가 피어오른다.
방울 되어 떨어지는 방울방울마다 무지개가 숨어있다.
아이는 조막돌을 주워 물 가운데 던지고
물은 솟구쳐 방울 되어 다시 떨어진다.

옆에서 물놀이하는 누나에게 물세례다.
누나는 조막손으로 얼굴을 감싸며 고개를 돌려 피한다.
아이는 신이 나서 누나를 쫓으며 물장구친다.

아빠는 돌바위 위에 앉아 피어오르는
무지개 속에서 어린시절을 기억해 낸다.

엄마는 개울가 아카시아 나무 그늘에서 찌개 끓이고 밥 지으며
아이들의 뛰노는 모습에 더위도 삼켜버린다.
아이들은 신이 난다.

낙엽은 지는데

그 푸르던 잎새가
어느 날 칼바람을 맞더니 누런 잎새 되어
살랑바람에 하늘거리며 떨어져 내린다.
낙엽을 쓸어내는 미화원의 손길이 바쁘다.
올해도 다 가는가 보다.

커다란 메뚜기 모양 마스크를 하고
빠르게 지나치는 사람들의 모습에서
추위가 성큼 다가옴을 느낀다.
어둠이 짙게 깔린 거리의
휘황찬란한 네온들도 을씨년스럽다.

올해는 단풍구경을 꼭 하려고 했는데
차창너머 스쳐 지나쳤던 설악산 고갯마루의
그 황홀한 빛의 조화를 꼭 보려고 했는데

가로수의 은행잎들은 서편 하늘에
뉘엿 넘어가는 노을빛으로 짖게 채색되어
나풀거리며 떨어져 내리고

밤바람은 차가워
작은 몸을 더욱 움츠리게 하며
지친 발걸음을 재촉하는구나

올해는 꼭 아이들이 짝을 찾아
작은 보금자리를 꾸리기를 바랐는데
이런저런 이유와 사연들로
바램은 칼바람을 타고 날아가고

나는 그저 바람으로만
바라보고 있노라니
칼바람에 찢어지는 마음이어라.

복지관 풍경

온몸이 벌레 먹고 떨어져 나가 깊게 파인 마을 앞 당산나무처럼
힘이 떨어지고 맥이 엷어지고 호흡이 짧아져
생각은 어둠 속을 헤매고 열정은 늪에 빠져 허우적대도

내 몸 하나 지팡이에 의지하지 않고 동네주변 산책로를 주유하고
복지관 어른들과 바둑돌 놓으면서
오늘을 열심히 사는 어르신들을 바라본다

돌 놓는 소리 젊음의 혈기를 일깨우고
붓으로 못다 했던 지난날을 그리며
노래로 흘러버린 세월을 위로하고
배움으로 가난했던 시절을 극복하면서

여생을 알차게 가꾸고 다듬는 어르신들
서툰 자판기 두드리는 소리, 등 굽은 모습에
세월의 고달픔이 묻어 흐르네

아내와의 산책

평생을 일만 하던 아내가 일손을 놓은 후 무료함에 지쳐 한숨만 는다.
복지관에서 바둑두다 때 되어 집에 오니
아내의 모습이 지쳐 우울해 보인다.

찢기고 파여 나간 마을 앞 당산나무처럼
무릎관절도 발가락도 어깻죽지도 군데군데 쑤시고 아파도
치료와 약 한방에 견디어 내지만
늘어나는 뱃살과 체중에는 근심걱정만 깊어져 간다.

집에서 가까운 거리에 하천을 따라 길게 이어진 잘 정비된 산책길이
있어 복지관을 뒤로하고 아내와 산책에 나선다.

졸졸졸 흐르는 개울물소리 촉촉하고
귓가를 스치는 상쾌한 바람 감미롭다.
장수 상징 거북 한 마리 돌바위 위에 올라앉아 햇볕 따사로움에 졸고
있고 떼지어 잠영하는 잉어들의 한가로움이 여유로운데

늘어진 뱃살 옷깃에 감추고 걸음걸음 경쾌하다가도
풀려버린 태엽처럼 금방 지쳐 느려지지만
다시 호흡을 가다듬고 등굽은 허리 곧추세우며
팔을 힘차게 내저으며 앞서 나가는 아내의 모습에도

몰아쉬는 숨소리는 아리어 오고
터질 듯 몽우리 진 색색의 꽃망울은
바람 같은 세월을 더욱 재촉하는구나

아기의 세상(미끄럼틀)

아가야 밖에 나가자
아기는 좋아 펄쩍펄쩍 뛰며 신발 한 짝을 집어 든다
할머니 할아버지는 아기의 모습에 벌써 함박웃음이다

따스한 햇살이 아기를 감싸안고
아기는 좋아서 아장아장 내닫는다
앗차! 작은 돌부리에 아기 발코가 걸려 넘어진다
할머니가 얼른 일으키려 하자 할아버지가 제지한다
아기는 잠시 멈칫하더니 일어선다

아기는 놀이터 미끄럼틀 구름다리 오르기를 좋아한다
구름다리봉 한쪽을 한 손으로 붙잡고
가볍게 다른쪽 발을 봉 위에 올린다
다른 한 손을 좀 더 높은 곳으로 옮겨 짚으며 다른쪽 발을 옮긴다
왼손 오른발 오른손 왼발 교대 잡고 딛으며 한 계단 한 계단 오른다
구름다리봉 계단을 다 오른 아기는 우뚝서서 크게 호흡하며
흐뭇한 표정으로 올라온 구름다리를 내려다본다
아기의 세상이 거기에 있다

아기는 미끄럼틀을 타고 쏜살같이 내려온다
할아버지는 아기를 얼른 받아 안는다
와! 성공이다
아기도 할머니 할아버지도 깔깔! 함박 웃으며 손뼉을 쳐댄다
한 발 내디딤을 기뻐할 애미 애비의 모습이 선하다

한사람

억만년 이어지는 우주의 영겁 내내
태양과 별들은 끝이 없는 숨바꼭질이고
사람은 작은 별 지구에 갇혀
찰나인 백 년을 살아가면서

생각은 저 많은 별들 속으로 달리고
만물을 지배하고 군림하면서도
지진, 화산, 태풍 등 몰아치는 비바람에
깨어지고 부서지고 울부짖는 아우성 속에
하늘만 쳐다보며 기다림만을 사랑하는구나

우주의 영겁 속에 찰나의 생명 얻은 한 사람
따스한 햇살 가득 품은 마당가 처마 밑에 뛰놀면서
뒤안 곧게 자란 죽순처럼 무럭무럭 자라더니

어느 날 창공을 나는 군무의 새 떼를 보고
무지개 꿈 그리며 세상에 뛰쳐나와
황토밭 자갈밭을 넘나들며 뛰놀다가
비바람 눈보라에 부대끼고 깨어져서
앙상한 가지 되어 스산함만 가득하네

이마에 골은 깊고 머리에 눈발 나려
서쪽 하늘 산봉우리에 걸쳐있는 지는해 되어
붉은 물감 흩뿌려진 하늘가를 바라보며
빈손 마주 잡고 긴 한숨을 도하는네

곧게 자란 아이들과 손주 재롱 곁에 하니
깊은 주름 가쁜 숨에도 행복이 넘쳐나며
찰나를 겁으로 이어주니
세상에 태어난 보람이어라

아내의 자는 얼굴

오뉴월 햇살보다도 따사롭고
찡열의 상미보나노 너 아름다운
꽃망울을 터트릴 수 있었던 것은
나의 행운이었고

너른 정원 마당에 곱게 옮겨 심어
다듬고 북돋아 활짝 피워내야할 나는
세찬 비바람과 눈보라 속에 파묻히고
돋아나는 새싹들을 보듬어 안아
잘 자란 나무들로 키워낸 것은
가엾고 위대한 엄마의 힘이었기에

날이 가고 해가 가고 세월이 흘러
흐르는 세월 잡을 수 없어 주름은 늘고
손 놓고 힘이 빠지고 한숨은 깊어도
새록새록 잠든 모습은 평화로워라.

오늘을 사는 즐거움

아이들이 열심히 일하며 살아가는 모습을 보며 흐뭇해하고
손주가 하루가 다르게 커가는 모습을 보며 파안대소할 땐
그 행복 하늘을 찌르고

잘 가꾸어진 산책로에서 걷기운동을 하고
복지관에서 바둑 두며 소일하고
무료함 달래려 아내와 고스톱하고,
TV 경연 프로그램 보며 팬심 느끼며 황홀해하고
저녁때가 되어 아내가 구워주는 삼겹살에 소맥 한 잔 기울일 땐
삼라만상이 발아래 머무른 듯,
세상만사 다 품은 듯 그 마음 하늘에 닿아 있고

수많은 사람들이 시시때때 병원을 들락거리고
요양원과 요양병원들이 죽순 자라듯 여기저기 세워져도
보험 하나 없는 내가 아프지 않고 다치지 않고
입원 한번 해 본 적도 없는 것은
아이들에게도 떳떳함이고
건강을 자부하는 마음으로 살아가는 흐뭇함은 나의 보람이고

무료한 시간 주체 못하고 누워 천장을 바라보며 시, 공을 헤매다
문득 스치는 생각 있어 블로그에 글 올리며 흔적을 남기면서
책이 되어 나올 날을 헤아리는 마음은 보석 같은 흐뭇함이고

핸드폰도 로봇도 일상화된 지 오래고
이제 AI도 넘어서서 챗GPT라는 기술로
살아 있는 만능인간과도 같은 로봇이 등장하고

교육, 과학, 문화, 예술계 전 분야에 걸쳐
완전체 인간만이 할 수 있는 일을
순식간에 대행함으로써 혼돈에 빠져버릴 수 있는
세상이 돼 가는 것을 보면서
미래는 어떤 세상이 될 것인지 놀라움과 두려움이 교차하지만
그저 바라만 보면서도 발전해 가는 모습은
상상 속의 즐거움인 것이고

아무리 과학기술이 발전해도
10여 년 전의 일본과 인도네시아의 대지진을 비롯
세계 도처에서 끊임없이 일어나고 있는 지진,
엊그제의 튀르키예와 시리아를 강타한 지진 등
자연재난 앞에서는 속수무책인 한계를 보이며
수습에만 머무는 것을 보면서
비교적 안전한 한반도에서 태어난 것을 감사해하며

하루하루가 건강하고 즐거운 것들로 가득하고
행복이 넘쳐나기를 바라는 마음 오늘을 사는 즐거움인 것이다.

여생

서리 내리는 이른 아침
동녘 하늘에 붉게 타오르는 햇살을
가득 품은 아침 공기를
가슴 터지도록 깊게 들이마시는
시리도록 상쾌함은
아침을 여는 희망이었고

사랑스런 아이들이
구김 없이 아름답게 자라는 모습에
뿌듯함이 가슴 터지도록 가득함은
삶의 보람이었는데

뚜벅뚜벅 당당하게 걷지 못하고
옆걸음 뒷걸음하며 조심스럽게만
살아왔던 날들이

앗차! 순간
세차게 휘몰아치는 비바람 맞아
돌포대 짊어지고
칠흙 같은 어둠 속으로 스러지려는
순간순간을

갈대 같은 회복력으로 지난날을 버텨오며
오늘, 건강한 몸과 마음을
잃지 않았음이
오늘을 사는 힘이어라.

아름다운 세상

해와 달과 별은 신비스런 아름다움이고
산과 들과 바다는 웅장함과 광활함의 아름다움이며
꽃과 나무와 풀은 푸르름과 색의 아름다움이며
새소리 바람소리 풀벌레소리는 소리의 아름다움인 것이다.

가수, 예술인, 체육인 등은 즐거움과 환희의 기쁨을 채워주는
단물 같은 아름다움을 느끼게 하고
언론, 환경운동가, 사회운동가는 짠물 같은 아름다움의 지킴이이며
마약, 음주운전, 폭력과 사기 등 쓴물 같은 사회악을 규제하는
사회규범은 질서의 아름다움인 것이며
이름도 돈도 명예도 없이 빛나지 않고, 모나지 않고, 베풂은 없어도
오늘을 열심히 살고 있는 맹물 같은 사람도
존재의 아름다움인 것이다.

이렇듯 삼라만상의 다름이 아름다움이고
천지간에 소리 다름이 아름다움이며
세상만사 조화로움이 아름다움이듯이
공정과 정의 자유를 부르짖는 힘찬 웅변의 소리도 아름다움이지만
사람답게 살고자 하여 가녀린 소리 토해내는
고달픔을 품어주는 세상이
아름다운 세상인 것이다.

수필

노약자 지정석

지하철이나 버스를 타면 노약자지정석이 있다. 90년대 이후 생겨난 풍속도다. 그 이전에는 지정석이란 것이 필요 없었다. 그때까지만 해도 순박한 어른 공경의 마음이 컸기 때문이리라. 지금이라고 그런 마음이 사라진 것은 아니겠지만 고속경제성장과 개인주의적 사고의 팽배로 많이 무디어진 것은 사실인 것 같다.

얼마 전까지만 해도 앉아 있는 사람들은 눈꺼풀을 무겁게 내리고 조는 척을 했으나 지금은 아예 조는 척도 하지 않는다. 이제 지정석이 있다는 생각 같기도 하다. 그러나 지정석이 있는 것을 부끄러워해야 할 것이다. 노약자 지정석이 분리되다 보니 노약자는 으레 지정석으로 가야 하는 것으로 인식되어 소외되고 격리 수용되는 것 같은 씁쓸한 느낌을 받게 되는 것은 아닐런지... 급속히 진행되는 고령화 사회에서 노약자는 부득이한 경우가 아니면 복잡한 출퇴근 시간 이용을 삼가 하는 배려가 있어야 할 것이고 젊은이들은 노약자가 앞에 있을 때는 어른을 공경하고 약자를 보호하는 마음으로 양보하며 함께 어우러져 사는 세상이어야 할텐데

물론 너, 나 할 것 없이 피곤하다. 학생은 좋은 성적을 위해서, 원하는 상급학교로의 진학을 위해서 밤잠도 못 자면서 노력을 해야 하고 회사원은 치열한 경쟁사회에서 앞서가기 위해, 뒤처지지 않기 위해 피나는 노력을 해야 하기 때문에 지친 몸으로 지하철이나 버스를 타면 졸음이 오기 마련이고 졸지 않는다 해도 서 있을 기력조차 없는 것 또한 사실일 것이다.

80년대까지만 해도 버스 속에서의 자리양보나 책가방 받아주기는 일반화되어 있어 늘 그렇게 해왔다. 숨이 턱에 닿는 만원버스 속에서도 내 앞에 노약자가 있으면 용수철 튀듯 벌떡 일어나 자리를 양보하거나 무릎 위에 책가방을 산더미처럼 쌓고 뿌듯한 마음을 느끼던 아름다운 모습은 과거의 기억으로 하나, 둘 묻혀 가고 있는 것이다.

요즘 버스나 지하철에서 자리 양보하는 모습 보기 힘들다. 노약자가 타면 앉은 사람들은 고개를 돌리거나 눈꺼풀 내리깔고 자는 체하거나 '나도 피곤한데' 빤히 쳐다보면서도 미동도 하지 않는 경우가 흔하다.

도시생활 특히 서울생활이란 것이 너, 나 할 것 없이 다 바쁘고 피곤하기 마련이다. 그러나 나 보다 더 약자가 있을 때는 뭔가를 도우면서 흐뭇함을 느끼는 것이 사람 사는 세상일진대, 연말이면 불우이웃돕기 성금을 어느 재벌기업에서는 얼마, 유명연예인 누구는 얼마! 하면서 대문짝만하게 광고하는 것도 다 좋은 일이고 훌륭한 일이셌시만 누구라도 할 수 있는, 상대보다 젊기 때문에 할 수 있는 사소한 것들을

너와 내가 할 때 더욱 밝고 아름다운 세상이 함께 할 것으로 생각한다.

산에 나무가 울창한 것은 홍수나 폭우로부터의 피해를 막아주고 산을 오르는 자에게도 산을 바라보는 자에게도 풍요로움을 주지만 또한 탄산가스를 들이마시고 산소를 내뿜어 공기를 맑게 해 주므로 사람을 비롯해 모든 동물이 숨을 쉬며 살아갈 수 있는 위대한 조화를 이루듯이

자리를 양보하는 것은 어른을 공경하는 모습이지만 그 마음이 있을 때 서로 믿고 신뢰하며 함께하는 아름다운 사회가 될텐데, 요즘 우리는 귀를 막고 눈을 감고 마음까지도 닫아버리고 사는 모습이 돼가는 것 같다. (2007. 4. 18.)

빨갱이 논쟁과 지역감정

해방 이후 70여 년을 우리는 빨갱이 논쟁 속에서 살아왔다. 이승만 정권에서는 십년사와 친일식 세력가늘이 반대파를 공산수의자로 놓아붙여 학살을 자행하는 만행을 반복하였고 군사정권 시절에는 반정부적 민주화 인사들을 빨갱이로 몰아 사회적으로 이질화시켜 정권의 방패막을 삼았고 독재정부에서 좌, 우로 갈라진 해묵은 이념논쟁은 지역색으로 이질화되어 정권유지 수단으로 변질, 오늘까지도 소모적 논쟁만을 일삼아 오면서 자기와 생각을 달리하는 모든 사람을 빨갱이로 모는 골수 보수주의자들을 볼 때 답답한 마음을 떨칠 수가 없다.

일제 말 압박 받고 살던 사람들이나 좀 더 공평한 세상이 되기를 바라던 이상향을 꿈꾸던 사람들이나 일제침탈에 항거하여 중국이나 소련에서 저항운동을 하던 사람들이 소련에서 정착하고 중국에서 싹트는 공산주의 영향을 받아 점점 조직화되고 세력화하여 해방과 더불어 북쪽을 장악한 소련에 편승한 김일성 세력과, 미국이 장악한 남측에서 정부를 수립한 이승만 정권이 좌우대립으로 양극화되어 독자 정부를 세움으로써 해방 60년이 지난 오늘에도 세계에서 유일 분단국으로 남아있는 민족적 슬픔을 안고 있다.

해방과 더불어 남북 정치 지도자들은 자기들의 세력을 확고히 하기 위해 철저히 상대를 배격함으로써 남북분단은 고착화되어가고 남한에서는 이승만 정부하에서 정부 내에 깊숙이 자리 잡은 친일세력에 반대해 반정부 활동을 하는 사람과 이념적으로 공산주의적 사상을 가진 사람을 싸잡아 빨갱이로 몰아 학살을 자행하는 일이 비일비재 하던 중 동족상잔의 6·25전쟁이 발발 민족 비극의 수난사를 기록하게 되면서 친일세력이 득세하는 상황에서 반대파를 빨갱이로 몰아 정권유지 수단으로 이용하였고, 군사정부가 들어서면서는 6·25전쟁의 참상을 체험한 국민들에게 북한의 도발이 일촉즉발의 시한폭탄인 것처럼 국민을 현혹하게 하여 선거때마다 이용하였다.

푸에블로호 납치사건, 도끼만행사건, 청와대 기습사건, 영부인 저격사건, 시시때때 터지는 간첩 침투사건 등 사건이 터질 때마다 국민들은 전쟁의 공포에 떨어야 했고 그런 사건들은 선거 때마다 집권세력의 이용물이 되어 부산의 어느 복집에서 고위층의 발언이라든가 5·18때 DJ를 지지하는 광주는 빨갱이 소굴이라는 등 마치 호남이 빨갱이 소굴인 것처럼 인식하게 하여 수적으로 절대적 우세 지역의 이점을 선거 때마다 이용함으로써 지역 이익을 취하고, 보호하고, 존치시키려는 이기적 사고로 승자집단과 패자집단을 확실하게 갈라놓아 이젠 쌍방이 풀어낼 수 없는 엉클어진 실타래처럼 상반된 지역색으로 엮어져 버린 것이다.

지역적인 차별정책은 고려시대나 조선조에서도 찾아볼 수 있기는 하다. 고려 태조왕건은 나주인의 도움으로 왕조의 기틀을 마련하였으나 후에 일부 호족이 견훤에 투항한 이유로 훈요10조에서 호남인을 경계하여 등용치 못하게 하였고, 조선조 말 전주에서 발단된 중앙 세도가의 착취에 저항한 조직적 저항운동이었던 동학혁명은 호남을 배반을 잘하는 지역으로 배척하게 하는 요인으로 작용하였으나 이는 권력자들이 자기영역 구축의 필요성에 의해 파생된 결과로 본다.

본래 호남은 곡창지대로 조선조까지만 해도 대농인 부호가 많은 지역이었으나 중앙에서 내로라하는 권력자의 하수인이 파견되어 그 부를 착취하고 갖은 명목으로 징세하여 중앙으로 보내야 했고 소위 정변이 날 때마다 양산되는 공신들의 배를 채우는 수단으로 작용하였으니, 늘 토착인들은 중앙정부의 권력다툼의 전리품이 되어 새로운 권력자의 착취와 학대에 시달려야 했기에 가슴속에 원망이 응어리져 있었고 그것이 누대에 걸치면서 약자의 가진 자에 대한 저항의식으로 승화되어 지역인들의 생활습성으로 자리매김하게 된 것이 아닌가 생각해 본다.

그러나 그때까지만 해도 지역색이 고착되고 고질화된 것은 아니었다. 해방 이후 친일 잔재 세력의 정권 장악과 군사정권에서 수적 우위를 점한 지역 세력이 세력화하면서 깨질 수 없는 다이아몬드 세력이 되어버린 것이다.

20세기에 들어서면서 공산주의 사상의 확산으로 영원할 것 같던 동, 서의 이념대립은 반백 년도 안 되어 공멸의 무기발달로 지구멸망의 두려움에 떨며 위태로운 균형을 유지하면서도 경제적 격차에 의해 모스크바의 턱밑에 있던 동독이 서독에 흡수 통일되고

개인의 능력을 극대화할 수 있는 민주사회가 경제개발에서 공산주의를 압도함으로써 결국에는 공산주의의 모태인 소련에서부터 서서히 무너지기 시작 '고르바초프'에서 희석되기 시작한 동서 갈등은 '옐친'시대에 극한 대립이 거의 사라지고 더욱 적색을 강하게 드러내던 중국도 '핑퐁'외교로 시작해 색깔을 희석하더니 한 세기가 채 안 된 오늘에는 적색 종주국들은 힘을 잃고 이제는 오직 경제전쟁 시대가 되어 기술개발과 경제적 능력에서 앞선 나라만이 잘 살 수 있는 시대가 되었고 무기경쟁과 경제전쟁에서 이긴 미국만이 세계 유일 초강국으로 남아 무기로 경제로 세계를 호령하고 있는 오늘인 것이다.

아시아의 동북쪽에 위치한 작은 반도인 우리가 민족의 자존을 지키려면 이제는 무기경쟁에서는 미국을 이길 수 없고, 인해전술과 광활한 땅을 무기로 치고 올라오는 중국의 값싼 노동력과 무한한 잠재력에 우리의 자존을 지키고, 더구나 우방이면서도 배타적 감정에 찌들어

있는 일본의 우월적 태도를 이겨내기 위해서는 이젠 지역색으로 이질화되어 국가적 부담이고 퇴보일 수밖에 없는 빨갱이 논쟁보다는 이미 경제적으로 북한보다 한 수 위이기에 북한의 노동력과 자원, 민족의 우수성을 바탕으로 한 기술력으로 앞서가고 단합된 힘으로 세계를 향해 뻗어 나감으로써 중국의 무서운 추격을 따돌리고 일본의 끈질긴 망동에도 굽히지 않는 우뚝 선 대한민국이 돼야 할 때인 것이다.

지금 우리는 컴퓨터라는 괴물에 의해 누구라도 순간적으로 지구 전체의 정보를 꿰뚫어 볼 수 있는 시대에 살고 있으면서 국가이익을 위해서라면 순식간에 아프가니스탄을 초토화시켜 버리는 세계 유일의 군사 및 경제대국인 미국의 막강한 힘을 보았으며 자기의 이익에 배치되는 상황에 대해서는 테러지원국이니 불량국가니 해서 경제제재를 가하고 WTO를 통해 무역개방의 압력을 꾸준히 해오고 있고 거대금융그룹인 IMF를 통해 세계경제를 쥐락펴락하는 시대에 살면서 전세계가 미국의 눈치를 보아야 하는 시대에 살고 있다.

세계는 경제전쟁 시대인지 오래다. 우리나라는 농사 이외에는 자연자원이 거의 없는 나라로 오직 기술개발을 통한 앞선 기술력만이 현대를 살아갈 수 있는 유일 수단이 된 것이다. 얼마 전 60~70년대만 해도 값싸고 질 좋은 노동력으로 열심히 일한 탓에 개발도상국에 선착하게 되었고 지금은 헐벗고 굶주리던 시대를 벗어나 먹는 걱정, 입는 걱정 덜하고 너, 나 없이 자가용 타고 핸드폰을 주머니에 넣고 다니는 시대가 되어, 조금 힘들고 지저분한 일은 하지 않으려 하는 소위 3D 기피현상 속에 동남아나 중국 등지에서 값싼 노동력이 유입되는 시대에 살면서 자꾸 추월해 오는 중국의 거대함에 위협을 느껴야 하는 것이다.

지금 세계는 초강 미국이 있고 전통 선진 EU가 있으며 15억 인구의 거대 중국과 인도, 그 외 동남아 등이 있어 기술력은 미, 일, EU가, 노동력은 동남아나 중국에 그 효율성을 빼앗기고 있는 터에 우리는 지역색이나 혈연, 학연에 묶여 싸우고만 있어서는 안 될 것이다. 우리는 흔히 망국적 지역감정이라는 말을 많이 쓴다. 세계를 상대로 앞서가는 기술력으로 살아가야 하는 시대에 지역감정 때문에 동, 서로 분할되고 배타적 감정으로 화합하지 못할 때 기술력에서 효율성에서 조금씩 쳐지게 되면 중남미나 동남아나 아프리카처럼 다시 후진국의 나락으로 떨어지지 말란 법은 없다.

다행히 우리는 높은 교육열과 뛰어난 창의력 등으로 노력만 하면 앞서 나갈 수 있는 자질을 가졌기에 그나마 개발도상국의 선봉에서 선진대열에 합류하기 위해 거북걸음을 내딛고 있다. 이때 우리 온 국민이 화합하고 단결하여 함께 노력한다면 쉽게 선진대열에 들어설 수 있을 것이다. 지역색은 어느 시대 어느 나라고 그 지역의 이익에 배치될 때 나타나는 현상이라고 본다면 그것이 합리적 사고를 바탕에 두고 순간적이고 일회성일 때 전체의 발전과 균형을 위해 필요한 것이기도 하리라.

허나 오늘 우리의 지역색은 전혀 다르다. 무조건적이고 배타적인 지역색이 60년대 이후 반세기 동안 우리 사회를 병들게 하고 있는 것이다. 그 근원이 어디에 있건 경제전쟁 시대인 지금 지역색의 노예가 되지 말고 정말 어떻게 해야 우리나라가 좀 더 빨리 선진국이 되고 모두가 잘사는 사회가 되겠는가를 각자가 합리적 사고로 판단하여 행동할 때인 것이다. 권력자들의 호불호에 휩쓸리는 지역감정이나 정권유지수단, 정권 탈취 수단으로 악용되었던 빨갱이 논쟁 등 배타적 모습은 성숙한 선진의식은 아니다. (2002. 12. 1.)

신호등 법칙

도시에 사는 사람들은 집을 나서면 이내 신호등 앞에 서게 된다. 2~3분만 걸으면 신호등이다. 건널목에 서서 신호가 바뀌기를 기다리는 사람들은 마음이 여유롭지 않다. 이번 건널목만 건너면 학교나 직장이 눈앞인 등교하는 학생들이나 출근하는 직장인들에게는 빨간 신호가 길기만 할 것이다. 시간이 촉박한 사람들은 신호가 바뀔 것을 예상하고 달리기 선수처럼 뛰기도 한다. 다행히 신호가 바뀌기 전 길을 건너가면 안도의 숨을 길게 내쉬겠지만 간발의 차이로 신호에 막히면 다음 신호를 초조하게 기다리면서 무척이나 길고도 지루함을 느끼다가 신호가 바뀔 때쯤이면 좌, 우를 살핀 후 뛰기 시작한다.

차를 타고 있는 사람도 마찬가지다. 차를 타고 가다 보면 내가 탄 차가 신호등 앞을 지날 때마다 알맞게 파란색으로 바뀌고 차가 쌩쌩 달려가면 그렇게 기분 좋을 수가 없다가도 건널목의 신호등이 빨간색으로 바뀌고 보행자 신호 깜빡이가 하나둘 꺼져가는 것을 보는 것은 왜 그리도 지루한지... 그것도 한번 신호등에 걸리기 시작하면 연달아서 신호에 걸리는 것은 또 무슨 조화인 것인가.

누구나가 그런 마음들이겠기에 정지하라는 노란 경고등에 가속 페달을 밟고 쏜살같이 지나치는가 하면 엄연히 빨간 신호인데도 신호가 바뀔 때쯤을 예측하고, 건너는 보행자가 없는지 살피고 지나간다든가 특히 일부 대중교통을 운전하는 사람들은 공공버스라는 이유로 더욱 그 정도가 심해 아무런 위법 의식도 없이 당연한 것처럼 생활화된 느낌이다.

물론 친구나 동료들끼리 유유자적하며 수다를 떤다든가 생활전선에서 긴박하게 움직이는 사람이 아니라면 신호등 앞에서 초조한 마음으로 신호가 바뀌기를 기다리진 않겠지만 대부분의 신호등 앞에 있는 사람들은 빨리 신호가 바뀌기를 기대하는 마음일 것이다.

"신호등 앞에 있는 사람들의 이기적 사고" 그것이 오늘을 사는 모든 세상 사람들의 깊숙한 곳에 뿌리내리고 있는 본능적 사고라 하더라도 "신호를 무시하고 내닫는 차량이 저만치 사라져 가는 모습 위에 법을 어기고 앞서가는 사람이 성공한 사람이 되는 세태를 '클로즈업' 시켜 보면서" 허탈함을 느낄 수 있겠지만

신호등이 있어 질서가 존재하고 질서가 있어 건강한 나와 사랑하는 주변이 있을 수 있는 것이기에 우리 모두는 좀 더 너그럽고 여유로운 마음으로 신호를(법을) 지키면서 같이 아우르며 살아가는 행복한 세상을 만들어 가는데 함께 해야 할 것이다.

종교

나는 가톨릭계 중학교에 들어가면서 종교를 접했다. 교리를 배우면서 사람으로 살아가면서 지켜야 할 덕목들을 배우고 익히기를 열심히 하였다. 대학 때 영세를 받고도 학교를 나온 후론 도저히 지키기 힘든 덕목들, 생각조차도 금하고 있는 덕목들 때문에 성당에 나가는 것도 그만 두었다. 산사를 찾아다니면서는 특별히 불경공부를 하지도 불상 앞에서 1배도 해본 적 없지만 스님과 얘기하는 중에 불도들의 마음을 다소나마 읽을 수도 있게 되었다.

종교란 무엇인가? 종교란 사람의 약한, 불안한 마음에서 시작된 게 아닌가 생각해 본다. 죽음에 대한 공포가 없는 사람이라면 아니 죽음 뒤의 일을 생각조차도 해보지 않은 사람이라면 종교란 의미가 없는 것 아닐는지, 종교란 각자의 믿음이고 그 믿음이란 자신의 신념에 따라서, 인연에 의해서 선택하고, 양심에 따라서 행동하는 것이기에 나의 믿음을 타에 강요해서는 안 될 것이고 타의 믿음을 폄훼하거나 배척해서도 안 될 것이다. 종교가 세상을 살아가는데 하나의 좋은 길잡이임에는 틀림없겠으나 유일무이의 진리는 아닐 것이기 때문이다.

천주교나 기독교에서는 내세를 강조하고 언젠가 세상의 종말이 오면 사람은 부활한다고 믿고 그 믿음을 위해 이 세상에서 착하고 선하며 좋은 일을 하면서 전지전능하신 하느님을 믿는자 만이 그 영생의 부활을 얻을 수 있다고 믿는다. 반면 불교에서는 세상의 모든 생물은 환생한다고 믿고 착하고 선한 자가 일배일배를 많이 하면서 불공을 쌓은 자가 더 고등의 생명으로 환생한다고 믿으면서도 내세의 환생보다는 현세에서의 복을 더욱 바라는 것이 아니던가.

그러나 참 불도는 일배일배를 하며 자기를 수양하고 자기를 억제하면서 세상의 모든 사람이 다 행복하기를 바라고 참 기독교인은 기도로서 자기를 수양하고 억제하며 세상 모든 사람이 살아 행복하고 죽어 천당 갔다가 세상 종말에는 다같이 부활하기를 기도하는 마음일 것이다. 단지 현세에서 착한 마음으로 살고자 하여 불쌍하고 가련한 자들을 미약하나마 돕고자 하여 좋은 일을 하는 것은 종교가 아니라 사람을 사랑하는 마음이리라.

그러나 우리가 일상에 늘 접하며 듣는 무종교인들의 얘기들 중에 '교회에 나가는 것들이 더 해, 교회는 빌딩 세우기에 혈안이고 교인은 탐욕에 눈이 멀고, 스님의 재산싸움은 보통인들의 상상을 초월하고, 신도들은 백배 천배를 하면서 나만의 복을 빌고 등등' 탐욕스러운 얘기들뿐 아니라 선도하고 이끌어야 할 지도자들이 위력을 가지고 지배하고 종속시키려는 야욕으로 만행을 저지르는 실상이 난무한데, 그런 욕심들이 참 종교인의 모습은 아닌 것이고, 요즘 세상이 경쟁이 더욱 치열해지고 부와 권력의 편중현상 또한 더욱 심해지면서 상실감을 느끼는 경우가 많아 나타나는 일부의 일탈현상일 뿐으로

함께 살아가야 하는 세상에서 내세를 생각하는 마음, 사람을 사랑하는 마음들이 선한 가르침을 근본으로 하는 종교적 감성에서 출발한다고 보기 때문에 우리 모두는 각자의 종교관에 따라 그 교리를 조금이라도 실천하려는 노력을 더 하면서 함께 잘 사는 사회로 나아가고자 하는 것이 참 종교인의 마음이리라 생각해 본다.

천장(타임머신)

얼마 전 식당을 그만두고서는 천장을 바라보는 시간이 많아졌다. 책을 읽다가도 눈이 가물거린다든가 머리가 상쾌하지 않다든가 할 때, 옆으로 누워 있을 때 받치고 있는 팔이 저려 온다거나 할 때면 으레 바로 누워 천장을 바라본다. 아름다운 그림 한 폭, 어둠을 휘황찬란하게 밝혀주는 샹들리에 하나 없는데도 한없이 바라보고 있다. 눈은 초점을 잃어버리고 생각은 타임머신을 타고 시공을 넘나든다.

우리 나이로 여섯 살이 채 안 됐을 때 6·25 민족상잔의 전쟁이 있었고 7살에 국민학교(초등학교)에 들어갔고 6년 후에 도시로 이사한 후 중, 고시절 6년 동안 간혹 거들어야 하는 집안일들이 귀찮고 힘들게만 느껴졌고 학교가 끝나고 집에 가는 길에 붕어빵 하나 아이스케키 하나 사먹지 못하는 처지를 불평만 할 줄 알았지 청소년 시절을 아무런 생각없이 가방 들고 학교 다니는 것이 고작이었다.

고등학교 1학년 때 피아노 투표니 대리투표니 뭉치표 집어넣기니 하는 각종 부정선거의 후유증으로 밀물처럼 시내 중심가를 고등학생들이 한 무리되어 질주하며 이승만 정권을 규탄하며 물러나라고 외쳐댈 때도 무심코 그 옆을 지나던 나는 가까운 골목이나 은행건물로 들어가 버리곤 했다. 여기저기 모이를 쪼던 비둘기들이 발자국 소리에 놀라 푸드득 서툰 날갯짓 하며 날아가듯이

가정이 넉넉지 않아 고3 때 선배 육사생들이 홍보차 학교강당에서 학교소개를 할 때 우연히 참석했던 나는 나를 돌아볼 새도 없이 원서를 제출하였고 꿈도 없이 합격과 함께 입학하고 말았다. 상급 학년인 3학년이 되어서야 침대에 누워 나를 생각해 보는 시간을 가질 수 있었다. 드디어 나는 궤도이탈을 결심하였고 3년을 마치던 날 작업복으로

갈아입고 보충대로 향했다.

5천 년의 가난을 극복하기 위해 정부는 공업국가로의 변신을 통해 수출만이 살길이라고 외쳐대면서 불도저식 선인을 해 나가고 정부에 발맞추어 온 국민은 팔을 걷어붙이고 고속도로를 건설하고 용광로를 건설하고 조선소를 건설하였고 젊은이는 월남의 전쟁터로 독일의 광부나 간호사로 사우디와 중동의 건설현장으로 나가 외화를 벌어들였고 농촌에서는 새마을운동 깃발을 높이 세우고 열심히 끌고 당기며 나아간 덕에 6·25의 폐허 위에서 헐벗고 굶주리던 배고픔을 털고 일어나 개발도상국이라는 위치에 올라가게 되었으니 그 공과야 일러 무엇하랴.

사람은 다 욕심이 있다. 하나 가진 사람은 둘을 가지고 싶고 열을 가지면 백을 가지고 싶은 것이 사람의 마음이다. 항차 권력을 가진 자라면 그 권력의 힘을 누군들 버리려 하겠는가, 나도 그 권력의 꼬리 끝이라도 붙들려고 두 번이나 궤도이탈을 하지 않았던가, 그런 나의 행위와 생각이 현실 배반이었던 것을 후회하고 변명한들 무슨 소용이겠는가 자문하면서도 나는 언제나 내 생각을 배반하지 않고 살아온 것을 후회하지 않는다.

3선까지만 하고 물러난다면 가난한 폐허가 된 대한민국을 일으켜 세운 영웅으로 역사에 위대한 대통령으로 기록될텐데— 물론 평가는 역사학자들의 몫이겠지만— 늘 그런 바람을 가지면서도 3선 개헌 때도 유신 때도 우리에 갇혀 있는 한 마리 짐승처럼 생각으로만 울부짖고 반대에 앞장설 엄두도 내지 못하면서도 늘 그런 바람은 가졌었기에 10·26이라는 엄청난 현실 앞에서도 나는 무심할 수 있었다. 김진명의 소설 '무궁화꽃이 피었습니다', '한반도'를 읽어보면 정말 그의 꿈이 이루어지고 우리가 힘을 가진 세계의 누구도 무시할 수 없는 그런 나

라가 되었다면 하는 아쉬움 같은 미련도 있긴 하지만

80년 서울의 봄을 고대하는 부푼 마음으로 들뜰 때 12·12사태로 우려의 목소리가 높아지더니 정작 봄이 되어서는 온 나라가 대모로 들썩거리고 5월이 되어서는 한껏 그 위기감이 높았고 드디어 광주의 비극이 연출될 때도 나는 새장에 갇혀 있는 한 마리 새였을 뿐이었으니, 얼마 후 다시 개헌이 있고 체육관 대통령을 뽑는 선거인단을 뽑을 때 투표를 직접 관리 감독하는 기관에서는 투표율 올리기에 혈안이었고 90%가 넘는 투표율을 위해서는 일선기관에서는 어찌해야 했을지 상상에 맡기면서도 그 기관 말단에 근무하던 나는 나만의 양심을 지킨 것이 바보스럽기만 하면서도 7년의 임기를 마치고 물러날 때 다시 총칼을 들이대지 않은 것만을 다행으로 여겨야 했었고,

또다시 헌법이 바뀌고 새 대통령을 뽑을 때 동사무장이라는 직책에 있던 나는 이런저런 기회에 한 달 월급에 맞먹는 공짜 돈을 받으면서도 나는 내 생각대로 나만을 지키고 있다가 미적지근한 나의 태도에 못마땅해하던 열성분자에게 봉변을 당한 적도 있지만 그나마 생각이라도 지킬 수 있었던 것을 다행으로 생각하는 것이 나의 마음이다.

그래도 나는 나의 책무를 소홀히 한 적은 없다. 책무 이외에도 새마을 지도자와 함께하는 거리질서캠페인, 조기청소, 동네 가꾸기라든가 부녀회원들과 함께하는 잡풀뽑기 흩어진 자갈이나 휴지줍기 등 주말이면 늘상 있는 정화활동들에서도 나는 요령을 피우려고 생각해 본 적이 없다. 늘상 반복되는 데다 시간때우기도 많았던 탓에 요령피우기가 몸에 밴 것이 일상이라 대부분이 다 그러했지만 나는 그때도 열심히 했을 뿐이다.

쪽방 같은 작은방에 누워 천장을 바라보고 있노라니 생각은 타임

머신을 타고 시공을 넘나드는데

　스타가 될 수 없을 거라는 무력감보다 전쟁터에서의 죽음이 두려워 군인의 길을 포기했고, 장래에 대한 깊은 통찰력 부족으로 너 큰 꿈을 그리며 사표를 내는 사려 깊지 못한 결단을 내렸고, 상사와의 마찰과 고부간의 갈등을 변명삼아 걷던 길을 쉽게 포기했던 것은 정신력과 인내심의 부족 탓이었고, 풍파에 더욱 버텨내야 할 절약정신의 부족과 자포자기적 낭비벽 있어 끝내 빈손뿐인 나로 남게 된 것이 아닌가 하여 질책하기도 하지만

　그래도 내가 나를 포기하지 않았고 가정을 포기하지 않았던 것은 가톨릭계 중학교에 다니면서 몸에 밴 가톨릭적 감성이 나를 제어해 오늘이 있는 것이기에 이제 편안한 마음으로 나를 정리해 보면서 사랑하는 가족들 곁에서 행복한 여생을 함께하고자 하는 것이다.

후줄그레 내리는 비

비가 내린다. 아침부터 오는 비가 소리도 없이 줄기차게 내리고 있다. 희멀겋고 뿌옇게 흐린 하늘에서 주룩주룩 내리고 있다. 파란 하늘에 시꺼멓게 떠 있는 먹구름은 금방 온 천지를 삼켜버릴 듯 하늘에서 물동이를 쏟아엎듯 요란하게 퍼붓다가도 언제 그랬냐는 듯 맑은 하늘을 드러내지만 아침부터 주룩주룩 내리는 비는 종일 내리고도 파란 하늘은 나타나지 않는다.

비 오는 날이면 우장을 목에 걸고 커다란 밀짚모자를 눌러쓰고 논에 물꼬를 보러 나가는 아버지 모습이 여유로웠고 기름칠한 찢어진 지우산이나 비닐우산이 세찬 비바람에 찢어지거나 뒤집히지 않을까 노심초사하면서 조심스럽게 학교에 가던 어린 시절의 기억들이 새삼스럽다.

바깥일을 할 수 없어 아낙들은 이집 저집에 모여 고구마 구워 먹으며 한담을 나누고 마을회관에 모인 장정들은 화투놀이에 시간 가는 줄 모르다가 때론 멱살잡이로 동네 사람들 구설에 오르기도 하지만 그런 시골에서의 어렸을 적 기억이 더 정겹고 새록새록하다.

쏟아져 내리는 비를 옥상에서 흠뻑 맞으며 내가 좋아하는 여직원과 정담을 나눌 때면 시간이 멈추어 버리기를 바라다가도 물귀신 되어 들어가는 모습이 쑥스러워 고개 숙인 채 자리에 앉아 서류를 뒤적이던 때가 아련한 추억이다.

추억 속의 비는 맞으면 춥고 오한이 들어 감기에 걸리기도 하지만 요즘의 비는 맞아서는 안 될 오염수다. 중국에서 넘어온 황사모래를 씻어 내리는 비는 하수도를 흐르는 가라앉은 하수보다도 더 흐리고 일본에서 날아 태평양을 넘고 지구를 한 바퀴 돌아온 방사성 물질을 포함하고 있을지도 모를 비는 우산도 모자라 얼굴에 이상야릇한 메뚜기 같은 가리개를 덮어씌워 사람인지 귀신인지 갸웃거려지지만, 얼굴 가리개를 하고 오토바이를 질주하는 모습에서는 요즘 흔하게 일어나는 오토바이 날치기범이라도 만난 듯 섬뜩해진다.

아침부터 내리는 비는 내일까지도 계속된단다. 아니 2~3일 후에는 올라오는 태풍에 휩쓸려 더욱 거세질 모양이란다. 비가 내리니 후끈 달아오른 아스팔트의 열기를 식혀주고 가뭄을 해소해주어 고맙지만 종일을 후줄후줄 내리고 회색빛 뿌연 하늘이 걷힐 줄 모르니 천장을 바라보며 누워 있는 내 마음을 더욱 짓누른다. 십수 년 동안 나를 짓누르던 먹구름이 어렸을 적 먹구름 걷히듯 걷히고 파란 하늘이 활짝 드러나야 할텐데 희뿌연 구름이 되어 걷힐 줄 모르니

늘 걱정으로 하루가 초조하던 차 큰딸이 지난해 좋은 신랑감을 만나 좋은 집안과 평생 연을 맺게 되어 한없이 기쁘고 마음이 놓이면서도 아버지의 무력함에 젊음을 움츠려야 하는 아이들을 바라만 보는 마음이 한없이 무겁기만 하다.

또 하나의 행복(존재의 가치)

아이가 여섯 살 때 할아버지 산소에 갔다가 '땅속에 있는 할아버지는 무섭겠다'며 공포에 질린 모습을 보고 할아버지는 하늘나라에서 하느님 곁에 계신다고 해도 하늘나라도 싫고 이 세상에서 살고 싶다는 아이의 말에 얼마나 놀랐는지 모른다.

나는 젊었을 때 드물게 한밤중에 잠이 깰 때가 있었다. 잠에서 깨어 뒤척이다가 쉽게 잠에 들지 못할 때면 온갖 상념이 떠오른다. 문득 신비스럽고 영원한 우주 속에 유한한 삶을 살다가 존재가 사라진다고 생각할 때면 속이 울렁거리고 사지가 분해되어 우주 속으로 사라질 것 같은 공포감이 엄습해 와 마루로 뛰쳐나와 훤히 불을 밝히고 마음을 진정시킨 적이 드물지만 가끔은 있었다. 거기서 연유해 생각되어지는 것이 만약에 내가 죄를 지어 감옥에 있다면 어떨까? 뛰쳐나올 수 없는 좁은 공간에서 나는 필경 미쳐버리리라 생각이 미칠 때면 현실적으로 와닿지 않는 지옥에 떨어진다는 종교적 감성보다는 현실에서의 죄가 더욱 압박이 크고 강렬하게 느껴졌던 기억이 있다.

사람이 죽음에 대한 공포심을 갖는다는 것은 지극히 당연한 이치다. 그러한 공포심을 극복하기 위해 종교가 생기고 그 믿음 위에서 안정을 찾으려는 것이 또한 사람이다. 비록 종교적 주장인 내세가 없을 수도 있겠으나 내가 '종말론-하느님의 칩'에서 얘기했던 것처럼 신비스럽고 무한대한 우주공간이 하느님의 칩이어서 전능하신 하느님이 새로운 세상을 부르는 순간-현실 속의 컴퓨터에 내장된 그 많은 자료 중에 키보드를 치는 순간 원하는 자료가 튀어나오듯-새로운 세상이 열릴 수도 있다고 생각할 때 우리는 죽음에 대한 공포를 극복하고 가치 있는 삶을 살기 위해 노력하는 모습을 찾을 수 있을 것이고 산다는 것이 가치 있음을 인정할 때 존재의 가치를 느끼며 대물림하여 태어나는 새 생명을 축복할 수 있을 것이다.

사람이 죽음에 대한 공포가 있어 그 두려움을 물려주지 않기 위해 아이를 갖기를 부정할 수도 있겠으나 아이를 갖지 않는다는 것은 무엇인가, 두려움을 대물림하지 않겠다는 것이 아니라 부존재인데, 무슨 대물림을 논할 가치가 있는 것인가. 새 생명이 태어나서 사람으로 존재할 때만 두려움도 공포도 있는 것이고 백세시대를 맞아 짧지 않은 100년을 희로애락하며 주어진 100년을 더욱 알차게 살기 위해 노력하는 것이 사람이 아니겠는가!

가끔은 죽음에 대한 공포심을 아이가 갖게 된 것은 내가 지은 죄업이라고 생각할 수도 있는 일이겠지만 나의 존재를 이어 나가는 아이의 존재가 없다면 나의 존재는 나를 끝으로 존재 그 자체가 소멸되어지고 마는 것이다. 만약 누구나가 죽음에 대한 공포심을 물려주지 않겠다고 한다면 지구상에는 '생각하기에 존재한다'는 만물의 영장인 인간은 사라지고 동식물만이 약육강식 생존경쟁을 해가며 존재하지 않을까 생각해 본다.

또한 나만의 삶을 더욱 즐기고 행복을 누리기 위해서라면 삶에서 다양하고 수도 없이 많은 형태로 느낄 수 있는 행복 중에 하나를 포기하는 것이 아니겠는가. 예로써 맛있는 음식을 먹고 싶을 때 먹을 수 있고 배불리 먹고 포만감을 느낄 때 행복을 느낄 수 있을 것이며, 여행을 즐기며 새로운 것을 보고 듣고 알아가는 과정에서 즐거움을 느낄 수 있을 것이며, 학문을 하며 배우고 깨달으며 성장하는 과정에서 행복을 느낄 수 있을 것이며, 얼짱몸짱이 되기 위해 노력하고 아름다운 몸매와 건강한 신체를 유지하는 것도 큰 즐거움일 것이며, 주위를 살피고 도우며 베푸는 삶에서 행복을 느끼는 것도 큰 즐거움일 것이며, 그 중에서도 사랑을 하고 사랑하는 마음으로 아이를 키우고 커가는 모습을 보며 행복해하는 것 또한 무엇보다 큰 즐거움이고 보람이 아니겠는가.

　세상이 너무 팍팍하고 하루하루가 힘들고 고달파서라고 한다면 솔직히 명쾌한 해답을 줄 수는 없고 정부가 그 문제를 해결하기 위해 부단히 노력하고 있다고 얘기할 수밖에 없어 안타깝긴 하지만 정부정책 중 출산장려를 최우선으로 하여 출산수당, 아동수당, 돌보미 제도, 교육제도 등 각종 제도와 혜택을 점차 늘려가고 있고 복지국가 지향으로 모두가 다 행복한 삶을 위하여 부단히 노력하고 있는 것은 사실인 것이다. 정부의 정책이 복지에 초점을 맞추고 있고 내가 잘살기 위해 부단히 노력해도 생각처럼 여유롭지도 잘살지도 못하고 생존경쟁이 더욱 치열하고 부익부 빈익빈의 쏠림현상이 뚜렷해도 존재 그 자체는 누구에게나 공평하고 위대한 것이기에 삶이 고달파서 태어나지 말았어야 한다는 생각은 버리고 열심히 살면서 나의 가치를 키우고 후세에 그 가치를 대물림하는 것도 나에게 주어진 생명의 가치를 더욱 높이는 것이리라.

운명론

운명이란 한 사람이 한 생을 살아가는 긴 여정이라고 할 수 있을 것인데 태어나면서 정해져 있는 것이 아니라 수많은 인연과 악연들이 모여서 만들어지는 한 사람의 삶이라고 할 수 있을 것이다.

운명을 철학적 사색이나 종교적 접근이 아닌 내 일상의 삶을 통한 느낌을 운명이라는 논리에 접목해 보려고 하는데 우리가 운명이라고 말할 수 있는 것은 인생에서의 큰 궤적을 말할 때 그것이 태어날 때부터 정해져 있다고 생각할 때 쓸 수 있는 말일 것이나 사람이 한 생을 살아가는 데 있어서 수많은 연들이 있고 또한 생각을 바꾸게 되면 얼마든지, 몇 번이고 또 다른 연들이 만들어져 생의 흐름을 바꾸어 나갈 수 있을 것이다.

사람들은 가끔 큰일을 앞두고서는 종교인들은 자기가 믿는 신을 향해 기원하는 기도를 하지만, 무속인 또는 점술가를 찾아가는 사람도 있다. 신내림을 받은 사람이 의뢰인의 미래를 꿰뚫어 볼 수 있다고 믿지 않더라도 그들의 입을 통해 좋은 결과를 예단하고 마음의 위안을 삼을 수 있는 것은 운명이 이미 결정된 것이 아닌가 하는 불확실성이 있기 때문일 것이다.

세상 모든 사람의 생김새나 지문, DNA가 다 다르지만 외형이 비슷하게 생긴 사람들은 그 목소리나 말투, 행동 하나하나가 비슷하다고 느낄 때가 많고 특히 쌍둥이들의 생김새, 행동, 말투가 구분하기 어려울 정도로 닮아 있다는 것을 볼 수 있을 것이다. 여기에서 유추해 볼 수 있는 것이 수천 년을 흘러 내려오는 가운데 철학적 사고가 체계를 갖추게 되어 통계적으로 발전하게 되면서 사주 관상학이 태생하였을 것이고 거기에 근거해 무속인이나 점술가들의 예언적 선언이 가능한 것이 아닌가 생각하는 것이다.

다시 말해 그들이 예언하는 운명이란 통계학적 예측에 의한 것이지만 오랜 세월 동안 그들의 예측이 예언성을 가졌었기에 그들이 운명을 가로막는 액운의 방패막으로 '굿'을 해야 한다고 하는 것은 운명도 변경될 수 있다는 것이고, 그들의 주문을 따르는 것은 나의 운명에 변화를 주어 위안을 얻고자 하는 마음이리라. 그러나 그것도 나의 의지에 의한 흐름의 변경이고 정해진 운명은 아니지만 그것이 운명을 따르는 것으로 생각하게 되는 것이다.

수험생들이 원하는 학교에 들어갈 수 있기를 바라는 간절함, 직장에서 승진이나 지위에서 앞서가기를 바라는 간절함, 가족 모두에게 건강과 행복만 가득하기를 바라는 간절함, 이런 수없이 많은 바람이 이루어지기를 바라는 간절한 마음들이 운명을 변경할 수 있을 것이고 기도에 의해 변경되리라 믿기 때문에 비는 마음을 가지는 것이 아니겠는가. 그러다가도 그런 바람들이 이루어지지 않을 때는 그리고 어떤 불행이 있을 때에는 어쩔 수 없는 운명이라고 합리화하는 방법으로 운명을 말하는 것이 아닌가 생각이 되는 것이다.

이러한 운명은 다 이런저런 연들이 있어 만들어지는 것이다. 옛말에 '옷깃만 스쳐도 인연'이라고 했는데 그 만남이 크거나 작거나 사소하거나 어마어마하거나 이익이 되거나 해가 되거나 관계없이 나와 관계를 맺게 되는 모든 것을 인연이라 말할 수 있을 것이고, 그중에서도 나에게 나쁜 영향을 주고 나쁜 결과를 가져온 것 들은 악연인 것이다.

인연 중에는 운명으로 다가오는 인연이 있고 숙명적인 것이 있겠으나, 숙명적인 것은 내가 마음대로 결정할 수 없기에 그 결과만을 논할 수 있을 뿐일 것이다. 예를 들어 나의 형제자매가 몇 명이고, 그 형제자매들이 어떠한 사람이고 어떠한 관계가 될지는 내가 결정할 수 있는 것은 아니다. 다만 후천적으로 그런 형제자매 간의 관계도 서로의 마음에 따라 우애 넘치고 돈독해질 수 있을 것이고 또는 소원해지고 나쁜 감정을 가질 수도 있을 것이다. 그러나 후천적으로 생기는 감정은 숙명은 아니고 운명인 것이다. 그 운명을 받아들이는 것도 나의 결정이다. 좋은 운명은 가까이하고 나쁜 운명은 멀리 할 수 있겠지만 숙명적으로 결정된 인연은 결코 소멸하여지지 않는 것이다.

또한 운명적으로 다가오는 인연도 사람이 살아가는 중에 수도 없이 바뀔 수 있는 것이고 또 그런 운명을 바꾸는 것도 다 나의 의지에 의해 결정되는 것이다. 나는 내가 살아오는 동안 수많은 인연들을 만났지만 결과적으로 악연도 많았던 것 또한 사실이다. 그러나 악연도 처음부터 악연이었던 것이 아니고 대부분은 인연에서 시작되는 것이고 나에게 있었던 악연들은 거의 모두가 인연에서 시작되었던 것들이다.

나를 나락으로 내몰았던 막내동서를 처음 만난 것도 동료직원으로 시작되었다. 막내동서는 내가 공무원 시절 우리 부서에 들어온 신입사원으로 마침 그때 여기저기 선을 보고 있던 막내 처제가 우리 집에서 출퇴근하고 있어 쉽게 두사람을 만나게 해 주었고 결혼에 이르게 된 것이었다. 내가 소개해서 결혼까지 한 사람들이 자기들이 어려울 때 나를 속이리라 상상을 할 수 없었기에 나는 선뜻 그들의 청을 들어주었고 돌이킬 수 없는 피해를 보게 하는데 큰 원인이 되어 그 후 10여 년을 그 피해의 굴레에서 고통을 견디며 살아야 했으나 그 암흑에서 벗어나 편안한 일상을 되찾은 오늘 숙명이 되어버린 막내 동서네와의 인연을 받아들이고 용서하고 오히려 잘 되기만을 기도하는 마음인 것이다.

내가 아내를 만난 인연은 동생네 집에 세입자로 들어온 데서 시작되었고 우리는 만난 지 3일 만에 결혼을 약속했다. 일주일 뒤에 독일 간호사로 있는 아가씨가 찾아와 결혼해서 독일 가서 살자고 했을 때 심각한 고민 끝에 거절했는데 일주일의 시간차로 인해 아내와는 평생의 연이 맺어졌고 독일 간호사와는 인연의 끈이 맺어지지 못했다. 그때 나는 독일로 가기를 강력히 원하긴 했어도 나의 도덕관념이나 결단력으로는 그런 결정을 내릴 수 없었는데, 나에게 지금의 아내는 노년을 아름답고 편안하게 살아갈 수 있는 가장 좋은 동반자이고 지금 각자의 몫을 다하고 있는 아이들이 자랑스럽고 행복하기에 아내와의 귀한 인연을 감사하게 생각한다.

이렇듯 인연이든 악연이든 인생의 궤적을 바꾸어 버릴 수 있는 큰 흐름이 있는가 하면 동네에서 이웃을 만나고 학교에서 친구를 만나고 직장에서 동료를 만나는 운명적으로 다가온 인연들은 순간적으로 짧은 순간에 스쳐 지나가는 인연도 있고 친구나 동료처럼 평생을 함께하는 좋은 인연도 있는 것이다.

어렸을 적 시골 이웃에 살던 L씨를 만났던 것, 나의 소속 기관장으로 온 친구 형님을 상사로 만났던 것, 나의 생활터전을 부산으로 정했다가 사회의 큰 격동기를 맞아 다시 서울로 올라온 것 등은 나의 운명을 바꿔 놓을 정도로 커다란 영향을 끼친 인연들이었지만 악연의 흔적을 또렷하게 남기고 사라져간 인연들이었고, 다른 많은 사소한 인연들도 만나고 사라지고 하였으나 별다른 흔적이 없는 순간순간의 인연들이었기에 이제 생각해보면 사소한 인연들은 인연이라기보다는 나의 삶의 부분 부분의 흐름이 아닌가 생각한다.

나에게 있었던 악연들, 그 인연이 악연이라는 것을 미리 알았다면 멀리한다든가 버릴 수도 있겠으나 악연이라는 것을 느낄 때까지는 인연일 뿐인 것이기에 나처럼 누구나 악연도 곁에 함께하고 있을 것이다. 결국 나에게 크게 흔적을 남기거나 스쳐 지나가거나 하는 모든 것들이 좋은 인연들뿐이라면 더없이 큰 행운이겠지만 악연이 있다 하더라도 그 악연을 마음에 품고 남아둔다면 마음이 불안할 뿐 아니라 정신건강에도 나쁘고 관계도 불편하여 때론 자칫 보복으로 비화할 수도 있어 큰 상처로 남게 될 수도 있을 것이지만,

어렸을 적 부모님께서 시골 전답 처분을 의뢰했던 사람이 도박에 빠져 패가한후 남겨진 그 가족의 참담한 현실 앞에 가지고 있던 돈 몇 푼 쥐어 주고 돌아섰던 것은 비록 악연이었으나 남겨진 가족들의 초조하고 불안했던 마음을 안아 줌으로써 그들이 밝은 마음으로 다시 세상으로 나올 수 있게 하였던 것처럼, 비록 악연이었던 인연도 그것이 더 이상의 악연이 아니라고 생각하게 되면 과거를 묻어버리고 현재에 순응함으로써 악연도 좋은 인연으로 승화될 수도 있을 것이기에 용서하는 마음 사랑하는 마음이 나를 편안하게 하고 아름답게 하는 건강한 인연이 될 수 있을 것이고 나의 마음도 너그러워지고 편안해져 아름답고 살맛 나는 세상이 되지 않을까 생각한다.

내가 농부의 아들로 태어난 것은 내 운명의 시발점이 되겠지만 그때부터 환경에 의해서 환경에 적응되어지면서 나의 길은 결정된 것이다. 그러다가 나의 의지에 의해 나의 길을 결정하게 되면서는 나의 길은 내가 만들어 왔다고 생각한다. 내가 만약 육사를 졸업하고 장교가 되었다면 나의 운명은 어떻게 바뀌었을까? 월남전에서 불행을 당했을 수도 있었을 것이고, 반면 군에서 승승장구했을지도 모르겠지만 그것은 허구에 불과한 망상일 뿐이고, 힘든 훈련과 미래에 대한 불안감 등 나약한 마음으로 그런 결정을 내리게 된 것이다.

내가 만약 '곰탱이1' 에서의 L씨를 만나지 않았고 공무원을 그만두

지 않았더라면 나는 공무원 사회에서 중위직 이상까지의 승진과 평소 관심이 있던 강남지역에서의 농지 등 땅에 대한 투자로 상당한 재력을 쌓았을 것이고, 술과 맛있는 음식, 디스코 등을 좋아하는 나는 아마도 술과 유흥에 빠져 건강을 해쳤거나 일찍 결혼하여 지금의 아내와 아이들이 아니었을 것이기에 전혀 다른 삶이었을 것이지만 그것 또한 허구이고 망상인 것일 뿐, 그때 나의 결정은 내가 세상물정을 몰라 경제관념이 부족했을 뿐 아니라 미래에 대한 생각이나 판단이 부족했기 때문인 것이지 운명이 그렇기 때문이었다고 생각하지 않는다.

또한 두 번째 공무원을 시작할 때 부산을 택하지 않고 광주를 택했다면 5·18 광주참사 때 어떤 해를 입었을 수도 있었을지 모른다는 엉뚱한 합리화도 해보지만 그건 허상일뿐인 것이고, '곰탱이2'에서의 공무원을 그만 두었던 것도 투쟁하려는 강한 의지가 부족한 나의 소심한 성격과 아내에 대한 믿음의 상실에서 오는 자포자기적 마음이 컸기 때문으로 그때 곰탱이2가 아니었다면 아마 틀림없이 서초동 법원 앞에서 발을 돌리지 않고 아내와 이혼하였을 것이고 아이들을 잘 키웠을까 하는 의구심을 갖게 되는 것이다.

내가 아내를 만나고 일주일이 채 안 되어 어렸을 적 이웃에 살던 간호사가 된 아가씨가 찾아왔으나 독일행을 포기했던 것, 곰탱이1 이전에 따르는 조카를 만났으나 이성의 감정을 갖지 못했던 것, 마음을 사로잡았던 여인이 연탄난로에 심한 상흔을 입고 고향으로 돌아간 것도 운명이라고 할 수도 있겠으나 그런 것들도 다 정해져 있던 것이 아니라 나의 도덕관념이나 의지의 연약함 때문이었다고 생각한다.

내가 중학교를 가톨릭계의 학교에 입학한 것, 어릴 적 이웃에 살던 L씨를 만났던 것, 내 근무처 신입직원에게 막내 처제를 소개해 인연을 맺은 것, 친구 형님이 내가 근무하던 곳의 장으로 온 것 등도 어찌 보면 운명이라고 생각할 수도 있겠으나 그런 만남도 운명이라기보다는 세상 살아가는데 일어나는 수많은 인연 중에 하나일 뿐인 것이고, 그런 만남이 있은 후에도 그 결과는 나의 의지에 의해 결정한 결과일 뿐인 것이다.

운명이란 이런저런 연들로 만들어진 한 사람의 생이라고 본다면 내가 다른 길을 걸었을 때 어떤 내가 되었을까 상상해 보면서 그게 더 좋은 길이었을 것으로 생각한다면 내가 살아온 지난날들이 운명을 거스른 불운의 세월이었다고 후회할 수도 있겠으나 그것은 허구나 망상일 뿐인 것이고, 내 의지대로 행동한 것이 나의 길이었고 나의 운명이라고 생각하면서 내가 결정한 나의 생이 오늘 나에게 있어서 여생을 편안하고 건강하며 행복하게 살게 하는 가장 아름다운 생이 아닌가 생각한다.

지역감정과 계층 간극 그리고 국정철학

천둥번개 소리, 바람 소리, 새소리, 동물의 울음소리, 풀벌레 소리, 쇠나 돌이 부딪는 소리 등 세상의 만물이 다 고유의 소리를 가지고 있고 그 중에서 새나 동물들은 같은 종끼리 소통하는 소리가 있기도 하지만 오직 사람만이 말하고 글과 그림, 노래와 춤으로 생각하고 판단하며 소통하고 교감하는 능력을 갖추고 있다. 그런 사람만이 가지고 있는 생각하고 판단하는 능력이나 기준이 서로 다르기에 그 차이에 따라 새로운 것을 만들고 발전시키기도 하고, 다투고 대립하며 서로의 주장을 관철하려고 투쟁하기도 하는 것이 세상 사람의 모습이다.

경연 프로그램에서 어떤 심사위원은 A출연자에게 만점을 주고 B에게 최하위점을 준다. 다른 심사위원은 B에게 최고점을 주고 A에게 하위점을 준다. 또 다른 심사위원은 A, B모두에게 상위 또는 하위점을 주기도 한다. 학술 논문이나 영화연극 등 창작, 예술 작품들도 심사위원에 따라 시선이나 관점, 평가가 조금씩 다르기 때문에 여러 명의 심사위원을 두고 우수작품을 평가하고 선정하는 것이다. 이처럼 다양한 의견을 수렴하고 통합하여 최선을 택하는 것이 다수결의 원칙이고 민주주의의 기본인 것이다. 원칙이 그러하다 해도 사람들은 각자가 나름대로 판단하고 자기주장대로 행동하는 것이 또한 일반적인 현상이기도 하다.

등산로나 피서지 등 구석구석 버려져 있는 쓰레기들은 자연을 즐기고 휴가를 즐기는 사람들의 버려진 양심이지만 숨어있는 버려진 양심의 찌꺼기들을 줍는 사람 있고, 코로나 백신을 일찍 확보하지 못한 것을 질책하면서 영세 자영업자들의 생존권을 위하여 제재를 완화해야 한다고 하는 사람, 효과와 추이가 검증되지 않아 더욱 신중해야 했고 코로나의 만연을 예방하기 위해서 거리두기를 더욱 철저히 시행해야 한다고 하는 사람도 있는 것이다.

자신을 희생하며 부모형제에 효도하고 공경하는 자 있는가 하면 부모나 자식을 학대하여 사회의 공분을 일으키는 자 있고, 아무리 처벌을 강화하고 사회가 분노해도 음주운전하는 자 있는가 하면 자칫 고귀하고 숭고한 생명을 앗고 파멸을 가져올 수도 있어 절대 금기시하는 사람 있다. 내 몸 하나 편히 뉠 곳이 있고 끼니 굶지 않으면 행복을 느끼며 나보다 못한 사람을 돕는 사람 있는가 하면 대궐 같은 집에 호의호식하면서도 더 많은 것을 탐하는 사람 있고, 집값이 천정부지로 뛰는 것은 정부정책의 잘못이라고 하는 사람 있는가 하면 투기세력과 부화뇌동하는 사람들의 준동 때문이라고 하는 사람이 있다.

기업의 발전이 국가 중흥의 기본이라고 말하면서 기업의 자유를 강조하는 사람, 모든 인간은 동일한 인격체로서 이익의 재분배와 인간적인 삶을 부르짖는 사람이 있다. 이렇듯 우리 사회에는 상반된 생각과 판단으로 행동이 다른 수많은 사람이 함께 살아가고 있고 해악을 끼치는 사람이 있기도 하지만, 비슷한 생각들을 하는 사람들이 모여 집단화할 때면 집단적 갈등이 표출되기도 한다. 노사갈등이 그렇고 지역 간의 갈등이 그러하고 계층 간의 간극이 그러하다. 이러한 갈등과 간극이 보수와 진보 또는 중도로 표출되는 것이다. 이런 것들은 어찌 보면 다양성으로 한 사람 한 사람일때에는 존중받아야 하겠지만 근본적으로는 경제적, 사회적 편향성에서 오는 지역적 갈등이고 구조적 모순인 것이다.

우리는 대통령 선거철만 되면 지역감정이란 말을 많이 들어왔다. 누구도 지역감정을 배타적 망국적 감정이라고 질타하면서도 지역감정을 조장하고 부추기는 세력들이 언제나 있어 왔다. 정치적 이득을 얻기 위해서 60년대 이후 수적으로 우세한 지역의 사람들이 승리를 위해서 노골적으로 이용해 왔고, 소수자들도 내부 단합을 위해서 티나지 않게 은근히 부추기며 부화뇌동하는 경우가 흔했던 것이 사실이다.

해방 이후 상반된 이념을 표방하며 남, 북으로 갈라진 이후 반대파를 숙청, 제거하는 수단으로 이념의 상극을 이용하였지만 지역적인 갈등은 미미하였는데, 전쟁의 참화 속에 빈곤과 헐벗음의 세월이 삶을 피폐하게 하는 가운데 자원 빈국인 우리가 살길은 기술개발을 통한 무역뿐이라고 주창하며 일어선 군사정부에서는 고속도로를 만들고 철강, 조선 등 중공업을 중심으로 하는 국가 기간산업을 일으켰으나 영남지역에 집중함으로써 편중된 개발로 인한 불균형 성장으로 소득 격차를 가져왔고, 1차산업이 중심인 농어촌지역에는 새마을 운동을 부르짖으며 스스로 열심히 일하여 자립하도록 하였으나 부의 편중으로 보편적 우위를 점유하고 수적으로도 압도적 우위를 지닌 지역을 기반으로 하는 집권세력이 정권을 장악하고 그 권력을 유지하기 위한 수단으로 사용하면서 지역감정은 노골적인 지역 차별화를 가져왔고 정권을 유지하는 수단으로 이용되었다.

이런 소득과 지위의 편중현상은 교육과 문화 등이 집중된 서울로의 이동이 심화하면서 서울의 강남개발을 틈타 강남을 선점함으로써 오늘의 콘크리트 보수 집단인 강남이 탄생하게 되었고,
자본과 개발에서 소외된 호남 등 기타 지역민은 서울의 쪽방촌이나 빈민촌에 터 잡고 동대문시장의 노동자나 버스 안내원 등의 고된 일터로 월남의 전쟁터나 사우디의 건설현장, 독일의 광부나 간호사 등으로 나가 열심히 외화벌이를 하면서 우리도 잘 살 수 있다는 신념을 가지고 열심히 일하는 시대를 살았기에 오늘의 대한민국을 이룰 수 있었던 것이다.

지역감정이 정권을 장악한 세력에 의해 그 유지수단으로 이용되면

서 편중되기 시작한 영남의 우월적 지위와 상대적 빈곤을 느껴야 했던 호남의 박탈감이 단순히 지리적으로 대립된 감정이었다면, 오늘은 상대적으로 우월했던 영남이 경제적 독점과 지위적 우월성을 계속적으로 확보 점유하면서 경제적 사회적 격차가 더욱 심화하여 고착되고 보편화되면서 극복할 수 없는 계층 간의 간극으로 굳어져 버린 것이다.

이러한 계층 간의 간극은 경제적 사회적 격차를 불러온 지역적 차별주의에 의해 시작되어, 부는 부를 확대재생산하고 권세와 부는 상호 상승작용을 하면서 그 위세를 떨치고 그 부와 권세를 지키려는 보수와 이젠 향상된 국가의 부를 분배를 통해 누구라도 인간적인 삶을 누리는데 국가가 역할을 해야 한다고 주장하는 진보 간의 사고의 편향성을 고착화시켜 더욱 그 대립이 치열하고 간극은 커지게 된다.

대물림이 가능한 사람들과 자수성가해야 하는 젊은이들 사이의 괴리, 보편적 우위를 점하고 있는 영남과 상대적 빈곤감을 느끼는 호남의 괴리, 지연, 학연 등 인맥을 통한 사회적 지위 확보에서 오는 괴리, 가진 자와 못 가진 자의 소유의 차이에서 오는 격차는 부와 지위의 편중 현상으로 나타나고, 경제적 격차와 사회적 지위의 편중으로 인한 사고의 이질화로 이어지면서 깨질 수 없는 다이아몬드세력이 형성되게 된 것이다.

이런 소득과 지위의 편중현상은 수도권으로의 이동이 심화하면서 부동산 값의 폭등을 일으키고 부모찬스에 의해 1020세대가 서울의 고가 아파트를 취득하는가 하면, 영끌을 해서라도 반듯한 내 집을 가지려는 2030세대들이 있고, 영끌조차도 저 언덕 너머의 무지개일 뿐인 젊은이들이 있다는 것은 더욱 격차를 키우는 구조적 모순이 아닌가 생각한다. 이러한 계층 간의 간극에서 오는 격차는 사고의 편향화를 더욱 가속하고 상, 중, 하층 생각의 편향성으로 굳어져 가고 있는 것이 현실이다.

이렇듯 환경에 의해서 개인의 의견이나 생각이 상반되게 형성되고 표출되면서 사회적 갈등은 더욱 심화하여 가는 것이다. 좀 더 큰 것을 좀 더 많은 것을 갖고자 하는 욕망은 치열하게 살아가는 원동력이고 삶의 질을 향상시키겠지만 끝내는 모든 기회와 혜택을 독점하려는 욕심으로 변질되면서 사회적 충돌의 근원이 되는 것이다. 이러한 대립적인 충돌관계 속에서도 국가는 존재하고 국민은 공존해야 하므로 국가는 법을 만들어 질서를 유지하는 것이다.

지금의 노인세대가 어릴 적에는 의식주 해결이 가장 큰 문제였고 다산시대였기에 둘만 낳아야 한다는 산아제한이 국가적 시책인 시대였으나 지금은 주거의 해결이 젊은이들의 가장 큰 문제로 안정된 주거 해결이 행복한 가정의 선제조건이란 생각으로 결혼을 미루고 출산을 기피해 인구 절벽의 시대를 우려해야 하는데,
인간의 원초적 성적욕구를 해소케 하고 성범죄를 예방하고 인구절벽의 해소를 위해서는 젊은이들의 안정된 주거생활을 위해 국가가 젊은이들의 보편적복지에 최선의 정책을 추진하여야 할 것이고 미래에는 단순 주거문제가 아닌 존재의 문제가 당면 과제임을 깨달아야 할 것이다.

부와 권세를 대물림하여 호의호식하는 사람들과 탁월한 재능이 있어 일거에 부와 명예를 거머쥐는 소수가 아닌, 삶의 질을 높이기 위해 열심히 일하며 노력하는 다수의 보편적 사람들에게 희망을 주고 기본적 욕구를 충족하며 행복한 미래를 설계하며 살아 갈 수 있는 미래를 만들기 위해 국가는 정책을 개발하고 시행하여 기본생활이 보장되는 사회가 되도록 하는 데 국력을 집중하여야 할 것이고 그렇게 하였을

때 지역과 계층 간의 간극에도 불구하고 하나 되어 국가가 존재할 수 있을 것이기에 국정을 이끌어 가는 대통령은 나라의 최고 통치자이고 정부정책의 최고 집행자로서 국가 발전과 번영을 견인하고 국민 전체의 삶의 질 향상을 위해 공평하고 정의로운 사회를 추구하고 최소한의 생계를 보장하는 복지정책을 펌으로써 국민 개개인의 행복을 위한 최선의 정책을 펼쳐야 할 것이다. 또한 대외적 관계에서는 최소한의 국가적 감성을 대북관계에서는 민족적 감성을 가지고 국정을 운영해야 할 것이다.

대일관계에서 경제적으로 우월한 그들이 이기적이고 배타적인 무역제제를 가한다든가 피압박시절 징용징집과 정신대 등 강제동원에 대한 사과가 있기는 커녕 독도를 자기네 땅이라고 우기는 망언을 되풀이 하는 이웃 일본과는 선린외교를 유지하고, 대북관계에서는 미국의 핵우산 아래 한,미,일동맹만을 강조하는 배타적 대북관보다는 기술적 경제적으로 월등한 우리가 조금의 양보를 해서라도 백의 한민족으로서 더불어 함께 번영해 가면서 지구상의 쌍용이 되어버린 중국과도 공존해야 하는 세상에서, 국가적 감성과 민족적 감성을 바탕으로 국가의 존립과 국민의 안전을 최우선으로 하고, 열악하고 취약한 계층을 위한 복지적 사고, 미래를 설계하고 발전시켜 나갈 진취적 사고, 공정과 정의사회를 구현하는 정의로운 사고를 갖추었을 때 선진 대한민국을 이끌어 갈 수 있는 통치자가 될 수 있을 것이고, 계층 간의 간극 있음에도 국민은 하나 되어 더욱 발전하고 번영하는 나라가 될 수 있을 것이다.

생명 경시 풍조

- 생명 경시는 죄악이지만 생명 경시 풍조는 사회악이다 -

아들이 여섯 살 때 죽음에 대한 공포로 얼굴이 백지장이 되어 두려워하는 것을 보고 얼마나 놀랐는지 모른다. 퇴근 후 아이와 함께 TV도 보고 동화도 얘기해주면서 저녁한때를 보내고 있을 때 문득 "아빠, 난 죽기 싫어, 죽기 싫단 말이야" 하는 것이었다. 영문을 몰라 당황해하며 "무슨 소리야, 죽긴 누가 죽어, 안 죽는 거야, 오래오래 살다가 늙으면 하늘나라에 가는 거야"했더니 "하늘나라에 가는 것도 싫고 땅에서 살고 싶단 말이야" 하면서 기가 질린 모습이다.

다섯 살 때 할아버지가 돌아가셨고 산소에 데리고 가면 "땅속은 캄캄하고 답답할 텐데 할아버지는 무섭겠다" 하면서 할아버지를 불쌍히 생각하던 아이가 이제 문득문득 할아버지 생각에 두려움이 엄습하는 모양이다. 본래 겁이 많으면서도 붙임성이 좋고 잘생긴 데다 임기응변이 어린애답지 않아 늘 주위의 부러움속에서 자식 키우는 것을 보람과 자랑으로 느끼며 한없이 귀여워하던 터라 놀라움과 두려움이 앞서며 감수성이 예민해질 10대가 벌써부터 걱정이었다.

생명! 생명은 귀하고 숭고한 것이다. 누구도 태어나서 죽을 때까지 존중받고 사랑받아야 하는 것이다. 그러나 우리는 태어날 때부터 그 사람의 외관과 환경을 평가하려고 한다. 그러나 그러한 평가란 다 제3자의 입장인 것이고 그 사람이 어떠한 환경에서 어떠한 모습으로 태어났건 그 사람에게는 한 번뿐인 귀한 인생이기에 최고의 가치를 가지고 있는 것이고 존중받아야 하는 것이다. 그것이 세상에 태어난 각자의 권리일 뿐만 아니라 자기의 생을 건강하게 지키고 아름답게 살아야 하는 이유인 것이다. 그러나 세상에는 편견과 질시가 성을 쌓고 산업재해나 불의의 교통사고 등 갖가지 죽음의 함정이 도사리고 있으며 생명 경시 풍조 또한 만연하고 있다.

생명 경시, 자기의 목숨을 스스로 버리는 자살행위, 사소한 원한관계나 적대적관계로 상대방을 무참히 학대하고 죽음에 이르게 하는 행위, 결별선언에 여친은 물론 그 가족까지도 해하는 무자비한 행위, 불장난이거나 준비 없이 생겨난 생명이거나 이혼한 전 배우자의 자녀이기에 앞날에 방해가 될 뿐일 것이라고 죽음에 이르게 하는 행위, 음주운전으로 타인을 사상케 한다든가 학우를 왕따시키고 폭행하고 죽음에 이르게 하는 행위, 자신의 분노조절에 실패해 무차별적 폭행으로 무고한 자들을 해하는 사상행위 등 이 사회에 만연하고 있는 생명을 경시하는 범죄들이 사회적인 풍조로서 나타나고 있는 오늘이다.

그런 죽음의 사자들도 법정에만 서면 만취한 상태라서 기억이 안 난다, 심신미약 상태나 조현병환자라서 의식하지 못한 것이라면서 반성문을 쓰고 용서를 비는 모습에서 분노를 느낄 수밖에 없다. 죄를 심판받는 것은 두려운데 한 번뿐인 타인의 귀한 생명을 무자비하고 악랄하게 앗아버리고도 뉘우치지 않고 기억이 안 난다든가 감정을 억누르지 못한 순간의 실수라고 변명하는 것은 용서할 수 없는 사회악인 것이다. 이러한 생명 경시 풍조가 만연한 것은 사회적 모순이 함께하는 이유이기도 하리라.

개인주의의 만연과 나밖에 모르고 안하무인으로 똘똘 뭉친 이기적 사고, 가진 자와 못가진 자의 괴리에 분노하면서 상실감과 절망감으로 저항하는 반항의식, 성적욕구나 가지고 싶은 욕망을 충족하지 못한 데서 오는 억압된 불만들의 무분별한 분출, 나를 모욕한다는 생각으로 분노조절에 실패한 폭력행위, 나의 행복을 위해서는 어떠한 타인의 불행도 무관하다는 생각들, 거기에 법정에서의 갖가지 변명들이 수용된다는 사실 등으로 생명 경시 풍조는 더욱 심각해지는 것 같다.

생명 경시 풍조가 어제오늘의 일은 아니고 사회악의 희생물이 되어 아쉽고 안타까운 죽음이 허다하다. 독재권력 시절의 공권력에 의한 무참한 죽음들, 흉악범, 가정파괴범들의 무자비함에 애꿎은 희생을 당한 안타까운 죽음들이 그렇고,

민주를 부르짖으며 억압받는 민중을 구제하겠다는 숭고한 사명감으로 자기 스스로를 버리는 분신자살, 좋은 대학을 갈 수 없는 자괴감에 자신의 삶을 포기하는 것, 생활고에 시달린 젊은이들이 초개같이 하나뿐인 목숨을 버리는 것도 사회적 모순에서 오는 것이지만 그 권리는 누구로부터도 부여받지 못한, 어떠한 이유로도 정당성을 주장할 수 없는 떳떳지 못한 것이다.

우리는 주변에서 무수한 죽음을 보아왔지만 천수를 다한 죽음도 영원한 이별이기에 살아있는 사람의 억장이 무너지는 슬픔일진대 항차 천수를 다하기에는 너무나 꽃답고 아름다운 아직 무르익지 않은 젊은 죽음이나 사회적범죄에 의한 죽음이 어찌 억울하고 애달프고 서럽지 않겠는가, 국가는 제도적으로 인성교육을 강화하고 범람하는 음란, 폭력물들의 접근을 차단하는 등 사전적 예방에 최선을 다하고, 사후적으로는 범죄자를 철저히 다스리는 책무를 다하여야 할 것이고 생명경시죄는 촉법이나 심신미약 등으로 탈색되어서는 안 되고 오히려 가중되어야 만연되어 가는 사회악인 생명 경시 풍조를 억제하는데 도움이 되지 않을까 생각한다.

이 사회에 팽배해 있는 이기주의, 개인주의에 의한 한탕주의, 과소비풍조가 만연하고 폭력과 무질서가 난무해도 가난한 자를 불쌍히 여기며 질서를 존중하고 인간의 존엄성을 들어 민주와 복지를 부르짖으며 불평등한 경제분배, 구조적인 모순에서 오는 불균등한 기회, 불공

정한 인권 속에서도 내일에 잘사는 사회를 이룩하겠다는 의지와 죽음에 대한 아이의 공포가 아닌 끈끈한 생명력의 힘으로 오늘에 최선을 다할 때 생명 존중 사회, 미래로 나아가는 사회가 기대되는 것이다.

사람으로 사람답게 산다는 것!

2022년 우리나라는 지금 커다란 역사적 전환의 순간에 서 있다. 한 달 보름 후면 대통령 선거가 있어 국민의 눈과 귀는 온통 대통령 선거에 쏠려 있다. 여야 후보자는 서로 자기만이 이 나라를 바로 세울 수 있고 자기들만이 이 나라를 구할 수 있다고 강변하고 있다.

한편 2년 동안 세상을 온통 집어삼키고 백신도 치료약도 나와 있지만 자꾸만 새로운 변이가 나타나 끝날 줄 모르는 코로나로 거리두기, 마스크 쓰기도 부족해 모임제한, 영업시간 단축 등 극도로 제약을 받고 있는 소상공인 등은 생존권을 부르짖고

극단적 이기주의와 배타적 감정의 팽배, 사회 계층의 양극화 등으로 사회는 더욱 갈등만 커지면서 폭등해 버린 부동산 가격으로 생존권마저 박탈당한 느낌을 가지는 많은 젊은이들은 인간의 기본 욕구인 소유, 거주, 누림의 욕구를 채울 수 없어 결혼을 기피하여 인구절벽으로 인한 미래의 존속을 걱정해야 하고

한탕주의로 이 어려움을 극복하려 한다든가 음주운전, 마약, 폭력에 의한 파괴적 행동으로 강력사건들 또한 끊임없이 발생하고 있어 사회가 분노하는데도 근절되지 않고 있는 것이 오늘의 현실이다.

그래도 대부분의 사람은 이러한 갖가지 어려움 속에서도 묵묵히 자기 일을 하면서 지켜야 할 것은 지키고 약자들을 위한 배려와 도움을 주면서 사회적 질서 속에서 평화와 행복을 추구하면서 살아가고 있다.

사람이 세상에 태어날 때는 자기의 의지가 아닌 숙명적으로 태어

나게 되고 그 숙명적인 것도 태어나면서 천차만별의 운명을 가지고 태어나는 것이다. 부잣집에서, 가난한 집에서, 잘 생기거나 못생긴 모습으로, 건강하게 또는 결정적 결함을 가지고 태어나기도 한다. 그러나 사람으로 일단 태어나면 그 순간 하나의 인격체로서 보호받아야 하고 존중받아야 한다.

이처럼 다양한 운명을 가지고 숙명적으로 태어난 사람이 자라면서 보고, 듣고, 배우고, 익혀 개성과 인성을 갖추며 성장하고 성공한 사람이 되어 돈과 명예와 권력을 얻으려고 부단히 노력하면서 아름다운 모습으로 건강하고 행복한 삶을 누리며 행운만 같이 하기를 바라는 것이 보통사람의 모습이다.

사람이 태어나 100년을 살아 가는 것이 삶이라면 사람으로서 사람답게 사는 것이 참 사람의 모습일 것이나 누구나가 다 참사람의 모습인 것은 아닐 것이다.

사람의 성격에 따라 소심한 사람이 있는가 하면 대범한 사람 있고, 소극적으로 사는 사람 있는가 하면 적극적인 삶을 추구하는 사람 있고 누리는 삶, 고달픈 삶이 있는가 하면 베푸는 삶, 파괴적 삶도 있을 것이고 종국적으로는 성공한 삶과 실패한 삶이 있을 것이나 그중에서도 가장 훌륭한 삶이란 스스로 만족해하며 잘 살았다고 느끼는 삶이 아닌가 생각한다.

소심한 사람은 나를 먼저 돌아보기 때문에 내로남불이나 파괴적이지 않고 늘 자기의 행동을 먼저 생각하고 끊임없이 반성하고 도리에 맞지 않는 행동은 스스로 부끄러워할 줄 알기에 소심한 사람이 많은 사회는 평화롭고 안정된 사회일 것이다. 소심한 사람은 완벽을 추구하고 실패를 두려워한다. 실패를 두려워하는 것은 도전정신이 미약하다는 얘기도 될 수 있기에 용기가 부족한 것이 흠일 것이다.

반면 대범한 사람은 품은 뜻이 크고 포용력이 크고 정의로운 사람이라고 정의할 수 있을 것인데 인성을 갖추었을 때 훌륭한 사람으로서 존경받을 수 있겠지만 드물게는 내로남불이고 폭력적으로 나타날 수 있어 그런 사람은 대범하다고 할 수 없을 것이고 반드시 인성과 포용력을 갖추어야만 대범하다고 할 수 있을 것이다.

소심한 사람이건 대범한 사람이건 정해진 사회 규범 속에서 자기만의 행복을 추구하며 살아가는 사람을 소극적 삶을 사는 사람이라고 할 수 있을 것이고 사람은 누구나가 다 동등한 인격체이기 때문에 함께 같이 어울리며 잘 살아 가기를 바라며 작은 힘이라도 보태려는 적극적 삶을 사는 사람 있는 것이다.

소극적으로 산다는 것은 나만의 행복을 위하여 나만을 위하고 나의 주변만을 살피면서 조용히 말없이 사는 사람일 것이나 질서를 지키며 가정을 지키며 둥지속의 행복을 위하여 질서를 파괴하지 않는 한 사람으로서 사람답게 산 사람이라고 할 수 있을 것이고,

적극적으로 사는 사람은 나만의 행복이 아니라 모두의 행복을 위하여 돕고, 봉사하고, 베풀면서 각종 봉사와 희생을 하는 가운데서 행복을 찾고 공공질서와 복리를 더욱 중요시하면서 모든 사람이 사람다운 삶을 살기를 바라는 마음으로 내가 할 수 있는 일들을 베풀고 나누는 데서 행복을 찾는 사람일 것이다.

세상이 각박하고 어려움이 많은 세상에서 영웅이라는 말은 예전에는 전쟁터에서 큰 공을 세웠거나 나라를 일으켰을 때나 쓰였을 법한 말이었겠지만 요즘은 코로나로 고생하는 의료진들, 위험을 무릅쓰는

소방관들, 거리에서 파지를 줍는 할머니를 돕는 학생들, 구급차에 길을 터주는 운전자들 등 모두를 영웅이라 부르며 사회의 순기능 역할을 기대한다. 또한 각종 자원봉사자, 오지에 간 의사와 간호사들, 기부 전사들 같은 사람들은 아름다운 세상을 위하여 적극적으로 노력하는 사람으로서뿐 아니라 사람답게 살아가는 훌륭한 사람들인 것이다.

또한 삶의 행태에 따라 누리는 삶, 베푸는 삶이 있고 고달픈 삶, 파괴적 삶도 있을 것이다. 누리는 삶은 태어날때부터 누림을 가지고 태어나기도 하겠지만 천재적인 자질과 부단한 노력으로 소위 성공함으로써 획득한 성과물을 가지고 즐기면서 만족해하는 삶을 살기도, 베풀면서 살기도 할 것이고

한편 흙수저로 태어났고 특별한 자질, 남보다 뛰어난 능력도 없을 뿐 아니라 각고의 노력도 없이 그저 흐르는 물처럼 소극적으로 사는 사람도 있겠지만 부단히 노력해도 구조적 사회적 모순 때문에 또는 계층간극에 의한 차이 때문에 고달픈 삶을 사는 사람들 또한 많은 것이다. 고달픈 삶이 반드시 불행한 삶은 아니다. 비록 오늘의 삶이 힘들고 남들이 선망하는 일이 아니더라도 내일의 희망을 품고 꾸준히 노력하며 열심히 살다 보면 그것이 곧 오늘을 사는 행복일 것이며 누리는 삶, 베푸는 삶에 도달할 수도 있을 것이다.

그러나 우리가 가장 경계해야 할 삶은 파괴적 삶이다. 파괴적 삶은 곧 죄악이다. 학폭, 가정폭, 직장폭, 갑질은 물론 언어적, 물리적폭력 등 사회적 폭력에 의한 패악들 음주운전, 마약 등 심신미약 상태에 빠진 사람들은 자신의 삶을 피폐하게 할 뿐만 아니라 자칫 더불어 살아야 할 주변에 돌이킬 수 없는 죄악을 저지르기도 한다.

이런 파괴적 삶을 사는 사람들은 질서를 무시하는 내로남불 행태

의 사람, 범죄와 폭력으로 세상을 혼탁하게 하는 사람을 일컫는다.

이런 규범을 어기고 공공의 질서를 파괴하는 삶에 대해서는 국가가 규범으로 단호히 다스려야 할 것이다. 사회적 패악행위임에도 심신미약이라든가 순간의 실수로 후회하고 뉘우친다는 말에 자칫 범죄행위에 대한 응징이 희석되기도 하는데 파괴적 범죄행위에 대해 단호하여야 선량한 대다수의 국민들이 사회 안전망을 믿고 편한 마음을 가질 수 있을 것이다.

또한 결과적으로 성공한 삶과 실패한 삶이 있을 것이다. 소위 사회적 부와 권세와 명예를 획득하고 하고 싶은 것을 마음껏 누리면서 사회적 정의를 배반하지 않았을 때 성공한 사람이라고 할 수 있을 것이고, 파괴적이거나 사회악적 행위로 공공의 질서를 파괴하고 사회로부터 비난받는 사람들은 실패한 사람이다.

반면 큰 꿈을 꾸면서도 성취하지 못하여 불만족인 사람은 스스로를 실패한 사람이라고 지칭하겠지만 질서를 지키며 사회정의를 배반하지 않았을 때 사람으로서 인생을 아름답게 산 사람이라고 할 수 있을 것이다.

사람이 숙명적으로 세상에 태어나 한 번뿐인 삶을 살아가지만 숙명에 의해 구분된 삶일지라도 현재의 나에서 오늘에 최선을 다하고 열심히 살면서 좀 더 나은 내일을 기대하고 성취해 가는 것이 사람으로서의 삶인 것이고 주변을 살피면서 돕고 베푸는 데서 행복을 찾는 것이 참 사람의 모습일 것이기에 오늘 힘들다 하여 내일을 포기하지 말고 사회규범속에서 더욱 열심히 살아가는 것이 사람이 사람으로서 사람답게 사는 모습이 아닌가 생각한다.

말

태초에는 사람은 소리와 동작으로 의사 전달을 하다가 무리가 이루어 지면서 소리와 동작이 정형화되어 말이 되고 문자의 형태를 만들어 가기 시작한 것이 아닐까? 새나 짐승이나 어패류도 자기의 소리를 가지고 있고 심지어 구름이 일으키는 천둥번개도 부딪는 쇠나 나무들 모든 생물 무생물까지도 다 자기 고유의 소리를 가지고 있으나 오직 사람만이 생각하고 소통하는 말과 전달하는 문자를 가지고 있기에 만물 위에 군림하고 만물을 다스리는 게 아니겠는가.

새나 동물들은 특유의 소리로 서로 소통하고, 아직 말을 배우지 못한 아기는 울음소리로 엄마에게 뜻을 전하는 것도 단순한 소통의 수단이긴 하지만, 말은 듣는 사람이 이해할 수 있어야 하고 간결하고 함축성이 있어야 할 것이며 말을 하는 사람의 진정성과 철학이 들어 있어야 듣는 사람에게 웅변으로 다가와 신뢰하게 되고 감동하게 될 것이다.

인류의 역사에 비해 말을 문자로 표현하게 된 것은 그렇게 오래 되진 않았고 우리의 문자인 한글의 역사는 5백여 년에 불과하다. 세상에는 수많은 문자가 있고 각각의 대, 소집단마다 표현하는 말과 동작이 다르고 문자 또한 수도 없이 많은 것이 현실이지만 크게는 문자에 뜻이 들어 있는 한자와 같은 뜻글자와 영어나 우리 한글처럼 말의 소리를 표현한 소리글자로 분류할 수 있을 것이다.

수천 년의 인류 역사가 내려오는 동안 소리로서 소통하면서 입에서 입으로 전달하는 구전 방식에 의해 후대에 전달하는 구전 문화라는 것이 있었고 그러한 것들이 모여져서 글자로 표현되기 시작하면서 오늘의 문화가 형성되게 되었을 것이다.

글은 문자로서 인류의 문화를 후대에 전하지만 말은 순간순간 사람이 소통하는 수단이다. 그러나 그 소통하는 수단도 천차만별이다. 지역적으로 분리된 소집단 간의 말은 서로 다름이 많아 방언이니 사투리니 하는 말들로 구분되며 서로가 이해하지 못하는 경우가 흔하다.

이웃들 간에도 사용하는 말이 다 다르다. 시인의 말은 그 뜻이 함축되어 글로 표현되고 소설가의 말은 한없는 재미와 지표를 가지고 글로 표현된다. 개그맨의 말은 되새기면 웃음이 절로 나오고 정치인의 말은 언제나 진중해 보인다. 말은 그 사람을 표현해 주는 옷이다.

우리는 흔히 말을 잘하는 사람을 보면 부러워하기도 하고 나도 저렇게 잘 하고자 하는 욕심을 갖게 된다. 나의 속에 있는 생각을 속 시원히 자연스럽게 남에게 전달하고 다른 사람들이 나의 말을 경청해 줄 때 말을 하는 사람은 언제나 열정적으로 된다. 말의 힘은 끝이 없다. 칭찬하는 말 한마디는 용기와 희망을 주고 천 냥 빚을 갚는다 했지만 비난하는 말 한마디는 절망과 번뇌 속에 나락으로 떨어지게도, 끔찍한 범죄를 저지르게도 하는 것을 본다.

우리에게는 지혜와 철학이 없는 말을 많이 하거나 남의 말은 들으려 하지 않고 자기 말만 하는 사람을 소리에 비유한 '빈 수레가 요란하다'는 속담이 있고, 독재정부 하에서 정부를 비판하고 저항하는 사람에게 덧씌운 프레임인 '말 많으면 공산당'이란 말은 자기 말만 하는 사람을 폄훼하는 수단으로 사용하기도 한다.

나는 말을 잘못한다. 일대일 대화에는 더욱 약하다. 자라면서 밥상 앞에 앉으면 침이 튀니 말하지 말라, 한방에서 여러 형제가 같이 공부를 해야 하니 늘 조용히 해라, 어른들의 말에 대꾸해서는 안 된다, 학교에서도 공부시간에는 떠들면 안 된다고 하여 언제나 늘 말없이 지내다 보니 말하는 재주가 없다.

나는 허튼소리를 해본 적 없다. 상스러운 소리로 욕을 해본 적도 없다. 언제였던가 버스에 나닌 학생들이 욕시서리를 스스럼없이 해낼 때가 있었다. 승객들은 인상을 찌푸리면서도 제지를 않는다. 아니 못한다. 돌아오는 행패가 무서워서다. 나도 마찬가지다. 주먹은 불끈 쥐어보지만 내지르지는 못한다.

말이란 그 속에 뜻이 있어야 하고 듣는 사람과 소통을 이루어야 한다. 뜻이 없는 말은 소리다. 그러나 요즘 우리 사는 세상은 너무도 시끄럽다. 해야 할 말과 해서는 안 될 말, 해가 되는 말과 득이 되는 말을 구분하지 않으려 한다. 표현의 자유라는 말로 치장하려 하지만 욕지거리나 남을 비방하는 소리, 요즘 유행하는 악플들 모든 것이 소통이 없는 소리일 뿐인 것이다. 특히 나라의 지도자로 자처하는 사람들까지도 자기와 뜻이 다르거나 경쟁하는 사람들끼리는 험한 말도 비방하는 말도 거침없는 것이 현실이지만

한 사람 한 사람이 말에 뜻을 담아 소통하는 말을 했을 때 세상은 더욱 밝아질 것이고 사람들은 더욱 아름다운 관계로 빛나게 될 것이다.

지푸라기와 끄나풀

'물에 빠진 사람은 지푸라기라도 붙잡으려고 한다'라는 말은 지푸라기가 무슨 소용 있을까마는 그런 절박한 마음을 표현하는 속담이다. 지푸라기 하나는 아무 소용없이 버려진 쓰레기이겠으나 그것들이 많이 모이면 불쏘시개가 될 수 있고 더 많이 모이면 동물의 사료감으로도 훌륭하게 쓰일 수 있을 것이나 일반적으로 지푸라기는 쓸모 없는 쓰레기를 말하는 것이다. 그러나 그 쓰레기 같은 지푸라기라도 붙잡고 싶은 심정의 절박한 약자들이 우리 사는 사회에는 흔하다.

우리가 흔히 뉴스 등에서 볼 수 있는 일가족 집단 자살 등은 그 삶이 얼마나 괴로웠을까 하는 안타까운 마음이 들면서도 정작 또 다른 그런 삶이 발견되곤 한다. 비록 그렇게까진 아니더라도 일상에서 투, 쓰리, 포잡(job)을 하면서 부족한 휴식으로 피곤해 지치거나 건강을 해친 사람들, 그래도 최소한의 인간적인 삶을 위하여 발버둥 치며 열심히 살아가는 사람들이 무수히 있다.

또한 지난 정부 후반기에 더욱 치열하게 살고자 하는 젊은 사람들이 폭등하는 부동산 시장을 바라보면서 지푸라기를 잡는 심정으로 영끌을 했다가 폭등하는 이자와 폭락할지도 모르는 부동산시장의 불확실성 때문에 지금 얼마나 불안해 하며 절박한 심정일까, 그 심정을 어찌 다 헤아릴까마는 25년 전 IMF시절 폭락한 부동산 시세와 폭등한 금융권 이자로 고통을 겪었던 일이 있었기에 다소나마 그런 젊은이들의 심정을 이해하면서 이 세상이 지푸라기라도 붙잡으려고 요동치는 세상이 아니라 조금씩 조금씩 변화해 가면서 좀 더 잘 살고 희망 있는 내일을 기대할 수 있는 세상이 되기를 바라는 마음이다.

우리 사회에 이처럼 지푸라기라도 붙잡으려고 발버둥 치며 노력하는 사람 있는가 하면, 언론자유를 빙자하여 각종 악플을 다는 악플러들이나 '카더라'라는 가짜 뉴스를 전문 생산하는 사람들, 마약, 음주운전 등 질서를 파괴하는 행위를 무감각하게 하는 사람들처럼 이 사회를 더욱 혼탁하게 하는 쓸모없는 지푸라기 같은 사람 또한 흔하다.

한편 작은 물건들을 묶을 수 있는 끄나풀이라는 것이 있다. 끄나풀은 여러 겹의 실오라기로 만들어졌거나 작은 줄 같은 것을 말하면서도 고무줄이나 운동화 끈, 새끼줄 같은 것들을 끄나풀이라고 하지는 않는다. 끄나풀이란 소소한 용도가 있긴 하지만 별 쓸모없는 것으로 대개는 버려지기 마련이다. 그런데 이 끄나풀에는 정의롭지 못한 갑의 도구로 이용되는 을을 지칭하는 다른 뜻의 사회적 용어도 있다.

경찰 등 사정기관에서 폭력조직, 마약사범 등 사회 범죄조직을 적발하기 위한 수단으로 이용하고 있는 소식통들은 사회질서에 협력하는 좋은 끄나풀일 수 있을 것이나 권력자 앞에 줄을 서서 각종 정보를 은밀하게 제공한다든가 회장님들이 조직 내에 심어 놓은 내밀한 정보통들은 권력자의 끄나풀이고, 소위 일제 피압박 시절 독립투쟁하는 사람들 속에 파고들어가 일제에 협조했던 밀정들이나 이번 사회적 말썽의 대상이 되기도 한 사회정의를 위한 투쟁의 대열에 섰다가 그 투쟁에 혐오를 느끼고 탈퇴한 후 사정기관에 투신했다는 고위 공직자 같은 사람은 비록 백 번 변명하고 있지만 일반인 상식으로는 배신자가 아닌가 생각하게 되는 것은 동료를 배신함으로써 끄나풀이 되었다가 승승장구하는 경우가 아닌가 생각하면서 그는 끄나풀이 아니라 동아줄을 붙잡았다고 기고만장한 기분일 것이다.

반면 여기서 구별돼야 할 한가지는 조직의 일원이면서도 조직의 비리 등을 고발하는 내부고발자나 갑의 비리나 불법, 부당한 처사 등을 고발하는 을이나 사회적 비리를 고발하는 시민 단체 등의 고발행위는 사회정의 지킴이로서의 정의로운 행동이지 결코 끄나풀은 아니다.

우리 사회에 지푸라기라도 붙들어야 하는 절박한 사람도 없어야 하겠지만 지푸라기나 끄나풀 같은 인성을 갖추지 못한 사람이 위세를 떨치는 세상이어서도 안될 것이기에, 소신과 철학이 같은 사람들끼리 모인 집단속에서 우리 사회를 이끌어 가는 정치 지도자들은 양심에 근거한 정의와 공정을 바탕으로 양보와 타협으로 협력하면서 사회적 약자에게 더욱 귀 기울여야하고, 그것이 공정과 정의로운 사회로 나아가는 길이 아닌가 생각한다.

아름다움은 다름이다

밤하늘에 총총히 빛나는 무수한 별들, 망망대해나 기암괴석들이 그림 깊고 웅장하고 기대힌 신괴 비디, 푸른 나무들이 우거진 숲과 그 사이를 유유히 흐르는 푸른 강물 이런 대자연 속에서 날고, 뛰고, 기고, 헤엄치는 움직이는 것들뿐 아니라 열매 맺고, 꽃 피우는 지구상의 모든 생명체들의 생김이 다 다르다.

생김이 다르기에 우리는 아름다움을 느끼고 찬양하고 노래하며 행복을 느끼는 것이다. 다름은 곧 아름다움이기 때문인 것이다.

사람마다의 생김이나 생각도 다 다르다. 생김이 다르기에 너와 나를 구분할 수 있고, 구성 성분(DNA)이 다르기에 이 사회에 만연하는 범죄자도 색출할 수 있어 질서가 유지되는 것이다.

생각이 다르기에 가진 것이 '한 개뿐'이라고 하는 사람, '나도 하나 있다'라고 하는 사람이 있고, 즐기려고 모여든 구름 같은 인파에 짜증을 내는 사람, 나도 그중에 한사람이라고 하는 사람이 있는 것이다. 길가에 곱게 핀 꽃 한 송이 꺾어 화병에 꽂으려는 사람, 아름다운 꽃의 거리를 상상하는 사람이 있고, 저 언덕 너머의 무지개를 보고 그림의 떡이라 하는 사람, 아름다운 꿈을 상상하는 사람이 있다. 천년만년 살 것처럼 세상을 다 가지려는 사람, 인생은 '공수래공수거'인데 불편하지 않으면 된다고 만족해하는 사람이 있다.

이처럼 어떤 사물이나 사건에 대한 생각이 다 다르기에 자유와 소통이 필요한 것이다. 다름을 사랑으로 바라봄은 아름다움이고, 미움으로 바리봄은 혼돈이다. 다름을 인정함은 질서이고 부정함은 폭력이다. 다름이 있어 아름다움이 있고 창조와 개혁이 있고 너와 내가 있는 것이다.

이처럼 생각이 다른 수많은 사람들이 모여 사는 것이 이 사회이며 그중에서도 비슷한 생각과 환경의 사람들이 조직을 이루어 집단의 이익을 쟁취하려는 것이 이 사회의 모습이다.

사람은 또한 그가 처한 환경에 따라 천차만별의 차별이 존재한다. 차별에는 태어날 때부터 있는 숙명적인 것도 있고 살아가면서 발생하는 운명적인 것들도 있을 것이다. 그러한 차별에 저항하는 것은 범죄로 변형될 수 있고 순응하는 것은 고통과 슬픔이 따를 수 있다. 국가는 그런 차별을 인정하고 함께 더불어 살아가기 위해 법을 만들고 제도를 만들어가는 것이다.

늙어 주름 깊고 아프거나 장애가 있어 불편하고 힘든 사람을 위해 도움의 손길을 뻗는 사람들, 세계 곳곳의 오지에서 의술을 베푸는 의사 간호사들, 독거노인, 노숙자, 각종 재해를 입은 사람들을 돕는 자원봉사자들, 약자를 돕는 크고 작은 기부천사들은 크게 빛나는 한 사람 한 사람의 아름다움이고 노약자 지정석이나 장애가 있어 불편한 사람을 위한 편의시설이나 소방구급대, 의료 구급대 등 사회적 약자를 배려하고 함께하면서 선한 질서를 만들어 가는 수많은 사람과 제도가 있다는 것은 우리 사회가 더불어 살아가는 최소한의 사회적 품격과 가치인 것이다.

그런데 지금 우리 사회는 이런 다름을 망각한 채로 자기의 주장만을 우기는 세상이 되어가는 것 같다. 여론조사 등에서 많은 사람들의 생각이 머무는 곳이 보통 사람들의 생각이고 뜻일 텐데도 법을 만들고 집행하는 사람들은 옹고집의 후예들인지 자기주장만을 우긴다.

생각과 뜻이 같은 사람들의 뜻을 모아 최선의 국가 질서를 위한 법을 만드는 것이 정치이고 그것을 공정하게 집행하는 것이 정부의 할 일일 텐데도 우리의 정치나 정부는 내로남불이다. 서로 자기의 주장만을 내세우고 공동의 실서를 찾으려 하지 않는다. 물론 그 근저에는 내 생각이 옳다는 강한 신념과 상대의 집단에 지지 않기 위한 오기, 내 생각이 더 공정하고 더 많은 사람들의 지지를 얻고 있기 때문이라고 믿거나 그렇게 생각하려는 마음이 있기 때문일 것이다.

사람은 또한 욕망과 욕심을 함께 가지고 있다. 더 큰 것을 더 많은 것을 가지려는 것은 누구나의 욕망이기도, 욕심이기도 하다. 그러나 그런 욕망과 욕심이 자신을 지배할 때 오만과 불통이 있는 것이고 법과 질서를 벗어나려 할 때 범죄가 발생하고 질서는 깨어지는 것이다.

다름을 인정하고 소통하고 배려하며 함께 하려는 마음이 있을 때 아름다운 세상 더불어 사는 세상은 우리의 미래인 것이다.

보통 사람의 시선

태어나서 한 번뿐인 삶을 어떻게 살다 가는 것이 사람 사는 모습일까? 누구나가 행복을 추구하고 아름답게 살고자 하고 아름답게 생을 마감하기를 바랄 것이다. 사람이 태어날 때 숙명적으로 불행을 지고 태어난 경우도 있을 것이나 숙명이란 것이 사람의 능력 밖에 있는 일이기에 한 사람의 인격체로 태어나 세상의 일원이 된 것을 감사하면서 아름답게 살기를 바라는 것이 보통 사람의 모습일 것이다.

아름다운 삶은 무엇인가? 건강하게 태어나서 자라면서 불편함 없이 친구들과 어울리면서 뛰고 노는 중에 어느덧 커서 성인이 되고, 하고자 하는 일에 열심이고, 가정을 이루고 후대를 이어가면서 소위 말하는 사회적 명성, 부와 권세와 명예까지도 취하기 위해 열심이면서도 신이 인간에게 준 가장 아름다운 양심에 따라 내가 하고자 하는, 할 수 있는 일의 능력의 범위안에서 열심히 건강하게 늙으며 살다가 조용히 생을 마감하는 것이 아름다운 삶이 아닌가 생각하면서 내가 사는 세상을 바라보고자 한다.

국민들은 체육인들이 올림픽이나 월드컵 등 국제무대에서 금메달을 따거나 뛰어난 활약을 보여줄 때 열광하면서 지지를 보낸다. 그들의 활약은 국위선양이기에 나라에서는 각종 포상과 지원을 하고 평생연금 제도를 두어 그들의 노후생활까지도 보장해 주고 있다. 그러나 더 크게 더 오래도록 국위선양을 하고 있는 BTS의 군 문제는 찬, 반 양론으로 극명하게 갈리고 있고 정부나 국회 등 소위 결정권을 가진 집단에서는 지지층의 여론을 거스르지 않으려고 대립한 채로 정중동의 논의만을 계속하고 있는 것이 현실이다.

국제무대에서 체육인의 금메달은 일회성이고 역사적 기록으로 남으면서 평생연금을 받는다. 허나 BTS의 세계적 열풍은 몇 년째 지속되고 있고 앞으로도 언제까지일지 알 수 없다. 그들이 모두 대한민국의 젊은 청년들로서 군복무를 하여야 함은 당연하나 그들이 끼친 국위선양과 한류의 돌풍으로 인한 영향력을 고려할 때 그들에게도 합당한 국가적 보상과 지원이 있어야 한다고 생각하기에 그들의 군 면제가 이루어지기를 바라는 마음이다.

지금 우리 사회는 학대와 스토커, 각종 폭력으로 몸살을 앓고 있다. 학교에서는 남녀, 초중 등 할 것 없이 친구들끼리 폭력을 휘두르는 일이 비일비재하고 심지어는 교단에서 강의하는 교사를 노골적으로 촬영한다든가 갖은 비상식적인 행동을 하는 학생이 있고 지도해야 할 교사는 자칫 폭력이나 학대에 휘말릴 소지가 있어 강력히 제지하지 못하는 일이 일상화되어 교권의 무너짐이 현실인 것이다. 체벌 등은 억제되어야 하겠지만 교권이 무너질 정도로 방종을 해서야 교육의 현장이라고 할 수 있겠는가.

또한 보통 사람들을 크게 분노케 하는 스토커들에 의한 폭력과 살상은 법을 운용하는 경찰과 법원에 맹점이 있기도 하겠지만 그 법을 만드는 국회가 좀 더 촘촘히 대처하여 그러한 폭력에 의한 피해자가 발생하지 않도록 최선의 처방을 도출해 내야 할 것이고 집행하는 경찰과 법원에서도 피해자를 먼저 생각하는 제제와 판결을 함으로써 사회의 질서를 바로 지키는 징의의 지킴이가 되어야 하지 않을까 생각한다.

생면부지의 사람이라도 딱하고 고달프고 힘든 세월을 살고 있는 이야기를 들었을 때 공감하고 애처로워 '주르륵' 눈물을 흘리는 것이 우리 백의민족의 심성인데 소위 정치 지도자들은 싸우고 비난하고 투쟁하는 것이 일상이니...

세상을 좀 더 밝고 아름답게 만들고 더불어 사는 지혜를 모으는 자리에서 열띤 토론으로 열기가 높아진다면 아름다운 일일 것이나 상대의 티눈만을 비난하고 헤집고 부풀리면서 나만이 정의로운 사람인 양 큰소리 치는 것을 보면 역겨움에 '토'를 할 것 같은 느낌뿐이다.

글로벌 경제위기 속에 물가와 주택, 서민생활안정, 저소득 취약계층의 복지, 건보, 연금 개혁, 공기업 등의 방만 운영, 갖은 폭력과 범죄행위, 헌법개정 등 산적한 문제들이 많은데 이런 것들을 테이블에 올리고 논의하고 협의하여 공통 분모를 찾아 법으로 만들어 낸다면 얼마나 좋을까 하는 생각과 새로운 좀 더 좋은 세상이기를 기대하는 마음으로 정권교체를 이루어내면서 전 정부 탓만 하라고 지지하지는 않았을텐데도 너 죽고 나 살자 하는 사생결단 투쟁하는 모습만 보고 있노라면 내 마음은 길잃은 철새 같고 내가 바라던 세상은 신기루였던가 하는 허망함을 느낄 뿐이다.

지금 우리는 선진국 대열에 진입한 지 몇 년이 지났는데 경제적 양극화 현상은 더욱 극에 달해 일가족 자살, 독거노인 주검, 반지하참변 등 열악한 환경 속에서 평생을 살아야 하는 사람들이 있는데다 불철주야 투잡, 쓰리잡을 해도 생계가 불안정한 사람들도 많다. 반면 평생을 일 한번 해보지 않은 채로 물려받은 부로 왕자처럼 군림하면서 호의호식하는 사람들도 허다한 것이 우리의 현실이다.

자유민주 국가에서 현실을 부정하려는 것은 법리에 맞지도 않은 일일 것이기에 부정하기보다는 그러한 불공정을 최소한으로 억제하고 소외계층이나 약자들도 내일의 희망을 가지고 열심히 살아갈 수 있는 환경을 만들어 주는 게 그들의 할 일일 텐데도 요즘 우리의 정부나 정치권을 들여다보면 보는 시선이 불편한 것이 한둘이 아니다.

대통령은 내가 임명한 사람은 다 훌륭한 사람이라고 하고 대통령이 한 말이나 행동의 잘못은 소위 핵관들에 의해 철저히 방패막이가 되고 핵관들뿐 아니라 다른 정치인이나 정부 책임자들도 언변과 수단을 총동원하여 전 정부 탓만 하고 내 눈에 가시는 모르는척해 보는 사람이 불편한 것 또한 사실이다. 전 정부에 드러난 비리가 있다면 처벌받아야 함은 당연하나 있을 것이라 예단하고 거미줄 치듯 그물을 치고 헤집고 하는 것은 보기에도 민망하고 국력의 낭비일 뿐 아니라 예단과 추측만으로 헤집고 추론하는 것은 폭력인 것이다.

더구나 전 정부의 국정철학에 의해 집행한 정책까지도 헤집는 일을 반복하는 것은 그리고 하나에서 열까지 전 정부에 빗대는 것은 보통 사람의 시선에는 아름답게 보이지 않는다. 그리고 정부정책 수행자들이 어느 한 분야에 전문적 지식을 가진 사람들로 채워진다는 것은 편향성과 어설픔이 더욱 두드러지는 것일 것이다. 빨간색만 보이는 사람들에게는 세상이 온통 빨갛게만 보일 테니까

사람은 개별적으로 자질과 능력이 다 다르기에 세상이 운영되는 것이고 내가 '아름다움은 다름이다'라는 글에서 얘기했듯이 다름이 모여서 조화를 이뤄야 국가 운영이 원활하고 세상은 아름다울 텐데...

현직 대통령의 부적절한 언행에 대해 야권에서 지적할 때마다 야대표도 하지 않았느냐고 하는데 현직 대통령이 외교무대에서 한 말을 어찌 국내 한 야당대표의 흘러간 말과 동등시하고 반박하는 것인지 그들이 대통령의 외교무대를 폄훼하고 있는 것은 아닌지 의구심이 든다.

노안 여낭의 소위 비상시글 이끌이 가고 있는 위원장은 '우리기 일본과 전쟁을 한 적이 없다. 우리 내부가 썩었기 때문에 일본에 침략당

한 것이다.' 라는 망언을 쏟아 내고도 떳떳한데 설혹 그의 말대로 우리의 내부가 썩어서 힘이 빠졌다 한들 일본이 우리를 침략한 것이 정당한 것인가. 일본이 우리를 침략하고 강제 합병한 것이 엄연한 사실이고 그들은 지금도 그들의 침략과 수탈 행위에 대해 당당한데도 우리의 여당 대표가 망언을 쏟아 내고도 떳떳해하는 모습을 보아야 한다는 것이 참담할 뿐이다.

또한 남북 화해 협력을 통한 자유왕래, 동반성장 등의 철학을 가진 사람들을 싸잡아 빨갱이로 몰고 김일성 추종자라 비난하는 그러면서 일본의 침략적 근성을 당연시하는 망언을 쏟아내는 일부 여당의 책임자들을 볼 때 해방 이후 반대파를 빨갱이로 몰아 숙청해 온 습성이 체질화된 사람들이나 그 후예들이 이 나라를 다스리고 있다고 생각하니 언제까지 이 답답한 상황을 봐야 하는 것인지 안타까울 뿐이다.

가식의 가면놀이

꿈을 크게 그리는 것, 나의 이익을 위해 최선을 다하는 것, 다만 탈세나 위법은 없을지라도 가능한 한 모든 수단과 지혜를 다해 나의 이익을 취하는 것은 이기적인 진실이고 그것이 사람 사는 세상의 모습일수도 있을 것이나 사회적 비난의 대상이 되었을 때는 사회적 진실이라고 할 수는 없을 것이다. 사회적 진실은 다수의 의견이 집약되고 양심의 소리를 배반하지 않을 때 사회적 진실이라고 할 수 있을 것이고 그 바탕에는 공정과 정의가 기초하고 있어야 할 것이다. 그러나 공정과 정의가 주관적 진실에 의존할 때 독선과 편협이 있고 가식의 수렁에 매몰될 수도 있다.

가식이란 꾸민다는 뜻과도 일맥상통하는 변명이란 뜻으로도 사용할 수 있을듯한데 마음의 소리에 배치되면서도 규범적으로는 죄악은 아니기에 이기적 진실의 소리대로 행동하는 것을 말할 수 있고, 법에 배치되지 않으면서 나의 이익만을 좇으며 타에 해를 끼치는 경우도 있을 수 있고, 그러한 행위에 대해 전혀 부끄러움도 가책도 가지지 않는다거나 애써 부정하는 행위들도 있을 것이고, 나의 판단과 행동이 오로지 정의롭고 공정한 것이라고 설파하는 권력자의 주변 사람들은 자신의 판단과는 다소 괴리가 있다고 할지라도 편을 들고 옹호하며 환호하는 세력이 되어 지지하는 행동도 있을 수 있다.

내가 '명예를 먹고 사는 사람들'이라는 글에서 언급했지만 그들은 양심을 거스르며 자기를 변명하는 가식적 행동을 하지 못하기에 스스로를 파괴하고 한 번뿐인 생을 포기한 사람들이라고 할 수 있을 것이고, 반면 가식적인 행동을 스스럼없이 하면서도 자기의 주장이 정당하다고 강변하는 사람들을 우리는 주변에서 흔히 보고 있는데 얼마 전 모 장관은 야당 대표가 단식에 들어가자 수사를 방해하기 위한 방탄 단식이라고 비난하면서 '그래도 수사는 계속되는 것이다, 잡범이 단식으로 저항한다고 해서 수사가 중단되지 않는 것처럼.'이라고 야당 대표를 잡범에 비유하기도 했는데 모든 언론과 방송이 지켜보는 국회의 공식 석상에서 공개 발언으로 하는 것은 얼마나 국회를 무시하는 태도인가 생각해 봐야 할 것이다. 더구나 그는 전 정부시절 수사의 대상이 되었을 때 수사당국에서 핸드폰의 비밀번호를 풀지 못해 '포렌식'이라는 것에 실패하면서 끝내 유야무야 됐던 적이 있었는데 만약 떳떳했다면 비밀번호를 스스로 밝혀 수사를 받았어야 마땅할텐데도 밝혀내지 못한 수사팀도 믿을 수 없는 일이지만 끝내 밝히지 않았던 그가 국회 300석 중 186석을 차지한 야당 대표를 잡범에 빗대면서 늘상 하는 반박을 일삼는 것은 예전엔 상상도 불가한 추락한 국회 모습이 아닌가 안타까우면서도 그의 내면엔 가식의 가면으로 가득한 것이 아닌가 하는 생각이 든다. 이번뿐이 아니라 국민의 대표기관인 국회에서 답변할 때마다 이런 고답적인 태도를 취할 수 있는 것은 오랜 수사관 생활에서 온몸에 밴 습성인지 인성인지는 모르겠지만 통치권자가 16개월이 지나도록 야당 대표를 당 대표로 인정하지 않고 국민을 위한다면서 야당 대표를 철저히 무시하고 야당과 소통을 단절시켜 버리는 데서 유래된 것이라고 본다.

　공정과 정의, 자유를 주창하면서도 사사건건 전 정부의 정책을 뒤집고 비난하며, 국회의 의결까지도 거부하고, 대법원의 판결도 인정을 하지 않고, 사면하고, 일본의 입장을 옹호하고, 심지어는 사람에 충성하지 않고 오직 법대로 한다면서도 우리는 하나라고 후보시절 손을 맞잡고 결의를 다졌던 사람도 자신의 행동에 이의를 제기한다든가 뜻을 거스르면 전직 여당 대표나 대표에 출마하려는 당의 중진들의 입도 막아버리는 무소불위의 힘을 발휘하는 것을 보면서 당대표나 의원들, 그리고 전, 현직 고위 인사들 중에는 이것이 현실임을 인정하며 스스로의 마음을 닫아버리고 가식의 가면 놀이에 매몰되는 것이 아닌가 안타까운 마음이 드는 것은 비록 나뿐일까?

사회적 영향력이 지대한 사람일수록 타의 면면을 인정하면서 주변과 소통하고 생각과 판단이 다른 수많은 사람들과 사회적 질서를 유지하면서 함께 살아가기 위한 노력을 다 해야 할 것이고, 이기적 진실이 아닌 사회적 진실에 접근하려는 노력으로 나와 생각과 판단이 다르더라도 인정하고 소통하면서 공통 분모를 찾아내 함께 가려는 의지가 있을 때 그런 세상이 사람 사는 세상이 아닌가 생각한다.

'가슴에 손을 대고 양심에 물어봐라, 성경에 손을 얹고 맹세하겠느냐?'는 말은 거짓이 아니고 진실임을 다짐받고 확인하려 할 때 흔히 하는 말이고 수단인 것이다. 우리 사는 세상 모든 사람들이 이런 다짐을 한다면 세상은 질서 있고 어우르는 세상이 되겠지만 사람이 태어나서 자라는 중에 부모로부터 주변으로부터 듣고 배우고 하면서 사랑이 샘솟듯 아름다움만이 가득한 마음을 가질 수도 있을 것이고, 이기적 진실만을 듣고 배운다든가 가난에 시달리고 폭력과 배신에 시달리는 사람 있어 자칫 스스로 폭력적이 되어 사회적 질서에 저항하고 파괴적 심리가 마음 저 깊은 곳에 숨어 있다가 불쑥 내뿜어져 사회에 큰 충격을 주는 경우도 있을 것이다. 그래서 질서를 유지하기 위한 수단으로 법이 있고 처벌이 있는 것이다.

이러한 법치 하의 사회적 질서 속에서 이기적 진실과 사회적 진실이 접근성을 가지고 소통하고 배려할 때 아름다운 사회가 될 것이고, 지금 우리의 현실처럼 배타적이고 적대적일 때 투쟁과 반목의 사회가 되어 끝내는 나락으로 떨어질 수도 있을 것을 우리의 정치권뿐 아니라 양식 있는 모든 사람이 인식하고 각성하여 함께 가는 세상이기를 바라는 마음을 가져본다.

3장
시선

빈손일기

나라 안

별들을 잃은 슬픈 한 해

2009년은 민주화를 위해 평생을 투쟁하며 살아온 별들을 잃은 슬픈 한 해였다. 연초 2월에는 김수환 추기경이 선종했고, 가을에는 김대중 전 대통령이 서거하였다.

김 전 대통령은 60~70년대와 80년대까지도 우리나라 민주화의 선봉장으로서 가장 혁혁한 공로자이면서 재임 중에는 IMF라는 국가적 경제위기를 극복하였으나 서민을 위한 과감한 경제시책에는 소극적이었던 것 같고 주변을 잘 다스리지 못해 끝내는 불명예를 안게 되었다. 김 추기경은 당시 민주화의 정신적 지주로서 버팀목 역할을 충분히 해, 온 국민의 추앙을 받던 터라 선종 소식에 온 국민의 추모 열기는 밤낮을 가림 없었고 5공 청문회 스타로 급부상한 노무현 전 대통령은 역경 속에서도 굽히지 않은 지조 있는 정치인으로서 대통령이라는 최고의 위치까지 올랐으나 끝내는 그도 세속의 유혹을 뿌리치지 못한 주변 탓에 평범한 시골 촌부로 사람답게 살고 싶다는 소박한 꿈을 꺾어야만 했기에 우리에게 큰 슬픔을 남겼다.

한편 미국 흑인가수 마이클잭슨의 갑작스런 죽음은 전세계인을 슬프게 하였고, 연초에 미국에서 휘몰아친 경제위기는 전세계를 공포에 떨게 했던 한 해였으나 최고의 연설가인 버락 오바마는 미국 최초의 흑인 대통령이 되기도 했다.

* 여기에 노 전대통령을 잃었을 때의 비통하고 허망했던 마음을 적는다. (5월 2일 작성)

눈을 속이고 귀를 의심케 하는 2009년 5월 23일 아침나절의 청천 벽력같은 비보는 내 마음에도 큰 파문을 일으키며 안타깝고 아쉬움의 골을 깊게 하였으니, 아! 안타깝고 슬픈 일이어라! 보이고 들리는 것을 거부하고 당당하고 소탈하던 그 모습이 살아 숨쉬기를 기대해보지만 허망한 일일지니, 비록 님의 모습은 다시 일어나지 못해도 님의 마음은 마음에서 마음으로 크게 메아리 되어 울려 퍼지리라.

가난한 농부의 아들로 태어나 독학을 해가며 젊은이의 최대의 꿈이었던 사법시험에 합격하고 서슬 퍼렇던 군사독재 시절의 칼날도 두려워하지 않으며 인권변호사로 활약하다 국회에 입성하였고 5공청문회에서 날카롭게 지적하시던 그 모습이 아직도 생생한데 이 무슨 청천벽력이더란 말입니까 인생은 60부터라 했는데 이제 갓 60을 넘기신 님께서 어이 중생을 다 버리시고 홀로 안식하시나이까.

말을 알아듣고 글을 깨치기 시작하는 어린아이 때부터 "너 장차 무엇이 되고 싶니?"하고 물었을 때 어설픈 발음으로 "때통령!" 대답하던 모든 아이의 꿈을 님은 당당함과 꿋꿋함과 의지로서 이루셨는데, 그리고 서민을 위한 정책을 기어이 추진하시면서 그토록 많은 욕을 들으면서도 꿋꿋하셨는데... 속담에 '욕을 많이 먹은 사람은 오래 산다'했는데 님은 왜 이리도 빨리 가셨나이까 안타깝고 슬프도다.

모든 전임 대통령들이 비극으로 퇴임을 맞으시거나 퇴임 후에 재임 중의 일로 감옥에 가거나 주변을 다스리지 못한 불명예를 안으셨는데 사람답게 살기를 스스로 바라셨고 세상이 온통 사람들이 사는 세상이 되기를 염원하시면서 오직 님만이 퇴임 후에도 고향인 봉하마을에서 동네 이웃들과 어울리며 막걸리를 마시고 밀짚모자를 눌러쓰고 모내기를 하며 친환경 농사를 강조하시던 소탈한 그 모습이 존경스럽고 아름다웠는데,

아! 님 주위도 권력의 거센 몸살을 거역하지 못하고 기어이 님을 잃게 하는구려, 아! 슬픈 일이로소이다. 아름답고 평온한 퇴임 후의 모습을 이제 어디에서 찾는단 말입니까, 언제나 다시 볼 수 있단 말입니까, 세속의 꿈을 다 이루고서도 사람으로서의 꿈을 끝내 내던져야만 했던 슬픔의 너울을 이제 벗어 던지시고 편히 고이 잠드소서.

젊은이들이여 투표장으로

지금 TV는 연말 대선을 앞두고 선거 열풍이다. 틀었다 하면 빅3 얘기요 갖가지 경우의 수를 두고 벌이는 예측게임이다. 5년마다 찾아오는 선거때마다 겪는 일이지만 모든 매체는 빅3의 일거수일투족에 초점을 맞추고 그들의 동향을 따라가며 민심을 예측한다. 이번 선거는 아직은 빅3이기에 그리고 그 관심도가 다른 해와는 다르기에 부질없는 생각이다 싶기도 하지만 언제 변할지 모르는 가변성이 상존 하는 데다 자칫 해이해지는 모습이 있을 수도 있어 나의 생각을 적어 보며 마음을 다잡는데 도움이 되었으면 하는 바람이다.

우리는 36년의 일제 압제하에서 해방되자마자 이념의 대립에 휘말리면서 남.북이 갈라지고 끝내는 6.25라는 민족상잔의 비극이 있었고 국민은 배가 고파 허덕이고 정치는 다시 혼돈의 수렁에서 허덕일 때 일어선 박 대통령의 경제개발 성과는 누구도 부인하지 않을 것이다. 오늘 우리의 성장과 부분적으로 세계 제1을 다투는 것도 그때의 통치력을 바탕으로 끊임없이 노력하는 우리 국민이 있었기에 가능하지 않았겠는가! 그러나 못내 아쉬운 점은 그가 끝내 비명에 갔다는 것이다. 유신만 하지 않더라도 섭정을 하는 한이 있더라도 진정 자기의 뜻을 펼칠 수 있는 후계자에 물려주고 그런 비극을 겪지 않더라면 광주에서의 저 참혹함은 일어나지 않았으리라.

박 대통령이 갑작스럽게 서거하고 군의 패권 쟁탈이 가시화되어도 5월의 봄을 노래하던 정치 지도자들은 속수무책 바라만 보고 있을 때 젊은 피들은 군은 물러나라고 저항을 계속하였고, 일부 군은 국토방위 의무를 위배한 채 정권 쟁탈을 위하여 서슴 없이 학생들과 민주화 투사들에게 총칼을 겨누었고 드디어 그 총부리는 광주를 향했으니 5·18 광주참사는 시작 되었다. 그때 나는 부산시 산하 구청에서 근무하고 있었는데 철저히 통제된 보도관제 때문이었겠지만 "DJ가 뭔데? 광주를 싹 쓸어버려야 해" 하는 것이 부산을 비롯한 영남 사람들의 보편적 분위기였다.

그후 군을 장악하고 정부를 장악하여 헌법을 고치고, 체육관 대통령 선거인단을 다시 선출할 때, 투표율을 비교 체크하며 투표율 올리기에 혈안이 되어 있을 때, 나는 직접 관련 부서가 아니었기에 관망만 하면서 모든 공식 비공식 조직을 총동원하는 것을 바라볼 수 있었다. 5공시절 DJ가 미국에서 돌아올 때는 서울시로 옮겨와 서울시 산하 구청에서 근무하고 있었는데 어느 날 과장이 직원을 불러 모으고 종이 한 장을 주면서 내게 읽으라기에 읽었더니 'DJ는 빨갱이다.'라는 요지의 내용이었고 그 종이는 즉각 폐기된 걸로 기억하고 있다.

박 대통령이 불의의 서거를 하지 않았더라면 체육관 선거가 되풀이되지 않았을 것이고 광주 참사도 일어나지 않았을 것이다. 아니 광주 혹은 다른 지역에서 더 큰 참사가 있었을지도 모르겠지만, 그래서 아쉬운 것이 3선까지만 하고 물러났더라면 하는 가당치도 않은 아쉬움을 토로해 본다. 그러나 언제나 권력자 주변에는 많은 권력지향적 힘있는 추종자들이 있기에 박 대통령도 그들에 둘러싸여 현실을 직시하지 못하였을 터이고 5공 6공의 어마어마한 비리 그 후의 정부들에서도 주변의 부패와 비리들이 끊이지 않았던 것이 아니었겠는가.

권력자 주변에는 늘 권력자의 생각을 지지해 주고 지혜를 모아주는 자들이 모여든다. 그리고 그들의 지혜에 바탕을 두어 국가는 운영되어 진다. 하물며 평생을 그런 권력자의 가족으로서 그리고 지지자들에 둘러싸여 살아온 사람이 시대가 변하여 생각이 변한다 해도 무엇이 얼마나 바뀌겠는가, 그런 사람이 권력자가 되면 그 주위에 모여든 지혜들은 다시 그들일 텐데, 그래서 나는 감히 주장하고자 한다. 반대파를 '빨갱이'로 몰아붙인다거나 남북화해를 '퍼주기'로 몰아붙이는 사람들의 집단 다시 말해 수십 년 동안을 기득권 방어를 위해 이념으로 분단된 현실을 악용해 가며 지역감정을 부추기며 촌철의 양보도 없었던 폐쇄적 패권주의자들이 모인 집단에서 서민들의 고충을 진심으로 살피거나 남북화해를 기대할 수 있겠는가? 나는 난망하다고 생각하는 것이다.

사람이란 나서 보고 듣고 느끼며 자라는 중에 인성이 결정될 것이기에 그 성장과정이 보통 사람들 속에 있어야 할 것이다. 보통 사람들과 어울리며 아우를 수 있는 포용력을 가지고, 열정과 대승적 판단력을 갖춘 지도자를 뽑기 위해서는 다가오는 선거일에는 젊은이들이 반드시 투표장에 나가 귀중한 한 표를 행사해야 할 것이다. (2012. 9. 24.)

조정래의 '한강'을 다시 읽고

얼마 전 하던 식당을 그만두고 나니 널브러진 시간을 주체할 수 없던 차 몇 년 전 읽은 책이면서도 다시 한번 보고 싶은 책이 있어 펴 들었는데 30분만 들여다보고 있으면 글씨가 희미해지며 획이 옆으로 퍼지고 눈이 피로해 잠시 눈을 비비고 깜박거리고 한참을 쉬었다가 다시 책을 들곤 하면서 한 달이 넘어서야 겨우 '한강'(전 10권)을 완독할 수 있었다. 조정래의 대하소설 '아리랑'이나 '태백산맥'이 다 그러하지만 '한강'도 우리의 60-70년대를 그려낸 시대소설이면서 역사 이야기다.

일제시대에 활개 치던 기득권 세력이 미군정 시절을 거쳐 이승만 시절에 뿌리내리면서 우리 사회는 갈등과 혼란의 시대를 예고하였고, 6.25를 거치면서 우리의 반공은 거센 파도로 밀어닥쳐 반대론자들을 싹쓸이해 버리게 하는 명분을 주면서 1인 독재는 강화되더니 젊은 지성의 혈기 앞에 온갖 부정으로 얼룩진 독재는 꺼져가고 새로 들어선 정부는 파벌싸움에만 혈안이 된 채 썩어 들어가는 내면을 보지 못하였기에 다시 군인들에 의해 짓밟히고,

군인들에 의해 세워진 정부는 헐벗고 굶주린 가난을 극복하기 위해 불도저로 이끌고 반공으로 채찍질하며 고속도로를 건설하고 공장을 세우고 월남으로 독일로 사우디로 외화벌이를 위해 온 국력을 쏟아 붓고하여 오늘의 글로벌 코리아를 만드는 기틀을 세우게 된 것이다. 소설 '한강'은 이 시대를 살아가는 사람들의 면면을 그려낸 작품이기에 오늘을 사는 젊은이들이 선대들이 살아온 과정을 조금이나마 이해하기를 바라는 마음으로 이 책을 권하고 싶다.

능력은 출중하지만 '연좌제'라고 하는 굴레에 갇혀 아무것도 이룰 수 없으면서도 모진 고통을 참아내야 했던 유일민 형제들, 이승만 시

절부터 권세와 부를 거머쥐고 급변하는 권세의 쐐줄을 결코 놓치지 않고 줄타기에 천부적인 강기수 의원, 가난한 농부의 아들로 태어났지만 뛰어난 머리 덕에 신분상승의 일념으로 고시에 합격하고 단번에 부와 권세를 거머쥐고노 가속과의 갈능에 봄무림지는 김선오와 이규백, 독립투사 손자지만 무심한 세월 속에서 고통의 세월을 살면서도 끝내 최고 기업의 최측근 자리까지 오르는 허진, 농사지을 논 한 마지기 없는 가난한 농부가 잘살아 보겠다고 서울로 와 지게질이며 변소 푸는 일들을 비롯 온갖 일들을 하면서 살아가는 천두만 아저씨의 모습,

밥 한 끼 배불리 먹을 수 없는 시골생활에 염증을 느끼고 탈출해 서울로 올라온 무수한 시골 처녀들, 구로공단이며 동대문시장이며 버스 차장으로 온갖 고통과 굴욕을 참아가며 내일에 희망을 걸고 살아가는 처절한 모습들, 처절하게 살아가는 공원들의 작은 권리를 찾아주기 위해 끝내 자기 몸에 휘발유를 뿌리고 분신한 전태일, 그들이 있었기에 오늘이 있는 것이니 오늘을 사는 젊은이들이 한 번쯤 읽었으면 하는 것이다.

허진이 다니는 재벌그룹에서는 전라도 사람은 단 한 사람도 채용하지 않는다거나 검사 김선오가 중정으로 자리를 옮기고자 하였으나 누락된데 대해 '자네는 출신 지역 때문이야'하는 장인의 말 등 구시대의 선입견이나 편견이 서로를 배척하는 시대의 잔재들로 남아 오늘의 세상도 지배하고 있는 현실을 직시하면서

컴퓨터 키보드만 두들기면 세계의 정보를 한눈에 들여다볼 수 있고, 주머니속의 핸드폰으로 집안의 생필품을 작동시키고 서로 영상통화는 물론 메시지를 교환하고, 외국으로 골프여행 가고, 맛집 찾아 자가용 타고 전국을 주유하며 주말을 즐기는 시대에 서서, 반세기 전의

사람들이 살아온 시대의 애환들을 오버랩시켜 보면서 비록 지금 힘들고 어려운 경우라 해도 내일에 함께 더불어 잘 살기 위해서는 어떻게 해야 할까를 깊게 고민해 보는 젊은이들이었으면 하는 바람을 가져본다.

세월호의 아픔

2014년 4월 16일 아침 9시경 뉴스는 엄청난 재난을 끊임없이 내보내고 있었으니 45도 정도로 기운 배가 바다에 가라앉고 있는데 헬리콥터는 상공을 선회하기만 하고 구조선에서 구명정을 타고 접근한 구조대는 갑판 위의 사람들을 구조선에 태우는데 어찌된 영문인지 500여 명이나 탄 여객선이라는데 갑판 위에는 개미 떼같이 몰려있어야 할 점들은 안보이고 시간이 흘러가도 갑판 위로 뛰쳐나오는 무리나 구명정을 입은 채 바다에 뛰어드는 자들이 보이질 않는다.

40여 분이 더 지나서 배가 80~90도로 기울어서야 몇몇 구명보트의 사람들이 창문을 깨면서 한두 명씩 끌어내 구명정에 태운다. 그렇게 해서 언제 400여 명을 구조하나 싶은 순간 배는 180도로 뒤집어지고 뱃머리 부분만 물에 뜬 채 배는 물속으로 잠기고 만다.

아! 슬픈일이다. 배의 선장, 선원들도 전문가들이고 구조하겠다고 달려온 해경도 바다사람들인데 일찌감치 배가 뒤집힐 것을 알아차린 선장 선원들은 승객들에게는 '자리에 앉아 움직이지 말라' 방송하고 자기들은 옷도 챙겨입을 겨를도 없이 팬티바람으로 탈출한단 말인가

자기들이 탈출해야 한다고 판단했다면 당연히 승객들에게 먼저 탈출지시를 했어야 하고 맨 마지막에 탈출을 했어야 할 사람들이 맨 먼저 구명정에 타고 자기들이 살기 위해 승객들은 아랑곳하지 않았단 말인가

구조선을 몰고 온 해경은 또 그동안 뭘하고 있었단 말인가, 구명정으로 기울어져 가는 대형 여객선에 접근해 있으면서도 누구 하나 배 안으로 진입하지 못하고 기울어져 가는 배에서 탈출해 나오는 몇 명

만을 구조하고 있단 말인가

　의무가 있는 전문가들이 책임은 망각한 채 주변만을 맴돌고 있을 때 자기도 죽을 수 있다는 절박함이 있음에도 승객을 먼저 탈출하도록 한 의사 승무원들과 인솔한 선생님 그리고 학생이 있었다는 것은 그나마 우리가 살아 숨쉬고 있는 이유이지 않겠는가

　304명이라는 엄청난 전대미문의 재난 그것도 85% 정도가 고교 2년생이라는 이 안타깝고 참담한 재난 앞에서 보여준 바다의 안전 지킴이들은 물론 재난을 일사불란하게 지휘해 구조에 최선을 다해야 할 정부의 우왕좌왕은 극에 달했고 국민의 생명과 안전을 지켜야 할 최고 책임자인 대통령은 7시간 뒤에야 대책본부에 나타나 생뚱맞게도 구명조끼 타령이나 하고 있어 심장이 터지는 아픔을 느끼면서 '에어포켓'이라는 가느다란 희망의 기적을 바랐던 온 국민은 이제 유실됨이 없이 남은 실종자들 수색을 완료해 하루빨리 가족의 품으로 가기만을 기다리는 심정이 되어버렸으니 안타까움은 비통함이 되어 온 국민을 분노케하고 있는데..

　이 총체적 부실의 근원인 무리하고 부실한 화물의 선적, 위법, 부당한 운영을 일삼던 선박회사의 소유주이고 책임자인 소위 교주라는 사람을 한 달간이나 방치해 두었다가 잠적하거나 이미 근거 말소했을 이제야 수사하겠다고 통보한 것도 문제려니와 그 사람이 교주가 아니라면서도 종교적 탄압이라고 그들의 아지트인 금수원에 모여 그 우두머리를 보호하고 있으니.. '유병언' 그 사람은 교주는 아니나 사업적인 총수이기에 보호해야 한다는 황당한 말로 성명까지 발표해 가면서 마치 정부가 그들을 말살하려 하는 것처럼 비치게 하는 것도 정말 이 사회의 비리가 아니겠는가 '한번 구원받으면 다시 죄를 지어도 죄가 아니다'라는 황당한 설교내용이 있었기에 오늘 그런 참사가 있을수 있었

던 것이 아니었겠는가 생각해 본다.

더구나 어마어마한 부도를 내고도 20여 년 만에 다시 어마어마한 재산가가 된 내막도 다 부정비리와 결탁하거나 무능한 정부가 있었기에 가능하지 않았겠는가

재난에는 자연재난도 인재도 있겠지만 자연재난이든 인재든 그것을 막아야할 근원적 책임의 상당부분이 정부에 있기에 다시는 이런 비극적 참사가 일어나지 않도록 예방에 최선을 다하는 법과 정책으로 그리고 감독과 훈련을 통한 숙달된 모습으로 국민을 불안에서 벗어나게 해야 할 것이다.

아! 슬픈 일이다.
사망자의 명복을 빌며 아직 찾지 못한 실종자들도 하루빨리 수색 완료하고 이번 국가적 난국을 슬기롭게 헤쳐 나갈 수 있기를 바라는 마음 간절하다.

푸른 마음은 창공을 훨훨 날고
두근두근 뛰는 가슴은 제주에서 나는데
맹골수로 검은 물길은 세월을 앗아갔네
아! 304인의 푸른 넋이여!
못다 이룬 꿈 푸른 마음이 하늘에 머무르네

박근혜-최서원(순실) 게이트

작년 가을이 저물어가면서 천지간이 울긋불긋 물들어 우리의 눈을 빛나게 하고 풍년을 노래하는 아름다운 노랫소리는 우리의 귀를 기쁘게 할 즈음 국정을 농단하고 국기를 문란케 했다는 박·최 게이트는 귀를 때리는 청천벽력으로 다가오고 성난 민심은 촛불로 밝혀지고 함성으로 이어지면서 일반국민, 연예인, 중고등학생, 유모차를 끄는 젊은 부부 등등 성난 민초들은 주말마다 대통령의 하야를 목이 터져라 외쳐도, 구중궁궐의 청와대는 2만이 넘는 경찰과 차 벽으로 장막을 친 채 정적만이 흐르고, 토요일마다 열리는 집회는 각종 문화행사로 승화되면서 100만이 넘는 시위가 이렇게 아름답고 질서있게 승화될 수 있는 것인가! 전 세계가 탄성의 눈으로 바라보기도 했다.

최순실의 딸 정유라가 이화여대 학칙까지 개정해 가면서 승마선수로 특혜입학하고 각종 혜택을 받은 사실이 밝혀지면서 그 당당하던 이대 총장이 드디어 물러나고 최순실 일가는 독일로 도피하고 그즈음 어느 날 갑자기 JTBC가 최순실 태블릿PC를 입수해 공개하면서 박근혜 대통령이 최순실과 연계돼있다는 것이 단순한 루머가 아닌 사실로 밝혀졌다. 박 대통령이 '내가 어려울 때 도와준 사람이고 청와대의 조직이 갖추어지기 전에 최순실의 의견을 들었다'고 실토하면서 사과(10월 25일)한다고 시작된 수십초짜리의 사과문이 나오고 미르, K Sports 재단의 초스피드 설립과정과 800억에 달하는 모금이 순식간에 이루어진 점 등 최순실게이트가 명백해지면서 대통령이 연계된 데 더욱 분노한 국민들이 10월 29일 토요 1차 촛불집회서 수십만이 운집한 가운데 국정을 농단한 대통령 하야를 외치자 수개월 전에 설치되었으나 지지부진하던 검찰의 수사본부는 전체 국민의 분노를 그제서야 피부로 느끼고 수사팀을 보강하고 관련자들을 압수수색, 긴급체포 등 수사에 활기를 띠기 시작하고 도피해 있던 최순실이 대통령의 보장을 믿었는지(?) 입국해 쇠고랑을 찬 후에도 순실이게이트는 누에고치의 실타래처럼 계속 터져 나오자 대통령은 다시 감성을 한껏 끌어올려 눈물의 8분짜리 사과문을 2차(11월 4일)로 발표하였으나 그 탄탄하던 콘크리트 지지율도 증발하여 5%로 급추락하고 11월 5일 2차 토요 촛불집회에는 50만이, 11월 12일 3차 토요 촛불집회에는 일백만 명의 성난 국민들이 광화문광장, 서울광장, 세종로, 태평로를 가득 메우고 '이것도 나라냐', '박근혜 퇴진, 하야'를 목이 터져라 외치면서도 참석자들은 하나같이 질서를 지키고 어떤 작은 폭력도 경찰과의 마찰도 없었던 것은 대통령의 국정농단으로 이미 실추된 나라의 품격을 위대한 국민의 의식으로 다소나마 복원시킨 모습이었다.

그러나 수개월째 시위는 되풀이되고 있고 TV만 틀면 최순실 얘기고 이대 학사비리 얘기고 미르, K 얘기다. 그동안 검찰에서 수사했고 국회에서 청문회도 진행했고 다시 90일간의 특검 기간도 다 지나가고 있는 이때까지 TV는 틀기만 하면 정치평론가, 변호사, 국회의원 등 소위 저명 엘리트들이 등장해 시시콜콜한 문제까지도 파헤치면서 이번 게이트를 만천하에 드러내고 있다.

대통령은 한 푼도 받은 적도, 출연을 강요한 적도 없지만 문화의 융성 발전을 위해 재벌들이 자발적으로 출연했다는 미르, K스포츠재단은 최순실의 사람들로 채워졌고 최순실의 사람들이 운영했고 정부부처 장관들이나 수석비서관들도 대면보고가 어려워 불통으로 통하는 대통령은 최순실에게 연설문을 보내고 인사에 있어 조력을 받고 그 일당들은 청와대를 보안 손님으로 무시 출입을 하고 있었고 문화계의 블랙리스트를 만들어 최순실 일당의 특혜를 위해 그 일당들로 문체부와 문화계를 채우고 장애가 될 만한 인사들은 찍어내 소위 문화계의 협집은 물론 이대 학사비리 정유라 게이드를 던생시켰고 세월호 7시간에는 관저에서 직무를 보고 있었다고 강변하면서도 무엇을 한 것인지 백일하에 밝히기를 부정하고 있는 대통령이 12월 9일 국회의 탄핵으로 직무 정지상태이고 3차례의 국민 담화와 1월 1일 청와대 기자간담회가 있었는데도 의혹은 증폭되기만 하고 그때마다 검찰의 수사에 헌재의 심판에도 겸허히 적극 협조하겠다고 했으면서도 검찰수사에 한 번도 응한 적이 없고 청와대 압수수색도 거부하고 모든 국정을 최순실과 그 일당들과는 차명폰으로 의논하고 하였다니 참으로 기가 막힐 일이다.

'대통령은 하야하거나 탄핵되어야 한다.'

대통령은 그동안 메모용지 하나라도 언론에 유출한 참모나 자기의 생각에 반하는 정책을 주장하는 같은 당 원내총무까지도 배신자로 매도하며 찍어내고 강력하게 성토하던 사람이 그러면서도 온 나라가 들썩이고 삼척동자도 알만한 '우병우'에 대해서는 루머만으로는 바꿀 수 없다는 말로 꿈쩍도 않던 사람이 재벌총수들을 불러들여 창조경제니 국가의 문화융성을 위한다는 명목으로 미르, K재단에 그 어마어마한 돈을 기부케 하였고

대통령의 연설문뿐만 아니라 모든 국가 정책사항들을 최순실의 비선모임에서 수정하고 결정한 것을 그대로 시행하고 문화계의 황태자를 비롯해 온 나라 전 분야에 걸쳐 촘촘히 끼어있는 최순실의 참모들이 최순실과 그 일가의 이익을 위하여 일사불란하게 움직였고 대통령은 그걸 응원해 주는 역할을 하고 있었으니 참으로 기가 막히고 통탄스럽고 분노하지 않을 수 없다.

또한 세월호 참사 때는 TV로 온 국민이 가라앉는 세월호를 보면서 안타까워 하고 있을 때 청와대 집무실에서 정무를 보며 시시로 보고를 받고 있었다고 강변하면서도 궁금해서라도 안타까워서라도 안

보실장을 호출하고 해경 대장에게 호통치고 해수부 장관에게 전화해서 즉각적인 조치를 지시해야 했을 텐데, 아니 지시를 안 했더라도 안타까워서 안절부절못하는 모습이라도 보였다면, 일곱시간 뒤에 나타나 '학생들이 구명조끼를 입었다는데 그렇게 발견이 어려웠나요?'라는 쌩뚱맞는 소리만 안 했어도 국민은 그렇게 분노하지 않았을 텐데...

대통령은 국민의 명을 받아 국정을 수행하고 국가를 보위하고 국민의 생명과 재산을 지켜야 할 헌법상의 권리와 의무를 한 개인을 위하여 한 개인에 의하여 농락당하면서 국위를 실추시키고 국민의 재산을 손실케 하였고 국민의 생명을 지키는 어떠한 역할도 하지 못하였으니 즉시 하야해야 대통령으로 뽑아준 국민에 대한 일말의 양심선언이 될 것이기에 국민으로부터 용서받을 기회가 될 수 있겠으나 버티기나 탄핵에 의해 물러날 경우에는 모든 법적인 책임도 철저히 추궁당해야 할 것이다.

3차까지의 담화와 기자간담회를 통해 "모든 것이 국가를 위한 것이다."라면서 대통령 형제들도 들어갈 수 없는 곳을 보안손님이라고 수시로 드나드는 민간인들이 있는데 국회 청문회 위원도, 특검수사반도 출입을 거부하는 청와대는 도대체 누구를 위한 청와대란 말인가?

반년이 다 돼가는 긴 시간 동안 파기할 수 있는 모든 자료를 파기하였는데도 비서관들의 업무수첩에서, 각종 녹음파일, 테블릿PC로부터 그리고 수족 같은 최순실의 사람들로부터 모든 사실이 자명하게 드러나는데도 '나는 국가를 위해서 일했고 한 푼도 내 사익을 취해본 적이 없고 이 모든 것은 최순실과 그 일당들이 저지른 일이다'라고 강변하고 청와대 압수수색은 거부하고 특검의 조사도 차일피일 미루기만하고 헌재의 법정에도 나갈 생각조차 없으면서도 박사모를 동원하고 양심을 버린 몇몇 맹신 친박의원들은 그들의 앞잡이가 되어 탄핵은 기

각돼야 한다고 소리치고 있으니 그리고 구중궁궐의 대통령은 그들의 준동을 기대하고 응원하고 있으니

국가를 보위하고 국민의 생명과 재산을 지켜내야 할 최후의 보루인 대통령이 이토록 나라를 혼란스럽게 대립각을 세우도록 만들었으면서도 나는 아무 잘못이 없다고 버티는 것은 삼척동자도 웃을 일이다. 이제 헌재의 심판도 며칠 안 남은 것 같은데 그동안 미숙했던 국정처리와 잘못 운영된 국정, 나라를 혼란에 빠뜨린 최고책임자로서 책무 등을 뼈저리게 느끼고 반성하면서 조용히 헌재의 심판을 기다려야 하지 않겠는가!

그리고 국민들은 반성하여야 할 것이다. 나는 지난 대통령 선거가 있기 전에 '젊은이들이여 투표장으로'라는 글에서 사람은 그가 살아온 과거가 보통 사람들 속에서 어울리는 사람이어야지 특정 유력자들로 둘러싸여 구중궁궐에서 공주처럼 살아온 사람은 주변의 울타리에서 벗어날 수가 없어 일반 시민들과 공유할 수 없겠기에 대통령이 돼서는 안된다는 생각에 모든 유권자는 한 사람도 기권하지 말고 그 사람이 살아온 과정을 잘 숙지하여 신중하게 투표하고 신중하게 선택하여야 함을 강조하였다.

그런데 박 대통령은 최태민 일가와 그 후손들에게 완전히 포위되고 세뇌되어 오늘 이렇게 나라를 혼란스럽게 하고 있음이 백일하에 드러나고 있으니, 그리고 한 사람의 대통령이 국가와 국민에게 어떠한 영향을 끼치는가를 다시 깨달았을 것이기에 또다시 촛불집회로 나라의 운명을 다시 밝혀야 하는 일이 없게 하기 위해서 국민들은 오로지 투표로서만 말할 수 있기에 투표할 때마다 재삼 숙고하여 투표장에 가야 할 것이고 모든 국민은 기권하지 말고 꼭 투표에 참여하기를 바라는 마음 가져본다.

첫째, 지역에 기반하고 있던 콘크리트 지지를 버려라.

둘째, 후보자의 과거의 삶을 살펴보고 부정비리에 연루되거나 편견이나 독선이 없는가를 살펴라.

셋째, 보통 사람이고 보통 사람들과 어울리는지를 살펴라.

이제 그만 보았으면 한다. 촛불집회도 맞불집회도 틀기만 하면 나오는 TV논쟁도 직무 정지된 채로 구중궁궐에 앉아 있는 대통령도…

(추가) 3월10일 11시에 이정미 헌재소장 대행의 낭독으로 탄핵판결 결정문 낭독이 시작돼 22분에 "대통령 박근혜를 파면한다"로 끝났다. 그동안 5개월여 극단적인 국론분열로 나라를 혼란케 했던 탄핵소추와 의결, 심판 과정을 지켜보면서 보수 성향의 재판관이 더 많았는데도 헌법 수호의지의 관점에서 8인 전원 일치의 판결을 해준 재판관님들에게 경의를 표한다.

대통령에 대한 슬픈 기억들

현대사를 전공하거나 역사학자가 아닌 일반인 누구라도 쉽게 새겨볼 수 있는 시선으로 만인의 꿈인 대통령이 슬픈 기억이 아닌 존경 받는 대상이기를 기대하는 마음으로 대한민국 정부수립 후 70년 동안 이 나라를 통치해 온 대통령들의 부끄럽고 슬픈 발자취를 되짚어보고자 한다.

초대 이승만 대통령은 일제강점기 독립활동에도 불구하고 일제 협력자들을 중용하였고 3선개헌까지 해가면서 권력욕에서 벗어나지 못해 학생들이 주도한 4.19혁명에 의해 결국 하와이로 쫓겨나 쓸쓸한 생을 마감하였고

다음으로 들어선 내각책임제 하의 윤보선 대통령과 장면 총리는 계파싸움에 몰두하다가 1년여 만에 군사쿠데타에 의해 박정희에게 쫓겨나게 되었으며

대한민국을 경제적으로 세계에 우뚝 서게 만든 기틀을 다진 박정희 대통령은 3선개헌, 유신개헌을 통해 끝내 종신제 대통령이 되어 3선개헌까지로 끝냈으면 하는 아쉬움을 남겼고

갑자기 대통령 자리에 앉혀진 최규하 대통령은 군부에 의해 1년여 만에 무력하게 밀려났으며

12.12 육참총장 체포 사건과 광주학살을 자행하면서 체육관 대통령이 된 전두환은 수천억이라는 비자금 조성과 합체되어 퇴임 후 사형선고를 받아야 했고

군부 2인자였던 노태우 대통령도 군사쿠데타와 수천억 비자금에 연루되어 무기징역을 선고받아야 했으며

다음 민선 대통령이 된 김영삼 대통령은 하나회 척결, 금융실명제 실시 등 굵직굵직한 일들을 과감히 처리하는가 싶더니 비선실세 아들에 의해 휘둘려지기도 하고 끝내는 나라 전체를 혼란에 빠지게 한 IMF 국가부도라는 위기에 내몰리게 했으며

다음 김대중 대통령은 전임 김영삼 대통령과 함께 대한민국 민주화에 혁혁한 공을 세우고 국가부도 사태를 극복한 업적을 남겼으나 좀더 과감한 개혁을 바랐던 국민들의 여망에 부응하지 못하고 주변을 잘 다스리지 못해 친인척 비리에서 헤어나질 못했고

다음 노무현 대통령도 서민 대통령으로 퇴임 후 서민으로 돌아간 듯싶어 오랜만에 모두로부터 존경받는 대통령이 태어났나 했더니 그도 끝내 주변을 다스리지 못한 탓에 불의의 유명을 달리해야 해서 얼마나 슬퍼하고 안타까워했던가!

다음 이명박 대통령은 '다스는 누구의 것인가?'에서 시작된 각종 비리 및 비자금에 연루되어 구속수사를 받고 있으나 4대강사업, 자원외교, 방위산업 비리 등에서의 국고낭비 및 비리에 대한 국민의 의혹은 지워질 수 없으며

다음 박근혜 대통령은 최순실 게이트에 휘말려 국정농단으로 탄핵당해 구속재판 받는 신세가 되어 역대 대통령 누구 한 사람 떳떳하고 존경 받는 대통령이 없는 현실에 서글픔을 느끼지 않을 수 없다.

여기서 현 문재인 대통령께 진심으로 바라는 바는 적폐청산, 남북

관계 개선 등을 과감히 지속적으로 추진하면서 평화의 한반도를 완성시키고 오로지 국민만을 바라보며 국민을 위한 국정을 수행하면서 전체 국민이 좀 더 잘 사는 나라를 세우는 데 전력을 다해 퇴임 후 존경받는 위대한 대통령으로 대한민국 역사에 길이 자취를 남겨주었으면 하는 것이다.

2018 송구영신

남북이 70년을 극한 대립관계로 서로 으르렁대며 비방만 하면서 국민을 전쟁공포 속으로 몰아 불안에 떨게 하였는데, 2018년은 정상끼리 세 번을 만나면서 평화의 시대를 열었고 불가능할 것 같은 북미관계도 양 정상이 만나 비핵화하기로 합의하는 등 상당한 진전을 이루어 남북간의 평화, 신뢰관계를 더욱 돈독히 하는 한 해였다.

2017년까지만 해도 북한은 미국 서부까지도 도달할 수 있는 대륙간 탄도미사일이 완성단계에 접어들었고 핵무기는 거의 완성단계이거나 이미 완성되었다고 판단되고 있어 북한의 핵무장화를 묵인할 수 없는 미국이 김정은을 제거한다거나 북의 핵시설을 파괴하기 위해 기습작전을 펴게 되면 북한은 핵폭탄을 서울에 떨어뜨려 서울을 불바다로 만들겠다며 서로 으르렁 대기만해 우리 국민은 핵공포 속에서 두려워 해야 했는데

김정은의 신년사에서 시작된 평화모드는 평창 동계올림픽과 남북정상, 북미정상 간의 만남을 통한 평화 및 비핵화 선언으로 남북 간에는 연락사무소 설치, 핫라인 설치, 화약고 같았던 서해의 공동어로구역 설정, 판문점 비무장화, 비무장지대 최전선 GP초소 파괴, 비무장지대 유해공동발굴, 북한 철도 도로 연결을 위한 남북공동조사, 문화체육활동의 단일화 논의 진척 등등 70년 동안의 대립관계가 협력관계로 이어지고 있다.

2009년 서거한 두 전직 대통령은 극한 대립관계였던 남북 간의 관계를 재임 중 각 1회씩의 남북정상회담을 통하여 평화관계로의 전환을 꾀하며 개성공단, 금강산관광, 이산가족 상봉 등 상당한 진전을 이룩하기도 하였으나 이어지는 이명박, 박근혜 대통령 시절 다시 대립관

계로 회귀하였다가 촛불혁명으로 들어선 문재인 대통령에 의해 DJ, 노무현 시대의 남북화해협력모드를 계승하여 3회의 남북정상회담을 가졌고 북미정상회담까지 성사시키면서 남북평화협력 시대의 기반을 다졌다.

비록 북미 간에 약간의 줄다리기와 신경전이 있어도 김정은의 경제개발 신념이 확고한 이상 비핵화를 통하여 미국과 UN의 제재를 해제케 할 것이고 사실상 섬나라였던 우리가 철도와 도로로 중국대륙은 물론 러시아와 유럽으로 진출하는 기회가 됨으로써 남북 간에는 새로운 경제협력을 통한 경제도약단계를 맞이할 것이며 평화와 번영의 시대로 나아가는 기해년 새해를 맞이하게 될 것이다.

집안에서는 아들이 연초에 장가가고 한여름에 아기가 태어나고 갓 백일을 넘긴 손녀가 아빠 목마 타고 엄마 장단에 맞춰 웃어 재끼고 뉘여 놓으면 양팔을 쭉 뻗으며 순식간에 뒤집는 모습에서 초롱한 눈매와 미소 띤 환한 모습으로 '음마, 으빠'하며 말을 배워가는 모습에서 온 집안이 웃음바다가 된 한 해였다.

폭력과 투쟁의 국회

국회의원 선거에서 사표를 줄이고 소수당의 비례대표 의원을 늘릴 수 있는 선거법 개정과 고위 공직자의 부정을 수사 기소할 수 있는 공수처법을 놓고 여당에서는 법사위의 저지를 무력화하고 기한이 지난 후 자동 상정되는 패스트트랙을 통과시키는 중에 폭력이 오가더니 야당에서는 그 취소를 위해 국회를 무한 공전시키고 있다.

그런 과정에서 과거의 씁쓸했던 기억들이 새롭게 다가온다. 서울에서 도시 재개발사업이 한창이던 팔십년대 철거대상 건물의 세입자들은 재개발 주체로부터 더 많은 이득을 챙기기 위해 이주를 거부하며 무한 투쟁을 벌이곤 했었다. 그때 언제나 투쟁의 전면에는 여자들이 앞장서 강제집행 하려는 주최 측에 맨몸으로 저항하곤 했었다.

국회의사당에서 패스트트랙 지정 저지를 위해 불철주야 사생결단 온몸으로 저지하는 거대 야당의 모습을 보면서 씁쓰레했는데, 의장실을 점거 농성하던 의원들이 국회의장이 나가려는 걸 저지하기 위해 여성의원을 앞세워 성추행 논란을 일으키고, 국회의장이 충격으로 입원하고 지병이 악화해 수술까지 받아야 한다는 뉴스를 귀가 닳도록 듣고 있다.

국회 내에서 소수당의 폭력적 폭거를 막기 위해 국회 선진화법을 만들었고, 그 선진화법 내에서 진행되는 패스트트랙 지정을 소수당이 아닌 비록 야당이긴 하지만 여당과 맞먹는 수의 의원을 가진 한국당이 재개발사업 시행 시에 약자들이었던 세입자들의 수법을 국회 내에서 행하는 이유는 무엇일까. 얼핏, 어느 의원의 입에서 '이 패스트트랙이 시행되면 복이 날아갈 판인데...'하는 소리가 늘렸었다. 그렇다. 그들은 자기들의 밥그릇 때문에 국민을 앞세우며 결사항전 하였던 것이리라.

　사표를 줄이고 소수당을 향한 국민의 의사도 존중해야 한다는 선거법 개정이 '왜?' 불합리한 것인가. 설혹 그것이 불합리하다 해도, 패스트트랙 지정이 부적법하다 해도, 여성의원을 앞세워 재개발 시대상을 재현한대서야, 법을 만드는 신성하다는 국회의사당에서 막장드라마를 연출해도 된다는 것인가, 한심한 국회를 보면서 나라를 위한 국회인가, 국민을 위한 국회인가, 아님 누구를 위한 국회인가를 생각하니 탄식만 커진다.

　지금 야당에서는 정부 정책을 변경하고 여당에게 '패스트 트랙'을 취소하라면서 자기들의 주장을 받아들이지 않는다면 국회에 들어갈 수 없다고 한다. 현재의 야당은 실패한 전 정권의 여당이었다. 실패한 정권 여당이 야당이 되어 분해서인지는 몰라도 패자가 승자에게 굴복하라고 하면 굴복해야 하는 것인가, 적폐청산도 소득주도성장도 남북평화공존도 민주적 절차인 다수결의 원칙에 의해 승자가 된 현 정부와 여당의 기본 정책인데 그것을 폐기하라는 것은 싸움에서 패한 자가 승자에게 굴복을 강요하는 것이 아니겠는가.

　비록 승자의 정책이나 주장이 자기와 다르고 그 정책 추진에 잘못이 있다면 제도권 내에서 질책하고 주장을 펴가면서 가깝게는 내년 총선에서 멀리는 다음 대통령 선거에서 이기면 될 것을 승자의 정책이 맘에 들지 않는다고 국민의 고충은 아랑곳하지 않고 발목 잡고 버티기로 국회 운영을 저지하고 있으니 못 먹는 감 찔러나 보겠다는 것인가… 그들의 주장은 제도권에서 맘껏 주장하고 외치면서 다음을 기약해야 할 것이다.

　그리고 정부여당은 민주주의 절차에 따라 다수의 국민으로부터 위임받은 정책들을 생각과 말과 행동이 다 다른 모두를 만족시킬 수 없기에 옳다고 판단한다면 좀 더 강력히 추진해야 할 것이다. 그들이 말하는 국민은 태극기부대도 여론조사에 응한 사람의 통계만도 아닌 대나수 소용이 시켜보고 있는 사람들임을 명심해야 할 것이다.

그러나 그토록 어렵게 통과된 사표방지를 위한 비례대표 선거법도 무용지물이 되어 쓸쓸한 마음인 것은 곧이어 치러진 2020년 4월의 21대 국회의원 선거에서 제1야당은 위성비례당을 만들었고 그에 대적해 여당에서도 비례여당을 만들어 다시 양대 거대당이 탄생함으로써 소수당의 비례대표 진출이 무산되어 보완 재개정하거나 폐기해야 할 운명이 되었기 때문이다.

명예를 먹고 사는 사람들

2009년 노무현 전 대통령, 2018년 노회찬 전 의원의 죽음이 안타까움이었기에 2020년 7월 9일 박원순 서울시장의 행불 소식에 불안하면서도 희미한 희망을 품었었는데 10일의 비보에 안타까움을 금할 수 없어 삼가 고인의 명복을 빌면서 순간의 실수는 반성하고 속죄하며 살면 될 텐데 하는 아쉬움을 가져본다.

사람은 누구나 선한 마음과 정의로운 마음에 바탕한 명예욕을 가지고 있고, 돈과 권력을 쟁취하려는 욕심과 아름다움과 행복을 추구하는 욕망을 함께 가지고 있는 것이리라.

그러기에 오늘을 사는 사람들은 욕심과 욕망의 추구를 최고의 목표로 하는 본능적 사람이 있는가 하면, 선한 감정과 정의로운 마음으로 명예를 중시하는 사람들이 있는데

사회적 약자와 서민을 위해 헌신적인 삶을 살았던 분들이 순간의 실수로 그들의 행적에 오점을 찍었을 때, 명예를 먹고 살다가 사회를 병들게 하는 사람으로 전락하는 것이 두려움이기에 명예에 난 흠집을 보면서 들으면서 버티고 살아갈 용기를 잃고 아름답게 정의롭게 살아온 지난날들이 순식간에 무너져 내리는 것을 버티지 못하여 스스로 생을 마감해 버린 우리 사회의 양심가들의 죽음은 안타까움인 것이다.

물론 잘못은 비난받고 처벌받고 속죄하여야 하는 것은 당연하나, 알권리를 빙자하여 지나치게 흠집만을 확대재생산하며 대중의 인기만을 추구하는 언론이나, 언론의 자유를 빙자하여 온갖 악플이나 비난을 일삼는 악플러들은 그들을 막다른 골목으로 내몰아 죽음에 이르게 하고 있는 것이다.

지난날 황당한 루머나 갖은 악플들 때문에 스스로 삶을 포기해야만 했던 연예인들의 죽음이나, 이번 박 시장과 같은 죽음이 일견 사회적 살인이 아닌가 생각하면서 며칠 전 팀 주치의와 감독, 선배들의 폭행에 시달려 관계기관에 수개월에 걸쳐 수차례 진정을 하였으나 돌아오는 반응이 무심하고 할 수 있는 일이 없어 무력함을 견디지 못하고 삶을 포기해 버린 안타까운 죽음도 또 다른 사회적 살인이라고 생각되기에

다양한 사람이 힘들게 살아가는 세상이지만 작은 실수는 덮어주고 인간성을 상실한 학대나 망동은 크게 꾸짖고 징벌하는 사회가 되어 모든 사람이 더불어 살아가는 더 살기 좋은 세상이기를 바라는 마음 가져본다.

코로나로 얼룩진 2020년

작년 연말 중국 우한시에서 시작된 코로나19의 전파력이 지금까지의 바이러스 와는 차원이 달라 순식간에 수천 명으로 그리고 또 몇만 명으로 확산되자 중국이 우한시를 봉쇄하는 초강경 조치를 취하여 확산이 차단되는가 했는데 어느 날부턴가 중동의 이란에서 급속하게 확산되어가고 있다. 처음 한두 명씩 증가하던 우리나라에서는 올해 2월 16일부터인가는 '신천지'라는 기독교 집단에 의해서 폭발적으로 증가해 하루에도 수백 명씩 확진되는가 하면, 중국에서 그 수가 수천 명에 이르렀을 때 유럽으로 퍼지기 시작한 확산세는 이탈리아에서 증폭되고, 스페인 등 유럽 전역으로 확산되고, 다시 미국에서 증폭되기 시작하면서 그 추이를 가늠할 수 없고 이제는 전 세계가 떨고 있다.

이런 가운데 우리는 3월 2일에 시작되는 2020년 신학기 개학일정을 3차례나 연기하면서 4월 6일 개학을 기대하였는데 이젠 학생들을 통한 지역사회 확산을 차단하기 위해 순차적 온라인 개학을 하기로 하고 유치원은 아예 무기 연기하기로 하면서 초등학교 저학년인 손주가 학교도 가지 못하고 맞벌이 부모의 도움도 없이 온라인 수업을 잘 받을 수 있을는지 걱정이다.

또한 정부에서는 멈추어가고 있는 소비시장의 활력을 위해 전 국민의 70%에게 긴급 재난지원금을 지급하기로 하고 동력이 떨어져 가는 경제에 활력을 불어넣기 위해 총력을 쏟고 있다. 그래도 다행인 것은 중국 다음으로 어마어마한 폭발력을 가졌던 확산속도가 마스크쓰기, 손씻기, 거리두기 운동 등 전 국민의 동참으로 둔화돼 이제는 총 감염자 수에서 세계 10위권 밖으로 밀려났고 사망률도 세계 최저인데다 검체 채취에서부터 의심증상자 관리, 감염자 관리 등까지 국경봉쇄 없이 투명하게 대처하고 있는 우리를 전세계가 찬양하고 표본으로 삼아 대처하고 있는 상황에 이르렀다.

2020년 도쿄올림픽은 2021년으로 만 1년이 미루어졌고 미국의 폭발력은 아직 가늠하기 어렵지만 폭승하던 이탈리아에서 감염자와 사망자 수가 감소하는 추세로 돌아선 듯하고 스페인 등 세계 각국에서도 확산을 막기 위해 총력을 다하고 있는 지금, 내가 '종말론 미래인류사'에서 예견한 것처럼 정말 지구촌의 종말이 다가오는 것이 아닌가 하는 의구심도 들지만, 아직은 아니다. 우리나라는 며칠 전에 완치자가 50%를 넘어섰고 감염자는 점점 그 수가 줄어들고 있는데다 면역력이 생긴 사람들이 점점 증가하고 백신개발도 머지않아 성공하게 되면 보통의 감기 정도로 스쳐 지나갈 날이 올 것이기 때문이다.

그러나 지금 코로나19로 지구촌은 몸살을 앓고 있다. 전 세계는 국경을 통제하고 외국인의 입국을 봉쇄하고 있어 땅, 하늘, 바닷길이 막히고 지구촌이 올스톱 상태나 다름없다. 미국과 서구유럽의 확산세가 극에 달해 학사일정이 정지된 상태이기 때문에 내일을 장담할 수 없는 가운데 유학중인 학생들이 보다 더 안전하다고 평가되는 우리나라로 속속 돌아오는 중에 길어지는 방역대책으로 피로감에 지친 일부의 일탈이 있었고, 일부 종교단체 등에서는 종교탄압이라고 주장하며 예배 등을 강행하고 있다. 우리 한 사람, 한 사람이 다소의 불편과 고충이 따르더라도 대처 수칙을 철저히 따르며 협조하는 마음을 가지면 여름이 되면서 코로나19가 종식되고 일상으로 되돌아갈 수 있을 것으로 기대하였던 것이다.

그러나 추운 겨울철 질병으로 생각하고 더운 여름이 되면서 사라질 것 같던 기대는 빗나가고 더욱 창궐하며 일 년 내내 전 세계를 공포의 넉구틈으로 뒤넢어 그 수를 헤아릴 수 없는 부승상 삼념사를 세외하고도 드러난 확진자만 8천만 명에 육박하고 1백7십만여 명이 사망하는 인류의 생존위기에 일상은 마비되다시피 하는데도 코로나백신이 아직 일반화되지 않아 언제 나도 감염될지 모른다는 두려움에서 벗어나질 못하고 있고, 학생들의 비대면수업, 온라인수업도 계속되고, 코로나 방역을 위한 의료진들, 소방대원들, 군인 등 사회 각계각층의 동참과 불철주야 노력으로 K방역이 세계의 모범이 되고 온 국민은 K방역의 완성을 위해 답답함과 지루함을 견뎌내고 있는데

일부 교회신도들과 모임들, 술자리의 빗나간 광란의 사람들, 8·15 집회 참가자들 등 일탈자들로 인한 만연이 있었고 콜센터, 택배회사 등 생활전선의 다중접촉을 통한 확산, 요양병원 등 취약계층을 통한 확산이 있었으나 이젠 사회 각층으로 퍼진 무증상 감염자들을 통한 산발적 확산으로 이어지고 또 연말이 되면서 요양병원, 교회 등은 물론 다수가 모이는 모든 곳으로 급속하게 파고들어 이제 방역 최후단계인 3단계까지 올렸으니 나라 전체가 일시 정지상태여야 할 단계까지 온 것이 아닌가 심히 걱정되는 지금이다.

국가적 난국이다. 거리두기, 비대면, 다중집합금지 등으로 일부 특수를 누리는 곳도 있긴 하지만 대부분의 영세 상인들, 영세 개인 사업자들, 공연계 등 각계각층의 신음소리가 요란하다. 물론 우리만의 일은 아니고 소위 선진 미국이나 유럽 등은 우리보다 몇십 배 심각하지만 백신개발이 자체적으로 아직 미완이고 외국에서 개발된 백신도 그 안전성 면에서 완벽하지도 않는 데다 선진 열강 부자나라들이 백신 구매계약을 싹쓸이하였다며 우리는 언제쯤 백신을 맞을 수 있느냐며 우려하는 목소리가 크다. 며칠 전부터 미국, 영국 등 선진국들을 시작으로 백신접종이 시작되기는 했어도 그 효과가 어느 정도로 언제쯤 나타날지, 우리나라에서는 언제쯤 백신이 일반화되어 방역(면역) 벨트를 형성할 수 있을지는 알 수 없겠으나 2월 말이면 백신접종이 시작되고 2분기부터는 본격 접종이 이루어질 것이라는 정부의 발표를 믿

으면서 되풀이되고 지루한 하루의 일상을 참아내면서 방역수칙을 철저히 지켜나가기로 다짐해본다.

한편 성의로운 사회구현을 위한 부소불위의 권력을 재분배, 개혁하기 위해 검, 경 수사권 조정, 국정원의 정보 독점권 이양 등 각종 개혁입법 과정에서의 불협화음과 저항으로 서로를 비난만 하는 가운데 힘의 논리는 국회를 지배하고, 조국 일가에 대한 털이전, 검, 언 유착에 대한 공방전, 대통령의 공약인 원전 폐쇄정책을 뒤집으려는 듯한 강제수사, 판사 사찰 논란, 총장일가에 대한 공방 등으로 법무장관과 검찰총장 간에 일 년 내내 계속된 피 터지는 공방전 등으로 국민들의 피로감만을 증폭시키는 가운데에서도 BTS로 대표되는 K팝, 봉준호 감독 영화 '기생충'등의 세계정복을 기점으로 K방역, K트로트 등은 국민의 심신을 위로하는 청량제가 되었던 한 해였다.

이제 흰 소띠 해인 다가올 신축년 새해에는 코로나19에 대한 백신 접종으로 K방역이 완성되고, 미투로 인한 사회적 혼란도 마감되고, 비선에 의한 국정농단과 DAS는 누구 것인가?로 감옥에 있는 대한민국을 대표했던 두 전직 대통령의 안타까운 현실도 국민 곁으로 다가와 모든 국민의 무거운 짐도 내려놓는 계기가 있었으면 하는 바람도 가져본다.

코로나 한가위

한가위 둥근달 속의 방아 찧는 토끼는
예나 지금이나 다름 아니고
떠나온 고향 산천 다정한 이웃들은
언제나 그리움인데

근본도 태생도 모르는 '코로나19'는
백신도 치료약도 없어
2천 년 전래의 한가위 민족 축제도
아귀 되어 삼켜버리니

영상으로 그리움 달래며
내일을 기약하는 마음
아쉬움만 쌓이고 쌓이네

우주로 향하는 큰 걸음 '누리호'

2022년 6월 21일 우리나라도 순수 우리 기술로 설치한 발사대에서 우리 기술로 제작한 위성을 발사 미, 소, 중, EU연합, 인도, 일본에 이어 일곱 번째로 우주선을 지구궤도에 안착시키는 데 성공함으로써 발사 장면을 지켜보던 온 국민이 열광하고 환호하였었다.

그 후 며칠이 지나 조선대학교에서 제작한 큐브위성이 누리호가 발사된 후 본체 위성에서 사출(분리)되어 9일 만에 지상기지와 교신에 성공하였다는 보도를 보았다. 본체 위성에서 큐브 위성을 사출시켜 교신에 성공하는 것은 매우 드문 일이라 하는데 우리는 그 첫 시험에서 성공한 것이다. 이어지는 KIST, 서울대, 연세대에서 제작한 큐브 위성들도 차례로 사출되고 성공하기를 바라는 간절한 마음이다.

이제 우리도 우주시대 대열에 들어섰기에 앞으로 4차례 계획된 발사를 통하여 완벽한 우주 대열에 합류할 뿐만 아니라 우주선에서 재차 분리하는 큐브위성들도 이번처럼 작은 규모가 아닌 완전체로서 완벽하게 성공하기를 바라는 마음으로 우리의 위성을 위하여 애쓰시는 모든 분들께도 감사하는 마음을 가지면서

나는 내가 '합리적 종말론'에서 예견한 것처럼 지상의 생명체를 멸종시킬 만큼의 무서운 바이러스들이 생성, 인류를 멸종케하는 지구의 종말이 오더라도 이제 우리도 달 탐사선을 타고 달을 탐사하는 우주인, 지구궤도를 도는 우주정거장에 승선해 우주를 관광하는 우주인들이 된 우리의 후손들이 살아 남아 새로운 일만 년의 시대를 열어갈 수 있지 않을까 하는 상상을 하면서 이번 누리호의 성공을 축하하며 우리의 우수시내가 활싹 널리기를 기내해본나.

대통령의 말

윤석열 대통령께서 지난 나토 정상회의에 참석했을 때의 당당한 모습에서 시각적으로는 신뢰를 할 수 있어 자부심을 가지면서도 일상에서의 한마디 한마디는 존엄을 잃어, 이 글의 제목을 한 나라의 최고 통치자의 '말씀'이라고는 할 수 없어 '말'이라고 하면서 스스로 씁쓸한 마음이다.

대통령께서는 후보 시절에도 문재인 정부가 나라를 폭망시켰다거나 일본의 우경화가 현 정부 탓! 이라고 맹폭을 가했었는데 후보시절은 이해한다 해도 이제는 국민 전체를 통합하고 국민의 복지와 행복한 삶을 위하여 최선을 다함으로써 국민들로부터 신뢰와 존경을 받아야 할 것이다.

그런데 요즘 대통령은 소통을 강조하면서 출근 시에 한마디 한마디 던지는 말들이 일부 지지층에게는 통쾌하고 당당하게 들릴지 모르겠지만 하루를 조용히 열심히 살아가는 사람들에게는 말씀으로써의 품격과 위엄을 잃는 것이 아닌가 안타까울 뿐이다.

우리는 흔히 비교하는 것을 금기시하고 절대 해서는 안 된다고 곱씹으면서도 나의 아이들과 이웃집 자녀를 비교한다거나 부부간에도 이웃집과 비교하는 경우가 흔하다.
부부간에는 싸움의 시발이고 끝내는 파국에 이르게 할 수 있을 것이고, 내 아이를 이웃의 잘난 자녀에게 비교하는 것은 자존감을 잃고 방황하게 할 수도 있을 것이다.

그런데 요즘 우리의 대통령은 말끝마다 전 정부에 비교하며 비난하는 것을 들을 수 있다. 원전 감축정책은 문정부의 '바보 같은 짓'으로 계속 발전시켰다면 절대우위의 세계적 기술을 확보하였을 것이라고 하는 극단적 비하 발언, 인사에서 서오남(서울대 출신 50대 남성), 검찰공화국이라고 언론이 보도하고 야당이 비난하자 전 정부는 민변으로 도배하지 않았느냐면서 전문성과 능력을 우선으로 하였고 성별과 연령, 지역 간의 균형을 위하여 분배하듯이 인사를 할 수는 없다고 일축하였고,

음주운전, 논문표절, 투기, 무단전입 등 장관 후보자들의 과거 경력을 들추어내어 자격이 없다고 하자 내정자의 스펙을 들어 전 정부의 어느 장관보다도 더 훌륭한 사람이라고 하면서 '이렇게 훌륭한 사람이 전 정부에 있었느냐' 하는 말들은 그들의 과거 전력들을 용인하는 듯한 말들로 대통령의 말로서는 부적절한 발언이 아닌가 생각한다.

일제히 시작된 전 정부의 정책과 관련자들에 대한 수사에 대하여 야당에서 보복수사라고 하자 '수사는 과거 일에 대한 것이지, 미래의 일을 수사하는 것이 아니기에 전 정부의 비리를 수사하는 것은 당연하다.'라고 일축하는 것들, 물론 비리는 수사하고 처벌해야 하는 것은 당연하고 마땅한 일이지만 보복성이거나 정치적으로 치명상 등을 주기 위한 인위적인 것이어서는 안 될 것이다.

국정 초기인데도 여론조사에서 지지율이 많이 떨어지고 있다는 기자들의 지적에는 '여론조사는 상관하지 않는다.'며 국민의 생각을 묻는 여론조사를 폄하하고 무시하는 태연한 듯한 태도를 보이는데, 마치 구름이 몰려 다니면서 비가 되어 토지를 비옥하게 하기도 하지만, 태풍을 몰고 다니면서 폭우가 되어 강을 범람케 하고 산사태를 일으켜 무서운 재앙을 가져오기도 하듯이, 국민은 그 마음에 따라 평온할 때 아름다움을 찬양할 수 있지만 불편할 때 먹구름이 될 수도 있으므로 여론을 간과해서는 안될 것이다.

특히 통치철학이 뚜렷하다고 할 수 있는 대통령이 사사건건 전 정부에 빗대어 비난하는 말을 쏟아내는 것은 듣기에 거북스럽고 민망한 일이 아니겠는가! 대통령이 아니어도 여당대표나 대변인들, 국회의원들, 국정철학에 동조하는 평론가들이 할 수 있는 말일텐데 전 정부의 국정철학을 일일이 대통령이 비하하는 것은 국민을 위한다고 할 때의 그 국민이 그를 지지하는 국민에 국한해서는 안 될 것이기에 한 나라의 최고 통치자의 말로서는 적절치 않다고 본다.

전 정부에서는 저소득층과 약자를 위한 복지우선, 세계평화, 남북화해 등을 국정철학으로 하여 국정을 운영하였고, 현 정부는 공정과 정의에 바탕을 둔 경제성장을 최우선 철학으로 하기에 전 정부와 단순 비교해서는 안 되고 국정철학대로 국정을 운영하면 될 것을 어떤 비평에도 '전 정부는 안 그랬냐!'는 등의 말이 듣기에 불편한 것은 대통령의 말은 품격 있고 고차원적인 말이기를 기대하는 마음인 것이다.

대통령의 말씀은 진중하고 깊은 뜻이 들어 있어야 하고 전체 국민을 보면서 해야 할 것이다. 대통령의 비교 해명에 쓸쓸한 마음을 떨칠 수 없는 조용히 살아가는 사람들도 대통령이 말하는 이 나라의 국민이기 때문이다. 이제 대통령은 통합에 역행하는 말들, 전 정부를 빗대어 비난하는 말들은 당이나 평론가들에게 맡기고

고물가, 각종 전염병의 창궐, 우크라이나전쟁으로 인한 글로벌 위기시대인 지금 국민의 삶의 질을 높이는 데 최선을 다하고 특히 평소 주장해 온 각종 정부위원회 구조조정, 방만 운영되고 있는 공기업 구조조정, 시급한 국민연금 개혁 등이 차질 없이 추진되기를 기대하면서 국민과의 소통의 지렛대인 기자들과의 문답은 전 정부를 빗대어 비난하는 시시콜콜한 말보다는 국민경제와 복지를 위한 포부를 담은 말씀이 쏟아지기를 기대해 본다.

이태원 골목의 비극

2022년 10월 30일 새벽 눈을 비비며 돌린 채널마다 간밤의 참상을 내보내며 비통해하고 있었다. 150여 명의 생때같은 젊은이들이 죽고 중상자도 수십 명에 달한단다. 이 무슨 청천벽력인가, 이태원에 무슨 사고가 있었기에 이런 대형 참사가 발생했다는 것인가. 어안이 벙벙한채 뉴스를 듣다 보니 세월호의 아픈 기억이 떠오른다.

세월호 때도 한 시간 가까이 조금씩 기울어져 가며 그 큰 배가 뒤집힐 때까지 해경구조대나 구조헬기 등은 주변을 맴돌며 한두 명을 구조하고 있었는데 그나마 선박에서 탈출 구조된 사람들이 배의 선장과 선원들이었다니 기가 막힐 일이었다. 제주도로 수학여행 떠난 고2 학생들 300여 명에 일반인까지 400명이 넘게 타고 있었다는데 승객에게는 조용히 대기하라고 하고 선원들은 탈출하다니, 그들의 무책임 함에 그리고 자기만 살겠다는 이기적 발상에 얼마나 분노하고 절규했던가.

그런데 간밤에 서울의 한 복판에서 그것도 대형 사고가 아닌 길 위에서 '할로윈데이'를 즐기려고 모여든 인파로 인해 밀리고 떼밀려 넘어지면서 159명의 혈기왕성한 젊은이들이 압사를 당하다니, 안타까운마음에 가슴이 미어질 뿐이다.

사고는 왜 일어나는 것인가, 피할 수 없는 불가항력이었던 것인가, 회복될 수 없는 참사이지만 다시는 재발되어서는 안될 것이기에 곱씹어보고자 하는 것이다. 용산구청과 경찰서는 실무 차원에서 사전에 회의를 통해 대책을 논의했다고 한다. 그런데 그것이 마약이나 폭력, 성추행 등의 대책에 한했던 것 같다. 더구나 구청장이 주재하고 경찰서장과 지역장들이 모인 것이 아니고 실무자 차원이었다는 것이다.

이태원지역은 오르막길이 많은 산비탈에 형성된 마을이지만 젊은 이들의 로망이 서린 곳이다. 그래서 젊은이들의 축재 때마다 인파가 몰리곤 했는데 할로윈데이를 맞아 10만이 넘는 인파가 몰린다는 것을 예측하고 회의를 했던 것이다. 그런데 비탈이 많은 골목길에 구름 같 은 인파가 몰리는데 고작 대책이 마약과 성범죄자, 폭행사범에 대한 내용뿐이었던 것이다. 예년에도 구름 같은 인파가 몰렸지만 어떠한 사 고도 없었기에 미처 생각하지 못했다는 것이다.

우리의 방재시스템이란 것이 늘 그러하듯 사후에 대책을 세우는 '사후약방문'인 것은 어제오늘의 일은 아니지만 10만의 인파가 그것도 코로나로 3년여 동안 거리두기와 마스크쓰기 등 통제와 제약에서 벗 어난 자유로운 영혼들이 비탈진 좁은 골목길에 운집한다는 것이 얼마 나 위험한 일인지 우리의 안전관리기관 관계자들은 전혀 예측하지 못 했다 하니 답답할 뿐이다.

설령 예견은 못 했다 해도 현장에서 112에 위험신고가 60여 차례 있었고 압사당할것 같다, 죽을것 같으니 통제해 달라, 이태원역을 무 정차 통과시켜 달라 등 요구가 빗발쳤는데도 신고 접수센터에서는 무 감각하게 처리했다고 하니 답답하고 아쉬울 뿐이다. 안전관리 책임이 있는 고위 공직자의 사전 대비 철저 지시와 관계기관 간에 협조하여 대처하라는 지시만 있었어도 실무자 차원의 대책이 더 철저하였을 것 이고, 빗발치는 안전사고 우려 목소리를 흘려버리지 않았을 것을... 그 유능하다던 고위 공직자들은 다 어디 가고 침묵만을 수호하는 것인 가!

도로를 가득 메운 무질서한 구름 같은 인파를 경찰관 몇 명이 목이 터져라 질서를 외친다 한들 가능했겠는가, 이태원역 1번 출구 앞 오르 막길을 차단만 했어도 하는 아쉬움을 남기며 지구대 소속 경찰관 몇 명으로는 감당할 수 없어 상부에 지원요청을 했는데도 묵살된 것은 누구의 책임인 것인가.

사고란 언제나 예견하지 못한 데서 발생하는 것이다. 예견하나면 대책을 세우고 방비했을 것이기 때문이다. 그런데 이번 참사가 예견할 수 없었던 일이던가, 폭 4m 길이 50m가 안 되는 좁은 골목길 내리막에서 순식간에 159명이 압사당하고 아직도 중상자가 30명이 넘는다 하니 기가 막힐 일이다.

더구나 사고 후 구청이나 경찰서, 행안부 수장들은 예견할 수 없었고 방지할 수 있는 일이 아니었다고 하는 무책임한 발언으로 국민의 질타를 받고서야 관리담당 수장으로서의 소홀함을 사과하였는데 그것도 112에 위험신고가 60여 차례 있었다는 것이 밝혀진 뒤의 일이다. 복구될 수 없는 일이기에 사과가 무슨 실질적인 도움이 될까마는 그래도 심리적 안정감이라도 얻는 데 도움이 될텐데 관리 수장들의 면피성 발언에 국민들은 분노하고 있다.

사고의 전말이나 책임추궁은 수사를 통하여 밝혀지겠지만 일부 군중 사이에서 소란한 틈을 타 '밀어'라는 구호를 외친 사람이라든가 배치된 소수의 경찰관들에게 책임을 전가하는 일이 있어서도 안 되겠지만 위급한 상황에서 대중을 선동하는 언행을 해서도 안 될 것이다.

질서 통제 경찰관들 또한 소수의 인원이었지만 좀 더 효과적인 대처는 할 수 없었을 것인가 스스로 자문하면서 트라우마를 가질 수도 있을 것이다. 그들도 피해자다. 최선을 다했으면서도 엄청난 참사를 목도하며 무력함을 느꼈을 것이기 때문이다. 그들을 비난할 것이 아니라 저 위에서 통제할 수 있는 권한을 가진 자들이 심각성을 인지하지 못하고 해태하였던 것을 비난해야 할 것이다.

국민의 안전을 책임져야 할 국가가 사전 대비에 소홀하였고 현장 대처도 미비하였을 뿐더러 사후에도 책임회피성 발언 등으로 피해자들뿐만 아니라 전체 국민의 심금을 아프게 하는 것은 질타를 받아야 마땅하고 또한 책임을 져야할 일이기도 하다. 방재시스템의 부재나 미비를 탓하기 전에 방재예방에 책임 있는 사람들이 책임을 소홀히 한 것은 안전불감증의 문제를 넘어 사회악인 것이다.

이번 참사 희생자들은 대부분 젊은 혈기의 2030 청년들이다. 고등학교시절 국어교과서에 실린 '청춘예찬'의 청춘들이다. 청춘! 듣기만 해도 혈기 왕성하고 발랄함이 느껴진다. 올림픽에 출전하고 메달을 딴다든가 세계를 사로잡는 아이돌들, 세계를 제패한 바둑기사들도 다 20대 청년들이다. 국방의 의무를 지고 나라를 지키는 군인들 또한 청년들이다.

이처럼 장차 이 나라를 짊어지고 나아갈 수많은 청년들이 순식간에 목숨을 잃은 것이다. 그들은 이 나라의 역동성을 책임질 과학자로 예술인으로 사업가로도 성장하고 후대로 이어갈 자손을 번성케 하여 이 나라의 연속성을 이어갈 동량들인데 그들의 젊음을 꽃피우고 푸른 꿈을 펼쳐보지도 못한 채 그렇게 허망하게 사라지다니 안타깝고 슬픈 일이 아닐 수 없다.

삼가 고인들의 명복을 빌며 중상자들도 하루빨리 쾌차하기를 바란다.

'다누리'의 달 궤도 진입 성공시대의 한반도

2022년 8월 5일 미 플로리다주 우주기지에서 발사된 우리의 달 탐사선 다누리가 예정된 일정보다 이틀이나 빠른 12월 27일 달 궤도 진입에 성공하였다.

지난 6월 21일 순수 우리 기술로 제작된 전남 고흥의 발사대에서 우리의 기술로 제작된 '누리호'를 발사하여 지구궤도 진입에 성공시켰었는데 이번 다누리는 무려 145일을 우주공간에 궤적을 그리다가 달 궤도 진입에 성공하였고 앞으로 1년간 달 궤도를 돌면서 송출해 주는 달 표면 정보를 수신하여 우주탐사의 자료로 삼는다는 것이다. 이로써 우리는 세계 일곱 번째로 우주 탐사국에 진입하였고 우주 강국으로의 도약을 축하하는 바이다.

다누리는 지구에서 38만 km 떨어진 달을 향해 직진한 것이 아니라 최대 156만 km까지 크게 '나비모양' 또는 '무한대모양'의 궤적을 그리면서 무려 5개월여를 우주공간을 비행하다가 드디어 달 궤도진입에 성공한 것으로 무한의 우주공간에서 지근거리에 있는 달 궤도에 진입한 것이 우주생성과 만물의 생성원리에 비한다면 한 알의 모래알에 불과할지도 모르겠지만 유한한 인간의 능력으로 무한의 우주를 향해 내디딘 큰 걸음에 박수를 보낸다.

한편 우주를 향한 우주 강국으로의 큰 걸음에 태클이라도 걸듯 지금 세계는 무한 군비경쟁 중이다. 북한은 시시때때로 미사일을 발사하고 핵실험을 예비하고 있고, 중러는 연합비행을 하면서 무력시위를 하고, 한미일은 최첨단 시스템을 갖춘 전투기들과 항공모함 등으로 시위하면서 상호 일촉즉발의 긴장감으로 군사 충돌을 예비하고 있다.

더구나 일본은 적대국(북한)의 공격이 예견되는 경우 우리와의 협의나 동의 없이 자국의 판단만으로 사전 조치를 할 수 있다고 함으로써 우리와의 협의와 동의가 선행되어야 한다는 주장도 묵살하고 있고, 일 년째 계속되고 있는 러우전쟁에서 푸틴이 핵무기를 최종 수단으로 사용할 수도 있다는 우려 속에서

며칠 전 3m가 안 되는 북한의 무인기가 서울 상공을 몇 시간 동안 비행하고 돌아갔는데 군이 출격을 하고서도 격추나 적절한 대비를 못한 것에 대해서도 대통령은 현재의 무능을 전 정부의 화해협력정책 탓으로만 돌리면서 핵무기를 무서워해서는 안 되고 전쟁에서 확실히 이길수 있도록 전쟁준비를 철저히 해 북한의 어떠한 도발도 완전 무력화시키는 대비태세를 갖추어야 한다고 강조하고 있는데, 대통령의 말이 북한의 핵실험에 빌미가 되고 일본의 사전 조치 관련 주장에 부화뇌동하는 것으로 이용되는 것이 아닌가 우려스럽다. 그들이 핵실험을 한다고 해서 우리가 실제 공격을 할 수 있을 것인가?

혹여라도 김정은 정권의 핵 무장화와 우리의 군사적 자강론, 일본의 선제공격론 등이 충돌하여 북한의 핵실험이나 일본 상공을 통과하는 미사일 발사 등을 빌미 삼아 일본이 선제공격이라도 한다면 한반도는 전쟁의 소용돌이에 휘말리게 될 것이고 감히 상상으로도 예측이 불가능한 참상이 벌어질 수 있을 것이다.

지금 1년째 계속되고 있는 러우전쟁은 소강상태로 접어든 지 오래고 미국을 비롯한 서방은 제한적인 무기지원만을, 러시아의 푸틴은 핵무기를 최종수단으로 사용할 수도 있을 것처럼 하면서 상호 전쟁 종식을 위해 협상해야 한다지만 러시아는 점령지를 현 상태대로, 우크라이나는 크림반도를 포함해 모든 점령지에서의 퇴각을, 상호 인정할 수 없는 협상론을 주장하며 전쟁은 계속되고 있는데 만에 하나 한반도에

서 전쟁이라도 일어난다면 차원이 달라지는 것이다.

한미일 동맹과 북중러 동맹은 그 군사적 위력에서 순식간에 지구 멸망을 가져올 수도 있기에 만약 한반도로 그 영역이 제한된다면 한 반도는 더욱 순식간에 초토화되고 말 것이다.

그러기에 한반도에서의 전쟁은 결코 있어서는 안된다. 반도 전체 가 초토화된다면 승리가 무슨 소용이며 어떤 의미가 있다는 말인가. 그런데 우리의 대통령은 힘으로 제압하는 것만이 우리가 살 길이라고 강조하고 있다. 물론 우리가 북한을 압도하는 힘을 키워야 하는 것은 당연하지만 상대방을 멸망시키는 힘이 아니라 감히 도발하지 못하게 하는 억지력을 갖추면 될 것이다. 어떠한 이유로도 한반도에서의 전쟁 은 있어서는 안되는 것이다.

그렇다면 우리는 억지력을 갖추면서 평화공존의 길을 터야하는데, 평화공존… 말은 쉬우나 그 접점이 어렵기에 상대방을 존중해가면서 접점을 찾기위해 노력해야 하는데 서로 상대방을 비난하고 자극하는 발언만 난무하니 심히 우려스럽다.

내가 '종말론'에서 수백 년 내로 합리적 종말이 오지 않을까 예견했 는데 오늘 같은 핵무기의 전쟁무기화로 자칫 지구 종말이 의외로 빨 리 오는 것이 아닐까 우려도 된다. 그러한 우려와 공포 속에서 한세상 을 살아야 하는 우리의 후손이 아니라 IT강국으로서의 기술력을 토대 로 우주를 향해 힘차게 뻗어 나가는 우리의 후대이기를 바라본다.

충성경쟁 속의 가느다란 불씨

나는 '대통령의 말'이나 '보통 사람의 시선'이라는 글에서 대통령은 강성 지지자뿐만 아니라 전체 국민을 대표하고 국가를 대표하기에 국정도 전체 국민을 바라보며 수행해야 한다고 하였고 그런 생각에는 변함이 없는데 요즘 대통령의 말이나 국정운영에 대해 씁쓸한 마음을 버릴 수 없다.

대통령 후보시절 토론회에서 손바닥에 새긴 '왕'자를 클로즈업시켰었는데 대권을 쥐고 난 후 전제군주 시대의 왕 행세를 하는 것이 아닌가 하는 느낌을 받은 것은 나뿐일까? 그가 검사 시절 '나는 사람에게 충성하지 않는다. 오직 법과 양심에 따를 뿐이다.'라고 하였는데 지금 보면 본인에게 충성하지 않는 사람은 그가 누구이건 어떤 역할을 한 사람이건 가차 없이 내치는 것을 보면서 공정과 정의는 허울이었던 것인가 씁쓸한 마음인 데다 윤정부의 성공을 위한다는 명분을 내세워 충성경쟁을 하는 사람들로 주변을 채우는 것이 너무나도 확연하게 보여 사람에게 충성하지 않는다던 사람이 충성하는 사람들로 울타리 삼고, 권력 앞에 굴종하는 듯한 사람들이 큰소리치는 세상인심에 서글픈 마음뿐이다.

지금 대한민국은 가난에 굶주리고 헐벗던 시절도, 개발도상국시절도 아니고 경제적으로, 기술로, 문화적으로 세계를 선도해 가는 선진국이고 더구나 현대는 전 세계의 모든 소식을 즉각적으로 접할 수 있는 초고속 시대인데 세일즈외교를 위해 대규모 경제사절단을 대동하고 UAE를 방문중이던 대통령이 현지에 파병된 아크부대 장병을 위로하고 격려하는 자리에서 UAE와 이란을 우리와 북한의 '주적'관계로 대비한, 밀실에서나 할 수 있는 말을 대놓고 한 것은 '우리 대한민국은 너희(이란)의 적이다.'라고 공언하는 듯한 말로 같은 수교국이고 교역

국인 나라를 적으로 만드는 외교적 참사가 아니겠는가,

'장병 여러분은 이 나라(UAE)의 국가 안보를 지키는 전술적 능력을 도와주기 위해 파병되었고 멀리 이국에서 고생하는 여러분을 볼 때 매우 든든하고 고맙게 생각하며 나는 우리의 안보를 지키기 위해 우리의 국방력을 강화하여 어떠한 적으로부터도 지켜내기 위해 최선을 다 하겠다.'정도로 했었으면 하는 아쉬움이 남는다.

대통령은 후보 시절뿐 아니라 당선된 후에도 늘 공정과 정의에 바탕 한 국정운영과 자유를 말씀하였고 연과 나눔을 따지지 않고 유능한 사람만을 발탁하여 국정을 운영하겠다고 하였고 지금 발탁된 사람은 다 유능한 사람으로 전 정부에 이런 유능한 사람이 있었느냐고 호언하였는데 지난번 이태원참사 때도 느꼈지만 과연 이 정부가 유능한 사람들로 운영되고 있는가 하는 의구심이 들고 대통령 또한 스스로의 말씀대로 국가를 대표하고 전체 국민을 위해 유능한 정책을 추진하고 있는 것인가 의구심이 든다.

아무리 따라할 줄밖에 모르는 앵무새처럼 전 정부를 비난하고 비교하는 말만을 되풀이한다 해도 한가지 기대해 보는 것은 지난번 강성 노조를 뚝심으로 제압했던 것처럼 공기업이나 각종 위원회의 비리 척결과 개혁, 건강보험, 연금개혁, 정치개혁과 헌법개정 등을 이루어 낼 수 있지 않을까 하는 것이다.

한편 우리 정치사는 그 기조가 보수와 진보로 극명한데도 시시때때 합종연횡을 계속하면서 명멸을 거듭했는데 이제 정치개혁을 통해 사람에 따라 합종연횡을 되풀이하는 혼란을 거듭할 것이 아니라 철학적이고 시대적인 소신에 의해 보수와 중도보수, 진보와 중도진보 등 4당체제정도로 갔으면 하는 바람도 함께 가져본다.

누리호 3차 성공 축하

2023. 5. 25. 18:24, 누리호 3차가 고흥 나로우주센터 발사장을 300톤의 추력을 받으며 힘차게 날아올랐다. 1차에서는 최종 추진 단계에서 약간의 추진력 부족으로 실패하였으나 작년 6월 2차에서는 4기의 소규모 모형위성을 사출시켜 성공하였는데, 그 후 1년 이번에는 차세대 소형위성 2호와 부탑재된 천문연구원의 도요샛 4기, 민간 큐브위성3기 등 모두 8기의 실용위성을 고도 550km의 지구궤도에 안착시키고 소형위성과 지상국과의 교신에 성공, 실용위성을 탑재한 누리호의 발사가 성공함으로써 자체 제작한 발사대에서 자체 제작한 위성을 발사해 성공한 세계 7번째의 우주개발국(G7 우주클럽)에 진입하게 되었다.

앞으로 소형 2호는 2년 동안 하루 15회씩 지구궤도를 돌면서 지상국과 교신하고, 도요샛 4기는 기상 관측사항을, 민간 3기는 각각의 임무를 수행할 것이라 한다. 더구나 향후 3년에 걸쳐 계획된 4~6차에서는 민간 영역을 더욱 확대할 예정이라는데 앞으로의 누리호는 어떤 고도화된 모습으로 놀라움과 감격을 줄까, 누리호뿐만 아니라 나로호의 모습도 어떤 진화를 이루어 낼까, 과학 강국으로서 우리의 미래가 더욱 탄탄해질 것을 기대하면서 이번 누리호의 성공을 진심으로 축하한다.

헷갈리는 경축사

8·15 경축사인가, 시정연설인가, 6·25 기념사인가?

오늘 윤석열 대통령의 78주년 광복절 경축사에서 일본에 대한 얘기는 전체주의에 대항할 동반자로서 함께해야 할 나라이며, 자유를 지키는 협력관계로서 전체주의 북한의 침략에 대비하고 전 세계의 자유를 지키는데 함께해야 한다고 강조하는 내용이었다. 광복이 연합군의 전쟁승리로 인한 주워 먹은 떡이라고 폄하하는 일부 학자나 단체가 있음에도 그동안 보수, 진보 정부 가릴 것 없이 일본의 침략에 저항하며 광복을 위해 희생하신 모든 분들을 기리고 추모하여 왔고 오늘도 새로 발굴한 100여 분의 유공 후손들에게 표창장을 주어 기리면서도

8·15경축사에서 일본의 침략과 위안부 만행, 강제동원과 노역, 징집 등에 대해서는 한마디 없고 공산주의 북한을 타도하는 내용뿐이었다. 일본이 과거사에 대해 50여 차례 사과했다고 하는데 사과했으면 다음은 그 사과에 배치되는 행위를 해서는 안 되는 것인데 지금 일본의 정계는 사과와 역행하는 행위들을 일삼고 있다. 독도 영토 주장, 배상판결 부정, 경제보복행위, 위안부, 징용, 노역에 강제는 없었다고 교과서에까지 등재하고 전범자들이 있는 곳에 공물을 바치고 참배하는 것이 사과하는 모습이란 말인가.

전 정부에서 대일관계를 망쳤다고 하는데 보수정부에서는 남북관계를 파탄에 이르게 하고 힘의 대결로만 치닫는 것이 진정 국민을 위하는 길인지 생각해 보지 않을 수 없다. 한반도에서 피터지는 전쟁이 있어 국토는 초토화되고 국민은 피눈물을 흘려야 하는 것인가, 비록 분단된 나라이지만 한민족으로서 함께 번영하며 동반자로 발전해 가는 길은 없는 것인가.

윤 대통령이 취임 초 광복절 경축사에서 일성으로 토했던 '담대한 구상과 비핵화 로드맵'은 어디로 사라지고 더욱더 치열하게 대치하는 것인가, 일본과는 선린 이웃으로 함께 가야 하는데 북한과는 철천지원수로만 가야 하는 것인가, 북한의 자원과 인력을 우리의 번영에 동참하게 하는 방법은 전혀 없는 것인가. 북한이 핵을 포기하고 남북이 함께 번영해 갈 수 있는 길을 찾고 그 가능성이 무궁무진한 동남아나 서아시아쪽으로 뻗어나가는 길을 개척해 나가는 것이 우리의 희망이고 장차 통일을 바라볼 수 있을 뿐 아니라 미래의 먹거리도 확보하는 길이 아닌가 생각해 본다.

노태우 정부 시절 물꼬를 텄던 중국과의 자유왕래와 경제교류, DJ정부시절 시작해서 노무현 정부를 거쳐 문재인 정부까지 이어지며 북한과의 관계 개선을 위해 최선을 다했고 특히 문재인 정부에서의 남북 화해무드와 전쟁종식을 위한 디딤돌 노력을 물거품으로 만들면서 북한과의 관계를 선제적으로 적대관계로 만드는 것이 옳은 것인가.

물론 북한 정권이 신뢰할 만하지 않은 것은 사실이다. 트럼프시절 김정은이 민족의 장래를 위해 과감히 핵을 포기했더라면 하는 아쉬움이 크긴 하지만 정권이 바뀌었더라도 핵을 포기하게 하는 기조를 유지하면서 미국과는 동맹국으로서의 관계를 그리고 내부적으로는 방위산업을 더욱 발전시켜 가면서 어떠한 도발도 막아낼 힘을 기르는 것은 당연한 일이겠지만

과거 우리를 짓밟고 갖은 수탈을 했던 일본과는 동반자 관계를 위해 과거의 침략과 수탈까지도 묵인하면서 한반도의 절반을 차지하고 같은 한글을 사용하는 백의민족인 북한에 대해서는 철천지원수처럼 적대적 대치를 강조하며 중국과의 관계까지도 늘 불안한 모래성 같은 느낌인 것은 비록 나만의 감정인가,

70여 년을 전쟁 공포 속에서 살아온 나이지만 우리 후손만큼은 전쟁공포에서 벗어나 남북 화해협력 속에 손을 맞잡고 세계로 함께 나아가는 대한민국이었으면 하는 바람은 신기루였던가 생각하니 허전한 마음뿐이다.

대일관

어느 총리 내정자의 망발

요즘 돌아가는 세태가 하도 답답하여 몇 자 적어본다.

과거 전제군주 시대에는 영의정은 일인지하 만인지상이었다. 만인지상이지만 일인지하인지라 그가 어떤 생각과 국정철학을 가지고 있든 왕을 뛰어넘을 수는 없고 오직 왕에게 절대복종하는 신하에 불과했다. 오늘에도 일부 왕정이 있기는 하나 소위 선진국들은 입헌군주제로 군주는 일부 제한된 권위만을 가질 뿐이고 수상 즉 영의정이 국가의 최고 지도자로 국정을 수행한다.

허나 우리나라는 입헌군주제도 아니고 홍익이념을 표방한 단일민족으로서 법에 의한 만인평등을 이념으로 하는 민주주의 국가이다. 그래서 헌법에 기초하여 국가의 법질서를 지키고 국민을 편안케 하고 잘사는 사회를 만들기 위하여 헌법상의 기관들은 자기의 위치에서 맡은 바 직책을 성실히 수행하는 것이 입헌민주제 국가에서의 국정철학일 것이다.

그러나 오늘 우리나라의 실정은 '세월호 참사'의 수습과정에서 일어나고 있는 난맥상과 얽히고설킨 이전투구식 비리의 복마전 같은 모습만을 보면서 대통령은 그 모든 비리, 비능률, 유착, 불안전성을 개혁하고 안전하고 살기 좋은 대한민국을 만들겠다고 눈물겹도록 호소하면서도 '세월호 참사'를 슬기롭게 대처하지 못한 탓에 국무총리가 사의를 표하고 새로 지명된 사람은 전관예우의 거센 저항에 부딪혀 스스로 낙마하고 재지명된 사람은 매국적 반국가적 발언으로 온 나라가 시끌벅적하는데 임명권자인 대통령은 아는지 모르는지 침묵만을 지키고 있으니 나 홀로 독야청청하겠다는 것인지

그는 첫 출근 시 '책임총리제에 대해 어떤 생각을 가지고 있는가?'라는 기자들의 질문에 처음 들어본 말이라고 했을 때까지도 대통령의 뜻을 받들어 충실히 국정을 수행하겠다는 의지로 받아들일 수 있었는데… 비록 교인들을 상대로 한 강연이라고는 하지만 일제가 침탈한 것도, 우리나라가 해방된 것도, 다 하나님의 뜻이라고 설파하며 일본을 우리의 이웃으로 해준 것도 하나님의 뜻이라고 하질않나… 좋다, 장로인 종교인으로서 모든 것을 하나님께 돌리는 말로 이해한다 해도

게으르고 자립심이 부족하고 남한테 신세 지기 좋아하는 것이 조선조 오백 년을 통하여 우리 민족에 형성된 DNA라느니 일제침탈 시에 있었던 전국 각지에서 벌어진 일제의 수탈, 2차대전 중의 정신대 할머니들의 처참함도 다 우리 민족의 DNA 때문에 있게 된 필연적 결과로 당연시하는 투의 말들

해방은 어느 날 갑자기 일본이 미국에 항복하면서 생긴 주워 먹은

떡이요, 6·25 동족상잔의 전쟁으로 인한 남북분단도 하나님이 내린 시련이라느니 하면서 당연시하고 합리화시키려는 태도를 보고 저런 사람이 만약 국무총리가 된다면 국립묘지의 숭고한 희생자들 앞에 어떻게 나설 것이며 일제 폭압에 항거하여 만주로 시베리아로 중국대륙으로 피해 다니며 독립운동을 하고 결사 항전을 한 독립군과 독립운동가들 앞에 어떻게 나설 것인가,

요즘 일본에서는 일제 침략을 하나님의 뜻이라고 말한 우리나라 국무총리 후보자를 대서특필한단다. "한국에 나타난 보기 드문 훌륭한 사람이라고". 독도를 자기네 땅이라고 우겨대면서 침략전쟁을 일삼던 제국주의로의 회기에 광분하고 있는 일본을 환호케 하고 반민족적 역사관을 가진 자가 우리나라 최고 지도자 반열 후보에 올랐다는 것을 우리는 부끄러워해야 하며 분노해야 하며 민족적 자긍심을 되찾기 위해서는 반드시 이번 총리 지명자가 스스로 사퇴하거나 지명이 철회되어야 함을 강조하는 것이다.

나는 유유상종, '콩 심은 데 콩 나고 팥 심은 데 팥 난다'고 지난 대선이 있기 전에 나의 블로그에 '젊은이들이여 투표장으로'란 글을 올린 적이 있다. 대통령은 아무리 열정을 가지고 개혁도 하고 잘사는 나라를 만들고 싶지만 주변에 에워싸고 있는 사람들이 사회 각계각층의 엘리트들이 아닌 학연, 지연 등 인맥으로 똘똘 뭉친 편향된 사고를 가진, 기왕에 형성된 기득권 세력일진데 보이는 것이 나무밖에 없으니 숲을 볼 수 없는 것은 자명한 일이기에 소위 불통인사 편중인사의 논란은 끊이지 않고 급기야 '문창극'같은 매국적 반민족적 역사관을 가진 자를 일인지하의 총리로 내정하는 사태까지 이르게 된 것이 아닌가 생각 해본다.

후일 그는 후보직을 사퇴하였으나 소위 말하는 사회적 엘리트들

대학교수나 저명인사 등 원로 중에도 드물게 반민족적 역사관을 가진 사람들이 있다는 것은 서글픈 일이다.

여기서 한가지 짚고 가야 할 것이 지구상 70억 인구의 지문과 얼굴 생김, 체격이 하나도 똑같지 않듯이 개개인의 생각과 말과 행동이 같을 수는 없는 것이다. 나는 젊었을 적부터 하와이니 전라도니 하는 편향적인 말들을 많이 들어왔다. 그럴 때마다 한둘의 썩은 나무를 보고 전체 숲을 욕하지 말라는 생각을 가지고 있었다. 어디나 썩은 나무는 있는법. 거름이 많은 곳 주변에는 썩은 나무가 더 많지만 잘 자란 나무에 가려 안보일 뿐이라는 것을…

또한 외국 특히 일본이나 미국에 한 번이라도 갔다 온 사람들이 우리나라 사람들은 너무 지저분하고 질서도 예의도 지킬 줄 모르고 야만적이라며 비하하는 말들을 들을 때마다 지금 네가 하고 있는 말이나 행동이 더 자기 비하적인 누워 침 뱉기 식의 말이 아니냐고 항변해도 그는 다음에 또 되풀이하기 마련이다.

허나 사회적 파급력이 없는 일반서민이 때로는 입바른 소리라고 자기비하적 말을 한다 해도 소위 사회적 엘리트 지식인이라는 사람들은 적어도 옳고 그름, 공동체의 질서의식, 인간의 존엄성 존중 그리고 투철한 역사관 등의 가치는 인식하고 익숙해져 있어야 하지 않겠는가.

단합된 힘으로 전화위복 계기 삼아야 (2019. 7.)

'대한민국 국민은 대한민국 정부를 강력히 지지해야 한다'

지금 우리는 일본과의 경제전쟁의 한복판에 서 있다. 경제적으로 그 규모나 기술력에서 일본에 많이 뒤져 있는 게 현실이다. 일본 특히 '아베'정부는 강제징용 피해자들이 법원에서 승소한 것을 한국 정부 때문이라고 억지 주장을 펴면서 한국경제에 심각한 타격을 줄 수 있는 원자재를 골라 수출규제를 하겠다고 나서고 있다.

일본은 지금 전쟁을 치를 수 있는 군대를 가질 수 없고 오직 국가의 안전만 지킬 수 있는 자위대만을 가지고 있는 평화헌법 국가다. 2차 세계대전에서 패망한 후 전쟁의 참화를 뼈저리게 느끼고 평화헌법 국가가 된 것이다. 그러나 그 후 명치유신 시대로의 회귀를 갈망하던 아베의 외조부가 일본 총리가 된 뒤 평화헌법을 폐기하고 전쟁가능 국가가 되기 위해 노력해 왔고, 이제 그의 DNA를 물려받은 아베가 보수 우파의 강력한 지지를 받기 위해, 그들의 반한 감정을 극대화시키기 위해 수출규제를 통해 우리에게 압박을 가하는 것이다.

지금 아베는 평화헌법을 개정하는 것을 최대의 정치적 목표로 하고 그 야망을 달성하기 위해 54년 전 한일국교정상화가 이루어진 이후 침략자임에도 우호 관계를 유지해 온 우리의 노력을 배반하고, 경제적 우위를 이용해 우리를 압박하고 자기의 정치적 목적을 달성하려고 광분하고 있다. 또한 우리 반도체 산업의 핵심 원자재 3종에 대해 수출을 규제하겠다고 으름장을 놓더니 이제는 아예 정부의 심사나 규제가 없는 수출우대 대상국(화이트리스트 - 백색국가)에서 제외하겠다고 한다.

우리는 아베의 침략주의적 근성에 어떻게 대처해야 할 것인가? 조선중기 동아시아 제국을 꿈꾸던 일본이 중러로 진출하기 위한 디딤돌로 조선을 정복하기 위해 임진왜란을 일으켜 7년 동안이나 우리 국토를 짓밟고 유린하였으나 끝내 패퇴하였고, 조선조 말 다시 정일, 노일전쟁을 빙자해 우리 국토를 짓밟고, 명성황후 시해 등 갖은 침탈을 일삼다가 1910년 끝내 우리나라를 점령하여 36년 동안이나 강점하다가 2차 세계대전의 패전으로 전범국이 된 일본이 그들의 피압박 민족임에도 과거의 적대적 관계를 용서하고 함께 세계를 선도해 나가려는 우호국으로, 그리고 북·중·러의 적성국에 대항하는 한·미·일의 삼각 동맹국으로서 최선을 다하려고 하는 우리 정부에 오로지 정치적 야망에 의한 대립과 반목을 일삼고 경제적으로 우위에 있다고 상대를 짓밟으려고 하는 것이다.

우리 국민은 한마음으로 일본제품 불매운동, 일본여행 취소 등으로 대항하고 있고, 미래의 대한민국을 이끌어 갈 학생들은 위안부 할머니들이나 강제징용 피해자가 있는 곳을 찾아 일제의 만행을 듣고 느끼면서 강자에게 굴종하고 약자에게 갑질하는 아베의 치졸한 행태를 보면서 우리의 미래를 고민하는 계기가 된 것은 다행스러운 일이기에 극일을 위한 계기로 삼아야 할 것이며, 정부도 경제적으로 극일을 위해서 수입선의 다변화, 국산화 등을 위한 제도적 경제적 지원으로 최선의 노력을 다하겠다고 하니 다행스러운 일이다.

그러나 우리는 내부적으로 매우 혼란스러운 상황에 빠져 있다. 일부 야당 정치인들이 정부의 외교, 경제정책을 무능하다고 몰아가면서 자기들의 정치적 입지만을 주장하고 있으니... 선린 우호국에서 정치적 목적 때문에 적대적 관계로 돌아서는 일본의 아베와, 정치적 목적 때문에 정부의 노력을 비난만 하는 야당과 무엇이 다른가? 지금 우리가 힘을 합해도 일본의 억지스러운 반한 정책에 대항하기 힘든데 내부적으로 비난만을 일삼고 있으니 답답할 뿐이다.

정부의 정책이 최선이 아닐지라도 대한민국 국민으로서 일단은 정부를 지지하고 힘을 실어줘야 하지 않겠는가. 더구나 한 사람 한 사람의 국민보다도 그 힘이 훨씬 세고 막중한 정치권인지라 단합된 목소리가 더욱 절실한 이때 연일 정부정책만을 비난하기보다는 나라의 절체절명의 상황에서 일단은 단합된 힘을 보여줘야 할 것이다. 그리고 전화위복의 계기로 삼기 위해 정치권이 한마음으로 최선을 다해야 할 것이다.

경제보복으로 치닫는 일본을 극복하는 길 (2019. 8.)

지난 7월 2일 일본의 아베 정부는 우리 대법원의 강제징용 피해자들에 대한 배상판결에 보복하는 조치로 우리의 세계 최첨단 반도체, IT산업의 핵심소재 3가지에 대해 수출을 규제하였고 8월 2일에는 그 동안 포괄승인으로 정부규제가 없던 백색국가에서 승인을 지연시키고 때로는 거부할 수도 있는 개별승인 국가로 우리의 격을 낮춤으로써 우리 경제에 심대한 타격을 주기로 작정하고 경제전쟁을 선포하였다.

일제는 36년 동안 우리나라를 말살시키기 위해 갖은 수탈을 하였고 일본의 침략과 만행에 저항하는 내부 비밀결사를 통한 기미 독립만세 때는 전국의 무수한 독립투사들을 투옥, 고문으로 옥사케 하였고 일본과 한국은 하나라는 내선일체를 내세워 창씨개명, 지명개정, 공물수탈 등으로 짓밟았고 2차 대전 중에는 소녀들을 강제동원해 일본군의 성노리개인 위안부로 삼았으며, 젊은 청장년을 강제 징집하여 전쟁물자를 조달하는 군수공장의 노동력으로 삼았다. 그때 강제 징집됐던 노동자들이 일본의 전범기업을 상대로 배상을 청구하였고 우리 대법원에서 배상판결을 한 것인데 우리 법원의 판결을 빌미 삼아 그들의 우월적 기술력을 바탕으로 한 수출규제로 우리 경제의 숨통을 조임으로써 전범국가로서의 만행과 수탈을 부정하면서 일본인에게는 과거를 잊게 하고 우리에게는 청구권 협정으로 모든 것이 끝났으니 사죄나 배상 등을 더 이상 논하지 말라는 속셈을 분명히 한 것이다. 지금도 독일 정치인들은 기회만 되면 공식석상에서 유태인학살 등을 사죄 하면서 그때의 잘못을 반성하는데

그동안 우리 정부는 일본의 보복적 수출규제 조치를 철회시키기 위해 산업통상자원부 실무진을 일본에 급파했으니 그들은 회동을 기념 설명회라는 이름으로 냉대하였고, 산자부 장관, 외교부 장관 등이

외교 경로를 통해서 접촉을 시도하였으나 오히려 그들의 억지주장만 더욱 거세지고 냉담한 반응으로 일관해 직접접촉의 효과가 없자 WTO 등 세계경제기구와 미국을 비롯한 자유무역을 존중하는 모든 나라들을 접촉하며 일본의 부당함을 알리는 외교적 노력을 계속함과 더불어 일본을 향해서는 언제든 대화할 준비가 돼 있고 정상회담도 준비가 돼 있다고 강조해 왔는데도 일본은 요지부동에 경제보복 카드를 거둬들일 생각은 추호도 없고 오히려 더욱 강화시키고 있을 뿐이다. 또한 우리 국회 대표단이 일본까지 날아갔으나 일본대표단은 만나보지도 못하는 굴욕을 참아야만 한 것은 우리가 그들에 비해 힘이 약한 탓이다.

지금 일본의 아베는 강제징용 배상판결에 대한 한국 정부의 합당한 조치가 있어야만 정상회담이 가능하다고 하는데, 정부가 법원의 판결을 부정하라는 것인가, 일본은 삼권분립이 분명한 민주국가가 맞는가? 가당치도 않은 일인 것이다. 여기에 일본 극우파들의 망발은 도를 넘고 있다. 일본 극우방송 중 하나인 DHC TV에서는 "독도는 한국이 자기들 마음대로 자기네 땅이라고 주장하는 것이다", "한국인의 징용은 자발적인 것이었다", "한국이 없다고 곤란해질 나라 없다", "한국인은 쉽게 뜨거워지고 쉽게 식는 민족이기 때문에 불매운동은 쉽게 사그라질 것이다" 등 망언을 계속하고 있다. 일본의 우익이 한국국민을 모독하고 비하하는 발언을 계속하는 것은 일본 정부가 우파의 장악하에 있고 극우성향인 아베가 우파의 확고한 지지를 바탕으로 그의 최종 정치적 목표인 헌법개정을 통한 군국 일본의 꿈을 이루기 위해 우파의 반한감정을 부추기고 있기 때문이고 거기에 편승한 일부 저속한 우파들은 한국을 비하하고 한국 국민을 모독하는 발언으로 아베의 눈도장을 받으려 하는 것이 아니겠는가. 또한 일본은 지금 후쿠시마 원전 방사능 오염수를 태평양상에 버리겠다는 계획을 가지고 있고 그런 계획을 흘리는 것은 세계 인류의 건강은 안하무인이고 오직 자기들만의 이익과 편의성만 생각하는 무책임한 처사이다. 일말의 양심도 정의도 없는 일본이기에 우리는 끝까지 경계해야 하고 세계는 그런 일본을 냉철히 판단해야 할 것이다.

그런데 우리의 우파에 뿌리를 둔 극우파들은 어떠한가? 대통령은 아베에 사죄하고 대통령직에서 하야해야 한다고 망언을 쏟아내는 소위 엄마부대를 이끈다는 주모 대표나 대통령을 하야시켜야 한다며 1천만 서명운동을 벌이고 있는 전 모 목사나 서울대 교수였다는 이모 교수는 '반일 종족주의'라는 책에서뿐만 아니라 요즘 방송 대담에서조차 "위안부는 전쟁 특수를 이용한 돈벌이"라든가 "징용은 돈벌이를 위한 자발적인 것"이였다는 등 일본의 극우방송과 똑같은 망발을 쏟아내고 있다. 상당한 기술력을 보유한 '한국콜마'라는 중견기업의 대표는 일본 극우의 망발을 담은 영상을 직원 조회 때 전 직원에게 여과 없이 틀어주면서 마치 그들의 주장이 사실인 것처럼 포장하는가 하면, 한 야당의 최고위원인 정 모 씨는 일본의 경제보복이 우리 정부의 자작극이라고 망발을 일삼고 있다. 그들이 일제 피압박 시대의 사람으로 정권의 실세였다면 이완용 등 을사오적의 길을 걸었을 테고 일반인이었다면 침략경찰의 앞잡이 노릇을 한 밀정이 되지 않았을까 상상해 보면서 우리와 일본이 경제전쟁으로 돌입한 이 엄중한 시기에 우파가 집권한 일본의 극우가 우리를 비방하는 것은 흘려듣는다 해도 우리의 우파가 우리 정부를 비방하는 것은 어떻게 받아들여야 하는 것일가? 우리의 보수야당에서는 정부를 향해 대화해야 한다고 앵무새 소리만 되풀이하면서 정부 정책의 대전환만을 요구하고 있으니 답답할 뿐이다.

정부는 극일을 위해서 소재산업과 기술개발을 통한 산업기술의 자립화와 수입신 다변화를 통해 대일 의존도를 획기적으로 낮추기 위해 총력을 기울이고 있고, 국민들은 자발적으로 일본제품 불매운동, 일본

여행 안 가기 등으로 정부 정책을 지지하고 힘을 실어주고 있는 이때 오늘의 부당한 일본의 경제압박을 극복하고 경제 선진국으로 우뚝 서기 위해서는 정부와 정치권은 물론 우리 국민 한 사람 한 사람이 더욱 확고한 신념을 가지고 극일을 위해 피 말리는 노력을 해야할 것이다.

한 어린아이의 아픔과 슬픔 (2019. 9.)

9월 25일 저녁 9시 내가 즐겨보는 프로그램인 sbs영재발굴단에 13살 조능학생 박순석 군이 나왔다. 박군의 방, 거실, 기타 공간 능에 책 1만여 권이 꽂혀 있었다.

갓 돌이 지났을 때 엄마가 가습기를 틀어줬는데 6개월쯤 뒤 폐에 구멍이 뚫려 몇 차례나 응급실에 실려 가곤 하였는데 완치가 되지 않아 약에 의존하고 있단다. 어느 날 밤에는 머리가 아프다며 머리를 감싸쥐고 몸부림치는 모습을 보고 안타깝고 안쓰러워 나도 모르게 눈물이 맺혔다. 엄마는 아기가 아픈 것이 자기가 가습기를 틀어 줬기 때문이라고 자책하고, 아버지는 매일 저녁 아기가 잠들 때까지 책을 읽어주고 잠이 든 후에야 자거나 아니면 아빠가 먼저 잠에 빠져들 때도 있다고 한다.

박군이 국회 환경위원회에 나가 가습기 살균제 피해자 사례 발표를 하면서 "나는 오래 달리지 못합니다. 나는 친구들과 몸싸움을 하지 못합니다. 친구들과 운동장에서 맘껏 뛰놀지 못합니다. 친구들과 살짝만 부딪히거나 밀쳐도 넘어지고 맙니다."라고 절규하는 모습을 보면서 저렇게 똑똑하고 야무진 아이가 저토록 처절한 고통스러움 속에 몸부림치는 모습을 보는 것은 슬픔에 그치는 것이 아니라 사회적 손실이라고 생각하기에 비록 힘들겠지만 건강관리를 잘해 오래오래 살면서 나라의 큰 기둥이 되기를 바라는 마음이다.

박군은 조선조 말기 우리 근대사와 일제 피압박 시절에 관심이 많아 특히 그 시대의 책을 많이 읽고 있다는데 박군의 이야기를 들으면서 요즘의 정신 나간 소위 저명인사들이 깨우쳤으면 하는 바람을 가져 본다. 박군은 일제 피압박 시절과 2차대전 중 일제의 만행을 꿰뚫고 있었다. 전쟁물자를 생산, 조달하기 위해 강제동원을 하였고 우리의 곡물을 수탈하였고 위안부를 동원하여 젊은 병사들의 성적 불만을 해소케 하였고 우리 민족성 말살정책으로 한글사용 금지, 창씨개명, 지명개정, 지맥단절을 위해 산맥과 산 정상마다 말뚝박기를 하는 등의 만행에도 부족하여 천인공노할 저 히틀러의 유태인 학살에 버금가는 집단 학살이라든가 사람을 살인가스 실험 대상으로 한다든가 하는 만행을 저질렀던 것에 분노하는 것을 보며

　　요즘 몰지각한 매국적 발언으로 국민적 공분을 사고 있는 서울대, 연세대, 고려대 등 소위 일류대의 몇몇 교수들이나 목사, 스님 등 저명 인사들이 많은데 13살 아이보다도 못 한 것들이 사회 지도층 반열에 있다는 것이 못내 아쉽고 슬픈 일이기에 박군의 얘기를 듣고 반성하는 마음을 가졌으면 하는 헛된 바람을 가져 본다.

한 위안부 할머니의 절규와 논쟁

어제 2020. 5. 25. 오후 2시 40분 이용수 할머니의 기자회견이 시작되어 30여 분 동안 계속되었는데 기사회견은 위대한 웅변이었고 커다란 가르침이었기에 할머니의 절규를 되짚어 보고자 한다.

이 할머니는 며칠 전 윤미향 국회의원 당선자(전 정의연 이사장)가 찾아와 무릎 꿇고 용서를 비는데 무엇을 용서해 달라고 하는 것인지, 용서를 빌려면 그 사연을 가져와야 하지 않는지, 아무것도 없이 용서를 빈다는 것이 무슨 말인지, 보도에 자기가 윤 당선자를 용서했다고 하는데 30년 동안 일제의 만행을 전세계에 알리기 위해 같이 일해온 사람으로 안쓰럽기도 해 이게 마지막이라고 생각하고 지난 세월이 오버랩 되어 눈물을 머금고 안아 줬는데 기사 내용은 온통 용서했다고 하더라, 나는 용서한 적이 없으며 지난 세월 동안 이용만 당했다는 생각 때문에 눈물이 쏟아졌다고 절규하는 것이었다.

이 할머니는 정의연에서 수요집회 때마다, 무슨 행사 때마다 또는 미국 등에 앞세우고 다니며 후원금을 받곤 하였는데 나이 먹은 할머니들이 노구를 이끌고 힘든 여정을 따라다니다 지쳐 배고프다고 해도 돈이 없다고 거절하기도 했다면서 울분을 토했는데 여기서 정의연의 실체도 알 수 있지 않을까 생각한다.

물론 그들은 남들이 감히 엄두도 못 내는 일을 추진하면서 많은 노력을 기울였고 국가를 위해서 일을 한 것은 사실이겠지만 (수요집회 한번 나가보지 않은 내가 무슨 할 말이 있을까마는) 어찌 배고픔을 외면하면서까지 14살 어린 나이에 강제로 끌려가 위안부로서 처절한 삶을 살았던 할머니들을 위하여 헌신했다고 강변할 수 있단 말이던가, 할머니는 어렸을 때 배급을 받기 위해 성을 바꿔야만 했고 14살 때 일본군 부대로 끌려가 처참하게 당했던 기억, 그리고 일본군 장교가 붙여준 이름까지 기억하며 30년간 정의연에 이용만 당했다고 절규하고 있었다.

그러면서 할머니는 우리나라 최첨단 산업의 핵심 부품에 대하여 갑자기 수출을 금지하며 우리에게 경제보복을 서슴지 않는 일본의 아베는 전혀 사죄할 생각이 없을 뿐 아니라 앞으로도 기대 난망이기에, 비록 나의 생각이지만 미래의 주인공인 한일 양국의 젊은이들이 서로 교류하면서 과거사를 공부하고 알게 하여 백 년, 천 년 후에라도 꼭 사죄받아야 한다고 절규하였다.

또한 전 세계 여성에게 여자이기 때문에 성적 노리개였고, 여성의 의미를 더럽힌 데 대해 사죄한다며 용서를 빌기도 하였는데 이 할머니야말로 진정한 여성운동가가 아닌가 생각한다.

그리고 엊그제까지도 전혀 몰랐던 정의연과 윤미향을 둘러싼 각종 의혹들에 대해서는 검찰에서 밝히리라고 믿는다며 내가 할 말은 아니라고 하면서 마지막으로 기자들에게 내가 얘기한 것은 절대 사실이기 때문에 사실 그대로만 써 달라고 부탁하는 말을 잊지 않는 할머니의 모습에서 불행했던 과거를 위대함으로 승화시킨 삶을 읽을 수 있었다.

할머니의 기자회견이 있은 후 일파만파 논쟁이 계속되고 있는데 크게 이 할머니를 부추기는 배후 세력이 있다는 것과 8년 전 이 할머니가 국회의원 출마를 하려 할 때 말리던 사람이 출마해 배신했다는 내용에 대해서 회견문 작성 등 배후 세력에 대해서는 그것이 본질이 아니기에 논할 가치가 없다고 보고, 할머니를 만류하던 사람이 자기는 출마해 국회의원이 된 것은 배신이라고 한 것은 정황상 선뜻 이해가 어려워 약간 아쉬운 느낌이다.

한편 오랜 침묵을 지키던 윤 당선인은 5월 29일 해명 기자회견에서 개인계좌를 통한 후원금 모금과 허술한 회계관리, 안성쉼터에 대한 고가매입 후 헐값매각 의혹, 5번에 걸친 개인주택 구입자금 조달 등에 대해서는 한 섬 의혹도 없나면서 강하게 부인하였는데

후원금 모금에 개인계좌를 이용한 것은 부적절하였으나 한 푼도 유용한 것이 없다고 강변하고 별 유용하게 활용하지도 못할 쉼터를 고가에 구입하였다가 IMF도 아니고 자금이 긴박한 것도 아닌데 헐값에 매각해야 할 이유도 이해하기 어렵고 5회에 걸쳐 주택을 사고 팔았다는 것도 정의와 공정사회를 부르짖고 이끌고 있는 지도자로는 부적절했을 뿐 아니라 공적 지도자 반열에 오르는 것도 부족함이 크다고 생각하면서 내일(30일)부터 의원 신분이지만 검찰 조사에 성실히 응할 것이고 의원 신분을 이용하지 않을 것이라고 밝히면서 신뢰를 주지 못한 이 할머니에겐 사죄한다고 밝혔는데 정말 검찰수사에 성실히 응하고 한점 의혹 없이 투명하게 사실이 밝혀지기를 바라면서

한 민주당 최고위원이 후원금은 개인을 위해서 함부로 쓸 수 없는 일이라고 하였는데 각종 후원금 행사에서 그 실질적 후원 대상인 할머니들의 배고픔까지도 묵살한 것이 인권과 역사왜곡을 바로잡기 위한 정의연의 활동인 것인지… 그러면서 그토록 인색한 예산편성으로 그토록 많은 잔고를 남겨 두고 있다는 것도 이해가 되지 않지만 각종 회계치리에 대한 명명백백한 사실이 밝혀져서 요즘 매국적 망발을 되풀이하고 있는 S대 전 교수, Y대 현 교수에 비한다면 두 분 다 귀한 분들이기에 정말 한 점 잘못이 없는 정의로운 분이기를 바라면서 두 분이 함께하는 정의연이기를 기대해 본다.

일본의 우경화가 현(문재인) 정부 탓? (2021. 11.)

얼마 전 일본의 우경화와 대일외교의 경색국면이 우리 정부 탓이라고 하는 제1야당 대통령 후보의 말을 듣고 여론 상 유력한 후보인 것을 감안했을때 그가 우리의 대통령이 되면 박근혜 정부에서의 불가역적 합의 주장을 기정사실로 하여 2차대전 당시 일본군의 성 노리개였던 위안부 할머니들이나 전쟁물자 생산 군수공장에 끌려가 착취당한 우리 노동자들의 배상 요구 권한까지를 포함하고 있다는 일본의 주장을 추인하는 정부가 되지 않을까 심히 우려스러웠다.

일본은 본래부터가 극단적인 우익 정부였던 것이 역사적 진실이다. 군국주의적이고 침략주의적 사고로 무장된 일본은 일찍이 조선조 중기에는 임진왜란을 일으켜 두 차례에 걸쳐 대규모 침략을 감행해 우리의 강산을 짓밟고 중, 러로 진출하려다가 패퇴하였고, 조선조말에는 청일, 노일전쟁에서 승리하며 우리 영토를 유린하면서 국모 명성황후를 잔학무도하게 시해하더니 드디어 대한제국을 강제합방, 36년이라는 긴 세월을 우리는 일본의 식민지로 갖은 경제적, 문화적 수탈을 당해야 했는데

對 청, 러에 승리한 일본은 우리나라를 거쳐 중국에 기지를 두고 점차 그 점령지를 확대해 가던 중에, 세계로 뻗어 나가고 있던 유럽의 제국주의와 전체주의 국가 간의 1차 세계대전으로 아시아에서의 지배력이 약화되고 있는 틈을 타 중국을 거쳐 동남아로 진출하기 시작하더니 유럽의 나치, 파시스트와 아시아의 일본 군국주의가 3자 동맹을 맺고 제2차 세계대전을 일으켰고, 아시아의 일본은 중국을 지나 동남아시아까지 무한 질주를 해 가면서 아시아의 통일제국을 노리던 차

미국의 참전으로 결국 패전국이 되어 군대를 가지지 않는 평화헌

법국가가 된 것인데, 이제 세계 3대 경제대국이 된 일본이 과거의 군국주의적 사고와 영광을 떨쳐 버리지 못하고 다시 군국 일본으로의 회기를 노리는 중에 극단 우파들의 강력한 지지를 받는 일본의 우파적 사고를 우리의 제1야당 후보가 다구나 다음 대통령으로서의 강력한 유력 주자가 된 후보가 극우 일본에 편향된 사고를 갖고 있다는 것은 심히 우려가 되지 않을 수 없다.

일본은 우리를 언제나 선린 우호국으로서가 아닌 침략의 대상으로만 보아 왔고 지금도 독도를 자기네 땅이라고 억지 주장을 하면서 자라나는 다음 세대에게 교과서를 통해 왜곡된 교육을 서슴지 않을뿐만 아니라 그들의 우경화는 침략적 근성과 국수적 근성이 합일된 근원적 민족성인 것을, 장차 이 나라를 통치하게 될지도 모르는 자가 그들의 주장을 들어 한일 외교 경색이 우리 정부 탓이라고 하는 것은 이해할 수가 없다.

더구나 그가 대선 경선 주자들 간의 토론회에서 내가 바로 왕이라고, 나의 사주가 왕이라고 웅변하고 있는 손바닥의 '왕'자를 보란 듯이 화면에 클로즈업시키자 한 경선주자가 장모와 아내가 사주나 점을 자주 보는 모양이라며 비아냥거리는 중에 이번에는 무속인 비선이 국정을 좌지우지하는 것이 아닌가 하는 우려를 갖게 하고, 또 얼마 전에는 참모 총장을 체포하고 정치활동을 전면 통제한 후 선거인단에 의해 체육관 선거로 7년 단임제 대통령이 된 전두환에 대해 하극상과 5·18 학살만을 빼면 훌륭한 정치를 했다는 망언을 서슴없이 하기도 하고, 하루 12시간 근무, 기업의 자유 등을 주장함으로써 그의 뇌리에는 분명 가진 자의 기득권적 사고로 가득 차 있을 것이 분명하기에 가진 자와 못 가진 자의 격차는 점점 더 벌어지지 않을까 우려가 된다.

1965년 한일 국교 정상화 땐 가난했던 우리가 돈이 필요해서 한 불가피한 합의였다면 박근혜 대통령 시절 한일 정부 간의 되돌릴 수 없는 불가역적 합의는 정부 간의 합의였다 하더라도 위안부나, 강제노역 피해자들의 개인적인 피해보상까지를 포괄하는 합의는 아니었을 것이고 우리 대법원에서도 그렇게 판결했고, 그래서 정부가 개인의 피해보상까지를 소멸시키는 합의는 할 수 없음에도 불구하고 외교경색을 우리의 탓으로 돌리는 그가 대권을 거머쥔다면 극우 일본의 불가역적 합의 주장을 기정사실화 하게 되지는 않을까 우려스럽다.

같은 2차대전의 전범국인 독일의 나치즘은 독일에서도 철저히 배격되고 있고 그들의 지도자들은 기회 있을 때마다 선대에서의 잘못을 시인하고 사죄했기에 EU의 당당한 일원으로 주변국의 신뢰를 얻을 수 있었고, 파시즘은 전쟁 중반에 패전과 함께 소멸해 이탈리아는 물론 세계의 누구도 언급조차도 하지 않는 역사의 기록일 뿐인데, 일본은 지금도 자기들의 만행, 학살 등은 부인하거나 회피하면서 오히려 전범자들을 기리는 추모제에 공물을 제공하고 추모하고 있다.

태생적으로 군국주의적 사고와 침략과 약탈을 일삼던 일제가 패전 후 평화헌법 국가가 되었으나 군국주의로의 회기를 노리는 일본의 우파 정부가 우리 법원의 판결을 빌미로 정치적 협력관계임에도 정부 간의 대화는 거부하고 경제적 보복을 일삼으며 우경화로 치닫는 것을 우리 정부 탓이라고 하는 것은 심히 편향되고 왜곡된 사고가 아닌가 생각하면서 우리의 앞날이 걱정이다.

선제적 걸림돌 제거에 대한 일본의 망답 (2023. 3.)

'우리 국민과 기업이 조성한 기금은 위로금일지언정 배상은 아닌 것이 나.'

2023. 3. 16. 이틀 간의 일정으로 윤석열 대통령이 일본을 방문하여 16일 한일 정상 간에 회담과 기자회견을 하였다.

대통령의 말씀대로 12년 동안 한 번도 없었던 정상 간의 대화를 성사시켰고, 한일 양국은 함께 성장하고 북한의 위협에도 함께 공조해야 하는 동반자관계로서 함께 나아가는 것이 국익임을 강조하였다. 물론 양국이 동반자로 파트너로 서로 협력하여 경제적으로 기술력으로 세계를 선도해 가며 동북아의 안보를 확고히 하는 것은 바람직한 일이다.

그럼 이번 회담은 어떻게 성사된 것인가. 어떤 물밑 대화나 약속된 내용 없이 오직 국익을 위한 일이라 판단하고 그동안 동결되었던 모든 일들이 잘 풀리고 국익을 위한 방향으로 성사될 것을 기대하면서 일방적으로 결정하고 선언한 것 같다. 대통령은 이번 일본 방문을 과거를 직시하고 미래로 나아가기 위한 결단으로 전임 정부에서 방치함으로써 심대한 손실을 가져온 한일 관계의 걸림돌을 선제적으로 제거하게 되면 일본도 따를 것이라는 생각으로 주고받기식 외교가 아닌 선제적 걸림돌 제거라고 하였는데

기자회견에서도 나타났지만 양국은 정기적으로, 필요할 때마다 수시로 만나 양국 간의 문제를 협의하기로 한 '셔틀 외교'를 강조하면서 우리 정부는 지소미야(한일 군사정보보호협정)를 복원하기로 하고 소재·부품·장비 등 무역 제재에 대한 WTO제소를 취하하였는데, 일본 정부는 DJ·오부치선언을 존중한다면서도 아베 내각 등 과거 정부의

방침을 존중하고, 위안부에 대한 정부간 합의를 존중하여 사죄나 배상은 종결된 사안이라면서 화이트리스트에서 제외한 것은 앞으로 논의한다는 정도로 언급하였을 뿐이다.

근린 이웃으로서 한일 관계의 복원이 얼마나 심대하고 절박한지는 내가 어찌 감히 알 수 있을까마는 독도문제라든가 후쿠시마 원전 피해지역의 수산물 수입 문제에 대해서도 논의했었다는 얘기가 일본의 주요 언론 매체들에서 꾸준히 흘러나오는데 국민 정서를 무시하고 자존감을 상실케 하는 이번 정상회담 결과에 동의할 수 없는 것은 비록 나뿐인가. 우리가 줄 것은 다 주고 일본으로부터는 앞으로 논의하겠다는 내용만 받아와 야당에서는 굴욕외교라며 관련자들의 퇴진을 요구하고 나섰다. 그동안 일본의 도도함과 대처를 생각해 볼 때 이번 결과는 우리 국가와 국민의 자존감만 모멸당한 느낌을 지울 수 없다.

양 정상은 과거 12년 동안 정상들 간의 방문과 대화가 끊겼던 근본 원인인 사죄와 배상 등과 관련해서는 일언반구도 없이, 파트너로서 앞으로 '셔틀' 관계를 유지하면서 양국의 국익을 위한 협력 만을 강조하였다. 그러면서 윤 대통령은 군사정보를 공유하기로 하고 경제적 걸림돌들은 협의를 통해 하나씩 제거해 가자고 하였다. 그러나 가장 중요한 강제동원이나 위안부에 대한 사죄나 배상문제에 대해서는 피해 당사자들이 거부하는데도 우리 기업이나 국민들의 자발적 참여에 의한 기금을 조성해서 배상하겠다고 했고, 일본정부는 우리 정부의 이런 방침에 환영한다면서도 어떠한 사죄나 기금 동참 선언도 없었다.

더구나 얼마 후 나온 일본의 반응이란 것이 백색국가에서 제외시킨 경제적 관계 등에 대해서는 깜깜 무대응이고 독도는 일본의 고유 영토인데 한국이 불법 점유하고 있고 강제노역, 징병은 강제를 삭제하고 자발적 노역, 징병으로 바꿔서 차세대인 초중등 역사 교과서에 왜

곡 등재하는 것을 승인함으로써 우리 대통령의 선제적 노력에 찬물을 끼얹고, 지금도 그들의 총리를 비롯해 정치 지도자들은 전범자들이 묻혀 있는 야스쿠니신사에 공물을 바치고 참배하면서 사죄나 배상 등에 대해서는 냉소적인네, 우리의 너낭 고위 내표들은 일본은 원태가 그린 나라로 이번 대통령의 선제적 걸림돌 제거를 위한 방일 정상회담과는 무관하다는 말만을 앵무새처럼 되뇌고 있다. 일본은 원래가 그런 나라이고 믿을 수 없다면 선제적 걸림돌 제거란 도대체 누구를 위한 결단인 것인가, 억장이 무너지는 마음을 달랠 길이 없다.

배상이란 무엇인가. 피해자가 가해자로부터 받는 정신적, 물질적 보상이다. 그런데 피해자는 우리 국민이고 가해자는 일본 정부와 기업인데 우리의 기업들이 기금을 모아 피해자에게 배상한다는 것은 어불성설이다. 국가가 힘이 없어 나라를 잃어 국민을 충분히 보호해 주지 못한 탓으로 피해를 본 국민을 위로하기 위하여 우리 국민들이 기금을 모아 위로금을 줄 수는 있겠지만 그것은 절대 가해자가 책임져야 하는 배상은 아닌 것이다.

우리 기업과 국민이 조성한 기금은 강제징용이나 위안부 피해자들에 대해 우리 정부가 허약하여 국민에게 입힌 굴욕이기에 지켜주지 못한 것을 국가가 사죄하고 피해자들을 위로하고자 하는 것으로, 일본 측이 우려하는 구상권의 대상은 물론 아님을 분명히 하면서 대법원의 확정판결인 배상이 소멸하는 것 또한 아니고 강제집행 등 처분을 하지 않았을 뿐임을 분명히 하여야 할 것이다.

일본과의 관계 개선이 국익을 위해 최우선이어야 한다면 국민이 선택한 정부이기에 답답하고 가슴을 후비는 아픔이 따르지만 정부의 행동을 시켜보면서 국민이 힐 수 있는 오직 하나, 디음 신기를 기다려 본다.

남북관계

배고픈 북한 주민과 탈북자 단체 (2011. 6.)

어제 판문각 근처에선가 두 집단이 대치하는 모습을 뉴스 앞머리에서 지나는 눈길로 보면서 안타까움을 느꼈다. 대형 플래카드를 들고 어깨 띠를 두르고 풍선에 전단지를 매달아 북녘으로 날려 보내는데, 플래 카드를 들고 어깨띠를 두른 집단은 남북 화해 협력선언인 공동성명을 준수하라며 6·15공동선언 10주년을 맞아 현 정부 들어 퇴색해버린 남 북공동선언을 조건 없이 지키라고 촉구하는 성명을 발표하고 있었고, 풍선을 날려 보내는 쪽에서는 그 선언문을 폐기하라고 촉구하는 것을 보면서 늘 그래 왔듯이 보수와 진보 간의 생각 싸움이려니 했는데 어 찌 된 일인지 내 생각을 비웃는 듯한 멘트가 흐른다.

탈북자 단체에서 집회 장소를 옮겨 우려했던 충돌은 일어나지 않 았다는 것이다. 뭐, 탈북자 집단이라고? 탈북자 단체라면 수십 년을 몸 소 체험하였기에 북한의 헐벗고 굶주린 모습을 동정이나 연민이 아닌 피부로 느꼈을 텐데 화해협력 선언을 즉각 폐기하라니 믿을 수가 없었지만, 실향민 뿐만 아니라 누구라도 한 번 가보고 싶어 하는 금강산도 못 가본 내가, 아니 판문각 근처에도 안가본 내가 무슨 느낌이 있으랴마는 그래도 이건 아닌 깃 같다는 생각을 떨쳐비릴 수 없다.

오늘의 우리 사회는 보수와 진보로 극명하게 갈려 대립하고 있다. 양보와 타협을 모르는 대립은 결국은 동반 퇴락할 수도 있다는 것을 생각하려고 하지도 않는다. 힘을 가진 보수진영은 기득권을 지키기 위하여 똘똘 뭉친 이익집단으로 언제나 힘으로 밀어붙인다. 그들에게는 오늘의 사회가 정말 살기 좋은 사회임에 틀림없으리니, 부는 부를 낳고 하늘 같은 권세도 불러와 손아귀에 넣을 수 있으니 타협과 배려를 남의 일로만 치부하는 게 어쩌면 당연한 일인지도 모르겠다.

80년대까지의 백만장자는 억대의 재산가였다면 오늘의 백만장자는 백억 천억 조 단위다. 물론 그들이나 선대에서 뛰어난 판단과 노력으로 그 터전을 이룬 것은 분명하다. 허나 개인소득 2만 불 시대라지만 그들의 소득을 뺀다면 일반 서민의 소득은 얼마나 될는지? 골고루는 아니더라도 각종 사회제도와 부의 재분배를 통해 조금은 더 더불어 사는 사회가 되어야 할 텐데

대부분의 사람들은 오늘을 살기 위해 저항할 생각조차도 해보지 못하고 열심히 살아간다. 그중에 용기 있는 사람들은 늘 집단을 이루어 저항해 보지만 언제나 힘 있는 자들에 제압당한다. 중간계층은 앞서가는 상층부를 쫓아가려고 황새걸음을 하기 위해 약자들을 핍박하고 상층 사람들은 만대의 자손까지도 놀고먹으려고 부를 쌓는다.

개빌토성국 시질엔 그래도 시민이 열심히 해서 중, 상류로 오르겠다는 꿈은 꿀 수 있었는데 이젠 꿈에 불과하다. 다만 박찬호, 박세리,

박지성이나 김연아처럼 뛰어난 운동 실력을 쌓았다든가 유재석, 강호동처럼 좌중을 압도하는 재치 있는 말솜씨나 배용준 등 뛰어난 연기력과 외모로 또는 요즘 한류스타들처럼 뛰어난 재주를 가진 자들은 단숨에 중, 상류로 올라챌 수도 있겠지만 대한민국 대부분의 사람들은 일반 서민인 것을,

동, 서간에도 마찬가지다. 전환기 시절 한 곳으로 편중된 개발은 지역 격차를 심화시켰고 그 속에서 자란 다음 세대들도 강하게 세뇌되어 좀처럼 상대를 이해하려고 하지를 않는다. 그리고 돈과 힘으로 장악된 권력기관의 사람들은 그들 사람들로 돈과 힘이 따라붙는 자리를 채운다. 그리하여 약자는 움츠리고 강자는 더욱 활개친다. 지역 간에도 지역 이기주의에 의해 사생결단 대립한다. 공정한 심사와 평가로 결정한다지만 언제나 뇌물과 압력으로 굴복시키거나 아예 자기편으로 선발한다.

이런 것이 다 사람 사는 세상의 모습이라 하더라도 헐벗고 굶주린 북한을 우리가 적대시해야 될 일인가. 더구나 탈북자 단체에서 굶주리는 북한 사람을 외면해서야… 미운 것은 상층의 독재자와 그들을 둘러싸고 있는 모리배이지 굶주리는 서민이 아니지 않는가. 북한 독재자들은 천안함을 침몰시키고 연평도를 포격하면서 자기들을 적대시할 경우의 사생결단의 의지를 보였다. 감히 미국이 배후에 있는 우리를 그렇게 공격하는 북한에 대해 독재자를 비난하는 삐라 몇 장 날려 보낸다고 내부로부터의 혁명을 상상조차 할 수 있겠는가?

그렇다면 내부로부터의 자동혁명은 먼 훗날의 일일 텐데 6·15 공동선언을 준수하면서 눈앞에서 굶주리는 저들이 먹을 것을 보내줘야 한다는 게 바른 주장이 아니겠는가. 비록 일부가 잘못 쓰이는 한이 있더라도 배분 과정을 더욱 철저히 감시 감독할 수 있도록 방법을 강구

하면서 그들이 아무리 무기 개발로 위협한다 해도 그들을 순식간에 초토화해버릴 수 있는 미국이 배후에 있는 우리를 어쩌지 못한다는 것을 믿기에, 그리고 우리 힘만으로도 능히 그들의 도발을 제지할 수 있다고 믿기에, 그리고 군사독재 시절 언제나 일촉즉발의 위기 상황을 귀 닳도록 듣고도 아무 일 없었기에,

　얼마 전 북, 중 간에 개발협정이 맺어져 대대적인 개발이 이루어질 것이라 한다. 우리가 그 개발 호재를 중국에 다 넘겨줘서야 되겠는가. 북한의 값싼 노동력과 풍부한 지하자원, 유라시아 대륙을 잇는 철도연결 등은 우리의 재도약 기회일진대 이제 우리는 독재자 김정일이 아닌 북한 주민만을 보면서 6.15공동선언을 준수케 하고 남북 평화공존과 공동번영을 위해 노력해야 할 때인데 탈북자 단체가 선언문을 폐기하라고 주장하는 것은 남.북 긴장관계가 계속되어야 그들의 삶이 윤택하리라 생각하기 때문일 것이라고 생각하면서 씁쓸하고 안타까운 아픈 마음이다.

절묘한 시간의 톱니바퀴
(급변하는 한반도, 이제 진정한 평화를 기대해본다) (2018. 3.)

DJ, 노무현 정부의 햇볕정책으로 남북이 이제 평화의 시대를 열어가는가 싶더니 이명박 정부 들어 남북 간에 긴장이 고조되면서 햇볕정책이 위기를 맞게 되고 30대 초반에 3대 세습으로 권좌에 오른 김정은이 권력장악을 위해 내부적으로는 고모부를 처형하고 다른 소리를 내는 자는 무참히 숙청하면서 외부적으로는 끊임없이 핵실험과 미사일 개발을 통해 초강국 미국에 말대포를 쏘아가며 정권을 장악한 지 6년,

주변을 충성주의자로 포진시키면서 이제 정권의 안정기에 들어섰다고 판단할 즈음에 남한에서는 이명박, 박근혜 정부로 이어지면서 미국과 함께 핵 폐기를 전제로 내세우며 한치의 진전 없이 대립과 반목이 극에 달해 언제 미국이 김정은을 제거하기 위해 북한을 기습 폭격할지 모르는 극한상황까지 몰고 가는가 싶더니

박근혜 정부 5년 차에 어처구니없는 국정농단이 드러나 대통령이 탄핵되는 촛불혁명의 완성으로, 한반도에서 6·25전쟁의 참화와는 비견되지 않을 가공할 무기의 위력과 핵으로 온 나라가 궤멸되어버릴지도 모를 전쟁은 절대 일어나서는 안 된다는 확고한 신념을 가진 문재인 정부가 들어서면서 남북이 평화로 갈 수 있는 절묘한 시간의 톱니바퀴를 맞게 된 것이다.

그동안 핵무장만이 북한의 살길이라고 강력히 주장하던 김정은이었지만 아무리 핵 개발을 한다 해도 초강국 미국의 군사력 앞에서는 바람 앞의 등불에 불과하다는 것을 인식하고 신년사에서 평화 공존과 남북대화의 의지를 밝히면서 평창동계올림픽에 김여정이 특사로 방남하고 남에서 특사가 북에 다녀온 후 4월에 남북정상회담을, 그리고

남특사가 미국에 가더니 5월에 북미정상회담을 성사시키는 경천동지할만한 일을 이루었고, 김정은은 집권 이후 혈맹관계라 할 수 있는 중국과 의례적으로 있어야 할 방문 한 번, 대화 한 번 없이 서로 반목하기만 했는데 그래도 가장 가까운 동맹관계임을 사각했는지 극비리에 중국을 방문하여 시진핑을 만나고 왔다.

김정은이 이제 비핵화를 무기로 하여 미국의 경제적, 외교적, 무력적 압박에서 벗어나고 기습 제거 작전을 피하며 이미 다져진 내부통제와 남북화해모드로 경제적 발전을 이루어 가면서 집권의 안정화를 꾀할 수 있다고 확신하고, 이번 중국의 전인대회에서 헌법개정을 통해 시진핑의 장기 집권을 가능케 하고 푸틴 러시아 대통령도 장기 집권에 들어서는 걸 보면서 집권의 안정화와 장기화에 자신이 생긴 게 아닌가 하는 생각이 든다.

다시 올 수 없는 이번 기회를 한반도의 평화와 안정을 담보할 수 있는 마지막 기회로 생각하고 문재인 정부는 오직 국민의 생명과 안전, 평화를 위해서 최선을 다해주었으면 한다. 통일은 후의 일로 미루고 25년 전 한중 수교로 자유로운 왕래가 가능했던 것처럼 남북이 자유롭게 왕래하고 함께 발전하고 번영해 갈 수 있는 기회를 열어 주기를 바라는 것이다.

평화의 날로 지정되기를

드디어 사람 사는 세상이 활짝 열리는구나 하는 감회가 벅차오르는 오늘 9월 19일은 한반도에 평화의 시대가 열렸음을 선언하는 역사적인 날로 '평화의 날'로 지정하고 국가기념일로 하는 바람을 가져본다.

일제의 피압박 민족에서 해방되던 해에 태어난 나는 평생을 전쟁 공포 속에서 살아온 세대로 분단된 조국 통일의 꿈은 신기루로 보고 먼 훗날로 미루더라도 이제 진정 전쟁의 공포로부터 해방된 대한민국 국민으로 살아가면서 백두산도 금강산도 평양도 자유롭게 관광하고 이산가족도 자유롭게 만날 수 있는 세상이기를 바라는 마음 간절하다.

여섯 살 때 6·25전쟁의 참상을 어렴풋이 느꼈고, 60~70년대에는 때만 되면 잡히는 간첩들, 밤낮 없이 듣고 살아야 했던 남침설로 공포 속에서 살아야 했기에 젊은이들 사이에서는 미국 이민이 줄을 이었고, 70~80년대 서울에서는 6·25 때 한강 다리가 폭파됐던 기억을 떠올리며 강남만 개발되고 강북은 낙후되어 있었고, 그 후로도 계속 때만 되면 남침설로 전쟁의 공포가 극에 달해 군부독재정권의 이용수단이 되었던 것이 우리의 현실이었다.

38년 만에 군부독재 정권이 문민정부로 바뀌면서 1998년 등장한 DJ정부와 이어진 노무현 정부에서 남북 화해와 평화모드가 자리를 잡아가는가 싶더니 2008년 이명박 정부에서 남북 관계는 군부독재 시절로 회귀하였고 이명박 정부 후반기에 들어선 북한의 김정은 체제에서는 이어진 박근혜 정부 시절까지 핵실험과 미사일 발사실험에 올인하더니 급속히 진전된 핵개발과 대륙간 탄도미사일 개발로 핵공포가 극에 달할 때 때맞춰 미국에서는 트럼프 대통령이 등장하였고 가공할 위력의 최첨단 무기가 총동원된 한미 연합훈련이 계속되면서 김정은 기습제거설, 북핵시설 기습파괴설, 김정은에 의한 서울 불바다설 등 김정은과 트럼프의 폭탄설(舌) 대결로 우리 국민은 바람 앞에 등불처럼 핵공포 앞에 벌거숭이가 된 것처럼 떨어야만 했는데

　박근혜 정부의 국정농단 사태로 문재인 정부가 들어서면서 DJ와 노무현 정부시절의 햇볕정책을 계승하고 우리국민이 핵공포와 전쟁공포로부터 완전히 해방되어야 한다는 문재인 대통령의 신념과 노력에 부응하여 김정은의 신년사에서 시작된 평화모드가 평창동계올림픽과 4·27 남북정상회담, 5·27 2차 번개회담에 이어 6.12 싱가포르 북미정상회담까지 우여곡절을 거치면서도 성공적으로 끝나면서 금방 평화의 시대가 열리는가 싶더니 다시 북미 간에 간극이 생겨 한반도 평화의 불씨가 꺼져가는지 우려스러울 때,

　남북 정상은 어제 세 번째로 평양에서 다시 만나 '평화, 새로운 미래'라는 주제로 의논하였고 오늘(19일) 핵무기 없는 한반도와 모든 전쟁위험 요소들을 제거키로 합의하는 군사대결 종식을 선언함으로써 이제 진정한 평화의 시대가 열린 것이다. 마지막 남은 이념적 대립관계였고 냉전시대의 상징이었던 남북 간에 70년 동안 지속되어온 대결의 시대를 끝내고 평화의 시대를 선언함으로써 전쟁 공포로부터 해방된 오늘을 기념하고 기리기 위하여 평화의 날로 지정하고 국가기념일로 하기를 바라는 마음이다.

판문점 - 평화의 상징되다 (2019. 6.)

어제 남·북·미 3정상간에 판문점 평화의 집에서 회동하는 것을 8천만 한민족은 전율을 느끼며 환호하는 마음으로 바라보았을 것이다. 더구나 북미 정상은 53분이라는 짧지 않은 시간을 회동하면서 2~3주 내로 협상팀을 꾸려 실무자 접촉을 시작하기로 하였다.

지난 2. 27.~28. 북미 간 2차 하노이 정상회담에서 정상들 간의 만찬도 취소되고 공동성명도 불발된 채로 파경을 맞아 트럼프는 트럼프대로 기자회견을 하고 미국으로 돌아갔고, 김정은은 동창리 핵시설의 폭파와 1년 3개월간의 탄도미사일 발사중단 등을 하면서 큰 기대와 희망을 가지고 60시간이 걸리는 긴 기차여행을 해가며 트럼프 대통령을 만나러왔었는데 아무런 성과도 없이 빈손으로 돌아가야 했다. 김정은이 연말까지 좋은 소식을 기다리겠다고는 하였으나 미국은 북한의 완전한 비핵화만을, 북한은 미국에게 그에 상응하는 제재 해제 조치만을 주장하면서 평행선을 달리고 있었기에 북미 간에 다시 만나는 것은 요원했고 그 시기를 예측하는 것도 어려웠다.

그러면서도 트럼프는 김정은이 똑똑하고 명석하여 완전한 비핵화 약속을 지킬 것이고 놀라운 잠재력으로 북한을 일으킬 것이라고 추켜세웠고 김정은은 트럼프의 우호적인 메시지를 믿었기에 2차 회담이 불발된 후에 미 강경파들을 비난하면서도 트럼프에게는 우호적인 메시지를 남겼고 신뢰하는 마음을 담아 친서를 보냄으로써 양 정상 간에 새로운 모멘텀을 찾게 된 것으로 보인다.

트럼프는 마침 일본에서 개최되는 G20 정상회담을 계기로 김정은에게 답신을 보내게 되었고 반신반의하는 마음이기도 하였겠지만 어느 정도 물밑접촉을 통한 확신도 있었기에 G20 정상회담 후 바로 한국을 방문하여 문재인 대통령과 회담하고 지난 17년 1차 국빈방한 때 안개 때문에 가지 못했던 판문점을 가기로 함으로써 남·북·미 3정상간에 판문점 회동을 기대하게 했고, 드디어 어제 판문점에서 3정상이 만나 다정스럽게 대화하며 걷는 모습이 전 세계를 향해 선파뇌면서 기대감에 부풀게 하였다.

특히 2017. 4. 27. 남북 1차 정상회담 때 문재인 대통령과 김정은 위원장이 손을 맞잡고 판문점 분단 경계석을 70여 년 만에 넘나드는 감동적인 장면을 보여 우리를 환호케 했는데 어제 트럼프 대통령이 김정은 위원장과 함께 그 경계선을 다시 넘는 장면은 정말 꿈 같은 감동이 아닐 수 없었다. 비록 갑작스런 회동이었기에 어떤 결과물은 없었더라도 실무접촉을 강화하여 확실한 결과물을 가지고 3차 북미정상회담을 하기로 한 것은 커다란 성과가 아닐 수 없다.

미국은 북한이 완전한 비핵화를 이루기 전에는 어떠한 제재 해제도 있을 수 없다는 강경 우파들의 목소리가 큰 가운데 트럼프 대통령이 그들과 같은 목소리를 내는듯하지만 김정은을 신뢰하는 마음만은 분명하기에, 김정은 위원장도 트럼프 대통령을 신뢰하는 마음이기에 어제 같은 3자 회동이 가능하였을 것이다.

우리는 또한 여기서 약간의 변화된 모습을 감지할 수 있는데 지금까지는 완진한 비핵화와 단계적 비핵화 조치에 상응하는 단계적 해제 조치가 있어야 한다는 쌍방의 주장이 서로 대립한 채로 정체된 상태였는데 비핵화와 안전보장, 제재 해제에 대한 포괄적 합의를 하고 거기에 맞춰 단계적 진행을 모색할 것으로 예상되어 기대감을 부풀게 한다.

지금까지 70여 년을 전쟁공포 속에서 살아온 나는 진정한 평화의 시대가 열렸음을 느낄 수 있었고 이제 평화로운 마음으로 북미 간의 협상 줄다리기를 지켜보고자 한다.

지금이 통일을 논할 때인가?

문재인 대통령은 8·15 경축사에서 '평화 경제'를 주창하면서 남북이 경제협력을 통하여 공동 번영을 이루고 부산에서 강릉, 원산을 거쳐 러시아 대륙을 가로질러 유럽으로 연결하는 경제 축과 목포, 여수에서 출발하여 개성을 거치고 신의주를 거쳐 중국 대륙을 남하하여 동남아, 중앙아시아로 연결되는 경제 축을 형성하고 2050년에는 7~8만 불의 소득수준에 도달케 하는 명실상부한 경제 선진국으로 세계 경제를 선도해 가는 국가가 될 것이며 광복 100주년인 2045년까지는 통일을 이루고 명실상부한 1국가체제를 위해 그 기초를 튼튼히 다지겠다고 하였다.

나는 여기서 지금은 통일을 논할 단계가 아니라고 생각하기에 한 마디 하려고 하는 것이다.

우리는 당면과제로 제일 우선적이고 시급한 것이 북미 간에 협상이 잘돼 북한은 완전한 비핵화를 이루고 미국은 북한의 체제를 완벽하게 보장해 주고 모든 경제제재를 해제함으로써 남북은 물론 세계로부터의 경제협력을 통하여 북한의 경제를 일취월장 성장케 하고 우리도 공동 번영을 이루어 가면서 어떠한 외부의 도전에도 흔들리지 않는 견고한 경제체제를 유지해야 한다고 본다. 그런데 북한이 체제 보장이 되면 한반도는 2개의 국가가 존재하게 되는데 통일을 한다는 것은 곧 1국가체제가 된다는 것을 의미할 수 있으므로 그것이 가능하겠는가? 하는 의문이 생기지 않을 수 없다. 1국가체제라는 것은 남과 북 중 하나가 흡수되거나 하나가 스스로 소멸할 때 가능한 일일진데… 그런 생각을 한다는 것은 곧 북한의 비핵화와 체제 보장을 부인하는 것이 될 수 있다는 아이러니이기에 조금 빠르지 않았을까 하는 생각에 미치는 것이다.

아마 대통령께서는 다음과 같은 경우를 생각하고 통일을 말하지 않았을까 생각해 본다. 일찍이 DJ께서 남북연방제 국가를 주창했었다. 남과 북이 별도의 정부형태를 유지하면서 연방정부는 군사, 외교 문제를 남과 북의 각 정부는 내치를 책임지는 행정중심 국가체제를 병립한다는 것이다. 또는 EU처럼 완전 별개 국가체제이면서 공동 사무국을 설치하고 자유왕래, 공동화폐, 상호협력 사업 추진, 체육, 문화활동 등 대외적으로 단일국가체제를 유지하여 통일한국의 목표를 달성할 수 있을 것으로 보고 통일을 강조하지 않았을까 생각하지만 그렇더라도 광복 74주년 경축사에서 통일을 강조한 것은 성급하지 않았나 하는 생각이다.

그렇다면 완전한 남북통일은 불가능한 것일까?

한반도에 평화가 정착되고 북한이 경제적으로 도약한 후 자유왕래, 상호교류 등을 통한 국민 의식의 성숙과 민족의 염원이 하나로 뭉치는 먼 훗날 평화적인 방법으로 통일을 이루는 길이 열리리라 생각하면서 지금 북한이 도발을 계속하고 남과 마주 앉지 않겠다고 하는 것이 한미연합훈련에 대한 반발도 있겠지만 통일에 대한 부정적 의견 표출이 아닐까 생각해 본다.

탈북자 단체의 삐라 날리기

6·15 남북 화해 협력을 위한 공동선언일이 다가오니 또 탈북자단체의 삐라날리기가 시작된 모양인데 내가 9년 전 김정일 시대에 있었던 삐라날리기를 보면서 쓴 내 블로그의 글 '배고픈 북한 주민과 탈북자 단체'라는 글에서 분명히 얘기하고 있지만 탈북자 단체에서는 남북 간에 전쟁이라도 터져야 한다고 생각하는 것인지?

엊그제 21대 총선 당선자들의 입에서는 김정은이 죽었거나 식물인간이 되었음이 99% 확실하다는 황당무계한 소리를 하더니 이번에 탈북자 단체에서는 또 삐라를 날려 보내 남북화해모드에 찬물을 끼얹고 있다.

북한이 비무장지대 등 모든 접전지대에서의 적대행위 금지 등을 명기한 남북합의사항을 파기할 수도 있다고 그토록 예민하게 나오는 삐라 날리기는 표현의 자유, 언론의 자유 이전에 정부 정책에 배치되는 행동으로 국가 이익을 해치는 것일 뿐 아니라 국민 전체의 이익을 해치고 불안감을 조성하는 일이기에 자칫 남북 관계 파국의 단초가 될 수도 있고, 삐라 몇 장 뿌린다고 북한 정권이 붕괴된다든가 남북통일이 될 수 있는 일이 아닐 뿐더러 트럼프의 막말에도 말 대포로 맞대응하면서 끝내 트럼프와 단독 회담까지도 끌어내는 김정은이 얼마나 충격을 받을는지도 모르겠다. 몇 명의 탈북자가 나오는 것보다는 남북 간의 화해협력을 위해 가능한 모든 수단을 동원해 남북 간의 평화모드를 확충시켜 나가고 정착시켜 나가면서 개성공단 재개, 금강산관광 등을 재개하여 남북 교류를 확대하고, 남북 자유왕래가 이루어질 때까지 꾸준히 노력해 나가야 한다고 생각하면서 이번 기회에 5·18에 대한 망언을 일삼는 자들뿐만 아니라 남북 관계에 배해무이하고 접경지대의 주민뿐 아니라 전체 국민의 안보 불안감을 증폭시키는 탈북자단체의 삐라 날리기등을 제재하는 입법을 하여 국민 대다수가 바라는 남북 평화공존과 동반성장 발전을 국가기관인 국회가 앞장섬으로써 전체 국민의 이익을 보호해야 할 것이다.

담대한 구상과 비핵화 로드맵

윤 대통령께서 광복 77주년 경축사에서 북한이 완전한 비핵화의 확고한 의지만 보여 준다면 단계적 비핵화의 진척에 따라서 과감하고도 전폭적인 경제적지원과 의료, 과학, 문화인프라 등을 지원하겠다고 선언한 것에 대하여 환영하면서 선언에 그치지 않고 적극 추진되기를 기대해 본다.

전임 문정부 시절 미국의 트럼프 대통령과도 잘 소통이 이루어져 판문점 경계석을 넘나들고 정상회담을 몇 차례씩 하면서 획기적 진전을 이루는가 하였는데 결국은 완전한 비핵화 주장과 제재 해제 등 단계적 조치를 요구하는 주장이 맞서 금방 성공할것 같았던 협상이 결렬되고 지지부진한 상태가 유지된 채로 미국과 한국 모두의 정치세력이 바뀌어 어떤 진전을 기대하기는 어려운 일이라고 생각했는데

이번 경축사에서 담대한 구상을 발표하면서 마치 미국이나 UN의 제재 눈치도 보지 않고 비핵화 의지만 있다면 각종 협력을 하겠다는 선언인 듯해 정말 윤 대통령의 뚝심이라면 해낼 수 있겠다 싶은 생각에 기대가 된다.

트럼프도 늘 얘기했지만 김정은은 비핵화 의지도 뚜렷하고 명석한 사람이기 때문에 기회를 놓치지는 않을 것이라고 하면서도 강경파들과 UN 등의 완전 비핵화 주장에 막혀 어찌하지 못하다가 결국 유야무야 돼버리지 않았던가

그러나 트럼프가 믿었듯이 김정은이 명석하고 북한의 획기적 경제 발전을 깊이 인식하고 사명으로 생각하고 있을 것으로 믿는 것은 전 정부 시절 몇 번의 정상회담과 각종 합의, 대치 중이던 군 시설 일부

제거 등에 합의하고 실천한 데서 미루어 볼 수 있다.

또한 김정은은 지금 중국과 러시아의 상황을 가장 잘 이해하고 있을 것이다.

과거 제국주의 러시아로의 회기는 아니더라도 그때의 영화를 그리는 푸틴은 우크라이나를 침공, 반년이 되도록 전쟁을 하면서 각종 서방의 제재에도 흔들리지 않고 그들의 가스 등 자원의 무기화와 우크라이나 곡물 수출길 차단 등으로 전 세계 경제를 뒤흔들고 있으며 미국과 대등한 핵을 보유한 러시아이기에 서방에서도 우크라이나에 대한 지원을 무기 등 제한적으로만 하고 있으며 푸틴은 그것을 믿기에 재래식 전투로 우크라이나의 동남부 일대를 장악해 가고 있는 것이다.

중국도 연일 미국과 대치 관계를 이루며 금방이라도 대만을 침공해서 3차대전이라도 일으킬 듯하면서도 서로 경제적, 군사적 대립각만을 세우면서 제한적 대립 관계에 머무는 것은 핵전쟁은 곧 지구 공멸의 지름길이기 때문에 누구에게나 두려움이고 상상조차도 거부하게 되기 때문일 것이다.

이러한 상황에서 양대 공산 종주국들의 집권자들이 장기 집권으로 거대 국가를 통치하고 있는 것을 누구보다도 김정은이 잘 알고 있을 것이기에 이미 핵을 보유한 김정은으로서 쉽게 완전 비핵화를 단행할 수는 없을 것이다.

한편 김정은은 남한에서 박정희의 위상을 충분히 인식하고 있을 것이기에 북한의 박정희 같은 인물이 되어 역사에 길이 이름을 남기고 싶은 열망이 클 것이다. 그런 김정은이라면 획기적 경제발전을 이룩하고자 하는 의욕은 강한데 서방의 각종 제재에 막혀 있어 완전 비핵화를 쉽게 결정하지 못하는 상황일 것이기에 이번에 윤 대통령이 담대한 구상에서 확고한 비핵화 의지만 확인된다면 경제, 의료, 과학, 문화 등 모든 분야에서 전폭 지원하겠다고 선언한 것은 비록 선언적 의미이긴 하나 뚝심 있는 대통령이기에 한껏 기대해 보는 깃이다.

그리고 통일은 먼 훗날로 미루고 통일부도 남북소통협력관계부 등으로 이름을 바꾸고 남북 협력을 위한 로드맵으로 우선 남북 간의 대화 창구부터 복원시킨 후 소통과 협력을 통해 남북관계 진전을 위한 돌파구를 찾아가기 바란다.

지금 미국, 중국, 러시아가 극한 대립 관계이면서도 서로 소통하고 교역하고 자유왕래 하고 있고, 공산 베트남으로 통일된 베트남은 어떤 제약도 없이 세계와 상호 교류하고 있는 현실이기에 남북간에도 금강산 관광, 개성공단 재개, 각종 경제개발협력 등을 통한 왕래를 지속하다 보면 머지않아 이산가족 상봉뿐 아니라 남북의 일반 국민도 자유 왕래할 수 있을 것이고 훗날에는 경제적, 문화적 통일을 기반으로 통일도 이루어지지 않을까 일말의 기대를 걸어본다.

4장

종말론

빈손일기

나름 인류사

나는 어디서부터 온 것인가. 부모, 조부모, 증조부모, 고조부모 계속 되짚어 올라가서 28대를 올라가면 1천여 년 전의 선조까지 올라가게 되는데 나의 후대 2대를 포함 30대를 이어온 중에 현재 16만여 명의 후손이 살고 있다. 1천 년 동안에 8만 배가 된 것이다. 그렇다면 1천 년 전의 나의 선조는 하늘에서 뚝 떨어진 것인가? 아니다.

우리의 고대설화에 단군은 하늘에서 내려온 환웅과 곰에서 여인이 된 웅녀 사이에서 태어났다든가 신라의 시조 박혁거세는 알에서 태어났다는 등의 이야기가 있지만 설화일 뿐이고 우리의 1천 년 전 시조도, 2천 년 전 박혁거세 신라 시조도 4천 년 전 고조선의 시조 단군도 다 그 선대가 있어 태어난 것이기에 시대를 한없이 되짚어 올라가다 보면 언젠가는 인류의 시조에까지 올라가게 되지 않을까?

2019년말에 시작해 아직까지 세계를 휩쓸고 있는 코로나19는 세계인 모두를 경악시키고 두려움에 떨게 하고 있다. 전 세계인이 코로나19 앞에 무차별적이고 그 백신이나 치료 약도 똑같이 적용된다. 인류의 역사가 수천년을 내려오는 동안 그 외양적인 골격이나 형태, 피부색은 좀 더 발육되거나 퇴화하여 조금씩 다르다 해도 뇌의 활성화나 오상육부의 조직이나 기능은 똑같기 때문일 것이다. 그래서 인류의 역사를 나부터 되짚어 올라가다 보면 인류의 시조는 두 사람일 것이라고 예단할 수 있을 것이다.

현 지구상의 인구는 70억 명 정도다. 앞으로 100년 후인 2120년 지구의 인구는 얼마나 될까? 인구 증가 속도의 둔화를 감안하더라도 어림잡아 90억 명 정도는 되지 않을까 생각한다. 그렇다면 앞으로 100년 동안에 몇 명이나 태어날까? 기아, 질병, 사고, 전쟁 등으로 나서 죽는 자를 10억 명 정도로 추정해 본다면 2120년까지 100억 명 정도가 태어나고 현 지구상의 인구 70억 명과 100년 동안에 태어나 죽어갈 10억 명 정도 합해서 80억 명 정도가 죽게 될 것이다. 정리해 보면 2020년에서 2120년까지 100년 동안 100억 명이 태어나고 80억 명이 죽게 되고 90억 명이 살아가게 되는 것이다.

100년 전으로 되짚어 올라가서 1,900년대에는 대강 55억 명 정도였다고 파악되고 있는데, 초기 선사시대에는 기하급수적으로 늘던 인구가 집성촌이 이루어지고 세력다툼이 생기면서 흩어지고 뻗어 나가는 중에 그 증가속도가 다소 둔화되었다고 생각 하더라도 1천 년에 수천 배, 1백 년에 수십, 수백 배씩 증가하였다고 가정한다면 인류의 역사는 기천 년에 불과하다고 생각되어지지만 우리나라만해도 소규모 집성촌을 이룬 고조선시대가 4천 년, 중국의 집성촌만해도 6천 년이 넘었고, 로마의 전성기가 2천 년, 세계 4대문명의 발상이 5천 년 전으로 오늘의 역사시대가 5천 년 전에 형성된 것으로 본다면 최초 인류의 발현지에서 명멸을 거듭하다가 안정기에 접어들어 집단을 이루기 시작하면서 사방팔방으로 뻗어 나가기 시작한 후 5천 여 년동안 세계로 뻗어 나가 5천 년 전의 오늘의 역사시대가 형성된 것으로 추정되어 나는 현 인류의 역사를 1만 년 전쯤에 시작되지 않았을까 추정해 보는 것이다.

태초에 하나님은 우주를 창조하면서 억만년 전 가장 빛나는 창조물인 인간을 흙으로 빚어 혼을 불어넣고 번성케 하였으나 지구의 생성기인 빙하기와 공룡시대를 거치는 동안 화산폭발, 지진, 폭우 등으로 번성과 소멸을 반복하다가 지구의 분화가 진정되고 안정기에 들어선 1만 년 전쯤에 소수의 살아남은 사람들이 오늘의 선조가 되어 이후 인간은 번성하기 시작하였고 누대를 거치면서 그 수가 기하급수적으로 많아지자 먹이를 찾아 무리 지어 이동하기 시작하였을 것이다. 처음에는 서로 무리를 지어 이동하다가 무리가 집단화되면서 무리를 이끌어가는 절대강자가 나타나 신격화가 시작되었거나 또는 어떤 신적 존재를 내세움으로써 강자의 지위를 누리기 시작했고 그 강자의 힘에 저항하는 무리나 힘이 약한 무리들은 새로운 먹을거리를 찾아 빠르게 이탈하여 일부는 남으로 일부는 동으로, 동으로 이동하게 되었을 것이다.

남으로 이동한 무리는 아프리카대륙으로 진출해서 나일강변의 이집트문명을 일으켰고 일부는 계속 남으로 남하하였으나 크게 번성하지는 못하였고, 동으로 이동한 무리는 소집단에서 대집단으로 다시 몇 개의 소집단으로 분할과 번성을 반복하면서 동으로, 동으로 이동해서 인도의 인더스, 갠지스강변에 인도문명을 일으켰고 중국의 황하, 양자강변에 중국문명을 더욱 크게 번성시키게 되었으며 아직 문명화가 되기 훨씬 전 더욱 빠르게 이동하던 무리 중 일부는 5천 년 전 한반도 북쪽에 소규모 집성촌을 이루었고 2천 년 전 나라 모습을 갖추기 시작하면서 한반도에도 삼국시대가 열리게 된 것이리라.

또한 오늘의 세계는 유라시아대륙과 미주대륙이 태평양과 대서양으로 갈라져 있는데 태초에 인류의 역사가 동유럽 쪽에서 시작됐고 콜럼버스가 미대륙을 발견한 것이 500년도 안되었으니 그 이전에는 태평양이나 대서양을 건널 수 있는 기술이나 방법이 없었을 텐데 미주와 아프리카인은 어떻게 된 것인가? 동으로 이동하던 무리 중에는 인도와 중국문명이 번성하기 오래전 더욱 동으로, 동으로 빠르게 이동하는 무리가 있어, 아직 빙하기가 끝나지 않아 대륙이 빙하로 연결되어 있을 때 아시아 동쪽 끝자락에서 미주의 서쪽 끝자락으로 넘어가 아메리카 대륙으로 이동하면서 번성하여 무리를 이루게 되고 무리가 집단화하면서 일부 무리가 다시 남하하여 마야, 잉카문명을 일으켜 오늘의 미주대륙의 원주민이 되었거나

태초에 지구는 지금의 바다에 히말라야산맥 알프스산맥 같은 거대한 빙산으로 이루어진 무수한 빙하 산맥으로 되어 있어 지구의 모든 대륙이 육지로 연결되어 있을 때 인류의 발현지에서 사방으로 퍼져 나간 후 지구의 생성기인 빙하기와 공룡시대를 거치는 동안 번성과 소멸을 반복하다가 지구가 안정기에 들어서고 녹아내린 빙하가 대륙을 갈라놓은 뒤 대륙 간에 단절이 이루어져 다시 수천 년이 흐른 후 서양문명의 고도화로 미주대륙을 발견하고 점령해 나간 것일 수 있다. 우리가 여기서 유추해 볼 수 있는 것이 지금의 해저에 간혹 고대 인류의 유적으로 생각되는 것들이 발견된다는 것은 아직 빙하기가 끝나기 전 낮은 지대에서 형성된 문명이었을 수 있다는 것이다.

또한 오늘의 인류는 크게 3종의 피부색을 하고 있는데 본래는 연한 황색인종이 태초의 모습이었으나 기골이 장대하고 힘이 센 무리는 다른 집단의 무리를 밀어내고 현지에 정착하고 안주하면서 세월이 흐르는 농안 점점 백인의 모습을 갖게 되었을 것이고, 남으로 이동해간 무리는 아프리카의 사막과 모래바람을 맞으며 수천 년을 내려오는 동안

서서히 검게 타면서 오늘의 흑인으로 변화하였을 것이고 동으로, 동으로 이동해 간 무리는 그 기후변화에 조금씩 변색되어 가면서 오늘의 황색인종이 되지 않았나 생각한다.

반면 일찍이 천년을 두고 뻗어 나간 후예끼리 번성하여 집단을 이루면서 그중 힘 있는 자가 새로운 신을 내세움으로써 타락이 극에 달하자 하나님이 격노하여 집단 간에 말이 통하지 않게 하였으며 피부색을 갈라놓는 벌을 내렸다는 기독교적 해석이 대세를 이루기도 하는데 그중 가장 강력한 무리로 백색의 피부색을 가진 무리는 그 자리에 정착하고 검은색 피부를 가진 무리는 남하하여 아프리카에 도달하게 되었고 황색 피부를 가진 무리는 동으로, 동으로 이동하여 아시아를 건너 미주대륙까지 뻗어 나가 오늘의 미주대륙의 토착 원주민을 이룬 것으로 볼 수 있을 것이다.

결국 절대적인 신에 의해서 인류의 조상(아담과 이브)이 탄생하였고 누대에 걸쳐 명멸을 거듭하던 중에 후손이 번성하면서 전 세계로 퍼져 나가 오늘의 세계가 형성된 것이 아닌가 생각해 본다.

합리적 종말론

미래인류사

2020년 지금 세계는 코로나19로 공포에 떨고 있다. 지난해 말 중국에서 시작된 코로나19가 무서운 속도로 전파되면서 1개 성을 봉쇄하는 조치를 취하였고, 이웃 우리나라에서는 한 폐쇄적 종교집단의 집단 감염으로 급속히 퍼져 나가는 가운데 대구 경북을 중심으로 한 놀라운 확산세는 전 국민을 공포에 떨게 하였다. 이제 진정국면으로 진입하려나 할때 이란, 이탈리아, 일본에 퍼지기 시작한 코로나19는 지구 북반구를 중심으로 전 세계로 퍼져 나가 경제적, 문화적 교류가 극도로 제한되고 세계경제의 전반적 후퇴가 예상되고 있다. 특히 금년 여름 일본 도쿄에서 치르게 되어있는 올림픽 개최 여부가 불투명해 일본은 물론 전세계의 체육인들도 비상한 관심 속에 빨리 코로나19가 종료되기만을 애타게 바라고 있는 현실이다.

지금까지 5~10년 주기로 인류에게 불어닥쳤던 사스, 에볼라, 메르

스가 소집단이나 일부 국가에서의 유행으로 끝났던 것과는 달리 이번 코로나19는 전 세계적으로 확산되고 있어 그 공포심이 점점 더 커지고 있다. 이것은 지구의 난개발과 유해가스 배출 등으로 인한 온난화 등으로 기후변화가 극에 달해 세계 도처에서 각종 질병이 발생하고 그 바이러스들이 환경의 변화에 맞춰가며 점점 더 무서운 바이러스로 변이되면서 그 전파력과 치사율이 가히 폭발적이어서 백신을 개발하기도 전에 무서운 속도로 확산되기 때문이다. 그러나 코로나19는 올해가 다 가기 전 백신이 개발되고 겨울이면 흔히 걸리는 감기처럼 계절적 병으로 남게 될 것이다.

하지만 1~2백 년 내로 인간의 편의성만을 추구해 온 기술개발과 자연 파괴는 환경 변화에 의한 지구의 온난화로 지구의 양극에 남아 있는 거대한 빙산들이 녹아 일부 저지대의 도시들을 바닷속으로 가라앉히고, 화산폭발과 지진에 의한 매몰, 거대한 쓰나미에 의한 파괴, 토네이도, 태풍 등에 의한 파괴를 거듭하는 중에 인간의 면역력까지도 무력하게 하면서 그 전파력과 치사율이 극에 달하고 어떠한 백신도 듣지 않는 신종 바이러스가 공기를 통하여 사람에서 사람으로 또는 새나 동물들을 매개체로 급속하게 전파되고, 동물은 구제역 등 각종 열병에 의해 새들은 조류인플루엔자 등에 의해 지상의 모든 움직이는 생명체가 멸종되는 날 지구 종말이 오지 않을까.

그러나 인류는 그 시대를 예비하여 준비하고 있는 것이 아닌가 하는 생각도 해본다.

지금 선진 각국들은 지구궤도를 따라 도는 우주정거장 건설에 매진하고 있고 우주탐사선을 경쟁적으로 발사함으로써 우주를 향한 인류의 꿈이 착착 진행되어 가고 있는 것 또한 현실이다. 또한 바다 위에는 핵항공모함이 떠 있고 거대한 핵잠수함 개발도 착착 진행하고 있다. 이러한 상황변화는 1~2백 년을 흐르는 중에 선진 각국에서는 선남

선녀로 구성된 젊은 과학자들을 태운 우주선을 계속 쏘아 올려 우주 정거장에 기지를 설치하고 달과 화성, 기타 우주의 별들 탐사에 경쟁적으로 나서고 탐사에 나선 그들은 1~2년을 주기로 소중한 탐사자료들 가시고 지구도 귀환하고 다음 탐사팀이 탐사에 나서고 할 것이다. 또한 바다에서는 1~2년을 바닷속에서 지탱할 수 있는 거대한 핵 잠수함을 세계열강이 경쟁적으로 진수해 선남선녀의 젊은 해군들과 바닷속 탐험대들을 수백m 해저에 내려보내 해저탐사를 계속해 갈 것이다.

그러던 중에 그 생존력이 1개월 이상이고 치사율이 100%인 바이러스가 지구 전체로 퍼져 인류의 종말이 오고 있을 때, 마치 성경 속의 노아의 방주에서처럼 인류가 우주에 쏘아 올린 우주선에 타고 있던 우주인들, 바닷속 탐사에 나섰던 핵잠수함 속의 해군과 탐사원들이 1~2년 후 지구상에 돌아왔을 때는 지상의 인류와 움직이는 생명체는 멸종되어 있고 지구를 멸망케 한 죽음의 바이러스도 사라진 후일 것이기에 1만 년 전쯤 인류의 역사가 처음 시작되었던 것처럼 소수의 살아있는 그들이 다시 새로운 1만 년의 인류사를 써 내려가지 않을까 상상해보는 것이다.

COVID19 이후의 인류사

믿음이 있는 곳에 행복이 있고 두려움을 극복할 수 있을 것이다.

사람은 100여 년을 살다 죽는다. 나서 살다가 죽는 것이 사람만이 아니고 모든 생명체는 다 죽게 되어 있지만 유독 사람은 생각하는 힘이 있기에 두려움이 크고 두려움이 있기 때문에 삶에 대해 고민하고 영생을 기원하는 것이다.

식물은 모르겠으나 동물은 죽음에 대한 두려움을 가지고 있고 대물림 하면서 생존을 이어가기 위해 환경에 적응하며 불의의 위험에 본능적으로 대처하며 작은 곤충들까지도 닥치는 위험을 순간 느끼고 위험의 굴레를 탈피하는 것을 우리는 주변에서 흔하게 볼 수 있다.

그러나 그 모든 생명체는 본능적으로 종족을 보전하고 삶을 유지하면서도 진화된 발전을 이룰 수는 없는 것이고 자연의 생존 법칙에 의해서 살아가고 있지만, 오직 사람은 생각하는 힘이 있기에 새로운 것을 만들고 창조하여 20세기 이후 놀라운 발전을 거듭하면서 인류의 문화, 문명은 신비스러울 정도의 발전을 이루고 있다.

지금의 인류는 컴퓨터 속에 모든 자료를 저장하고 모든 생활을 제품에 내장된 칩을 이용하여 사람이 해야 할 일을 대행케 하고 우주를 향해 인공위성을 쏘아 올리고 우주정거장을 만들어 우주여행의 시대를 열어가고 있지만, 순식간에 지구 위의 생명체를 멸종케도 할 수 있는 무서운 핵무기가 상존하고 있어 핵전쟁의 공포를 안고 살면서 늘 죽음에 대한 두려움을 갖고 살아가는 것이다.

물론 개인에 따라서는 죽음이 필연이기에 느껴지지 않을 수도 있을 것이고 느끼더라도 심각하게 생각하지 않아 보통의 일상처럼 느낄 수도 있겠지만 죽음은 사람이 극복할 수 없는 두려움이기에 사람은 그 두려움을 극복하기 위해 종교에 의지하는 것이 아니겠는가. 나는 일찍이 '종교'라는 글에서 그 탄생의 근원을 죽음에 대한 두려움을 극복하기 위한 것이라고 말한 바 있다. 천주교와 기독교에서는 천당을 불교에서는 극락을 그 외 다른 종교들에서도 현세의 복과 내세의 복을 각종교의 힘에 의해 얻기를 기원하는 것이다.

사람이 종교를 가졌을 때 죽음에 대한 두려움에서 해방은 아니더라도 두려움을 조금은 극복할 수 있을 것이다. 기독교에서는 죽음 뒤의 천당을 믿는 마음과 이 세상의 종말이 오는 날 부활한다는 믿음이 있기에 죽음의 두려움을 극복할 수 있는 것이고, 불교에서는 극락왕생한다는 믿음이 있고 거기에 현생에서의 복을 누릴 수 있다는 믿음이 있기에 불공을 드리고 마음의 평안을 얻는 것이며, 유교에서는 조상을 섬김으로써 현생의 복을 그리고 내세에서 조상을 떳떳이 만날 수 있다는 믿음이 있는 것이며 기타 다른 모든 종교들도 다 현생의 복을 누리며 내세에 영원한 복을 누릴 수 있다고 믿기에 종교를 가지게 되는 것이며 그런 믿음이 있기에 죽음에 대한 두려움을 극복하고 현생에서의 복을 누리기 위해 최선을 다하는 것이 아닌가 한다. 다시 말해 인류는 죽음의 두려움에서 벗어나기 위해 그리고 현재를 더욱 복되고 행복한 삶을 누리기 위해 종교를 태생시켰고 그 믿음 위에서 복된 삶을 살고자 하는 것이다.

그런데 2020년 새로운 두려움이 세계를 덮치고 있다. 내가 종말론 '미래인류사'에서 1~2백 년 내로 백신개발도 불가하고 전파력과 치사율이 100%인 바이러스가 생겨 지구가 멸망할지도 모른다고 예견하면서 우주에 쏘아 올린 우주정거장에서 1~2년을 우주개발을 연구하고 돌아오는 우주인들이나 1~2년을 해저잠수함에서 해저탐사를 하던 해군과 탐사원들이 지구로 돌아왔을 때 지상의 생명체는 바이러스에 의해 멸종되어 있고 바이러스도 사라진 후일 것이기에 소수의 그들이 다시 1만 년을 살아가는 인류의 선조가 될 것이라고 한 적이 있는데

지금의 코로나19의 확산세와 백신개발의 어려움에 겹쳐 변이까지도 계속된다면 이미 형성된 항체도 무력화되어 의외로 인류 종말이 더 빨리 오리라는 생각에 미치기도 한다. 물론 코로나19는 그 백신개발이 다소 지연되고 계절의 영향을 덜 받는다 해도 감염자의 사망율이 10% 이하인 데다 일단 감염됐다 완치된 사람들은 항체가 형성되어 재감염이 안될 뿐 아니라 그 확산이 아무리 빠르고 광범위하다 해도 90%는 살아남을 것이기 때문에 인류의 종말을 예견할 수는 없겠지만 변이가 거듭되면서 그 확산세가 질풍 같고 치사율이 100%에 달하고 비말뿐 아니라 공기에 의해 그리고 동물과 조류 등에 의해 전파되는 새로운 바이러스로 변이를 거듭한다면 그땐 정말 인류의 종말이 오는 것이 아닌가 하는 두려움 앞에서 쓸데없는 상상이기를 바라면서도

생각보다 빨리 올 수도 있는 인류 멸망의 바이러스 앞에서 종교적인 부활이 아닌 나 홀로 살아남을 수 있는 길은 이미 예견한 우주선이나 해저탐사대가 아니더라도 광활한 대양 가운데 동떨어진 외딴섬이나 황량한 오지의 밀림 속이나 첩첩의 심산유곡에서 문명을 등지고 외로이 살아가는 극소수의 사람이 살아 남아 새로운 1만 년의 인류사를 써 내려가게 되지 않을까 상상해본다.

문명의 고도화, 저출산, 괴질 등 위기로 몰리는 인류사

과학기술이 무한궤도에 이르고 의술의 발전이 끝이 없어 100세를 사는 고령화 시대가 되면서 노후의 향상된 질적 생활을 위하여는 더 많은 재물의 축적이 필요하지만 독신주의, 만혼, 저출산 등으로 생산력 저하를 가져와 전체적인 삶의 질적 저하가 우려되는 가운데 인간은 끝내 로봇이나 복제인간을 만들어 생산력을 월등히 향상시켜 더욱 살기 좋은 복지국가를 이루리라 생각하면서도

모든 최첨단 프로그램으로 장착하고 하늘을 초고속으로 나는 전투기, 작은 도시만큼의 능력을 갖추고 6개월 이상을 바다에 떠 있을 수 있는 항공모함, 지구의 대기권을 벗어나 우주공간을 떠돌 수 있는 인공위성, 자율주행 자동차, 하늘을 나는 드론형 자동차, 수륙양용자동차, 키보드만 두드리면 튀어나오는 컴퓨터 속의 자료들 등 과학의 신비스러움은 탄복할 수밖에 없는 놀라움 그 자체로 사람이 발명하고 개량할 수 있는 한계가 어디까지 일지 아무도 단정지울 수 없는 가운데

로봇의 머릿속에 칩을 넣고 팔, 다리의 관절에는 연골을 만들어 넣고 머리속의 칩에서부터 손가락끝 발가락끝까지 미세 광케이블로 연결시켜 사람이 할 수 있는 모든 일을 자료화하여 칩에 내장시키고 감지케 하여 손끝 발끝까지 전달함으로써 사람의 능력을 훨씬 뛰어 넘어 그 한계가 어디까지일지 감히 상상 초월이지만 – 연전에 바둑기사 이세돌이 '알파고'에 패배한 후 인간이 아닌 이세돌이 졌을 뿐이라고 한 말이나, 2020년 초격차(넘볼 수 없는 차이를 만드는 것) 포럼에서 미 스탠퍼드대 이진형(여) 교수가 바이오산업은 기초에서부터 지속적으로 투자해야 한다고 하면서 AI는 바닷가 모래사장에서 잃어버린 시계를 찾을 수는 있겠지만 지구 어딘가에서 새로운 무엇을 발견하지는

못한다면서 인간을 보조하는데 머문다고 한 것처럼 - 사람이 하는 모든 일을 로봇이 대신하더라도 사람이 만든 칩에 내장된 한계를 벗어날 수 없을 것이다.

한편 오늘날 의술은 복제양, 복제돼지, 복제말 등 본능적 생명력을 유지하는 동물의 한계를 뛰어넘어 인간복제를 우려해야 하는 시대가 되었다. 줄기세포를 배양하여 사람의 부분부분을 마치 펑크 난 타이어를 갈아 끼우듯 쇠락해 가는 육신을 갈아 끼우고 보식하면서 수명을 100세 이상으로 늘리고 사람이 하는 일을 로봇이나 복제인간을 만들어 대체함으로써 월등한 생산력 향상을 가져와 더 잘사는 복지국가를 이루어 갈수는 있겠지만 복제인간은 결코 생식번성을 할 수 없고 혼이 들어가는 인간복제는 결코 이루어낼 수 없고 생물학적 복제에 그칠 것이기에 인간일 수가 없는 것이고 외모만 같은 동물일 뿐일 것이다.

한 인간과 똑같은 복제인간이 버젓이 살아 움직인다고 할 때 그리고 동물적 본성으로 환경에 적응해 갈 때 복제인간과 나를 보는 3자적 입장에서는 혼란스러울 뿐만 아니라 외양으로 사람과 똑같은 복제인간과 최첨단 지능을 가진 로봇이 사람이 하던 모든 일을 대신한다면 사람은 혼란에 빠지게 되고 그 생존영역이 급격하게 축소될 것이다.

로봇과 복제인간의 범람, 성평등주의와 성소수자의 만연, 문명의 발달로 할 일이 줄어들어 일자리 축소로 인한 생계 위협에서 오는 저출산으로 인한 인구 감소, 백신개발이 안 되고 그 전파력이 초고속이고 치사율이 100%인 괴질병의 발생 등으로 인간은 서서히 조금씩 조금씩 소멸해 가는 가운데 문명의 발길이 닿지 않는 밀림 속 오지의 사람들, 태평양 등 대양이나 바다 가운데 작은 섬에서 외롭게 살아가는 사람들, 버려진 지하 동굴 등에서 은둔생활을 하는 사람들, 우주탐험에 나선 사람들, 그리고 아주 운 좋은 끈질긴 생명력을 가진 극소수의 사람들이 새로운 세상을 열어가지 않을까 상상해 보는 것이다.

인조인간AI와 핵공포

지금 우리의 영상기술은 사람이 상상으로 생각할 수 있는 모든 것들을 영상으로 화면에 표현하는 시대이다. 이러한 영상기술을 이용한 영화나 챗GPT 등 과거에는 상상할 수도 없었던 일들이 오늘은 현실이 되었다. 또한 나노기술은 그 개발의 한계가 어디까지 일지 가늠할 수조차도 없는 시대가 된 것이다.

이제는 그러한 일들이 영상으로만이 아니라 인간 모습 그대로의 인조인간 AI로봇으로 탄생할 날도 멀지 않을 것으로 예견되는 시대이다. 내가 예견해보는 인조인간 AI는 이런 모습이다.

인간의 기억 소자는 수십억 개에 달하지만 그중 극히 일부만을 사용한다는데 세상 모든 지식 정보들을 입력시키고 연예, 오락 등 각종 감성의 자료들까지도 입력시켜 비록 눈물을 흘리고 땀등 배설물을 배출할 수는 없겠지만 말과 동작과 표정으로 감성을 표현하고 순식간에 입력시킨 수십억 개의 기억소자들을 다 활용할 수 있어 음악, 미술, 연극, 영화 등 각 분야에서 완벽한 작품을 만들어낼 수 있어 인간계에 혼란을 초래할 것이고 더구나 능력치를 구분해야 하는 인간 세상에서 그동안 없던 최고의 작품을 표현해 내는 수준에 이르게 되어 인간계가 큰 혼란에 빠질 수도 있을 것이나 이러한 기능까지도 갖춘 AI칩을 머리부분에 장착하고

몸체에는 반 영구적인 기능을 갖춘 핵연료로 만들어진 배터리를 장착해 하늘을 날고 비행속도로 뛸 수 있는 에너지를 갖게 하고, 고강도 철로 척추와 뼈를 만들고, 연골로 이어지는 뼈와 뼈 사이에는 필요에 따라 정교하게 세공된 다이아몬드같은 단단한 구슬을 나노기술을 이용한 탄력 좋은 섬유로 만든 주머니 속에서 넣어 관절부위를 자유자재로 움직일 수 있게 만들고, 눈은 칠흙같은 어둠도 투시할 수 있도

록 적외선 카메라 기능을 장착하고 피부는 고탄력 접착력을 가진 태양광 섬유 등으로 온 몸을 감싸 날고 뛰고 할 수 있을 뿐 아니라 머리의 AI칩, 몸체의 핵 배터리를 연결시키고 골격과 연골, 손끝 발끝까지도 미세 광케이블로 연결시켜 목운동, 팔다리 움직임, 손금의 움직임들을 자연스럽게 할 수 있는 AI 인조인간을 만들어

연료 배터리 단추만 누르면 핵연료가 다할 때까지 인조인간으로서의 역할을 할 수 있어 명령권자의 명령에 따라 불가능이 없는 모든 일을 처리해낼 것이다. 다만 그러한 인조인간에게 선한 자료들만을 입력시켜 결코 인간을 해치는 인조인간이어서는 안될 것이나 만약 어느 단체나 국가에서 파괴적 자료까지도 입력시켜 가동한다면 지구의 종말은 시한폭탄이 될 것이다.

몇 년째 계속되고 있는 러시아의 영토 확장 야욕에서 시작된 러우전쟁은 세계 곡물시장을 요동치게 해 세계경제가 한때 휘청거렸고, 현재는 재래식 전쟁에 국한하고 우크라이나 동남부지역에 한정되고 있지만 언제 터질지 모르는 극한상황, 돌발상황은 예견할 수 없는 미래의 불안요소이고, 이러한 배타적 이기심과 야욕 등은 결국 최고 권력자 한 사람 또는 야욕을 가진 집단에 의한 오판으로 세계를 위험에 빠뜨릴 수 있을 것이다.

미중 간의 극한 견제와 대립, 남북간의 대치로 북한의 핵 위협에 대한 한미일 삼각동맹과 이를 견제하려는 북중러 동맹 등 강대강 대립으로만 치닫고 있는 오늘이다. 이런 극한 대립 상태에서 만능 AI개발은 한국과 미국, 중국 등에서 개발에 박차를 가해 머지않아 등장할 수도 있을텐데 이러한 것들이 국가의 통제 하에 있을 때는 안전하겠지만 범죄집단의 소유물이 되었을 때 세계는 빠르게 종말이 올 수도 있을 것이다.

만능 인조인간 AI를 이용 정적을 또는 반 세계적 지도자를 제거하려 들었을 때 그가 만약 핵무기의 통제권자라면 핵단추를 눌러 핵무기를 터트리려 할 것이고 반대 세력도 거의 동시에 핵단추를 눌러 지구상의 모든 핵무기를 폭발시키고 모든 원자로들을 폭파시켜 모든 생명체를 멸종케 함으로써 지구의 종말이 올 수도 있겠으나 그래도 오지 또는 우주공간에 쏘아 올린 인공위성 속의 소수는 남아 다음 인류의 시대를 열어갈 것이라 생각하면서도

최초 AI인조인간을 개발한 국가에서 만능 기술을 이용해 극비리에 AI인조인간을 미중러 등 핵보유국의 핵명령권자에게 접근시켜서 핵단추를 무력화시키고 핵 저장시설에 침투해 뇌관을 제거, 폭탄으로써의 기능을 상실케 함으로써 오히려 핵무기 없는 세상이 올 수도 있지 않을까 희망 섞인 미래를 상상해 보기도 한다.

종교적 종말론

부활

거대한 우주공간의 중심에 천년만년이 흘러도 줄어들지도 식지도 않는 불가사의한 열 덩어리, 그 열 덩어리 태양이 있어 지구상의 만물이 생명을 유지할 수 있는데 태초에 하느님은 공룡의 시대를 열었으나 이내 지구상의 대변혁을 일으켜 인간의 시대를 열었고 이제 인간이 발명해낸 파괴적 과학의 힘에 의해 지구 멸망의 길로 치닫고 있지 않느냐 하는 우려가 큰 지금 지구의 대재앙은 현실화할 것인가,

21세기로 들어서면서 과학은 눈부시게 발전하여 그 한계를 상상해볼 수조차 없으면서도 나날이 확대되어 가는 지구상의 재앙들, 점점 심해져 가는 혹서와 한파로 인한 기상이변에 사람이 할 수 있는 것은 견디어 내는 것뿐이고 밀려드는 쓰나미와 토네이도, 지구를 두 조각 내버릴 듯한 지진, 하늘을 시꺼멓게 덮어 버릴 듯 내뿜는 화산재와 흘러내리는 용암들은 금빙 지구를 데워버릴 듯한데, 사람은 그저 바라마 보고 있다가 그 뒤처리를 수습하는 일에 매달린다. 그러나 근래 들어

더욱 빈번해지고 대형화되어 가는 재앙들은 이제 그 규모나 피해면에서 인간의 한계를 벗어나고 있는 듯하다.

몇 해 전인가 조류 인프루엔자라는 병 때문에 수백만 마리의 닭과 오리들을 살처분하더니 작년에는 구제역으로 소와 돼지 수십만 마리를 살처분하였는데 이러한 일들이 세계 도처에서 일어나고 있다는 것이다. 더구나 이제는 동물에 그치지 않고 사람에게까지 미쳐 재작년에는 신종 바이러스라는 독감 인플루엔자로 전세계가 공포에 떨기도 하였다.

언제였던가 항 바이러스 저항력을 무력케 하는 에이즈라는 불치의 병원균이 유행하였고 21세기의 첨단 의학으로도 고칠 수 없는 한센병이라는 것이 존재하듯이 그 생존력이 지금까지의 바이러스와는 비교도 안되게 길고 공기를 통해 바람의 속도로 무섭게 전파되면서 백신 개발이 어렵고 치사율까지 100%인, 인간의 예방과 처방이 전혀 듣지 않는 죽음의 바이러스가 나타난다든가 작년에 발생한 일본 대지진으로 파괴된 후쿠시마 원전의 방사능처럼 세계 도처에 수십 수백의 원자력 발전소와 핵물질들이 인간의 의도와는 상관없이 자연재난이나 핵전쟁 등으로 파괴된다면 인간의 힘으로는 속수무책이 아닌가 하는 생각을 하면서

시인 김지하 님의 '님'이라는 글속의 딱 한 부분 '기우뚱한 균형에 대하여'속의 한부분의 표현을 빌리고자 한다. 김지하 님은 그 글에서 지구를 인간의 몸에 비유하면서 지구를 둘러싸고 있는 대기권을 '막'이라 하여 사람의 피부라 하고, 산과 바다 인간을 비롯한 모든 생물과 무생물을 살과 기름 오장육부에 비유하는데 자연의 기를 막아 환경을 파괴하는 개발로 인한 지구의 재앙을 막기 위해 그 기를 뚫어주는 환경 문제를 더욱 강조하고 있다.

그러면서 사람이 병에 걸리면 서양의술에서는 찢고 자르고 꿰매는 외과적 치유를 하지만 동양의술에서는 한약재를 이용해 기의 흐름을 원활하게 해준다고 하였고 또 닫힌 우주론의 엔트로피론에서는 모든 개체는 그 최고의 활성화 단계에서 폭발 분해하여 새로운 개체가 생성한다는 반 다윈적 개체 생성론에 동의하면서 만물에 물질과 영성이 있어 사람이 죽어 화장을 하여도 영성은 작은 입자와 함께 있어 폐가의 원혼이니 귀신이니 하는 소위 말하는 기독교적 미신설에도 그 단초를 제공하고 있다.

　　나는 여기서 상상의 날개를 달아본다. 인간은 동물이 다 가지고 있는 영성에 생각하는 힘이 더해져 있어 연구 개발하고 더욱 발전시켜 TV니, 손 안의 컴퓨터니 하며 놀라운 편의성을 확보하고 고속도로를 뚫고 강을 막고 산을 깎아내리는 등 지구의 오장육부를 수술하여 더욱 편리한 생활을 보장받았지만 지구환경 파괴는 극에 달해 환경운동가들의 환경운동으로도 그 파괴를 막아내기에 역부족이라 지구의 엔트로피가 최고 활성화 단계에 이르러 폭발하여 개체분리가 될지 모르는 상황까지도 하느님은 다 예비해 두신 것이 아닌가 한다.

　　지구는 정말 언제 폭발해 버릴지 모르는 최고의 활성화 단계에 접어든지 모른다. 그래서 인간에게 모든 지혜를 다 주었음에도, 지구의 막힌 기를 뚫어줘야 할 환경운동가들이 아무리 외쳐대도 해결되지 않는 엔트로피의 최고 폭발점을 억제하기 위하여 신은 지구의 양극점에 배치해 놓은 빙하를 녹게 하여 열을 식혀주고 태풍 토네이도 등을 생성, 폭우와 회오리를 몰고 다니면서 인간이 내뿜는 과학의 찌꺼기인 열을 식혀 주기도 하고 때로는 화산폭발, 지구를 쪼개버릴 듯한 대지진, 쓰나미로 지구의 막히려는 기를 뚫어주는 것이 아니겠는가.

　　그러나 언젠가 활성화 단계가 정점에 달해 지구의 모든 생명체가 개체분리를 일으켜 새로운 우주의 모습으로 생성될 때 인간의 상상으로는 불가사의 하기만 한 우주의 모습처럼 그 불가사의 함을 생성케한 전지전능하신 하느님이 있어 그 부름에 의하여 우주공간에 떠돌던 인간의 영성이 흙으로 빚은 모습에 합이 되어 부활하는, 새로운 세상이 열리는 날이 오지 않을까 상상해 보는 것이다.

꿈과 혼의 영원성

사람은 누구나 때때로 꿈을 꾼다. 어렸을 적 무서운 꿈을 꾸면 어른들은 '키가 크려고 꾸는 꿈이란다'고 하셨고 사춘기에는 이성에 대한 꿈을 많이 꾸고 나이 들어서는 꿈도 잘 꾸지 않게 된다.

꿈! 꿈은 사람이 잠을 자면서 꾸게 되는데 평소에 생각하고 바라던 것들이 여러 형태로 변형이 되어 수많은 것들을 경험하고 만나지만 깨어나면 아무것도 이루어진 게 없는 것이 꿈이다. 꿈은 일상에서 일어나는 일들이나 생각하는 것들과 비슷한 내용으로 꿈속에서 이루어지는 것 같기도 하지만 꾸고 싶다고 해서 꾸어지는 것 또한 아니다. 예로서 소위 말하는 복꿈들, 황금돼지가 집 안으로 들어온다든가 로또복권에 당첨된다든가 명예와 권력을 움켜쥐고 만인을 호령한다든가 하는 꿈들은 아무리 꾸고 싶어도 꾸어지지 않는 꿈이다. 그래서 사람들은 하찮은 꿈들도 복을 좇는(비는) 마음으로 꿈풀이를 하게 되고 기도하며 불공드리며 복을 빌고 답답하거나 괴로울 때면 소위 신내린 사람들을 찾기도 하는 것이 아니겠는가.

꿈은 왜 꾸는 것일까? 수많은 해석이 있지만 풀리지 않는 것이 잠속에서 일어나고 있는 꿈의 비밀이다. 꿈은 현실 속의 일들은 아니다. 비현실적이고 살아있는 사람으로서는 도저히 불가능한 일들도 꿈속에서는 현실처럼 느껴진다. 그렇다면 우리의 생각이 무한한 상상력을 가진 것처럼 꿈속에서도 상상을 하고 있는 것일까? 그러나 깨어나 보면 터무니 없는, 깨어 있을 때는 전혀 생각해 볼 수도 볼 필요도 없는 것들이 꿈의 세계에서 펼쳐지기도 한다. 꿈속에서는 비현실적인 것들도 현실처럼 느끼다가도 깨어나면 아무것도 느낄 수도 가질 수도 행힐 수도 없는 것이 꿈이나 그것이 좋은 꿈이면 상서로운 징조일 것이라 예단하고 나의 것으로 하려는 기대감으로 꿈을 해석하는 것이 우리들 사람인 것이다. 그러나 꿈은 꿈일 뿐이다.

사람이 죽으면 혼(정신)이 육신을 떠난다고 한다. 혼이 육신과 결합되어 있을 때 우리는 보고 듣고 말하고 느낄 수 있으며 꿈도 꾸는 것이다. 그렇다면 혼은 육신과 결합되어 있을 때만 꿈을 꾸다가 육신과 함께 소멸되어지는 것인가, 아니면 사람이 태어날 때 육신과 결합되어 생성된 혼이 사람이 죽으면 육신을 떠나 영원히 존재하면서 꿈속에서처럼 우주공간에 머물면서 영원한 것인가.

꿈이 증명될 수 없는 것처럼 혼의 영원성도 증명되는 것이 아니기에 우주공간 속에 하나의 '칩'속의 자료처럼 남아있다가 그 생성이 신비하고 무한하여 불가사의한 우주처럼 어떤 불가사의한 힘(창조주의 힘)에 의해서 인류의 종말이 오는 날 다시 생성(부활)되는 것이 아닌가 하는 생각을 해본다.

하나님의 칩

구약성서 창세기에는 하느님이 닷새 동안 우주를 창조하였고 마지막 여섯째 날 인간을 흙으로 빚으셨다고 되어 있다. 지금 우리가 사는 지구는 우주공간에 있는 수억의 무수한 별들 중에서 작은별 하나일 뿐이지만 만물이 살아 숨 쉬는 유일한 별이며 창조주로부터 선택받은 영성을 가진 사람이 사는 축복받은 별이다.

지구는 왜 태양과의 거리를 유지하면서 태양을 돌고 있는 것인가, 달은 왜 지구를 돌면서 지구를 따라 태양을 돌고 있는 것인가, 지구의 대기권은 왜 무한한 우주공간으로 사라지지 않는 것인가, 인공위성을 발사하면 대기권을 뚫고 우주공간으로 나가 지구의 궤적을 따라 도는데 그러다가 언젠가는 밤하늘의 유성처럼 우주공간으로 사라져가기도 하는데 대기권의 대기는 왜 우주로 사라지지 않는 것인가, 만류인력! 그것이 도대체 어떤 힘이란 것인가.

이토록 무한하고 신비스러운 우주 속에 모래알보다도 작은 한 인간도 상상하기도 어려울 정도로 끝이 안 보이는 능력을 가지고 있는데, 지구상에 생존해 있는 70억 인구 한 사람 한 사람의 모습이 다 다르고 지문이 다 다르고 유전인자가 다 다를 뿐 아니라 한 사람의 뇌는 수십억 개의 기억소자가 있는데 사람은 평생을 그중에 극히 일부만을 활용한다는 것이다. 그렇게 뇌기능의 일부만 사용하면서도 인간이 만들어낸 오늘의 과학은 그 끝을 상상하기가 어려울 정도로 무한하다.

컴퓨터 앞에 앉아 키보드만 몇 번 치면 순식간에 튀어나오는 그 무한한 정보들은 어디 숨어 있다 나오며 TV나 라디오를 켜기만 하면 튀어나오는 화면이나 멜로디 소리들은 다 어디에 숨어 있다 나오는 것인가, 그러한 모든 것이 각자의 고유한 주파수를 가지고 공간속에 떠돌다가 순식간에 나의 주파수를 찾아가는 것인가, 보이지도 않고 들리지도 않는 그 많은 전파는 서로 교란됨도 없이 어디를 떠돌다가 나타나는 것인지 참으로 놀랍고 불가사의 한 일이 아닐 수 없다.

컴퓨터가 처음 등장한 것은 80년대 초반이었고, 관공서 등에서 사용되기 시작한 것은 90년대 초였으며, 일반인들이 쉽게 컴퓨터를 사용할 수 있게 된 것은 2천 년 들어서면서이다. 오늘날은 컴퓨터를 분리해서는 아무것도 생각할 수 없게 되었다. 세상의 모든 정보, 기술력이 그 속에 담겨있고 모든 기술력은 컴퓨터를 이용함으로써만이 진전된 개발이 가능하게 되었고 지금도 더욱 무서운 속도로 그 무한함은 확장되어 가고 있다. 지구상의 모든 사람이 나름대로 정리하고 표현하고 소중히 여기는 것들도 다 거기에 저장하고 서로 교류할 수 있게 되었다.

그 경이로움에 감탄하고 놀라면서도 마음껏 즐기고 있는 것이 컴퓨터다. 그 작은 칩 속에 저장할 수 있는 그 많은 양의 정보는 60~70년대 까지만 해도 상상도 할 수 없는 일이었는데 지금은 현실이 되어 누구나 컴퓨터 앞에 앉아 키보드만 치면 그 많은 것들 중에서 보고싶은 것들을 순식간에 튀어나오게 할 수 있는 것이다.

나는 가끔 이른 새벽 잠에서 깨어날 때면 잠이 오지 않아 뒤척거리다가 무한한 우주, 영원히 존재하는 우주 속으로 생각이 달려갈 때가 있다. 티끌보다도 더 작은 나, 아무것도 할 수 없는 나, 영원한 미래 속에 찰나의 내 인생이 언젠가 소멸되어 버리는 모습을 상상할 때면 소름 돋는 공포를 느끼다가 마루로 뛰쳐나와 불을 훤히 밝히고 생각을 단절시키려고 노력하지만 상상의 나래는 무한한 우주보다도 더 넓고 깊은 곳으로 달려가는 것이다.

아담이 ○○을 낳고, ○○가 △△을 낳고… 계속 이어져 오듯이 나에게는 부모가 있고 부모의 부모가 있고 또 있고 또… 한없이 올라가다 보면 아담에게까지 올라가는 것일까? 지금 우리가 가지고 있는 족보라는 것도 모두 다 삼국시대 고려시대 아니면 조선시대의 시조가 하늘에서 떨어지듯 뚝 떨어져 시작되는데… 단군은 사람이 된 곰에게서 태어났고 박혁거세는 알에서 태어났다고 하는 시조설화가 있기는 하나 그것은 어디까지나 후세에서 만들어낸 설화일 뿐…

그렇다고 진화론적 관점에서 상상할 수도 없는 것이 어떤 기능의 퇴화나 활성화는 있을 수 있는 것이지만 미생물에서 동물로, 고등동물에서 사람으로의 진화를 상상한다는 것은 불가능한 비논리적 사고이기 때문이다. 수천 년의 인류사에서 진화론적 변화나 흔적은 발견되지 않았다. 결국은 나, 부모, 부모의 부모, 이렇게 끝없이 되짚어 올라가면 언젠가는 그 하나에 도달하는 게 아니겠는가, 그렇다면 그 하나는? 그걸 해결할 방법은 없다. 그러나 해결할 수 없는 것이 인간의 태생뿐이던가.

그토록 무한한 우주를 생각하고 상상할 수 있는 나이지만 가시에 찔리면 아파하고 배고프면 기력을 잃고 병들거나 한 생을 다하면 끝내는 죽음으로 소멸되어가는 것이 또한 나라면 이 또한 무섭고 두려운 일이 아니겠는가, 그러나 수 천 년을 두고 사람뿐 아니라 수많은 동식물이 나고 죽어가고를 대물림하면서 세상이 존재해 왔다면 그 수많은 존재 중에 아주 작은 하나일 뿐인 내가 아니겠는가. 이토록 작은 나이지만 사람에게는 생각하는 힘이 있고 태초에 다른 동물들과는 구별되는 영성을 가지고 태어났을 뿐만 아니라 성경말씀에 사람의 영혼은 영원하여 소멸하지 않는다고 되어 있는 걸로 알고 있는데 사람의 뇌 기능이 정지되면 육신은 그 기능이 멈추어 소멸하게 되지만 육신의 뇌를 움직이던, 뇌의 기능을 일으키던 그 정신의 힘은 뇌를 떠나 어디로 가는 것인가.

　나는 여기서 상상 속에서만 가능한 칩 속의 정보력의 한계를 뛰어넘어 상상해 본다. 우리가 상상으로 느낄 수밖에 없는 무한의 우주공간은 인간의 혼이 내장된 영혼의 칩이 아닐까, 컴퓨터가 비록 20세기 후반에 개발되었지만 그 원리는 우주의 생성과 함께 한 것처럼 사람의 혼도 우주공간에 내장된 영원의 존재가 아닐까, 그래서 우리의 영성은 소멸하지 않고 우주공간에 떠돌다가 지구의 활성화 단계가 정점에 달해 새로운 개체 분리를 일으킬 때 우주를 생성케 한 절대적인 존재, 창조주의 부름에 의해 컴퓨터에 입력된 무한한 정보들이 키보드를 치는 순간 순식간에 튀어나오듯 다시 태어나게 되는 것은 아닐까 하는 생각을 해보는 것이다.